PIA ROSENBERGER

DIE BILDHAUERIN

atb aufbau taschenbuch

PIA ROSENBERGER

DIE BILDHAUERIN

Mit Rodin begeht Camille Claudel neue Wege, doch ihre Liebe droht zu scheitern

ROMAN

atb aufbau taschenbuch

MIX
Papier aus verantwortungsvollen Quellen
FSC® C083411
FSC
www.fsc.org

ISBN 978-3-7466-3770-9

Aufbau Taschenbuch ist eine Marke der Aufbau Verlag GmbH & Co. KG

1. Auflage 2021

Satz LVD GmbH, Berlin
Druck und Binden CPI books GmbH, Leck, Germany
Printed in Germany

www.aufbau-verlag.de

KAPITEL 1

Paris, Mai 1881

Paris lag unter der sonnigen Verheißung eines Frühlingsmorgens. Die Seine schimmerte, und entlang der Alleen streckten die Kastanien ihre weißen Blütenkerzen ins Licht, als wollten sie diesen Tag feiern. Beschwingt folgte Camille Claudel dem Boulevard du Montparnasse und verbarg dabei wie immer ihr leichtes Hinken. Dieses Blau, dachte sie. Der Himmel über Paris leuchtete heller als in ihrem Heimatdorf Villeneuve. Camille hatte es eilig. Die Stadt bot so viele Möglichkeiten. Heute würde sie anfangen, Paris zu erobern. Und ihre erste Station dabei war die Académie Colarossi.

Sie war siebzehn Jahre alt und kam frisch vom Land. Mit allen Mitteln hatte sie darum gekämpft, in die Metropole gehen zu dürfen. Obwohl Camille seit ihrer Kindheit modellierte, glaubte in ihrer Familie nur ihr Vater an ihr Talent. Ihr Lehrer Alfred Boucher hatte ihn davon überzeugt, seine eigensinnige Älteste zu unterstützen und den Umzug gegen den Willen seiner Frau in die Wege zu leiten. Camille atmete tief durch und nahm sich fest vor, sie alle von ihrer Kunst zu überzeugen.

Fast hätte sie die Abzweigung in die Rue de la Grande-Chaumière verpasst. Doch da war sie bereits, die Gasse, in der sich, der engen Häuserschlucht wegen, Schatten über den Frühlingsmorgen legten. Hier würde sie Gleichgesinnte treffen. Nirgendwo gab es so viele Künstlerateliers wie im Viertel Montparnasse, das noch ländlich geprägt und relativ günstig war. Aufmerksam ließ sie ihre Augen an den Hausfassaden entlangschweifen. Wo genau befand sich die Akademie?

Die Gasse quoll über von Passanten, von denen viele mit Malutensilien bewaffnet waren. Eine Gruppe Engländerinnen überholte sie zielstrebig. Sicher hatten sie das gleiche Ziel wie Camille. Doch bevor sie den Studentinnen folgen konnte, stolperte sie über den Schubkarren eines Marktweibs und verlor sie aus dem Blick. Das Marktweib zeterte, Camille wischte sich den Staub von ihrem Rock und sah sich fasziniert um. Ein Junge spannte ein Pferd vor einen Kohlewagen. Ruß färbte sein Gesicht so schwarz wie seine Ware. Ein Mädchen trieb einen Reifen vor sich her durch den Gassendreck. Paris war manchmal schockierend, aber immer besonders. Ich könnte sie alle modellieren, dachte Camille, und mit ihnen die Wirklichkeit, die sich in ihren Gesichtern und Gesten spiegelt.

Gerade hatte sie sich wieder aufgerichtet, als sie erneut mit jemandem zusammenstieß. So viel Trubel war sie aus Nogent-sur-Seine nicht gewohnt. Diesmal jedoch war ein Fremder so heftig in sie hineingelaufen, dass ihr Zeichenblock und Stifte aus der Hand flogen und in hohem Bogen in der Gosse landeten. Bravo!

Camille bückte sich, um ihre Sachen einzusammeln, doch der junge Mann war schneller. Schon lag er auf den Knien, klaubte alles auf, was sich erreichen ließ, und putzte Stifte und Block umständlich mit seinem Taschentuch sauber.

»Entschuldigen Sie bitte.« Er erhob sich schwungvoll und drückte ihr die Zeichenutensilien in die Hand.

Sie bedankte sich, woraufhin er in eine vollendete Verbeugung fiel. »Zu Ihren Diensten, Mademoiselle.« Er hatte eine dunkle Tolle und nachdenkliche braune Augen. »Dürfte ich Sie nach Ihrem Namen fragen, wenn wir uns schon auf diese unkonventionelle Weise begegnen?«

»Camille Claudel.« Sie deutete einen Knicks an und setzte ihren Weg fort. Der Fremde folgte ihr unaufgefordert.

»Claudel? Ich heiße Claude. Achille-Claude Debussy. Was für ein sonderbarer Zufall. Mit Verlaub, sind Sie auf dem Weg zur Académie Colarossi?«

»Sieht man das?«, fragte sie spöttisch. Wohin sonst sollte sie mit den Zeichensachen unterwegs sein, als zu einer der beiden privaten Kunstschulen in Paris, die Frauen aufnahmen?

»Aber natürlich«, sagte er. »Also gehören auch Sie zu den blutjungen Träumerinnen, die sich zur Künstlerin berufen fühlen. Die meisten von ihnen bleiben auf halbem Wege stecken und heiraten.« Er zuckte mit den Schultern. »Aber was soll man schon erwarten? Frauen sind eben unbeständig.«

»Mitnichten«, entgegnete Camille empört. Und wenn sie die Erste wäre. Sie würde allen zeigen, dass eine Frau als Künstlerin Karriere machen konnte.

Sie sah ihn genauer an. Er konnte kaum älter als sie sein und schwang so große Reden.

»Also wollen Sie um jeden Preis durchhalten?«, fragte er. »Ihr Weg wird steinig sein.«

»Sie müssen es ja wissen.« Camille hatte keine Lust, sich gleich am ersten Tag die Laune von einem solchen Miesepeter verderben zu lassen. Und dennoch. Als er sie zu sich heranwinkte, konnte sie nicht widerstehen.

»Wie alt sind Sie, wenn ich fragen darf?«

»Siebzehn«, antwortete sie. »Ich sollte mich beeilen. Man erwartet mich.«

»Mein Gott, so jung und schon eines dieser Malweiber. Obwohl, es gibt einige wenige …«

»Ich bin kein Malweib. Ich bin Bildhauerin.«

Der junge Mann starrte sie an. »Das nenne ich mutig. So mit Ton und großen Steinblöcken zu hantieren.«

»Oh ja«, sagte Camille spröde. Es mangelte ihr weder an Durchsetzungsvermögen noch an Körperkraft. Das wussten ihre Eltern und ihre Geschwister Louise und Paul nur zu gut. Sie behaupteten sogar, Camille habe sie jahrelang mit ihrer Kunst tyrannisiert und den Backofen in Beschlag genommen, um ihre Tonmodelle zu brennen. Camille verstand das nicht. Klar hatte sie den Backofen benutzen müssen. Abgesehen davon hatte sie sie nur gebeten, ihre Entwürfe mit feuchten Tüchern abzudecken, was ja wohl kaum zu viel verlangt war.

Debussy betrachtete sie ungeniert. »Und dabei sind Sie so wunderschön. Ein Engel kreuzt meinen Weg und wirft mir seinen Zeichenblock vor die Füße.« Er verbeugte sich und deutete auf die Fassade des Hauses, vor dem sie standen. »Voilà. Sie sind angekommen. Die Académie Colarossi. Viel Glück auf Ihrem Weg, Mademoiselle. Sie werden es brauchen.«

»Und Sie, was ist Ihr Beruf?«, fragte Camille. Ein paar Informationen war er ihr schuldig, nachdem sie so viel von sich preisgegeben hatte.

Er neigte ein weiteres Mal den Kopf. »Ich bin Pianist und bewege mich in den himmlischen Sphären der Musik. Dafür wird es mich demnächst nach Russland ziehen, wo ich den Gören meiner Auftraggeberin beizubringen gedenke, die Tastatur ihres Klaviers zu misshandeln.«

Nach einer galanten Verbeugung verschwand er in der Menge. Camille sah ihm nach. Er hatte Charme, das musste sie ihm lassen. Aber das tat jetzt wirklich nichts zur Sache. In ihrem Rücken erhob sich das Haus Rue de la Grande-Chaumière 10. Die Académie Colarossi.

Sie stand vor dem Eingang und konnte kaum glauben, dass sie es geschafft hatte. Endlich, dachte sie. Jahrelang hatte sie von diesem

Tag geträumt. Entschlossen zog sie ihre Jacke glatt, schob die massive Tür auf und trat in ein Foyer, in dem die Stimmen vieler Menschen widerhallten. Von hier aus führte eine Treppe mit einem schmiedeeisernen Geländer in die oberen Stockwerke.

Camille fragte sich durch, bis sie den Zeichensaal erreichte. Sie rief sich ins Gedächtnis, dass kein Anlass zur Besorgnis bestand, atmete gegen ihren hämmernden Herzschlag an und trat ein.

In dem großen Raum herrschte konzentrierte Stille. Eine Klasse von rund zwanzig Studentinnen und Studenten portraitierte einen jungen Mann mit Kniehose, roter Weste und schwarzem Hut. Einen Torero, der einen sichtlich gelangweilten Eindruck machte. Als die Tür aufsprang, wandten sich zwanzig Augenpaare Camille zu, die einen neugierig, die anderen verärgert, weil sie sie in ihrer Konzentration störte. Der Torero nutzte die Unterbrechung, um sich an der Nase zu kratzen. Der Dozent sah von seiner Zeitung auf. Camille dachte sehnsüchtig an ihren Hauslehrer Monsieur Colin, der immer Zeit für sie gehabt hatte.

»Was führt Sie zu uns, Mademoiselle?«

»Ich bin angemeldet. Camille Claudel.« Ihre Stimme war heiser vor Anspannung.

Der Lehrer durchstöberte seine Liste nach ihrem Namen. Vermutlich wollte er sichergehen, dass ihr Vater die 40 Francs Gebühren pro Monat im Voraus bezahlt hatte. Louis-Prosper Claudel hatte sich über den Betrag beschwert, dann aber eingelenkt, weil er immer noch weniger zahlte, als in der Académie Julian fällig gewesen wäre. Die hatte zwar einen besseren Ruf, verlangte weiblichen Studenten aber das Doppelte wie ihren männlichen Kommilitonen ab.

»Ah ja, da sind Sie. Suchen Sie sich einen Platz und fangen Sie einfach an. Mein Name ist Monsieur Leblanc.«

Während er sich wieder seiner Zeitung zuwandte, drängte sich Camille durch die Menge und belegte den letzten freien Stuhl. Das Gemurmel verklang und wich andächtiger Stille, als die Studenten sich erneut auf ihre Zeichenblöcke und den stolzen Torero konzentrierten, der seine Pose wieder einnahm. Modell zu stehen war nicht jedermanns Sache. Nach einer halben Stunde wurden alle Haltungen unerträglich, das wusste Camille von ihren Geschwistern, die schon für sie posiert hatten.

Sie packte ihren Zeichenblock aus und stellte fest, dass sie über die Köpfe ihrer Mitstudenten hinweg kaum etwas sehen konnte. Ja, sie musste halb aufstehen, um einen passablen Blick auf den Torero zu haben. Vor ihr saß ein junger Mann, dessen breiter Rücken ihr die Sicht verdeckte. Ich könnte einfach ihn zeichnen und nicht gleich zu Anfang negativ auffallen. Ein Hals wie ein Bulle kann auch entzücken. Nein, dachte sie, stand auf, griff entschlossen nach ihrem Stuhl und drängte sich in die erste Reihe durch. Ihre Kommilitonen rückten zur Seite. Das Knarren der Stühle wurde von unwilligem Gemurmel begleitet.

»Excusez-moi.« Vorn gab es zwischen zwei jungen Frauen eine kleine Lücke. Camille rang sich ein Lächeln ab, als sie ihren Stuhl dort hineinschob.

»Avec plaisir«, sagte eine von ihnen mit britischem Akzent.

Sie machten ihr bereitwillig Platz. Die junge Frau zu Camilles Rechten hatte ihre blonden Locken zu einem modischen Tuff auf dem Vorderkopf gesteckt, die andere trug ihre rötlichen Haare im Nacken zu einem Knoten geschlungen. Camilles Hände wanderten an ihren kastanienbraunen Zopf, der nie besonders ordentlich war. Ihn zu glätten war vergebliche Liebesmüh, weil ihre Haare sich ebenso wenig um Anordnungen scherten wie ihre ganze Person. Modisch gekleidet waren die Engländerinnen auch. Notgedrungen saßen sie auf der Tournüre, die sich auf Höhe des Gesäßes an der Rückseite ihrer Röcke bauschte. Zu diesem Accessoire gehörte eine atemberaubend eng geschnürte Taille. Wie unbequem, dachte Camille. In ihrer weißen Bluse und dem dunklen Rock fühlte sie sich ihren Sitznachbarinnen unterlegen, und das als Pariserin, wenngleich als funkelnagelneue.

Reiche Nichtstuerinnen, dachte sie. Wahrscheinlich beschäftigten sie sich gar nicht ernsthaft mit ihrem Studium, sondern gehörten zu jenen sorglosen jungen Frauen aus Übersee, deren wohlhabende Familien ihnen eine Bildungsreise vor der Hochzeit spendierten. Oh nein, fuhr es Camille durch den Kopf, jetzt teile ich schon die Vorurteile des Monsieur Debussy.

Trotz ihres ersten Eindrucks war sie von der Freundlichkeit ihrer Kommilitoninnen beeindruckt. Außerdem hatte sie endlich freie Sicht auf den gut gebauten Torero. Als sie ihm ihren Blick zuwandte, zwinkerte er ihr lässig zu. Camille verbarg ihr Erröten, öffnete ihren Block und begann, seine Gestalt so großformatig abzuzeichnen, wie es das Blatt erlaubte. Kurze Zeit später war sie so in ihre Arbeit vertieft, dass sie nichts anderes mehr wahrnahm als den kratzenden Stift auf dem Papier. Sie korrigierte, wischte ein paar Striche aus und merkte nicht, dass sie nebenbei die Kohle auch in ihrem Gesicht verteilte. Die Zeit verging wie im Flug. Camille war in ihrem Element.

Schließlich schloss Monsieur Leblanc raschelnd seine Zeitung, um die Reihen der Studenten abzulaufen. Nachdem er dem einen oder anderen flüsternd zu Korrekturen geraten hatte, blieb er hinter Camille stehen und sah ihr über die Schulter. Ihr nächster Strich ging gehörig daneben. Sie zwang sich zur Ruhe.

»Kühn«, kommentierte er.

Sollte das ein Lob sein? »Ja?«, fragte sie hoffnungsvoll.

»Sie treffen das Modell sehr gut. Seine Proportionen. Von der achtteiligen Proportionslehre haben Sie schon gehört?«

»Natürlich«, entgegnete sie entrüstet.

»Aber Sie zeichnen wie ein Mann, Mademoiselle, naturalistisch, großformatig. Ein wenig klobig. Ohne die Details zu beachten.«

Camille wusste nicht, was sie von seinen Worten halten sollte. Die Engländerinnen neben ihr lauschten gespannt, ebenso wie der Rest der Klasse. Stille senkte sich über den Raum, als Camille zum zweiten Mal an diesem Morgen im Zentrum der Aufmerksamkeit stand.

Sie hörte den Lehrer in ihrem Rücken lautstark einatmen. »Sagen Sie, was versprechen Sie sich von einem Studium an der Académie Colarossi, Mademoiselle?«

»... Claudel«, sagte Camille. »Ich bin Bildhauerin.«

Ein Raunen ging durch die Reihen. Sie hatte nicht gesagt, dass sie Bildhauerei studierte, denn sie war keine Anfängerin. Sie war mit ganzem Herzen Bildhauerin, Sculptrice, und würde nie etwas anderes sein. Die Bildhauerei war ihr Ursprung und Lebensquell. Wenn sie nicht modellierte, hörte sie auf zu existieren.

Aber das würde Monsieur Leblanc niemals verstehen. Stattdessen sprach er mit sanfter Stimme weiter, als sei sie ein Kind, das er beschwichtigen musste. Wenn er dachte, er könne ihr den Kopf zurechtstutzen, irrte er sich gewaltig.

»Ach wirklich? Überlegen Sie es sich noch einmal. Dieser Schuh ist zu groß für Sie. Es gibt keine Kunst, die der Frau an sich so widerspricht wie die Bildhauerei. Sie sollten das dekorative Moment nicht außer Acht lassen. Ich meine das Sentimentale, Mademoiselle, das ist die Stärke des schwachen Geschlechts. Modellieren Sie, wenn Sie es nicht lassen können, Früchte und Blumen als Dekoration. Das lässt sich auch besser verkaufen. Oder malen Sie weiche, duftige

Landschaften in Aquarelltechnik. Das gereicht auch Ihrem künftigen Ehemann zur Ehre.«

Die Engländerin an Camilles rechter Seite prustete in ihre geöffnete Hand.

Camille nahm sich vor, nichts weniger zu tun als das. Monsieur Leblanc würde sich wundern, wenn er ihre Arbeiten in der Jahresausstellung, dem »Salon«, zu sehen bekäme und sie Preise und Belobigungen einheimste. Irgendwann würde sie als erste Frau überhaupt den Prix de Rome gewinnen, der ihr alle Türen öffnen konnte.

Kurz darauf war die Stunde zu Ende. Das Modell, ein großer junger Mann mit einem braunen Lockenkopf, den die anderen Umberto nannten, sprang erleichtert vom Sockel. Camille packte zusammen und verließ im Gedränge den Raum. Als die Menge sich gelichtet hatte, stellte sie fest, dass ihre englischen Nachbarinnen im Gang auf sie warteten.

»Da sind Sie ja endlich«, sagte die mit der blonden Lockenfrisur. Ihr Französisch klang ein wenig hölzern, als müsse sie sich auf jedes einzelne Wort konzentrieren.

»Wir würden Sie gern näher kennenlernen.« Sie streckte ihr die Hand entgegen. »Ich bin Amy Singer, und das da ist Emily Fawcett.«

Camille begrüßte die Mädchen mit jener peinlichen Schüchternheit, die sie immer erfasste, wenn es nicht um die Kunst ging.

»Sie haben uns – wie sagt man? – imponiert«, sagte Amy lächelnd.

»Sie waren so *ambitious* und boten Monsieur Leblanc die Stirn«, fügte Emily hinzu. »While he was talking so much nonsense.«

Camille, die kein Englisch verstand, fand sich plötzlich von beiden Seiten untergehakt wieder. Sie ließ sich bereitwillig mitziehen, während die beiden Britinnen weiterplauderten. Kaum zwei Minuten später saßen sie in einem kleinen Café neben der Académie Colarossi und bestellten Wein, Käse und Baguette. Der Torero Umberto gesellte sich zu ihnen und legte seine Beine erschöpft auf einen Stuhl.

Camille sah sich um. Durch die ungeputzten Fensterscheiben fiel trübes Licht, die Tische waren klebrig von verschüttetem Wein. Am Nachbartisch saß ein alter Mann in einem verschlissenen Anzug und kippte sich einen Absinth nach dem anderen hinter die Binde, bevor er zur Tür torkelte. Weitere Plätze waren von Künstlern belegt, die sich mit liederlichen Frauenzimmern vergnügten. Von einer sah Camille sogar das Strumpfband, als sie ihren Rock bis zum Oberschenkel hochschob. Du lieber Himmel!

Camille rutschte unbehaglich auf ihrem Stuhl hin und her. Wenn ihre Mutter wüsste, dass sie sich in Cafés herumtrieb, wenn auch mit respektablen englischen Bürgertöchtern, würde sie ihr auf der Stelle jeglichen Ausgang verbieten. Heute Morgen hatte Camille ihr kaum abringen können, den Weg zur Akademie allein gehen zu dürfen. Jeder wusste, dass sich in der Rue de la Grande-Chaumière ein Etablissement ans andere reihte, darunter sogar ein Bal Jardin, in dem sich die Künstler und ihre Modelle zum Tanzen trafen. Cancan, den Namen des verpöntesten aller Tänze, hatte Madame Claudel nur flüsternd ausgesprochen.

Dem Vorwurf, dass diese Umgebung ebenso unschicklich war wie die Gesellschaft eines fremden jungen Mannes, hatte Camille nichts entgegenzusetzen. Dennoch, wo sie schon einmal da war, konnte sie den anderen auch zuprosten. »À votre santé«, verkündete sie, und sie stießen miteinander an.

»Wir wollen auch *sculptors* werden«, erklärte Amy. Ihre Stupsnase und ihre leichten Pausbacken ließen sie noch unbeschwerter wirken.

»Tatsächlich?«, fragte Camille überrascht.

»Ha«, mischte sich Umberto ein. »So eine unweibliche Profession.« Camille wünschte sich plötzlich inständig, seine markanten Züge in einer Büste einfangen zu können. Die vielen Linien und den kühnen Gesichtsausdruck.

»Yes«, antwortete Amy lachend. »Wir waren gemeinsam in der National Art Training School in South Kensington. Meine Familie hat eine Fabrik, wo man …« Sie sah zu Emily hinüber, die besseres Französisch sprach. »Kunstwerke in Bronze gießt«, ergänzte diese nach kurzem Nachdenken.

»In Frome«, sagte Amy. »Ich muss also lernen, wie es funktioniert. My father is John Webb Singer.«

Camille betrachtete sie ungläubig. Konnte es sein, dass die beiden Mädchen ebenso wie sie selbst für diese eine Sache brannten? Sie hatte gedacht, sie wäre damit allein auf der Welt. Und Amy würde ihr Wissen irgendwann sogar professionell einsetzen. Ihr Vater betrieb eine Kunstgießerei und schickte sie in die weite Welt, damit sie sich die notwendigen Kenntnisse aneignete.

Amy, Emily und sogar Umberto wirkten so selbstsicher. Camille spürte einen Anflug von Neid über so viel Weltoffenheit. Warum war sie nur immer so schüchtern? Wenn sie hier mithalten wollte, musste sie es wenigstens versuchen. Ein Glas billigen Wein später hatte sie alle Bedenken beiseitegeschoben und kostete das Zusammensein mit den anderen nach Strich und Faden aus. »Ich dachte, wir würden nach Aktmodellen arbeiten.«

Umberto legte den Kopf in den Nacken und lachte. »Du bist kompromisslos, *ragazza*.«

»Wir werden Aktstudien betreiben«, erklärte Amy. »Obwohl Monsieur Leblanc es uns am liebsten verbieten würde. In der Abendklasse. So *notorious*.«

»Da muss ich hin«, sagte Camille.

»Frauen zeichnen in Paris nur an den Akademien Julian und Colarossi nach lebenden Aktmodellen«, meinte Umberto. »Die Männer an der Staatlichen Akademie, der École des Beaux-Arts, halten das für skandalös. Sie finden es schon schlimm genug, wenn die Frauen die Antikenabteilung im Louvre belagern.« Er streckte sich voller Selbstbewusstsein. »Ich arbeite nämlich überall als Modell und kenne jeden Künstler in Paris.«

»Umberto ist vor allem das größte, wie sagt man, *blabbermouth*«, sagte Amy.

»Klatschmaul«, übersetzte Umberto gutmütig, dem anders als Camille die englische Sprache vertraut zu sein schien.

Sie hatte von ihren Kommilitoninnen erfahren, dass er aus Neapel stammte. Unbeirrt schüttelte sie den Kopf. »Aktzeichnen ist notwendig, wenn man die Anatomie eines Menschen verstehen will. Bekleidet kann man nur vermuten, wie sein Körper wirklich aussieht.«

»Exactly«, pflichtete ihr Emily bei. »Aber sag das mal den Männern. Die finden Frauen vor nackten Modellen *so impossible*, dass sie es verbieten wollen. For ever.«

»Die Reaktion bei den männlichen Modellen ist ja auch deutlich abzulesen«, warf Umberto ein. Die Mädchen, Camille eingeschlossen, prusteten in ihr Weinglas.

»Especially yours«, sagte Amy trocken. »Wie sagt man zu dir? Tagedieb? Aber du, Camille. You don't have any other opportunities. Auch die Anatomieräume der Universität sind dir verschlossen. Du musst dich mit dem billigen Ersatz in der Académie Colarossi begnügen. Und das alles nur, weil du eine Frau bist.«

»Aber dann kann ich mich nicht weiterentwickeln, und meine Kunst bleibt für immer unbewegt«, stellte Camille missmutig fest.

»Stumm, steif und starr. Und das nur, weil die Männer Angst vor uns haben.«

Umberto legte seine raue Hand auf ihre. »Damit das nicht passiert, gibt es unseren Abendkurs für das Aktzeichnen. Du wirst doch kommen, oder? Dann wird deine Kunst zu sprechen beginnen.«

Entschlossen nickte ihm Camille zu. Ihre Mutter würde kopfstehen, wenn sie davon erführe. Camille wusste noch nicht, wie sie ihr die Teilnahme an einer solchen Veranstaltung abringen sollte. Notfalls würde sie heimlich gehen.

Außerdem vermisste sie das Plastizieren schmerzlich. Die Mietwohnung in der Rue Notre-Dame-des-Champs war rappelvoll und bot keinen Platz, um dort ein Atelier einzurichten. Weil ihr Vater die meiste Zeit in Rambouillet arbeitete, teilte Camille sie mit ihrer Mutter, ihrer Schwester, ihrem dreizehnjährigen Bruder Paul und zwei Hausangestellten. Seit Tagen hatte sie über dieses leidige Problem nachgedacht. Plötzlich stand ihr die Lösung vor Augen. Natürlich! Warum war ihr das nicht schon eher eingefallen?

KAPITEL 2

Die Tür fiel hinter Camille ins Schloss.

»Mach nicht so einen Krach, Camille! Deine Schwester übt.« Die nörgelnde Stimme aus dem Salon gehörte ihrer Mutter Louise-Athanaïse.

»Schlimm genug«, murmelte Camille.

Sie legte ihre Zeichensachen auf dem Vestibül ab und betrat den Salon. Ihre Mutter saß mit Pauls löchrigem Strumpf und einem Stopfpilz bewaffnet auf der Chaiselongue, vor ihr die Teekanne und zwei Tassen. Von ihrer fünfzehnjährigen Schwester sah Camille nur den Rücken und die lockigen dunkelblonden Haare. Virtuos flogen ihre Hände über die Tasten, sie spielte irgendetwas von Chopin, Tonkaskaden, deren unaufhörliche Wiederholung Camille auf die Nerven ging. Sie goss sich eine Tasse Tee ein und ließ sich auf einen Stuhl fallen. Ihre Mutter hob die Augen. »Verhalt dich still, deine Schwester übt. Sie ist so begabt.«

»Nur durchschnittlich«, entgegnete Camille, aber Louise-Athanaïse hörte ihr nicht zu. Stattdessen musterte sie voller Entsetzen Camilles Gesicht. »Du siehst ja aus, als hättest du dich im Kohlenkasten gewälzt. Geh dich sofort waschen!«

Es hatte keinen Sinn, mit ihr zu streiten. Camille stand auf und rieb sich mit dem Rest Wasser aus der Schüssel im Mädchenzimmer die schwarzen Streifen aus dem Gesicht. Mit keinem Wort hatte ihre Mutter sie nach dem Verlauf ihres ersten Tages an der Akademie gefragt. Es war, als ob sie und Paul gar nicht existierten. Die einzig wichtige Person in dieser Familie war für Madame Claudel ihre mittlere Tochter Louise; ein Umstand, an dem auch ihr Umzug nach Paris nichts geändert hatte. Camille war es gewohnt, nicht beachtet zu werden. Immer noch besser, als wenn ihre Mutter sich lauthals mit ihr stritt. Sie kehrte zurück und angelte sich ebenfalls einen löchrigen Strumpf aus dem überfüllten Stopfkorb.

»Wie Paul das nur immer macht.« Louise-Athanaïse schüttelte tadelnd den Kopf. »Niemand schafft es so schnell, Socken zu durchlöchern wie er. Und dabei ist er immer noch so ein mickriges Bürschchen.«

»Er wächst eben doch, der kleine Paul«, sagte Camille. »Seine Füße zuerst.«

Pauls Schulbildung war der Vorwand für ihren Umzug nach Paris gewesen. Seit April besuchte er das renommierte Lycée Louis-le-Grand. Auch Louise hatte ihre heiß ersehnten Klavierstunden bekommen. In erster Linie aber wollte ihr Vater mit dem Umzug Camilles Ausbildung als Bildhauerin fördern. Louis-Prosper Claudel war als Steuereinnehmer und Hypothekenverwalter an häufige Versetzungen gewöhnt. Auf seine Weisung hin hatte die Familie vor einem Monat die Provinz gegen diesen Moloch von einer Stadt getauscht und drängte sich nun in der beengten Etagenwohnung im zweiten Stock des Mietshauses. Ihre Mutter hatte Camille das nicht verziehen. Madame Claudel hatte sich auch in Nogent-sur-Seine und in Bar-le-Duc nicht wohlgefühlt, wohin es sie zuvor verschlagen hatte. Im Grunde ihres Herzens sehnte sie sich nach ihrem Geburtsort Villeneuve im Tardenois, wo das Stammhaus ihrer Familie stand und sie regelmäßig die Sommermonate verbrachten.

Camille warf ihrer Mutter einen verstohlenen Blick zu. Der große Mund, dessen Winkel missmutig geneigt waren, der strenge Haarknoten, der ihre Stirn nach hinten zu ziehen schien. Camille hatte sie nie tatenlos erlebt. Ihre Hände waren knotig von der vielen Arbeit. In der Küche in Villeneuve knetete sie Brotteig oder verwandelte Wannen voller Johannisbeeren in Marmelade und Saft, als wollte sie allen zeigen, dass eine Frau in der Sorge um ihre Familie aufgehen musste. Madame Claudels Vater Athanase Cerveaux war Arzt und Grundbesitzer. In Villeneuve zählte die Familie Claudel zur besseren Gesellschaft, während sie in Paris in der Masse unterging. Die Einheimischen ließen sie spüren, dass sie Lothringer waren, die von Lebensart keine Ahnung hatten.

Nachdenklich steckte Camille den Pilz in den Socken, fädelte einen Faden ins Nadelöhr und begann, das Loch mehr schlecht als recht zu stopfen. Ihre Mutter hob den Blick. »Ach, Camille«, seufzte sie. »Wie wirst du je einen Ehemann finden, wenn du die einfachsten Dinge nicht beherrschst? Nähen musst selbst du können. Oder soll ich dir bis in alle Ewigkeit deine Strümpfe stopfen?«

Das Klaviergeklimper verstummte, als sich Louise mit Schwung zu ihnen umwandte. »Aber Camille ist doch mit ihren Figuren verheiratet.« Louise ließ keine Gelegenheit aus, um ihren Dauerstreit anzuheizen.

Kopfschüttelnd nahm Madame Claudel Camille den Strumpf aus der Hand und zog die Stopfstelle wieder auf. »In Nogent hätten wir dich auf die Hauswirtschaftsschule geschickt. Dann hätte ein geeigneter Bewerber um deine Hand anhalten können. Nicht wahr, Louise?«

Ihre Schwester nickte zustimmend. »So wie es mir eines Tages gelingen wird.«

Camille verdrehte die Augen gen Himmel. Louise träumte immer noch von einem Prinzen auf einem weißen Pferd, der sie in sein Reich entführte.

Ich werde niemals heiraten, dachte sie. Ich lasse nicht zu, dass mir einer meine Freiheit raubt und mir verbietet, mich meiner Kunst zu widmen.

»Ich habe noch zu tun.« Sie machte sich auf die Suche nach ihrem Dienstmädchen Eugénie Plé. Die Familie Claudel hatte für die grobe Arbeit zwei Mägde mit nach Paris gebracht, die betagte Elsässerin Victoire Brunet und die blutjunge Eugénie, mit der sich Camille blendend verstand. Sie ahnte, dass ihr Vorhaben ihre Freundschaft auf eine harte Probe stellen würde.

Camille fand die junge Frau in der geräumigen Küche am Tisch, wo sie ein Huhn fürs Abendessen rupfte. Federn flogen durch die Luft. Eugénie wischte sich erschöpft den Schweiß von der Stirn. »Wie war dein erster Tag an dieser Akademie, wie heißt sie gleich?«

»Colarossi.« Camille biss sich auf die Unterlippe. Es fiel ihr nicht leicht, weiterzusprechen, doch es musste sein. »Ich habe nach einem Modell gezeichnet. Ich muss aber auch modellieren können.«

»Ich weiß«, sagte die Magd unbehaglich. Sicher ahnte sie schon, was Camille vorhatte. Dienstmädchen durfte man herumschubsen. Wie oft hatte Camille ihr mit ihren Wünschen in den Ohren gelegen. Jetzt würde sie zu weit gehen und war sich dessen vollständig bewusst.

»Ich brauche ein Atelier«, erklärte sie. »Du weißt, dass ich mir mit Louise das Mädchenzimmer teile. Es reicht vom Platz her nicht aus. Deshalb musst du mir deine Kammer überlassen. Stattdessen kannst du zu Victoire in die Mansarde unterm Dach ziehen.« Die Stadtwohnung war teuer. Um sie finanzieren zu können, hatte ihr Vater extra einige Wertpapiere verkauft. Dennoch bot sie nicht genügend Platz, um darin auch noch ein Atelier für Camille unterzubringen.

Eugénie schnaubte empört. »Ich habe euch nur unter der Bedingung begleitet, dass ich eine eigene Kammer bekomme. Victoire schnarcht. Das weißt du sehr gut.« Sie sah Camille mit gerunzelten Brauen an. Tränen traten in ihre Augen.

Sie legte das halb gerupfte Huhn in die Schüssel, ging zur Tür und wandte sich noch einmal um. »Dir ist kein Preis zu hoch für deine Kunst, oder? Du bist bereit, sogar deine Freunde dafür zu opfern. Pass auf, dass du nicht irgendwann allein dastehst.«

Sie verließ den Raum, ohne Camilles Antwort abzuwarten, die nachdenklich zurückblieb. Sie hatte Eugénie gemalt, ihr großflächiges Gesicht, das so viel Platz für Interpretationen ließ. Nein, dachte Camille. Sie ist nicht großflächig. Sie ist großmütig. Und dennoch konnte Camille nicht auf ihr Atelier verzichten.

Im Laufe der nächsten halben Stunde räumte Eugénie die Mägdekammer, die nichts weiter als ein schmaler Schlauch mit einem Bett, einem Tisch, einem Stuhl und einer Fensterluke war. Während Camille wartend in der Tür stand, stopfte sie ihre spärlichen Habseligkeiten, einen Ersatzrock, eine warme Jacke, ein paar Hemden und ein Gebetbuch in ihren zerschlissenen Koffer, den sie mit einem Knall in den Gang stellte.

Camille wurde immer mulmiger zumute. »Versteh doch«, begann sie. »Ich muss in Ruhe modellieren können. Ohne Louise, die mir die Ohren vollquasselt, und Paul, der sich an meine Röcke hängt. In der Akademie, da war so ein Modell, ein Junge mit einem besonderen Gesicht. Umberto. Ich sehe schon seine Büste vor mir. Und Victoire. Wie lange will ich schon ihren Kopf in Ton abbilden?«

Eugénie schwieg hartnäckig, verließ den Raum und schlug die Tür hinter sich zu. Beklommen räumte Camille ihr Material in die Mägdekammer. Neben einem Sack Gips und Ton besaß sie sogar einen kostbaren Marmorblock, dessen innere Verheißung sich ihr noch nicht erschlossen hatte. Nachdenklich strich sie über die harte Oberfläche, die irgendwann zu ihr sprechen würde.

Dann packte sie die Figurengruppen und Büsten, die sie in der Scheune in Nogent angefertigt hatte, aus. Inmitten dieser Wesen aus der Mythologie und der Bibel fühlte sie sich zu Hause. Sie waren eine tröstliche Menagerie. Die Zweiergruppe mit David und Goliath, die ihrem Lehrer Alfred Boucher so gut gefiel, erhielt einen Ehrenplatz auf dem Tisch. Ihre Finger strichen über ihre gewölbten Formen, Goliaths zerfurchten Rücken, den triumphierenden David, der so viel von Paul hatte. Ich bin gut, dachte sie, und ich werde noch besser werden, auch wenn der Preis dafür hoch ist. Obwohl sie sich Mut machte, wollte das ungute Gefühl nicht weichen.

»Wo ist Eugénie?« Camille betrat die Küche. Vielleicht war sie doch zu voreilig gewesen, die Magd aus ihrer Kammer zu vertreiben. Entschuldigen musste sie sich auf jeden Fall. Statt Eugénie stand Victoire am Herd, rührte im Topf und hielt sich den schmerzenden Rücken. »Ich weiß es nicht.«

Camille näherte sich und legte Victoire den Arm um die Schultern. Sie hatte das Huhn fertig gerupft und in den Topf gesteckt, wo es vor sich hin köchelte. »Oh, Camille«, seufzte Victoire. »Du hast sie aus ihrer Kammer geworfen. Künftig muss sie mit einem altem Weib wie mir vorliebnehmen. Sie sagt, dass ich schnarche. Und das hält sie partout nicht aus.«

»Ich möchte mich bei ihr entschuldigen.« Auf einmal fühlte sich Camille schrecklich.

»Tu das«, sagte Victoire. »Warum bist du nur immer so starrköpfig?«

Darauf hatte Camille keine Antwort. Sie wusste nur, dass alles hinter ihrem Schaffen zurücktreten musste.

Ihr Magen knurrte, und sie beschloss, ihre Aussprache mit Eugénie auf später zu verschieben. Zum Abendessen traf sich die Familie um den Küchentisch. Es gab Hühnersuppe, Frikassee, gemischtes Gemüse und Baguette. Der dreizehnjährige Paul schneite herein und beschwerte sich über seine neuen Lehrer am Louis-le-Grand, woraufhin ihm Madame Claudel Undankbarkeit vorwarf und Camille für ihn in die Bresche sprang. »Das ist deine Chance, Paul.« Er starrte in seinen Suppenteller, eigensinnig wie ein Maulesel.

»Das weiß er nicht zu schätzen«, sagte Madame Claudel verbittert. »Sieh dir nur seine Noten an.«

»Gib nicht so schnell auf, Paul«, beschwor ihn Camille. Als sie auf den Umzug gedrängt hatte, hätte sie wissen müssen, dass sich der kleine Träumer in Paris schwertun würde.

»Ich will nach Villeneuve zurück oder ans Meer«, maulte Paul. »Ich brauche Weite, in der ich atmen kann. Zwischen all diesen Häusern ersticke ich.«

»So ein Unsinn«, schimpfte Madame Claudel. »Sei lieber dankbar, dass wir dir das Louis-le-Grand ermöglichen. Du weißt, dass wir das Schulgeld nur mühsam aufbringen können.«

Paul ignorierte sie. Wie immer legte er vor allem auf Camilles Antwort Wert. Ich bin seine Sonne, dachte sie unbehaglich. Er kreist um mich, ist mir auf Gedeih und Verderb ausgeliefert. Dabei hatte sie doch schon so viel mit sich selbst zu tun.

»Aber Paul«, sagte sie. »Wir Claudels stammen vom Land. Vielleicht sind wir ungehobelt und reizlos, aber wir haben Wurzeln. Wir haben die Kraft, sehr viel auszuhalten, sogar, wenn 59 Klassenkameraden über uns herfallen.«

Louise kicherte so sehr, dass sie sich an der Suppe verschluckte und Mutter ihr auf den Rücken klopfen musste. Sie aßen ohne ein weiteres Wort zu Ende.

Auch nach dem Mahl blieb Eugénie dem Esszimmer fern. Victoire musste das Geschirr mithilfe der Mädchen abtragen. Camille dachte sich nichts dabei. Sicher richtete sich Eugénie ihren Teil der Mansarde gemütlich ein, zog vielleicht einen Vorhang zwischen den beiden Betten, und würde danach ins Mädchenzimmer kommen, um mit ihr über ihren Streit zu lachen.

Sie wartete vergeblich. Louise schlief schon süß und selig in ihrem Bett am Fenster, und Camille hatte sich gerade bis aufs Hemd ausgezogen, als ein Schrei durch die Wohnung gellte.

»Was ist passiert?« Erschrocken stürzte sie aus dem Zimmer und stolperte ihrer Mutter in die Arme, die im Gang stand. In ihrer Hand hielt sie einen Zettel, auf dem einige ungelenk geschriebene Worte standen.

»Du!« Aufgebracht stieß Madame Claudel Camille vor die Brust.

Sie war schon lange nicht mehr handgreiflich geworden, das letzte Mal, als Paul und Camille als Kinder die ersten Weihnachtsplätzchen aus der Küche gestohlen hatten.

»Eugénie hat uns verlassen«, fuhr sie fort. »Sie hat den Zug genommen und wird nicht mehr zurückkehren. Du allein bist daran schuld. Warum musst du nur immer so rücksichtslos sein?«

Camille schwieg schockiert. Das hatte sie nicht gewollt. Über die Konsequenzen ihres Handelns hatte sie gar nicht nachgedacht.

»Da staunst du, Fräulein Hochmütig«, sagte Madame Claudel mit ätzendem Spott.

Camille schrumpfte unter der Kälte ihres Blicks zusammen.

»Wie soll ich jetzt mit der vielen Arbeit klarkommen?«, rief ihre Mutter vorwurfsvoll. »Wie jemals aus dem Haus gehen ohne Begleitung? Victoire ist zu alt und zu krumm. Das hast alles du zu verantworten. Mit dir ist nichts anzufangen. Du willst unsere Familie nur zerstören mit deiner Kunst. Aber das werde ich nicht zulassen.« Louise-Athanaïse schimpfte noch vor sich hin, als sie im Schlafzimmer verschwand.

Camille floh in ihr neues Atelier und knallte die Tür hinter sich zu. Schwer atmend wuchtete sie die Kiste auf den Tisch, in der sie ihr Material aufbewahrte. Sie war prall gefüllt mit Gips, weißem Lehm und rötlichem Ton, alles sauber verpackt. Dazu kamen ihre Werkzeuge, mehrere Messer, eine Gabel, verschiedene Hölzer und Spatel und eine Flasche klares Wasser.

Was sollte sie nehmen? Sie schnitt ein Stück ihrer kostbaren Stange Ton ab, feuchtete es an, klatschte es mehrmals auf den Tisch und begann es zu kneten, wobei sie in Kauf nahm, dass der Lärm ihre Mutter beim Einschlafen störte. Die Bewegungen gingen ihr automatisch von der Hand. Camille konnte bis zu vier Kilogramm Ton gleichzeitig zu einer homogenen Masse verarbeiten. Heute war die Menge nicht so groß. Sie drückte ihre Daumenballen in den Ton, spürte seiner feuchten Kühle nach, die sich beruhigend auf sie übertrug. Das hier ist mein Atelier, dachte sie. Hier werde ich arbeiten. Nach und nach würde sich der Raum mit einer Staubschicht überziehen, so wie sie selbst beim Modellieren unter weißem Gipsstaub verschwand, bis sie kaum noch von ihren Plastiken zu unterscheiden war.

Bildhauerinnen schleppten schwere Säcke ins Atelier, schwitzten wenig damenhaft und putzten mit ihren Kleidersäumen unfreiwillig den Boden. Dennoch war Camille bereit, alles für diesen Beruf aufzugeben. Es lohnt sich, dachte sie, während unter ihren Händen der Entwurf eines Kopfes entstand. Einmal würde er die eingefallenen Züge, das vorstehende Kinn und die gütigen Augen ihrer alten Magd Victoire zeigen, deren Zuwendung Camille durch ihre Kindheit getragen hatte. Gestalt gewordene Wirklichkeit, dachte sie, eingefangen für die Ewigkeit. Victoire hatte ihr verboten, ihren Namen zu verwenden, also würde sie sie anders nennen müssen. Wie wäre es mit *Die alte Hélène*?

Während sie modellierte, vergaß sie ihren Kummer. Wenn ihre Hände Ton zu greifen bekamen, gelang es Camille, alles Weitere auszublenden.

Gegen Mitternacht saß sie schließlich mit angezogenen Beinen auf ihrem Bett im Mädchenzimmer. Anders als Louise, die von der ganzen Aufregung nichts mitbekommen hatte, konnte sie nicht schlafen. Ihre Schwester drehte sich unruhig und plapperte unverständliches Zeug vor sich hin. Sie träumte wahrscheinlich von der großen Liebe.

Camilles Gedanken trugen sie weit fort. In Villeneuve, in der herben Landschaft des Tardenois, unweit von Reims mit seiner Kathedrale voller Wunder, blühte um diese Jahreszeit leuchtend gelb und duftend der Ginster. Camille träumte sich an jene heißen, trägen Tage in ihrem Heimatort zurück, an denen die Johannisbeeren wie Blutstropfen an den Büschen hingen. Im Garten wuchsen Bohnen und grüne Erbsen. Obwohl die Familie wegen der Versetzungen ihres Vaters oft umgezogen war, hatten sie die Sommer immer in dem verschlafenen Dorf zugebracht. Hier war Camilles Mutter als Tochter des Arztes Athanase Cerveaux geboren. Er hielt die Hände über die Familie und schenkte vor allem Paul die Zuwendung, die er zu Hause nicht bekam. Auch Louise-Athanaïse blühte in der dörflichen Umgebung auf, wo man die Claudels als Grundbesitzer und angesehene Leute schätzte.

Villeneuve war von Wäldern, Wiesen und Feldern umgeben, soweit das Auge reichte. Wolken ballten sich über der Landschaft wie großzügig verteilte Ölfarbe auf einer riesigen Palette. Unförmige Gebilde in Violett, Grau, Schwarz und Weiß. Es regnete oft. Das Haus war ein zugiger Kasten neben der Friedhofsmauer. In der Kirche führte Camilles Onkel, der Pfarrer Père Nicolas, ein hartes Regiment. Camille konnte nicht sagen, ob sie Villeneuve liebte, wo die Dorfjungen sich hinter ihrem Rücken über sie lustig machten, weil sie tagein, tagaus mit lehmverschmierten Stiefeln herumlief. Dort lag der Hund begraben, während Paris das Leben und die Freiheit verhieß. Nur hier konnte sie mit ihrer Kunst vorankommen.

In der Heidelandschaft bei Villeneuve gab es ein Felsmassiv aus der Urzeit, den Geyn, der wie eine Ansammlung grimmiger Riesen anmutete. Die Riesen waren gütige Geister. Zu ihren Füßen fand man den besten Lehm. Sie überließen Camille ihren Urgrund, damit sie daraus etwas schuf. Mit Paul und Louise verbrachte sie ganze Nachmittage zwischen den bizarren Felsformationen. Dort ließ sie sich von Victoire die Sage vom Teufel erzählen, den ein schlauer Bauer an genau diesem Ort übers Ohr gehauen hatte. Die Kinder kletterten auf den Rücken des Dinosauriers, streichelten den Bären und kamen dem Teufel so nahe, wie sie sich trauten. Camille, die nicht nur die Älteste, sondern auch die Mutigste war, näherte sich ihm, bis sie ihm ihre Hand ins Maul stecken konnte.

Es gab den Elefanten, die Schildkröte, den Berglöwen, Geister und Dämonen, in deren Höhlen man für immer verschwinden konnte.

Es gab aber auch finstere Geschichten. Wenn es dunkel wurde und das Feuer im Ofen glühte, raunte ihnen Victoire verstohlen die Sage von den Aussätzigen ins Ohr, die man an diesen trostlosen Ort verbannte, damit sie Buße tun und einen gottgefälligen Tod finden konnten. Ihre Worte verfolgten Paul und Camille bis in ihre Träume. Sie gruselten sich beide, wenn Camille die Schauermärchen für den atemlos lauschenden Paul mit weiteren Details ausschmückte.

Camille wusste nicht, wann sie zu modellieren begonnen hatte. Vielleicht im Alter von sechs Jahren? Es musste ein Regentag gewesen sein, denn der feuchte Lehm formte sich in ihren Händen willig zu einer schlafenden Taube, als hätte er nur auf sie gewartet. Seither sah sie die Gestalten, die in den unförmigen Klumpen wohnten, schon vor sich, bevor sie den Lehm in die Hand nahm.

Ohne die Felsen des Geyn hätte sie vielleicht nie mit dieser Tätigkeit begonnen, für die ihr Vater sie lobte, die ihre Mutter aber als nutzlose Tändelei abtat. Vielleicht hatten die Felsen ihr ja die Namen der Figuren, die sie modellieren sollte, ins Ohr geflüstert?

»Camille?«

Sie fuhr zusammen und blickte ihrer Schwester Louise in die Augen, deren lockige, dunkelblonde Haare sich wie ein Fächer auf dem Kopfkissen ausbreiteten. Wie lange lag sie schon wach und beobachtete sie?

»Es tut mir leid«, sagte Louise. »Wegen Mutter.«

Camille ging zu der schmalen Pritsche, auf der Louise schlief. Die Familie war nicht wohlhabend genug, um sich in Paris standesgemäß einzurichten. Sie strich ihrer Schwester über die Haare. »Schon gut.«

»Ich bin ihre Gefangene, weißt du. Sie hat niemanden außer mir«, murmelte Louise, bevor sie wieder einschlief.

KAPITEL 3

Villeneuve-sur-Fère, Sommer 1876

Es war Juli und unglaublich heiß. Der Himmel war weiß vor Dunst. Im Westen brodelte hinter schwarzen Wolken ein Gewitter.

»Paul, komm raus, sonst holt dich der Teufel!«, rief Camille.

Sie sah sich nach ihrem kleinen Bruder um, dessen blonder Schopf wie ein Irrlicht zwischen den Felsen herumgeisterte. Normalerweise hatte er zu viel Angst, um ohne sie mit den Riesen zu spielen. Aber manchmal bekam er diesen abwesenden Blick, der darauf hindeutete, dass er in seinen Träumen versank. Dann verwandelten sich die Steine in stolze Ritter und Feuer speiende Drachen, und er vergaß über Stunden seine Furcht. Der Geyn zog sie alle in seinen Bann.

Louise saß in ihrer weißen Schürze auf einem Stein und flocht eine Kette aus Margeriten und blauen Glockenblumen. Victoire hielt ein Nickerchen im Schatten. Neben ihr stand ein Korb mit einer Flasche Saft und einem Kuchen, von dem sie alle nach getaner Arbeit ein Stück bekommen würden. Nach und nach füllte Camille die Schubkarre mit Lehm. Er war das Material, aus dem sie ihre Welt erschuf.

Nirgendwo gab es besseren Lehm als zu Füßen der Riesen. Er war unvergleichlich feinkörnig und ließ sich zu einer glatten Masse verkneten, aus der man die wunderbarsten Gebilde formen konnte. Bei dieser Arbeit war sie vollständig im Reinen mit sich selbst.

Sie schrak zusammen, als ihr kleiner Bruder hinter dem Rücken des Riesen hervorsprang, auf und ab hüpfte und mit einem Stock auf den Stein einhieb. »Paul!«, rief Camille verärgert.

»Ich geb's dir, egal wie stark du bist! Ich, Lancelot, der Ritter der

Königin!«, brüllte er. »Bis du aufgibst, schwarzer Ritter. Und dann schlag ich dir den Kopf ab. Wumm!«

Der Felsbrocken scherte sich nicht um diese Drohungen, Louise aber schon, die zufällig den nächsten Hieb abbekam. Sie sprang kreischend auf, während Paul nicht aufhörte, auf sie einzuschlagen. »Paul, lass das, du kleines Monster!«

Camille legte ihre Schaufel beiseite und trat auf sie zu. Sie hasste es, wenn sie zwischen ihren Geschwistern vermitteln musste.

»Schau mal, was der kleine Unhold angerichtet hat!« Louise deutete auf den Blütenkranz, der zertrampelt zu ihren Füßen lag. »Immer macht er alles kaputt.«

»Ach, Louise, sei nicht so zimperlich«, gab Camille zurück. »Du kannst tausend neue Blumen pflücken. Außerdem könntest du mir mal helfen. Schließlich sind wir hier, weil wir Lehm holen wollen.«

»*Du* willst Lehm holen«, sagte Louise feindselig. »Wir nicht!«

Paul senkte sein Schwert und sah betreten zu Boden, wo der zerstörte Kranz lag, die Blumen ein einziges welkes Durcheinander.

»Entschuldigung«, murmelte er.

»Das hat er nicht gewollt«, sagte Camille. »Wenn er in sein Spiel vertieft ist, vergisst er alles um sich herum.«

»Immer hältst du zu ihm.« Louise stampfte mit dem Fuß auf. »Überhaupt habt ihr euch gegen mich verschworen. Papa ist auch immer auf eurer Seite.«

Camille wusste nicht, was sie darauf antworten sollte. Sie schwieg betreten, denn Louise hatte recht.

Victoire erwachte nicht von dem Gezänk, sondern von der plötzlichen Stille, die sich zwischen ihnen ausbreitete. Sie streckte sich gähnend und stand auf. »Gebt Ruhe, Kinder!«

Louise rannte auf sie zu. »Guck mal, Victoire! Paul hat meinen Blütenkranz kaputtgemacht. Wenn ich das Maman erzähle …«

Jetzt reichte es Camille. Sie konnte es nicht leiden, wenn Louise petzte. »Wir sind hier, um Lehm zu holen. Du hättest überhaupt nicht mitkommen müssen, wo du doch bloß herumjammern willst.«

»Alles dreht sich immer nur um dich«, rief Louise. »Dich und deinen blöden Lehm. Camille hier und Camille da. Maman gefällt sowieso nicht, dass du immer so viel Dreck ins Haus schleppst. Wieso bist du nicht wie andere Kinder?«

Das war zu viel. Erfüllt von einer Wut, die sie selbst erstaunte, griff Camille in die Schubkarre, füllte beide Hände mit Lehm und warf ihn ihrer Schwester ins Gesicht, die ungläubig nach Luft schnappte und zu weinen begann. Paul betrachtete sie fasziniert. »Du hast ihr das Maul gestopft.«

Louise wischte sich heulend den Dreck aus dem Gesicht. »Warum bist du so?«

Auch wenn sie es später bereuen würde, musste Camille noch ein wenig nachlegen.

»Weil ich mit Lehm zaubern kann, du verwöhntes Gör. Meine Vögel und Tiere sind lebendig. Und was glaubst du, mache ich mit dir?«

Erschrocken hielt Louise inne. Es wurde so still, dass sie einen Raben auffliegen hörten, der sich wie ein schwarzer Scherenschnitt vor die Wolken schob. In der Ferne grollte der Donner.

»Was?«, fragte Louise. Camille sah, dass sie Angst hatte. Sollte sie nur.

»Ich mach dich neu aus Lehm«, drohte sie. »Viel hübscher, als du jetzt bist. Ich hauche dir Leben ein, und dann bist du keine Zimperliese mehr, sondern meine beste Freundin.«

Louise betrachtete sie mit großen Augen. »Das erzähle ich Maman.«

»Petze!«, rief Camille.

»Lasst uns gehen, Kinder«, mischte sich Victoire ein. »Das Gewitter zieht heran.«

Louises Furcht war wie fortgeblasen. Zielbewusst steuerte sie den Weg nach Hause an.

Camille wusste, was ihr blühte, wenn ihre Mutter von ihrem Streit erfuhr, und versuchte, die ihr bevorstehenden Konsequenzen mit Fassung zu tragen. War sie nicht schon immer der Zankapfel ihrer Familie gewesen? Ihre Mutter hatte sie von Anfang an abgelehnt, weil sie kein Junge war, der ihren verstorbenen Erstgeborenen Charles Henri ersetzen konnte. Wenn ihr Vater sie nicht hin und wieder aus der Wiege gehoben hätte, wäre sie sicher verhungert. Ich schaffe es allein, dachte sie. Ich bin auf niemanden angewiesen. »Komm«, sagte sie und griff nach Pauls Hand.

Victoire stemmte die Hände in die Hüften. »Soll sich Madame doch selbst um ihre missratenen Gören kümmern.« Sie wickelte den Kuchen in ein Geschirrtuch, bevor sie ihn zurück in den Korb legte. Camille seufzte, denn aus ihrem schönen Picknick würde nun nichts werden.

Kaum lag das Haus in Sichtweite, rannte Louise los, klopfte ans Küchenfenster und informierte Mutter, die in der Tür erschien, die Hände voller Brotteig. Camille wusste nicht, ob ihr Gesicht vor Zorn oder vom angefachten Backofen glühte. »Was du zu Louise gesagt hast, Camille … Das wirst du büßen. Und überhaupt. Was bist du nur für ein Schmutzfink? Schau, wie du wieder aussiehst! Louise kann nichts dafür, wenn ihre Schürze nicht mehr weiß ist, aber du schon.«

Das stimmte. Der Kittel, den Camille über ihrem Kleid trug, war über und über mit Dreck bespritzt, und die alten Stiefel starrten vor Lehm. Sie sah ihre Mutter trotzig an und schwieg.

»Nicht mal entschuldigen kannst du dich«, rief Madame Claudel.

»Geh mir aus den Augen, du verstocktes Ding! Und bleib in deiner Kammer bis morgen!«

Camille zog sich in ihr Zimmer zurück und setzte sich auf die Bettkante. Stubenarrest. Diese Strafe kannte sie schon. Das Schlimmste daran war, dass sie nicht modellieren durfte, obwohl ihr Herz danach verlangte, die Rätsel zu entschlüsseln, die im Lehm auf sie warteten.

Sie saß da, die Hände untätig im Schoß gefaltet, bis sich die Dämmerung über Villeneuve senkte. Als es dunkel war, begriff sie, dass sich heute niemand mehr um sie kümmern würde. Sie zog ihre Kleider aus, legte sich ins Bett, zog die Decke über den Kopf und versuchte, ihren knurrenden Magen zu vergessen.

Sobald Ruhe im Haus eingekehrt war, begannen ihre Eltern zu streiten. Camille erwachte nicht von dem Geschrei, das durchs Haus hallte, sondern von Paul, der die Klinke drückte und mit dem Daumen im Mund im Türrahmen stand. Verschlafen richtete sie sich auf. »Keifen sie schon lange herum?«

»Ja. Ich kann nicht schlafen.«

Rührung erfasste sie, weil er so verloren wirkte. Sein blonder Haarschopf war vom Schlaf zerzaust, und seine Beine ragten unter dem Saum des Nachthemds hervor, das ihm schon wieder zu kurz wurde.

»Komm!«

Das ließ er sich nicht zweimal sagen. Er sprang ins Bett und schmiegte sich in die Beuge ihres Körpers. Camille legte fest den Arm um ihn und sog den Duft ein, der von seinem Kopf ausging, wie Butter und Karamell. Es war schon eine Weile her, dass er nachts zu ihr gekommen war.

Innerhalb von Minuten beruhigten sich seine Atemzüge, und er schlief ein. Dafür lag jetzt Camille wach und lauschte. Ihre Eltern stritten sich in der Küche so lautstark, dass sie immer wieder einzelne Worte verstand. Vor allem ihren Namen. Camille und nochmals Camille. Camille hier, Camille da. Dieses unmögliche Kind. Diese schwer erziehbare Göre. Nicht, dass sich ihre Eltern sonst nicht zankten. Ihre Mutter machte ihrem Vater zum Vorwurf, dass er ihre Stellung in Villeneuve geringschätzte, und er spottete über ihre mangelnde Bildung. Camille jedoch, die Eigensinnige, die Undankbare, die niemand bändigen konnte, geriet immer wieder zwischen die Fronten. Ihre Mutter hatte ihre ersten Figuren zerstört – den Hund mit dem wedelnden Schwanz, ihre schlafende Taube und die Katzenfamilie – und sie wegen ihrer Faulheit ausgeschimpft. Als ihr Vater Louise-Athanaïse deshalb tadelte, verbannte sie Camille mit ihrem Lehm in den Schuppen, wo sie ihre Taube neu erschuf. Damit hätte sie ihr keinen größeren Gefallen erweisen können, denn hier störte sie nur Paul, der die Nachmittage bei ihr verbrachte, mit seinem hölzernen Schwert gegen die Wände schlug und sich in Welten träumte, in denen er der Held war.

Camille wollte wissen, worüber ihre Eltern sprachen. Vorsichtig schob sie ihren Bruder zur Seite und stand auf. Der Holzboden war kalt unter ihren bloßen Füßen, als sie in Richtung Küche schlich. Die Stimmen klangen resigniert und müde, als hätten sich ihre Eltern damit abgefunden, dass sie einander nichts mehr zu sagen hatten.

»Wenn Camille so weitermacht, findet sie keinen Ehemann«, prophezeite ihre Mutter gerade. »Wer will schon ein Mannweib, das sich nicht fügen kann? Sie muss begreifen, dass die höchste Aufgabe einer Frau darin besteht, ihrer Familie zu dienen.«

»So wie Sie, Louise-Athanaïse«, sagte ihr Vater leise.

»Würden Sie es doch nur einsehen, Louis-Prosper. Wir sollten sie auf die Haushaltsschule schicken. Und Ihr Sohn. Er macht mir ebenfalls Sorgen. Er ist ein Träumer und den Anforderungen der

Welt nicht gewachsen. Wenn Sie ihn nur mehr beachten würden. Von Louise will ich ja gar nicht reden. Ihre Begabung fürs Klavierspiel zeigt sich immer stärker.«

Schon wieder ging es um Louise. Was könnte Camille mehr langweilen? Ihr fielen beinahe die Augen zu. Weil sie gähnen musste, bekam sie die nächsten Worte ihres Vaters nicht mit. Im nächsten Moment wurde die Tür aufgerissen.

»Camille!« Louis-Prosper stand da, die Nachtmütze verrutscht, der Backenbart gesträubt.

Louise-Athanaïse drängte ihn beiseite und zog Camille am Arm in den Raum. »Hab ich es doch gewusst. Der Lauscher an der Wand hört seine eigene Schand.« Sie hob die Hand, um Camille eine Ohrfeige zu verpassen.

»Nein!« Louis-Prosper hielt den Arm seiner Frau fest.

Camilles Magen knurrte, weil es hier so verlockend nach dem Kuchen duftete, der ihr nachmittags entgangen war. Standhaft erwiderte sie den unerbittlichen Blick ihrer Mutter. Sie würde nicht nachgeben und zuerst zu Boden schauen. Morgen jedoch, das wusste sie, würde sie ihren Trotz bitter bereuen.

»Dieses halsstarrige Kind«, brummte Louise-Athanaïse kopfschüttelnd.

»Geh ins Bett, Camille«, sagte ihr Vater nachsichtig und wandte sich an seine Frau. »Camille ist eine Künstlerin. So genial, dass sie Unterricht benötigt.«

»Was?« Ihre Mutter schnappte entsetzt nach Luft. »Sie unterstützen ihren Eigensinn auch noch?«

»Ja«, erwiderte er schlicht, »wenn es notwendig ist. Geh schlafen, Camille!«

Sie war eine Künstlerin. Camille erkannte sich in den Worten ihres Vaters mit einer Klarheit wieder, die sie selbst erstaunte. Sie würde ihn nicht enttäuschen. Als sie im Bett lag, erfasste sie ein wildes Bedürfnis, Paul zu schützen und es ihrer Mutter zu zeigen. Sie zog den Kleinen an sich und verschränkte ihre Beine mit seinen schlafwarmen. »Ich bin Bildhauerin. Und wenn du gegen Goliath oder den schwarzen Ritter kämpfst, kleiner David, dann bilde ich das ab, so aussichtslos es dir auch vorkommen mag. Wir werden es denen zeigen. Glaub mir, Paul, du wirst alle deine Geschichten aufschreiben. Du wirst ein Dichter, so leidenschaftlich und klug, wie ihn Frankreich noch nie gesehen hat. Und ich, ich werde eine berühmte Künstlerin.«

Tapsende Schritte näherten sich der Tür. Im nächsten Moment wurde sie aufgerissen. Ihr Vater stand da und musterte sie beide. Camille verkroch sich unter ihrer Decke.

»Camille.« Louis-Prosper räusperte sich.

Sein Besuch war gefährlich, denn damit erklärte er sie zur Komplizin im Streit mit seiner Frau. »Wir schaffen das«, flüsterte er. »Wir beide, Seite an Seite. Du bekommst deine Förderung.«

Einige Wochen später, als der Herbst kam, erzählte ihnen Victoire zum ersten Mal von der Prinzessin im Elfenbeinturm. In zwei Tagen würden sie nach Bar-le-Duc aufbrechen, wo sie den Winter verbringen würden. Camille graute es vor der Klosterschule in Épernay, wo die Nonnen ihre Modellierversuche als etwas Besonderes würdigten und ihre Mitschülerinnen sie aus genau diesem Grund schnitten. Doch noch war es nicht so weit. Noch waren sie in Villeneuve, wo sich die Herbststürme vor der Tür austobten.

Camille, Louise und Paul saßen in der Küche neben dem bollernden Ofen. Camille kuschelte sich mit angezogenen Beinen auf ihren Stuhl. Vor ihnen auf dem Tisch standen drei Becher mit heißer Schokolade. Auf dem Herd blubberte ein Kessel mit süßem Zwetschgenmus, das Victoire laufend umrührte, damit es nicht anbrannte. »Eine Zauberin hatte die Königstochter in einen Turm gesperrt«, erzählte sie. »Der war so hoch, dass sie ihn nicht allein verlassen konnte. Außerdem hatte die Zauberin den Schlüssel weggeworfen.«

»Der Turm war weiß und wunderbar geschnitzt«, sagte Camille. »Ein Elfenbeinturm, kostbarer als alles, was wir kennen.«

»Ein Gefängnis«, kommentierte Louise verächtlich.

»Ein Ort, an dem die Prinzessin sicher war«, entgegnete Camille. Paul stimmte ihr wie meistens zu.

»Ihr Rangen.« Victoire schüttelte den Kopf über ihre Zankerei. »Aber eines schönen Tages kam ein Prinz und wollte hinauf zur Prinzessin. Was tat sie wohl?«

»Sie lässt ihren langen Zopf hinunter, und er steigt daran hinauf in den Turm.« Louise gähnte demonstrativ. »Hat sicher geziept. Die Geschichte kenne ich.«

»Vielleicht«, sagte Victoire rätselhaft. »Was aber, wenn nicht?«

»Sie klettert hinunter«, überlegte Camille, »weil sie sich den Prinzen ansehen will, bevor sie sich auf ihn einlässt.«

Sie sah sich selbst, wie sie über Brüstungen balancierte und sich von Sims zu Sims abwärts schwang. Die Camille in ihrem Tagtraum konnte klettern wie eine Katze. Sie sprang die letzten paar Meter ins Gras und landete federnd auf ihren Füßen.

»Und was passiert, wenn sie unten ist?« Victoire rührte das Pflaumenmus im Kessel, das seinen würzigen Duft in der Küche verbreitete. »Auf einmal ist sie, die dort oben in Sicherheit war, mitten in der Welt.«

»Dann geht sie ihren Weg«, sagte Camille. »Vielleicht landet sie in den Dornen und zerkratzt sich Arme und Beine. Oder sie bricht sich den Hals, weil sie fällt. Aber sie hat es wenigstens versucht.«

»Du bist blöd, Camille«, schnaubte Louise. »Mädchen warten, bis ein Prinz auf einem weißen Pferd kommt und sie befreit. Vor allem Prinzessinnen im Märchen. Die achten auf ihre Fingernägel.«

»Selber blöd.«

Paul sprang auf und holte sich einen Keks aus dem Regal. »Vielleicht ist der Prinz in Wirklichkeit ein Räuber und tötet sie. Oder ein Zauberer, der sie betrügt.«

»Paul!« Victoire schlug ihm auf die diebischen Finger, aber Paul hatte den Keks schon in den Mund gesteckt und kaute. »Sie soll oben bleiben, in ihrer eigenen Welt«, sagte er mit vollem Mund. »Da passiert ihr nichts.«

KAPITEL 4

Paris, Frühsommer 1881

»Ich gehe noch einmal aus.« Camille zählte langsam bis zehn.

»Wohin?«, fragte Madame Claudel aus dem Salon, wo sie sich mit ihrem Stopfkorb beschäftigte. Sie ignorierte Camille schon wochenlang, genau genommen seit Eugénies überstürztem Auszug, was sich in demonstrativem Schweigen äußerte. Wenn sich eine Antwort nicht vermeiden ließ, ließ sie sich Zeit.

»Ich besuche Amy und Emily zum Tee.« Camilles Stimme verhallte in der Stille. Wieder dauerte es mehrere Sekunden, bis Madame Claudel sich zu einer Frage herabließ.

»Wo?«

»Bei Emily.«

Camille ließ die Tür hinter sich ins Schloss fallen. Ihre Mutter hatte ihr keine andere Wahl gelassen, als sie zu hintergehen. Ein Besuch bei Amy und Emily war ein willkommener Vorwand, um sich heimlich zum Aktzeichnen zu schleichen. Madame Claudel mochte die beiden Engländerinnen. Im Mai hatten sie sich in ihrer schicken Garderobe bei ihr vorgestellt und sie tief beeindruckt. Ihr imponierte vor allem, dass zwei weltgewandte Damen aus bester Familie mit ihrer unmöglichen Tochter Freundschaft schließen wollten.

Camille verließ das Haus und lief bis zur nächsten Ecke. Der Sonnenuntergang tauchte den Montparnasse in sein weiches, blaugoldenes Licht. Der Duft der blühenden Lindenbäume überlagerte den allgegenwärtigen Gestank der Abwasser und des Straßendrecks. Eine Droschke überholte sie. Pferdehufe klapperten auf dem Pflaster. Im Innenraum erspähte Camille ein Paar, er mit schwarzem Zylinder, sie in roséfarbenem Seidentaft.

Umberto erwartete Camille an der nächsten Ecke und drückte ihr eine wilde Rose in die Hand, mit der sie sich prompt in den Finger stach. Trotzdem freute sie sich, weil Umberto an sie gedacht hatte. Unerwartet hatte Camille in ihm einen Beschützer und Begleiter gewonnen. Er war ihr persönlicher Kavalier, der sich um ihr Wohlergehen sorgte und ihr nicht von der Seite wich.

»Kommst du heute mit zum Aktstudium?«, fragte sie.

Er nickte. Hin und wieder wechselte er die Perspektive, reihte sich unter die Künstler und starrte ihnen auf die Blöcke. Oder die Brüste, wenn es sich um Frauen handelte, dachte Camille.

»Oder bist du etwa … heute das Modell?« Ihr Gesicht glühte.

»Auf keinen Fall.« Er lachte peinlich berührt.

Camille hatte sich in den letzten sechs Wochen dreimal zum wöchentlichen Aktzeichnen davongestohlen, das weniger anstößig als erwartet war. Vielleicht lag es an den vielen Menschen, die sich in den Anblick der leicht bekleideten Modelle vertieften. Vielleicht aber auch daran, dass eine gute Zeichnung von einem Aktmodell so anspruchsvoll war, dass man sich von körperlichen Reizen nicht ablenken lassen konnte.

»Heute ist Riccardo dran«, sagte Umberto.

»Ach du meine Güte.«

Umberto warf sich in die Brust wie der Torero, als der er an Camilles erstem Tag an der Akademie posiert hatte. »Er ist halt nicht ich.« Camille kicherte hinter ihrer Rose.

»Ich habe meine Schöne zum Lachen gebracht. Weißt du, wie selten das bei dir ist?«, fragte er.

»Natürlich«, sagte sie.

Wie Umberto stammten viele Modelle aus Italien. Er kannte sie alle. Oft waren es Familien, die sich ihren Lebensunterhalt damit verdienten, ihre Körper in der Kunstakademie oder den freien Kunstschulen zur Schau zu stellen. Umberto hatte Camille von ihren Schicksalen erzählt. Riccardo war siebenfacher Großvater und diente etablierten Künstlern als Vorlage für bärtige Apostel und den Heiligenkalender.

Auf dem Boulevard du Montparnasse herrschte reger Verkehr. Sogar einige Fahrräder schlängelten sich durch die Reihen der Kutschen und Pferdebusse. Während sie eilig die Straße entlangliefen, grüßten sie nach links und rechts. Umberto kannte die meisten Passanten und saugte jeden Klatsch auf. »James Whistler hatte auch ein Atelier am Montparnasse«, erzählte er. »Du würdest gut in seine Bilder passen. Er malt ausgemergelte Nymphen und so was.«

»Ich überleg es mir.« Camille lachte. »Wenn Maman sich nicht wieder beruhigt, werde ich es in Betracht ziehen, mir etwas hinzuzuverdienen. Modellstehen ist keine schlechte Option, um sich den Lebensunterhalt aufzubessern.«

Sie bogen in die Rue de la Grande-Chaumière ein.

»Du weißt gar nicht, wie schön du bist«, sagte er mit plötzlichem Ernst. »Die Künstler würden sich um dich reißen.«

»Ach, Umberto, sei still.« Ein freundschaftlicher Schubs vor die Brust, und Umberto verwandelte sich auf der Stelle in den Spaßmacher zurück, den sie kannte. Camille interessierte sich nicht für ihr Aussehen. Schönheit diente allenfalls dazu, sie in einer Büste darzustellen. Aber niemals von sich selbst.

Amy und Emily erwarteten sie am Eingang zur Académie Colarossi. Sie betraten den Zeichensaal zu viert, suchten sich Plätze nebeneinander und vertieften sich in den Anblick des graubärtigen Greises Riccardo, der seine Blöße mit einem Tuch bedeckt hielt. »Wieder kein schöner Adonis«, seufzte Amy. »Mit Feigenblatt.«

»Or without«, fügte Emily hinzu. Sie prusteten und sparten sich die Übersetzung. Ein attraktiver junger Mann, der ihre Tugend in Gefahr brachte, war ihnen trotz Madame Claudels Befürchtungen bislang nicht untergekommen.

Bei ihrer ersten Lektion im Aktzeichnen hatte Camille die Gestalt einer jungen Mutter und ihres schlafenden Kindes in eine bezaubernde Skizze bannen können. Beim zweiten Mal hatte eine bildschöne junge Frau namens Anna posiert, die mit Umberto befreundet war. Ihre Schwester Adela hatte im Publikum gewartet und Anna nach dem Posieren in ein Leintuch gehüllt. Später erfuhr Camille, dass Adela Abruzzesi ebenfalls Modell und für ihren kapriziösen Charakter bekannt war.

»Hach, ein schöner junger Mann wäre doch mal was!«, träumte Amy.

»Ich stehe nicht zur Verfügung«, beeilte sich Umberto zu sagen, der aufgestanden war und Emily und Camille abwechselnd über die Schulter sah. »Nicht mehr.«

»Weshalb?«

Doch Umberto schwieg eisern. Anscheinend wollte er sie noch etwas auf die Folter spannen.

Camille betrachtete die ausgemergelte Gestalt Riccardos, sog jedes kleinste Detail auf. Sein gütiges Gesicht drückte Resignation aus. Seine Schultern waren gekrümmt von Alter und harter Arbeit. Welch bittere Armut er in seiner Heimat erfahren haben musste, dass er nun so vor ihnen saß, konnte Camille nur ahnen. Doch ihre sorgfältige Studie sprach von Respekt und gab ihm ein Stück seiner Würde zurück.

Nach der Zeichenstunde trafen sie sich an einem Tisch unter blühenden Lindenbäumen im nahe gelegenen Bal Jardin und bestellten Wein und Absinth. Kein Cancan heute, der ihre Sittenstrenge auf die Probe stellte. Ein Akkordeonspieler ließ Musettewalzer erklingen, zu denen einige Studenten mit ein paar losen Weibsbildern das Tanzbein schwangen. Umberto lümmelte sich auf seinen Stuhl und streckte beide Arme nach hinten über die Lehne.

»Was hast du damit gemeint, dass du bald nicht mehr zur Verfügung stehst?«, fragte Camille. Jede Woche bot er seinen Körper auf den Modellmärkten vor der Staatlichen Kunstakademie, der Académie Julian oder der Académie Colarossi an. Wer Interesse und Geld hatte, mietete ihn auf Zeit. Sie wusste, wie sehr er das hasste. »Nicht viel besser als ein Lustknabe«, sagte er immer.

»Nun erzähl schon!«, forderte ihn Amy auf.

»Es steht noch nicht zur Debatte, aber vielleicht …« Umberto machte es spannend. »Vielleicht habe ich bald eine feste Anstellung.«

Mehr bekamen sie an diesem Abend nicht aus ihm heraus. Einige Kommilitonen aus der Akademie setzten sich zu ihnen und verwickelten sie in ein Gespräch über Kunst. Zwei von ihnen traten glühend für diese unsäglichen Impressionisten ein, deren Kunst vom Winde verweht zu sein schien. Lauter flüchtiges Getüpfel, über das Camille die Nase rümpfte. Sie hielt nichts von dieser Art der Avantgarde. »Ihre Bilder sind nicht mehr als Skizzen«, sagte sie.

»Kein Wunder, wo sie vorwiegend im Freien arbeiten«, erwiderte Umberto. »Was soll dabei schon groß rauskommen, so ohne Plan und Atelier?«

»Sie sind die Zukunft«, widersprach ihnen einer der Studenten.

»Ihnen fehlt jede dauerhafte Bedeutung«, urteilte Camille. »Wir Bildhauer arbeiten für die Ewigkeit. Ich zum Beispiel suche immer eine tiefere Wahrheit in allem, was ich tue. Gibt es eigentlich Frauen unter ihnen?«

»Berthe Morisot ist gar nicht so schlecht.« Umberto kannte sie alle: den Hünen Claude Monet, Auguste Renoir mit dem Ziegenbart, den Dandy Edgar Degas, der den Ballerinen nachstieg, und Édouard Manet, dessen Verwendung der Farbe Schwarz sogar Camille gefiel, was sie aber niemals zugegeben hätte.

Trotz oder wegen ihrer Streitereien über Kunst wurde es ein anregender Abend. Danach brachte Umberto Camille nach Hause. Ohne ihn hätte sie ein Stück des Weges allein gehen müssen, was im nächtlichen Paris gefährlich war. Vor dem Haus wandte er sich ihr zu. »Ich sage nur *Höllentor*.«

»Was soll das denn heißen?«, fragte sie überrascht.

»Es wird ein großes Bildhauerprojekt geben, ein Tor für das kommende Musée des Arts décoratifs, so ein Riesending nach Dante Alighieris Hölle in seiner *Divina Commedia*. Es soll im Marmordepot entstehen. Dafür bin ich engagiert.« Stolz nickte er ihr zu.

»Wirklich? Da wäre ich zu gern dabei«, sagte sie sehnsüchtig. »Du wirst sicher ein prima Teufel am Tor zur Hölle. Wer hat die Verantwortung?«

»So ein unbekannter Rebell namens Auguste Rodin. Es ist mir völlig schleierhaft, warum er diesen Auftrag erhalten hat. Wenn du seine Arbeiten siehst, wirst du mich verstehen. Entweder man hasst ihn, oder man liebt ihn.«

Umberto verabschiedete sich mit einem Luftkuss. Camille merkte, wie der Alkohol in ihrem Blut kreiste und sie wärmte. Sie hatte keine Zeit für eine Tändelei mit dem hübschen Italiener. Dazu war ihr das Studium an der Akademie zu kostbar. Aber es war nicht einfach, ihm nicht mit heißem Herzen hinterherzustarren.

Sie stieg die Treppe empor und öffnete leise die Wohnungstür. Es musste nach Mitternacht sein. So spät war sie noch nie heimgekommen. Aber sie hatte Glück, denn die Familie schien bereits zu schlafen.

Es war sehr still, als sie sich ins Mädchenzimmer zurückzog und vorsichtig die Tür hinter sich ins Schloss zog. Beim Ausziehen fiel ihr die zerdrückte Rose in die Hand, die sie in einer Rocktasche aufbewahrt hatte. Die Blätter waren welk. Ein Teil fiel zu Boden, als sie sie auf den Tisch legte. Im Unterkleid und mit gelockertem Korsett näherte sie sich der Waschschüssel, über der ein trüber Spiegel hing. Nachdenklich löste sie ihren schweren Haarknoten und ließ ihre kastanienbraunen Locken über ihren Rücken fallen. Dunkelblaue Augen blickten ihr aus dem Spiegel entgegen. Wie meistens wirkte sie mürrisch und verschlossen.

Sie steckte die lädierte Rose mit einer Haarklammer über ihrem rechten Ohr fest und versuchte ein Lächeln. Nichts Weiches war an ihr. Wenn sie sich selbst darstellen würde, dann so, mit der Heckenrose im Haar. Wild, frei und ungezähmt. Aber warum sollte sie sich überhaupt abbilden? Sicher nicht, um ihr Portrait einem Galan zu schenken. Die Liebe war Verschwendung, wenn man schöpferisch tätig sein konnte.

Ein Geräusch ließ sie herumfahren. Pauls rundes Jungengesicht hing im Türspalt und lief knallrot an. Ertappt, dachte Camille.

»Paul! Wie lange hast du mich schon beobachtet? Was geisterst du mitten in der Nacht hier herum?« Wasser spritzte auf, als sie den Schwamm aus der Schüssel nach ihm warf.

»Entschuldigung.« Er zog sich zurück. Camille seufzte. In der engen Stadtwohnung traten sie sich gegenseitig auf die Füße.

Sie lag lange wach, die Arme hinter dem Kopf verschränkt, die Augen zur Decke gerichtet. Die Zukunft lag voller Verheißung vor ihr. Ein Bildhauer namens Rodin schuf ein riesiges Höllentor nach dem Reich der Finsternis aus Dantes *Göttlicher Komödie.* Das musste sie unbedingt sehen. Sonntag kommt Vater, überlegte sie und nahm sich vor, Louis-Prosper die Dinge zu erzählen, die sie ihrer Mutter verschwieg. Er würde Verständnis für sie haben, selbst wenn sie ihm gestand, dass sie zum Aktzeichnen ging. Statt in den Schlaf zu fallen, geisterte ihr ein Wort durch den Kopf. Rodin. Sie kannte diesen Namen.

KAPITEL 5

Nogent-sur-Seine, 1879

»Wir sind die Claudels«, sagte Louis-Prosper voller Stolz. Wohin sie auch kamen, brachten sie keine großen Besitztümer mit, trugen keinen Adelstitel, zählten sich aber dennoch zum Bürgertum. »Adel des Geistes«, nannte Camilles Vater das dauerhafte Streben seiner Familie nach dem Besten. Von seinen Kindern verlangte er die Bereitschaft zur Bildung und einen kritischen Geist, der sich auf keinen Fall für dumm verkaufen ließ.

Louise-Athanaïse teilte seine hochfahrenden Pläne nicht. Ihr reichten ihr Besitz in Villeneuve und der Status, den sie als Arzttochter und Landbesitzerin innehatte. Camille aber war Vaters Kind. Wenn Louis-Prosper da war, beschützte er sie und den kleinen Träumer Paul vor den Ausbrüchen ihrer Mutter, und sie versteckten sich bereitwillig hinter seinem breiten Rücken.

Als sie 1876 nach Nogent-sur-Seine zogen, nahmen sie neben Camilles Menagerie aus Lehmfiguren auch die umfangreiche Bibliothek der Familie mit, in der sich Klassiker wie Ovid, Horaz und Homer ebenso fanden wie umstrittene Neuerscheinungen. Camille las sich von vorne bis hinten systematisch durch die Bücherwand und machte auch vor dem 1863 herausgegebenen Buch *Das Leben Jesu* von Ernest Renan nicht halt. Es war eine Skandalschrift, die im ganzen Land heiß diskutiert wurde, weil sie nichts weniger als die göttliche Natur Christi infrage stellte. Camille glühte bei der Lektüre vor Begeisterung. Wenn sie etwas tat, dann ohne Kompromisse.

Wenigstens war sie den Nonnen entronnen, bei denen sie in Bar-le-Duc zur Schule gegangen war. Obwohl die Ordensfrauen, die mit ihren Flügelhauben wie Gespenster durch die Flure schlichen, ihre Bildhauerkunst schätzten, würden sie sie sicher als aufsässigste Schülerin aller Zeiten in Erinnerung behalten.

Es war später Nachmittag. Während rund um das Haus der Regen rauschte, saßen sie vereint am Tisch. Die Lampe leuchtete. Es war ein Bild ungewohnten Friedens.

Camille las in Ernest Renans Buch, ihre Mutter nähte mit flinken Fingern einen Saum. Paul schrieb einen Aufsatz, und Louise zeichnete ein Blumenbild.

»Jesus ist nicht der Sohn Gottes«, platzte Camille heraus. »Es ist alles ein Missverständnis.«

Vor Schreck zog Paul einen langen Federstrich quer über sein Blatt. »Verdammt, jetzt muss ich alles neu schreiben!«

Camille trat ihm unter dem Tisch gegen das Schienbein. »Hier wird nicht geflucht!«

»Aber Camille, wie kannst du so etwas sagen? Dass Jesus nicht der Sohn Gottes ist?«, fragte Madame Claudel widerwillig beeindruckt.

Im Grunde war Camille in eine Familie von Ketzern hineingeboren worden, die eisern an ihrem Atheismus festhielten. Ihre Mutter folgte in allem dem Vater, der sich um keine geistlichen Autoritäten scherte, sondern der humanistisch geprägten Lehre der Freimaurer nahestand. Louise, der alles egal war, was über ihre Schönheit oder ihre Heiratsaussichten hinausging, maulte, wenn man sie in die Kirche zwang. Nur Paul suchte nach etwas Großem, an dem er sein Leben ausrichten konnte.

»Aber es stimmt doch, Maman«, fuhr Camille beharrlich fort. »Monsieur Renan erzählt uns etwas über Geschichte, nicht über Religion. Er berichtet von den Juden, den Römern und den ersten Christen. Die haben Jesus bloß für den Messias gehalten und diese

Riesenkirche gegründet, damit sie den Leuten ihre Regeln aufzwingen können.«

»Aber Camille.« Die Mutter schüttelte mit ungewohnter Nachsicht den Kopf.

Camille war von heiligem Eifer erfüllt. Wenn sie ihre Mutter überzeugte, würde sie vielleicht endlich begreifen, wie klug ihre älteste Tochter war. Außerdem hatte sie recht. »Aber du glaubst diese Dinge doch auch nicht, Maman, oder? Das ganze Gerede von der Göttlichkeit Jesu?«

Ihre Mutter errötete ertappt. »Nein, aber es ist besser, wenn es niemand merkt.«

»Das hat dir sicher euer neuer Hauslehrer erzählt«, sagte Louise ätzend.

Mit dieser Vermutung lag sie richtig. Monsieur Colin, den ihr Vater eingestellt hatte, um Camille und Paul zu unterrichten, war eine Offenbarung für sie. Endlich erhielt sie Antworten auf ihre vielen Fragen. Er förderte sie darin, die Klassiker zu lesen, und entpuppte sich als gebildeter Zweifler, an dem sie ihren kritischen Geist schärfen konnte.

Paul schob mit einem Ruck den Stuhl zurück und verließ das Zimmer. »Was hat ihn denn so vergrätzt?«, fragte Louise.

»Das liegt an mir«, sagte Camille.

Paul suchte nach Wundern, wo immer er sich befand. Camille war sein Vorbild. Wenn sie seine Hoffnungen zerstörte, war das schlimm für ihn. Voller schlechtem Gewissen setzte sie ihre Lektüre fort und stärkte sich mit einem Griff in die Schüssel mit den Apfelschnitzen, die ihnen Victoire hingestellt hatte. Aus der Küche drang der köstliche Geruch des Coq au Vin zum Abendessen.

Kurze Zeit später hörte sie Stimmen im Gang. Ihr Vater kam, und er hatte einen Gast mitgebracht. Es dauerte eine Weile, bis die

Männer ihre nassen Mäntel und Überschuhe ausgezogen hatten. Als sie in den Salon traten, ähnelten sie in ihren schwarzen Anzügen zwei durchnässten Krähen. Der Fremde war ein leicht korpulenter Mann um die dreißig, der einen Bart mit zwei Spitzen trug und zuvorkommend in die Runde grüßte.

»Papa!« Louise sprang auf und umarmte ihren Vater stürmisch.

»Schon gut.« Er schob seine mittlere Tochter von sich und wandte sich Camille zu. »Ich habe dir jemanden mitgebracht«, sagte er. »Das ist Monsieur Alfred Boucher. Er ist Bildhauer und will sich deine Figuren ansehen.«

Camille hatte unlängst begonnen, Figuren aus der Bibel und der antiken Mythologie zu gestalten sowie je eine Büste von Napoleon und eine von Bismarck. Letztere hatte sie ihrer Mutter geschenkt, die sich zum ersten Mal anerkennend geäußert hatte, während ihr Vater wenig begeistert über den deutschen Kriegstreiber gewesen war, der sich nun als Dekoration auf dem Klavier wiederfand.

»Hol deine Figurengruppe von David und Goliath!«, befahl Louis-Prosper.

Camille sprang auf, stolperte über das Stuhlbein und lief aus dem Zimmer. Ihre Figuren standen gut verpackt im Abstellraum unter der Treppe. Der kleine David, der dem Riesen Goliath die Stirn bot, war von ihrem Bruder inspiriert worden, als er beim Geyn gegen den schwarzen Ritter kämpfte.

Sie wickelte die Tonplastik aus dem Tuch, trug sie vorsichtig in den Salon und stellte sie auf den Tisch. Voilà. Monsieur Boucher betrachtete die Figuren aufmerksam von allen Seiten. Camilles Herz klopfte. Er war der erste professionelle Bildhauer, der sich für ihre Arbeiten interessierte. Ein echter Künstler, dachte sie und glaubte zu träumen. Danach erhob er sich und sah sie lange an, als sei sie ein ebensolches Kunstwerk wie ihr Werkstück.

»Wie alt sind Sie, mein Kind?«

»Vierzehn.« Camille knickste.

»Haben Sie diese Gruppe wirklich ganz allein gemacht? Sie reihen sich damit unter unsere Vorbilder aus Florenz ein. Donatello hat einen David geformt, ebenso wie der größte aller Meister, Michelangelo.«

Camille wurde flammend rot. »Ja. Aber ich kenne die Meister aus der Renaissance gar nicht.«

»Sie haben eine große Begabung, Camille. Ihre Figuren sind ausdrucksstark, professionell und befinden sich in einem glaubhaften Austausch miteinander. Sie sind, kurz gesagt, wahrhaftig.«

Madame Claudel wollte Boucher mit einem geringschätzigen Schnauben ins Wort fallen. »Seien Sie still«, raunte ihr Louis-Prosper zu. »Halten Sie Ihr böswilliges Mundwerk im Zaum!«

Camille aber konnte kaum glauben, was sie da hörte. Boucher lobte sie. Er fand ihre Figuren ansprechend. Kurz darauf verschwand Papa mit dem Bildhauer in seinem Arbeitszimmer. Camille wartete aufgeregt. Nach einer halben Stunde kehrten beide Männer ins Wohnzimmer zurück.

»Monsieur Boucher wird dich unterrichten«, verkündete ihr Vater. »Erweise dich dieser Ehre würdig.«

Camille nickte mit großen Augen.

»Monsieur Claudel ...«, mischte sich Alfred Boucher ein.

»Ja?« Louis-Prosper hob die Augenbrauen.

»Camilles Weg wird nicht einfach sein. Die Bildhauerkunst ist eine reine Männerdomäne. Um ihr Talent zu entfalten, führt kein Weg daran vorbei, ihre Tochter in Paris studieren zu lassen.«

»Oh, bitte!« Camille klatschte begeistert, während Louise ihr die Hände auf die Schultern legte und mit ihr auf und ab sprang. »Wir ziehen nach Paris!«, jubelte sie.

»Auf keinen Fall«, sagte ihre Mutter gallig.

»Das werden wir noch sehen.« Louis-Prosper zwinkerte beiden Mädchen zu und half dem Gast in den Mantel, während der Regen draußen noch immer wie ein Sturzbach niederging.

Von da an kam Alfred Boucher oft ins Haus. Seine Werke waren von der Florentiner Schule beeinflusst, von Michelangelo, den Camille lieben lernte, als sie in einem Buch das erste Werk von ihm sah. Boucher brachte ihr alle Techniken der Ton- und Steinbearbeitung bei. Nach einer Weile entsprachen ihre Werkstücke mehr und mehr seinen Vorstellungen. Er wertete Camille als das größte Talent, das er je unterrichtet hatte. Sie sonnte sich unter seinem Lob und arbeitete noch härter.

Im folgenden Frühjahr, Camille war im Dezember fünfzehn Jahre alt geworden, schneite er eines Morgens zur Küche herein, wo sie ihrer Mutter beim Backen half. Der Ofen war angeheizt für Brot und Apfeltorte. Es duftete verführerisch nach Zimt und süßem Hefeteig.

»Ich muss Ihnen Ihre Tochter leider entführen, Madame«, sagte er mit einer Verbeugung. »Camille, nehmen Sie eines Ihrer Werkstücke mit.« Sie bekam rote Wangen vor Aufregung und putzte sich ihre mehligen Hände an ihrer Schürze ab. »Darf ich, Maman?«

Sie sah, wie ihre Mutter nachgab, was wahrscheinlich Bouchers höflichem Benehmen geschuldet war. »Tu, was du nicht lassen kannst. Aber das mit Paris …«, rief sie ihnen hinterher, als sie schon in der Tür standen, »das ist noch lange nicht entschieden.«

Camille packte ihre Gruppe mit David und Goliath ein und folgte Bouchers langen Schritten quer durch die Stadt. Sie betraten ein vornehmes Anwesen am Rand von Nogent und betätigten den Türklopfer, der aussah wie ein Löwenkopf. Ein Kammerdiener in einer Livree öffnete ihnen und ließ sie mit blasiertem Blick ein. Ein junger Bildhauer und ein Mädchen waren sicher keine Gäste, denen man besondere Aufmerksamkeit schenkte.

»Was wollen wir hier, Monsieur Boucher?«

Sein geheimnisvolles Lächeln spannte sie weiter auf die Folter. »Sie werden sich noch ein wenig gedulden müssen, Camille.«

Im Salon stand eine Kleinplastik im florentinischen Stil. Sie strich darüber und spürte die Kühle des Bronzeabgusses unter ihren Händen. Es handelte sich um das Abbild eines Sängers mit einer Laute. Klassischer als seine stehende Position mit Standbein und Spielbein ging es nicht. Camille fand sie langweilig und zu gefällig. Weitere Figuren bevölkerten das Zimmer.

»Hier wohnt ein Bildhauer«, schloss sie.

»Sieht man das?«, fragte Boucher. »Er ist nur hin und wieder anwesend. Paul Dubois lebt die meiste Zeit in Paris. Er ist außerordentlich erfolgreich, stellt alljährlich im Salon aus und wurde zudem zum Direktor der École des Beaux-Arts bestellt, der offiziellen Kunstakademie des Staates Frankreich.« Er machte eine nachdenkliche Pause, überlegte sichtlich, ob er ihr das Nächste anvertrauen sollte. »Dubois hat mein Talent entdeckt, was nicht selbstverständlich ist, wenn man bedenkt, dass mein Vater sein Gärtner war. Wir befinden uns hier im Anwesen seiner Familie, die in Nogent-sur-Seine zur besseren Gesellschaft gehört.«

»Wirklich?«

»Ja.«

Boucher packte die Figurengruppe von David und Goliath aus, die neben dem Lautenspieler wild und leidenschaftlich wirkte. Camille hatte den Rücken ihrer Figuren wie eine zerklüftete, felsige Oberfläche gestaltet. Neue Möglichkeiten taten sich hier für sie auf. Sie nahm sich vor, diese Chance zu ergreifen, koste es, was es wolle.

Dubois ließ sich Zeit, bevor er sie mit seiner Gegenwart beehrte. Derweil servierte ein Dienstmädchen Tee und rosafarbene, viel zu süße Petits Fours, an denen Camille missmutig knabberte. Eine halbe Stunde später stürmte der Hausherr endlich in den Salon und begrüßte sie mit ausgestreckten Händen. Er war ein älterer Herr mit Schnauzbart und Monokel. »Da ist ja mein lieber Monsieur Boucher. Und wer ist diese bezaubernde junge Dame, die mich in meinem Haus beehrt?«

Boucher schob Camille vor sich. Seine Hände gruben sich in ihre Schulterblätter. »Das hier, lieber Dubois, ist meine vielversprechendste Schülerin, Mademoiselle Camille Claudel.«

Sie fiel in einen Knicks, aus dem ihr Gastgeber ihr höflich aufhalf. »Willkommen, willkommen, Mademoiselle. Was haben Sie mir da mitgebracht?«

»Sehen Sie selbst«, sagte Boucher.

Dubois wandte sich Camilles David und Goliath zu, die er durch sein Monokel ausgiebig begutachtete. »Bemerkenswert.« Er wanderte einmal um den Tisch herum und betrachtete sie aus jedem Blickwinkel. »Sehr leidenschaftlich und ausdrucksvoll. Fast …«

Obwohl er ihre Frage sicher als Unverschämtheit abtun würde, konnte sich Camille nicht länger beherrschen. »Monsieur Dubois …« Sie versuchte, ihre Stimme nicht allzu begierig klingen zu lassen. »Kann ich, wenn ich nach Paris komme, an der Staatlichen Akademie studieren?«

Jetzt war es heraus. Wie vom Donner gerührt sah Boucher sie an.

»Eine junge Dame mit Ehrgeiz.« Paul Dubois lachte gönnerhaft. »Aber nein, wo denken Sie hin? An die Akademie schaffen es noch nicht einmal alle männlichen Talente. Denken Sie an Monsieur Auguste Rodin. Der hat es dreimal versucht und ist ebenso oft an seinen eigenen Ambitionen gescheitert. Zu wenig anpassungsfähig.

Die Aufnahmekriterien sind sehr streng. Frauen aber ist der Besuch von vornherein nicht gestattet. Sie dürfen sich nicht einmal bewerben.«

»Aber warum?« Camilles Hoffnung wurde von Enttäuschung abgelöst. Tränen traten in ihre Augen.

»Nehmen Sie es nicht persönlich. Der schwere Weg eines Bildhauers ist nicht für die zarte Konstitution einer Dame gedacht. Und dann erst das Aktstudium. Das ziemt sich nicht für junge Frauen. Stellen Sie sich eine Damengruppe im Anatomiesaal vor. Sie würden bei dem ganzen Blut und den Körperteilen reihenweise in Ohnmacht fallen.« Dubois nahm ihre Hand, beugte sich darüber und drückte einen galanten Kuss darauf. Sein Schnurrbart kitzelte. Camille kämpfte gegen ihre Tränen. Es wäre zu demütigend, wenn sie ihr ausgerechnet jetzt übers Gesicht laufen würden.

»Es gibt weniger herausfordernde Wege für die Damenwelt«, sagte Dubois. »Zum Beispiel die Aquarellmalerei. Aber wenn Sie denken, Sie seien von der Muse geküsst und sich partout als Bildhauerin ausbilden lassen wollen, dann gehen Sie an die private Akademie Colarossi.«

»An Letzterer gibt es sogar eine ausgezeichnete Bildhauerklasse«, ergänzte Boucher. »Ich unterrichte dort.«

Camille, die sich von Boucher verraten fühlte, unterdrückte ein Schluchzen.

»Merkwürdig.« Dubois' Hände glitten über den gefurchten Rücken des Goliath. »So eine lebendig gestaltete Oberfläche. Hatten Sie Unterricht bei Monsieur Auguste Rodin, den ich eben erwähnte? Ihre Werke gleichen den seinen. Solch ungebändigte, ungezügelte Leidenschaft!«

KAPITEL 6

Paris, April 1882

Regelmäßige Hammerschläge erfüllten den Raum. Staub lag in der Luft und legte sich erstickend auf die Atemwege. Marmorstückchen und Späne flogen durch das Atelier, während sich unter den Händen der Studenten die Schale des Steins von der darunter verborgenen Wirklichkeit löste. Wer nicht aufpasste, dem zerschnitten die Splitter das Gesicht.

Camille arbeitete an der Büste einer jungen Frau und meißelte vorsichtig ihr zartes Profil. Ihr Vorbild war die schöne Italienerin Anna aus dem Kurs im Aktzeichnen. Irgendwann würde daraus ein Mädchen mit einer Korngarbe werden, das erschöpft auf einem Stein saß, die Beine eng aneinandergepresst. Victoire sagte, die Kerbe unter der Nase eines Menschen rühre von der Berührung seines Schutzengels, der jedem Menschen kurz nach der Geburt seinen Finger auf die Lippen lege, um ihn daran zu erinnern, dass er über den Himmel zu schweigen habe. Camille, die nicht an solchen Unsinn glaubte, arbeitete die Kerbe dennoch millimetergenau aus. Eine kleine Senke in der Mitte und zwei Grate, die irgendwann so glatt und scharf wie Messerklingen sein würden. Vollkommen. Man konnte sich den Finger daran schneiden.

In der Bildhauerkunst unterrichtete sie Alfred Boucher, der die Reihen mit auf dem Rücken gefalteten Händen durchwanderte. Er war jetzt Mitte dreißig, trug einen weißen Kittel über seinem Anzug und wirkte mit seinem Bart und dem Bauchansatz vertrauenswürdig. Die Schüler betrachteten ihn voller Ehrfurcht, weil er im diesjährigen Salon einer der Anwärter auf den Prix de Rome war, die höchste Auszeichnung, die ein französischer Bildhauer gewinnen konnte.

»Sehr schön, Mademoiselle Claudel. Wie immer übertreffen Sie Ihre Kommilitonen um Längen.«

Camille hielt inne und nickte. Seit Boucher sie in der Bildhauerklasse korrigierte, war sie an Lob gewöhnt. Er gehörte zu den wenigen Professoren an der Akademie, die keinen Unterschied zwischen männlichen und weiblichen Studenten machten. Außerdem kannte er sie und glaubte an sie. »Weiter so«, sagte er.

Mit einem Stirnrunzeln wandte er sich Camilles blondem Nachbarn zu, der seinen Steinblock so miserabel behaute, dass er kaum noch zu retten war. Laurent Bourgois' attraktives Äußeres und das Vermögen seiner Familie täuschten nicht darüber hinweg, dass er ein Stümper war. Vielleicht gab er sich auch nicht genügend Mühe. Kopfschüttelnd betrachtete Boucher das missratene Werkstück.

»Sie werden niemals über Mademoiselle Claudels Talent verfügen, Monsieur Bourgois«, tadelte er ihn. »Aber an ihrem Fleiß und ihrer Zielstrebigkeit sollten Sie sich ein Beispiel nehmen.«

Laurent warf Camille einen zornigen Blick zu. Als Boucher sich abwandte, drehte Laurent sich und stieß dabei scheinbar aus Versehen sein Werkstück mit dem Ellbogen vom Sockel. Mit einem Aufschrei sprang Camille zur Seite, als es zu ihren Füßen in tausend Teile zerbarst. Die Studenten hielten erschrocken inne und begannen zu murmeln. Es dauerte eine Weile, bis sich die Klasse in der Lage fühlte, weiterzuarbeiten. »Holen Sie einen Besen, Bourgois«, befahl Boucher. »Ich dulde keinen Widerspruch«, sagte er, bevor Laurent behaupten konnte, eine solche Arbeit sei unter seiner Würde.

»Verschwender«, zischte Camille, als er an ihr vorbeiging.

Nachdem er die Marmorstücke zusammengekehrt und in den Mülleimer verfrachtet hatte, packte Bourgois seine Sachen und verließ den Raum.

Camille zwang sich zur Konzentration. Nach einer Viertelstunde war sie so in ihren Mädchenkopf versunken, dass sie nicht bemerkte, wie Amy hinter sie trat.

»Where did you learn this?«, fragte sie. »Das wirkt alles so – wie sagt man? – mühelos. Als ob sich das Mädchen von selbst aus dem Stein schält.«

Amy und Emily bestaunten Camilles Werke und versuchten ihr nachzueifern, wo immer sie konnten. Die Nymphe, an der Amy heute gearbeitet hatte, wirkte trotzdem schwerfällig und starr. *Madam Elephant*, nannte Amy sie mit dem ihr eigenen schrägen Humor.

»Ich mache das schon sehr lange«, sagte Camille.

Zugegeben, die Arbeit ging ihr leicht von der Hand, denn schließlich hatte sie die Grundlagen der Steinbearbeitung in Nogent bei Alfred Boucher gelernt, der nicht nur ein Meister seines Fachs, sondern auch ein guter Lehrer war.

»Hier lernst du nichts hinzu. Nothing«, mischte sich Emily ein. Was sie sagte, war meistens klug und überlegt. »Die Klasse ist zu einfach für dich.«

Während die Mädchen die Köpfe zusammensteckten und flüsterten, zog Boucher umständlich seine Taschenuhr heraus und warf einen Blick darauf. »Mesdames, Messieurs, die Stunde ist um. Camille, Miss Singer und Miss Fawcett, warten Sie bitte an der Straße auf mich.«

Leises Geraune löste die regelmäßigen Hammerschläge ab, als die Studenten nacheinander den Raum verließen.

Sorgfältig wickelte Camille ihren Fäustel und die Zahneisen, Spitzeisen und Schlageisen in eine Ledermanschette, zog den weißen Kittel aus, den sie zum Schutz vor dem Steinstaub trug, und bedeckte ihre begonnene Arbeit mit einem Tuch. Von draußen hörte sie Donner und rauschenden Regen. Was konnte Boucher heute noch von ihnen wollen?

Camille konnte kaum glauben, dass sie schon mehr als zwölf Monate an der Académie Colarossi studierte. Das letzte Jahr war wie im Fluge vergangen. Sie saugte alles auf, was es zu lernen gab, zeichnete vor den Antiken im Louvre und genoss das bunte Treiben dieser anregenden Stadt. Paris strotzte vor Skulpturen. Die Viertel, die Baron Haussmann mit repräsentativen Boulevards ausgestattet hatte, erwachten erst durch den Figurenschmuck zum Leben. Da war die Oper mit den opulenten Skulpturengruppen auf dem Dach oder die filigrane Kirche der Sainte-Marie-Madeleine auf dem Montmartre. Camille war sich sicher, dass sie in nicht allzu ferner Zukunft in der Lage sein würde, öffentliche Aufträge zu erlangen.

Tagsüber zeichnete und plastizierte sie in den Räumen der Akademie, abends arbeitete sie im Dienstmädchenzimmer weiter, wo die Büste von Victoire nach und nach Gestalt annahm. Letztes Jahr hatte sie noch ein Abbild ihres Bruders Paul als Kind geschaffen, die sie in ihrer klassischen, an Boucher orientierten Art überaus gelungen fand. Beide Werke hatte sie mit seiner Unterstützung in Bronze gießen lassen.

Mit den beiden Engländerinnen war Camille seit ihrem ersten Tag an der Akademie befreundet. Mit ihnen lernte, lachte und lästerte sie über ihre Lehrer, die weibliche Studenten wegen ihres Geschlechts verachteten. Zu ihrer eingeschworenen Dreiergruppe gesellte sich oft Umberto, der tagsüber für Auguste Rodins monumentales *Höllentor* Modell stand.

Als Camille ihre Werkzeuge verstaut hatte, begleitete sie Amy und Emily hinaus. Im Gang hatte sich der Andrang verlaufen. Ihr

Geplauder verstummte, als sie Laurent Bourgois erkannten, der mit verschränkten Armen an der Wand lehnte. Er schien auf sie gewartet zu haben.

»Einen neuen Marmorblock kann ich mir vom Taschengeld kaufen«, sagte er mit Blick auf Camille. »Anders als so manche Habenichtse hier.«

Camille ärgerte sich über die Bemerkung. Sie selbst musste für ihr Material jeden Centime zusammenkratzen. »Ach, wirklich?«

»Ihren Spott können Sie sich sparen.«

Unter den Studenten gab es genügend verwöhnte Nichtstuer, die ihre Zeit in der Akademie totschlugen. Unerträglich wurden sie aber erst, wenn sie sich für talentierte Künstler hielten. Auch wenn Laurent mit seiner blonden Haartolle gut aussah und sie regelmäßig auf eine Weise neckte, die sie knallrot anlaufen ließ, stufte Camille ihn insgeheim als talentfreies Bürgersöhnchen ein. Sie wappnete sich, denn sie wusste nicht, ob Amy und Emily einem Wortwechsel auf Französisch gewachsen waren, der auf diesen Einstand so sicher folgen würde wie das Amen in der Kirche.

»Es ist nett, was Sie da machen, Mademoiselle Claudel«, begann er. »Aber finden Sie nicht, dass wahre Kunst den Männern zusteht?«

»Nett?«, fragte Amy entrüstet. Vielleicht reichte ihr Französisch nicht für einen handfesten Streit aus, ihr Zorn aber allemal.

»Sie haben gut reden, Miss Singer«, fuhr Laurent fort. »Sie sind doch das beste Beispiel, dass dieses Etablissement zu einem Institut für gut situierte Töchter verkommen ist, die Kunst zu ihrem Zeitvertreib machen. Die sich langweilen und der Hysterie verfallen, wenn sie nichts zu tun haben. Welche Verschwendung. Und dabei haben sie eine Fabrik im Rücken und könnten sich mit Klaviergeklimper und dem Malen von Blumenaquarellen begnügen.«

»Was sagt er genau?«, fragte Emily verunsichert.

»Er beleidigt uns ausdauernd«, erwiderte Camille. »Er bringt unser Geschlecht in Misskredit.«

Laurent stützte seinen Fuß lässig an der Wand ab wie die Karikatur einer antiken Kontrapost-Skulptur. »Oh, Adonis«, sagte Emily spöttisch.

»Aber anders als du, Laurent, werden wir von der Muse geküsst«, fügte Amy mit ihrem englischen Akzent hinzu. »Flieg fort, Merkur.« Sie wedelte vor Laurents Nase mit ihrem Handschuh herum.

»Sie aber, Mademoiselle Claudel«, fuhr Laurent unbeirrt fort, »sind eine Schande für Ihr Geschlecht, weil Sie meinen, die Bildhauerei so ernsthaft betreiben zu können wie ein Mann. Vor dieser Tatsache bewahrt Sie nicht einmal der Umstand, dass Sie eine außergewöhnlich schöne Frau sind.«

Camille schnappte nach Luft, während sich Laurent zur Bestätigung seiner letzten Behauptung eine Verbeugung abrang. Nur nicht sich hinreißen lassen, dachte Camille. Nur nicht dem glühenden Zorn Raum geben, der sie übermannte, wenn Banausen wie Laurent über Kunst redeten, als verstünden sie etwas davon. Die Kunst war ihre Domäne, die ließ sie sich nicht streitig machen.

»Kunst ist Kunst, egal, ob eine Frau oder ein Mann sie schafft«, sagte sie leise.

»Das denken Sie. Dabei ist die Kunst das Edelste, was ein Mann hervorbringen kann. Eine Frau, die es ihm gleichzutun versucht, ist nichts weiter als eine Monstrosität und eine Schande für ihr Geschlecht.« Er beugte sich so weit vor, dass Camille den Cognac in seinem Atem riechen konnte. »Das nächste Mal ist dein Werkstück dran.«

Camille lauschte ungläubig. Es gab tatsächlich Menschen, die ihre Arbeiten zerstören würden, weil sie, eine Frau, besser war als sie. »Dégueulasse«, zischte sie.

»Was heißt das?«, fragte Emily verunsichert.

»Das brauchst du dir nicht zu merken.« Das Wort stammte direkt vom Teufel aus dem Geyn. Selbst in dieser Situation ging es über die Grenzen des Anstands hinaus. Amy kicherte hinter vorgehaltener Hand über den Ausdruck, für den Madame Claudel ihrer Tochter die Ohren lang gezogen hätte.

Laurents Gesicht verfinsterte sich. »Ihnen, Mademoiselle Claudel, fehlt es nicht an Talent, sondern an Lebensart und Erziehung. Aber was soll man von einem Bauernblut anderes erwarten?«

Darüber konnten die drei nur noch lachen.

»Camille hat mehr Ausdruck in ihrem kleinen Finger als Sie in Ihrer ganzen Person.« Amy tippte ihm mit ihrem Lederhandschuh gegen die Brust, was Laurent einen Schritt zur Seite weichen ließ.

Sie ließen ihn stehen, liefen leichtfüßig die Treppe hinab und traten in den prasselnden Regen hinaus. Paris versank im Wolkenbruch, gegen den sich die Passanten mit schwarzen Regenschirmen zu schützen versuchten. Ein Donnerschlag ließ die Straße erzittern. Das Pflaster glänzte wie graues Glas. Lachend zogen sie sich ihre Jacken über den Kopf und ließen sich nass regnen. Amys Hut drohte in einer Sturmböe davonzufliegen. Sie konnte ihn gerade noch festhalten. Die Schleppe ihrer Tournüre landete in einer Pfütze. »Die werde ich auswringen müssen«, sagte sie. »Aber wo steckt Boucher?«

Einem zerrauften Raben gleich wartete er unter der Markise eines Bistros auf sie.

»Was wollen Sie von uns?«, rief Camille gegen den Wind an.

»Lasst euch überraschen. Es ist nicht weit.« Er stapfte ihnen voran und umrundete geschickt die Pfützen, bis sie das Haus Rue Notre-Dame-des-Champs 117 erreichten.

»Unser lieber Gast ist wahrscheinlich schon da.« Boucher zog einen Schlüssel aus seiner Jackentasche und öffnete die Haustür. Die Mädchen sahen sich fragend an.

»Wen meinen Sie, Monsieur Boucher?«, fragte Camille.

»Wartet es einfach ab.« Er zwinkerte ihnen zu, trat in den Hausflur und schloss die Erdgeschosswohnung auf.

»Voilà.«

Verwundert betraten sie einen großen Raum, an dessen Fensterfronten der Regen hinablief. Der Ofen bullerte, ein Samowar dampfte. Es war so warm, dass Camille ihre Jacke öffnete. An den Wänden hingen gestickte Wandteppiche. An einem Tisch stand eine fremde junge Frau und arrangierte Kekse auf einem Teller.

»Jessie!« Amy und Emily flogen ihr in die Arme, nahmen sie in ihre Mitte, tanzten wild mit ihr um die eigene Achse und redeten auf Englisch auf sie ein. Camille fühlte sich ausgeschlossen. »Was soll das werden, Monsieur Boucher?«

Amy und Emily führten die Fremde auf Camille und den Bildhauer zu.

»Camille, das ist Jessie Lipscomb. Jessie, das ist unsere Freundin Camille Claudel«, sagte Amy. »Wir kennen uns aus der Akademie in South Kensington. Our friend, *notre amie*, is fresh from the ferry. Gerade vom Kanal runter und noch ganz grün um die Nase.«

Jessie lächelte Camille ebenso freundlich wie zurückhaltend zu. Sie hatte ein längliches Gesicht und trug ihr dunkles Haar zu einem üppigen Knoten geschlungen. Anders als Camille schien sie vollständig mit sich im Reinen zu sein.

»Bienvenue à Paris«, begrüßte Camille sie. »Auch wenn das Wetter unmöglich ist.«

»Nicht so unmöglich wie der Schnösel, der uns gerade abgekanzelt hat.« Während Amy Jessie in schnellem Englisch von dem Vorfall mit Laurent berichtete, machte Boucher noch immer ein Geheimnis um die Wohnung. In aller Ruhe legte er seinen durchnässten Mantel ab.

»Spannen Sie uns nicht so auf die Folter, Monsieur Boucher«, drängte ihn Camille, doch er lächelte nur, stolz auf seinen Coup. »Nur Geduld, meine Damen! Ah, der Tee ist fertig. Kommen Sie!«

Als sie zu fünft um den Tisch saßen, vor sich jeder eine dampfende Tasse, platzte Camille schier vor Neugierde. »Was ist das hier? Und wehe, Sie vertrösten uns mit weiteren Ausreden.«

Boucher grinste zufrieden. »Das hier ist Ihr neues Atelier, meine Damen. Bedienen Sie sich!« Auf dem Tisch stand ein Kästchen mit Zigaretten. Rauchen war der letzte Schrei und für viele Frauen ein Ausdruck der Freiheitsrechte, die sie für sich beanspruchten. Amy fischte sich einen dieser neumodischen Glimmstängel heraus, steckte ihn an und blies Camille den Rauch ins Gesicht. »Indeed?«

»Oh ja. Hier werden Sie sich, während Sie selbstverständlich weiterhin die Académie Colarossi besuchen, zu großen Künstlerinnen entwickeln.« Boucher zündete sich ebenfalls eine Zigarette an und zog daran. »Jedenfalls einige von Ihnen. Und die anderen …«

»… will have a lot of fun«, half Emily ihm aus. »Jessie ist nämlich … *a real sculptor*, so wie du, Camille. Sie hat schon einige Preise gewonnen.«

Jessie errötete bei dem Lob, während Emily die Ehrungen an ihren Fingern abzählte.

»Wirklich?«, fragte Camille staunend. Auch sie wünschte sich eine Würdigung ihrer Arbeit, am besten gleich den Prix de Rome. Dummerweise wurde diese höchste Auszeichnung nicht an weibliche Künstler verliehen. »Und, haben Sie …?«

»Du«, verbesserte sie Jessie.

»Hast du in South Kensington auch nach Aktmodellen studiert?«, vollendete Camille.

»Nein, das ist der Grund, weshalb ich England verlassen habe«, sagte Jessie in langsamem, aber perfektem Französisch.

»… und damit den Zorn all der Damen auf sich gezogen, die jungen Mädchen, die aus Leichtsinn nach Paris gehen …« Amy pustete ihnen bitteren Rauch ins Gesicht.

»… anstatt ihre Aussteuer zu besticken und zu beten …«, Emily faltete ihre Hände und richtete ihre Augen zur Decke, »… die ewige Verdammnis prophezeien. Hellfire.« Emily prustete in ihre Hände.

»Ruhe, meine Damen«, ermahnte sie Boucher. »Miss Lipscomb ist schon weit fortgeschritten. Sie wird das Atelier ebenfalls für Studienzwecke nutzen. So teilen Sie sich als kleine Gruppe die Miete.« Er sah Camille an. »Ihr Vater hat den Mietvertrag unterzeichnet, Camille. Also können Sie sich als Hauptmieterin betrachten. Allen anderen wird monatlich ein Obolus abverlangt.«

Camille spürte eine Welle der Freude in sich aufsteigen. Verheißung lag in der Luft. »Und werden Sie …?«

»Ob ich zum Korrigieren komme? Aber sicher doch«, erwiderte Boucher gelassen. »Machen Sie sich auf gepfefferte Kommentare gefasst.«

»Und zwar umsonst.« Emily hob mahnend ihren Zeigefinger. »Wie es sich gehört.« Es war Brauch in Paris, dass etablierte Künstler Anfängern ihre Expertise ohne Bezahlung zur Verfügung stellten.

Camille schüttelte den Kopf. »Ich kann es kaum glauben, Monsieur Boucher. Das ist so wunderbar. Und ihr, Mädels, seid …«

Amy und Emily sahen sich lachend an. »Nun sag schon, *best friends for ever.*«

Sie nahmen sich bei den Händen und schlossen Jessie mit ein.

»Wir werden nur noch für die Aktstudien in die Akademie gehen oder für das, was uns wirklich interessiert«, verkündete Camille.

»Oder, um Laurent Bourgois zu verprügeln«, ergänzte Amy verschmitzt.

Boucher räusperte sich. »Vor allem Sie, Camille, brauchen die Möglichkeit, sich auszuprobieren. Aber da ist noch etwas. Da Miss Lipscomb dringend eine Unterkunft benötigt, habe ich mich erdreistet, ein Arrangement in die Wege zu leiten, das Ihnen beiden Vorteile bringt.«

Jessie hob gespannt den Blick.

Camille schlug sich an die Stirn. »Mein Atelier in unserer Wohnung wird ja jetzt frei. Jessie könnte als Kostgängerin bei uns wohnen. Wir müssen meine Eltern nur noch fragen.« Sie nickte der Engländerin zu, die sie schüchtern anlächelte. »Agreed«, sagte sie.

Amy lehnte sich zurück und faltete die Hände über ihrer eng geschnürten Taille. »Perfect.«

»Das würde ich auch sagen«, stimmte ihr Boucher zu. »Und deshalb habe ich Ihrer Mutter schon die Erlaubnis abgerungen, Camille. Sie hat zugestimmt.«

»Aber …« Camille war sprachlos. Ihre Familie war kürzlich umgezogen. Sie wohnte nunmehr wenige Schritte vom Atelier entfernt in der Rue Notre-Dame-des-Champs 106, quasi nebenan. Von dort aus würde ihre Mutter sie immer unter Beobachtung haben. Zum Glück ging sie kaum aus und würde das Atelier aus Protest nie betreten.

»Wobei die monatlichen 200 Francs von Jessie ihr sicher willkommen sind«, sagte Boucher. »Man könnte sagen, ausschlaggebend. Etwas müssen Sie allerdings in Kauf nehmen.«

»Was?« Camille fühlte sich, als sei Ostern mit Weihnachten zusammengefallen. Egal, was kam. Diese Möglichkeit, selbstständig zu arbeiten, würde sie sich auf keinen Fall entgehen lassen.

»Madame Claudels Bedingung für unser Arrangement ist, dass Louise ihr Klavier bei Ihnen aufstellen darf und hier übt.«

»In Ordnung«, willigte Camille spontan ein. »Louise … Man kann sie gut um sich haben. Wenn das Klavier schweigt, ist sie ein lustiger Kerl.«

Es klopfte an der Wohnungstür. Sie öffneten für Umberto, der zwei Flaschen Champagner mitbrachte, um ihren Einstand gebührend zu feiern. Der Abend wurde lang und lustig. Als Camille um Mitternacht im Bett lag, spürte sie, dass ihr Leben sich zum Besseren wenden würde. Gleich morgen würde Jessie die Mägdekammer beziehen, die bisher Camilles Werkstatt beherbergt hatte. Camille und ihren Freundinnen stand mit dem neuen Atelier die Welt offen.

KAPITEL 7

»Da ist Rodin«, sagte Umberto.

»Wer?« Sie zeichneten im Louvre. Camille war so in ihr Abbild der *Venus von Milo* vertieft, dass sie die Realität aus dem Blick verloren hatte. Die Skulptur aus der griechischen Antike wirkte, als würde sie atmen. Ihre marmorne Haut ähnelte der glatten Textur von Seide. Camille seufzte frustriert. Nie würde sie einen Körper mit solcher Perfektion in Stein bannen können.

Umberto schüttelte ungeduldig den Kopf. »Der Menschenschinder natürlich, der Schöpfer des *Höllentors*, für das ich mir als Modell die Beine in den Bauch stehe. Das wird noch mein Tod sein.«

Neugierig hob Camille den Kopf.

»Wo ist er?«, fragte sie.

»Na, da an der Tür.«

Es war Sonntag. Camille, Amy, Emily und Jessie besuchten die heiligen Hallen des Louvre, um Originale zu kopieren. Amy und Emily hatten sich in die moderne Abteilung verzogen, um ein Schwätzchen mit den amerikanischen Künstlerinnen zu halten, die sie dort trafen. Wahrscheinlich hofften sie auf eine Begegnung mit ihrer Bekannten, Miss Mary Cassatt, die inzwischen eine anerkannte Malerin war und sogar im Salon ausgestellt hatte.

Camille und Jessie hatten ihre Klapphocker vor den antiken Skulpturen aufgestellt. Umberto begleitete sie, weil er nichts Besseres zu tun hatte. Während sie zeichneten, lungerte er in den Sälen herum, deren Wände von Bildern aus alten Zeiten nur so überquollen. Camille vermutete, dass er Leonardos *Mona Lisa* das Lächeln aus dem Gesicht wischen wollte, indem er ihr Grimassen schnitt. Vor einigen Minuten war er von seinen Streifzügen zurückgekehrt.

Sie lenkte ihren Blick zur Tür, vor der drei Männer standen. »Welcher von ihnen ist es?«

»Der Mittlere«, sagte Umberto bitter. »Das ist mein Auftraggeber Auguste Rodin.«

Die drei waren gesetzten Alters und boten in ihren respektablen dunklen Anzügen ein Bild der Rechtschaffenheit.

»Rodin ist der Bildhauer, dem nichts und niemand gut genug ist. Rechts von ihm steht Albert Carrier-Belleuse. Das ist der mit dem Schnauzbart. Er hat in Brüssel die neue Börse mit Skulpturen und anderen Dekorationen ausgestattet. Da war Rodin noch sein Handlanger und arbeitete für einen Hungerlohn bei ihm. Den dritten Mann kenne ich nicht.«

Die drei setzten sich in Bewegung. Während sie ins Gespräch vertieft den Saal durchquerten, heftete Camille ihre Augen auf Rodin, den Paul Dubois vor Jahren für ihren Lehrer gehalten hatte. Er war uralt, mindestens vierzig, seine Schultern und Arme so muskelbepackt, dass sie die Nähte seines Anzugs zu sprengen drohten. Sein rötlicher Bart reichte ihm bis zur Brust. Seine Hände waren auf dem Rücken verschränkt. Verwundert stellte sie fest, dass er die Gruppe allein durch seine Präsenz dominierte. Er strahlte eine unbändige Energie aus, wirkte aufmerksam wie ein Löwe, der die Savanne auf der Suche nach Beute durchstreifte. Oder wie Vulkanus, der in seiner Schmiede auf dem Olymp die Feuer anheizte, dachte Camille.

Umberto grüßte seinen Auftraggeber ehrerbietig. Nach kurzem Zögern erwiderte Rodin den Gruß. Er ist kurzsichtig, bemerkte Camille. Ihr Herz hämmerte, als der Bildhauer näher trat und über ihre Schulter hinweg ihre Zeichnung betrachtete. Sie traute sich nicht zu atmen.

»Venus ist eine Frau aus Fleisch und Blut und voller Sinnlichkeit«, sagte er schließlich mit überraschend leiser Stimme. »Sie will geliebt werden. So wunderbar und unmittelbar dargestellt, wie es nur die antiken Meister konnten. Sie zeichnen sehr schön, Mademoiselle. Es entspräche Ihnen aber sicher eher, wenn Sie sich statt der *Venus von Milo* der *Nike von Samothrake* in ihrer ganzen Dynamik zuwenden würden. Ein Bildwerk kann sich nicht bewegen, aber es kann mehr oder weniger den Anschein erwecken, als könne es das.«

Bevor er hinter seinen Begleitern den Raum verließ, verbeugte er sich vor Jessie und Camille und zwinkerte Umberto zu. »Au revoir, mein Herr Schatten.« Sie blieben sprachlos zurück. Rodin, der Bildhauer des *Höllentors*, hatte ihnen seine Aufmerksamkeit geschenkt.

Kaum hatten die Männer den Raum verlassen, begannen sie laut durcheinanderzureden. Amy und Emily trafen sie in heller Aufregung an.

»Rodin soll der beste Bildhauer unserer Zeit sein«, meinte Umberto. »Oder ein Scharlatan, wie man's nimmt. Er hat mit Camille gesprochen und sie gelobt.«

Sie schüttelte verwundert den Kopf. »Er hat mich wahrgenommen.« Als hätte das noch nie zuvor jemand getan. »Er war *really special*«, fügte Jessie hinzu, mit der sich Camille ohne Worte verstand. »Vollkommen ehrlich. Er hat sie ernst genommen.«

»Und er ist … *really famous*?«, fragte Amy fasziniert.

»Lass bloß die Finger von ihm, Kleine«, erwiderte Umberto. Amys Schwärmereien waren legendär. »Oder willst du die Nächste in seinem Harem sein? Er vernascht die Frauen reihenweise.«

Camille spürte, wie sie flammend errötete. Manchmal hörte man die Modelle über die Dinge munkeln, die die Künstler als Dreingabe von ihnen forderten. Besser, sie dachte über so etwas gar nicht erst nach.

»Oder nein«, sagte Umberto bitter. »Es ist unsere Camille, die ihn anschmachtet. Schließlich hat er sie direkt angesprochen. Pass lieber auf, sonst verbrennst du dir dein Herz an dem berühmten Bildhauer.«

Ohne sie eines weiteren Blickes zu würdigen, wandte er sich dem Ausgang zu.

»Warte!«, rief Camille, aber er blieb nicht stehen.

Etwas musste ihn verärgert haben. Rodin und ich, dachte sie schuldbewusst. Sie wusste, dass Umberto sie mochte.

Die Mädchen packten ihre Zeichensachen zusammen und folgten dem Italiener. Erst dachten sie, er hätte sich davongemacht. Dann sahen sie ihn auf dem Platz vor dem Louvre, der voller Spaziergänger in Sonntagslaune war, auf und ab laufen. Camille fühlte sich schuldig, auch wenn sie nichts dafür konnte, dass Rodin sie beachtet hatte.

»Umberto«, sagte sie. »Lass uns etwas trinken gehen.«

Er zögerte, wollte ihnen ihre Bitte schon abschlagen, dann aber folgte er ihnen doch in ein kleines Bistro in der Rue Saint-Honoré, wo Amy und Emily Tee und Croissants für alle bestellten. Umberto kippte ein Glas Gin, als wäre es Wasser. »Er ist gefährlich, Camille, lass die Finger von ihm!«

»Aber ich habe doch gar nicht vor, ihn näher kennenzulernen.« Verwundert begriff sie, dass das nicht stimmte. Im Gegenteil, sie brannte auf ein Wiedersehen. »Warum meinst du das?«

»Er ist über alle Maßen rücksichtslos, wenn es um seine Kunst geht. Er lullt dich ein mit seinen Worten, und dann lässt er dich fallen«, fuhr Umberto fort. »Weißt du nicht, dass er einen Skandal verursacht hat, der ganz Paris erschüttert hat?«

»Was denn für einen?«, fragte sie.

Er schüttelte den Kopf über ihre Unkenntnis. »Oh Camille. Vor lauter Arbeitswut geht das wahre Leben an dir vorüber. 1877 stellte er einen männlichen schreitenden Akt dar, den er zuerst *Der verwundete Soldat* und später *Das eherne Zeitalter* oder *Der Mann der ersten Zeiten* nannte. Schlauerweise hatte er dem Soldaten die Lanze weggenommen, die ihn als solchen klassifizierte. Also hält die Figur unmotiviert die Hand hoch wie ein Speerträger ohne Speer.« Umberto machte eine Pause, weil Jessie für ihre Freundinnen übersetzen musste.

»Der Akt war ein bisschen zu naturalistisch und ausdrucksvoll. Jede Falte, jeder Muskel sah aus, als würde er aus Fleisch und Blut bestehen.«

Camille schüttelte den Kopf. »Aber wie kann das sein? Haut, Knochen und Muskeln so naturgetreu darzustellen, ist quasi unmöglich.«

»Das fragten sich die anderen Bildhauer auch.« Umberto machte eine Pause, in der er sich vergewisserte, dass ihm die ungeteilte Aufmerksamkeit der Mädchen zukam. »Manche glauben, Rodin sei ein Genie. Andere halten ihn für einen Scharlatan. Man hat ihm vorgeworfen, einen Abdruck genommen zu haben. Vom lebenden oder vom toten Modell.«

»Wirklich?« Camille war entsetzt. Man hatte Rodin die schlimmste Art des Betrugs zur Last gelegt. Sollte Rodin etwa ein Leichenfledderer sein, der sich an Gräbern zu schaffen machte?

»Du hast richtig verstanden«, sagte Umberto. »Rodin hat sich zur Wehr gesetzt und den Namen des Modells veröffentlicht. Er heißt Albert Neyn, ist ein belgischer Soldat und quicklebendig. Außerdem sieht er dem Kunstwerk nicht besonders ähnlich. Viele Bildhauer haben sich für Rodin eingesetzt. Dein Alfred Boucher startete mit seinen Freunden sogar eine Kampagne, weil er Rodin für den besten Bildhauer unserer Zeit hält.«

»Boucher ist … fair«, merkte Jessie an. »Er protegiert sogar Leute, die ihn übertreffen.«

Umberto nickte. »Er überzeugte den Akademiedirektor Paul Dubois sowie Henri Chapu und weitere hochdekorierte Künstler davon, ihn zu unterstützen. Langsam hat sich Rodin von dem Rufmord erholt. Er ist Boucher echt was schuldig. Aber der Verdacht hat sich bis heute nicht ganz aus der Welt schaffen lassen.«

»Davon wurde sogar in England gesprochen«, warf Jessie ein. »Es war ein Skandal …«

»… der sich gewaschen hat«, bestätigte Umberto. »Aber du, Camille, hast nichts davon mitgekriegt.«

»Ich komme vom Land«, erklärte sie. »In Villeneuve sagen sich Fuchs und Hase Gute Nacht. Wie soll man da so etwas erfahren? Aber dann muss Rodin ja bewegter, realistischer und dramatischer sein als alle anderen Bildhauer, die ich kenne.«

»Das ist wohl so«, sagte Umberto. »Er ist Avantgarde pur im Bereich der Bildhauerkunst. Es geht ihm um das Leben selbst. Er arbeitet sich die Finger wund über Dante, Tod und Dunkelheit.«

»Also über die Wirklichkeit.«

Nachdem sie zu Ende diskutiert hatten, wandten sie sich anderen Themen zu. Camille aber beschäftigte die Begegnung mit Rodin noch Stunden später. Er hatte ihr das Gefühl gegeben, sie zu verstehen. Er ist ebenso wie ich auf der Suche nach Wahrheit, dachte sie und fragte sich, wie sie es anstellen konnte, ihn ein weiteres Mal zu treffen.

Kurz nach Sonnenuntergang schob sich Camille in Jessies kleine Kammer. »Schläfst du schon?«

Sie waren Freundinnen geworden. Die gelassene Engländerin aus dem ländlichen Peterborough, deren gutbürgerliche Eltern ihr erlaubt hatten, an der Akademie in South Kensington Kunst zu studieren, war in allem das Gegenteil von Camille, hinter deren ruhigen Fassade ein loderndes Feuer brannte. Sie teilten ihre Gedanken und ergänzten einander perfekt. Jessie war imstande, Camilles heftigen Charakter auszugleichen und zu mäßigen. Sie selbst profitierte durch die Inspiration, die sie aus Camilles Werken und ihrer ehrlichen Kritik zog, ebenfalls von der Freundschaft.

Das Zimmer ging zur Ziegelmauer im Hinterhof hinaus, die durch Bahnen rötlichen Lichts erleuchtet wurde. Der Effekt ließ die schlafende Jessie wie in Rosenblätter getaucht wirken. »Oh dear.« Jessie gähnte, richtete sich auf und warf sich den Zopf über die Schulter, zu dem sie ihre dunklen Haare geflochten hatte. Camille setzte sich auf die Bettkante.

»Wie findest du ihn?«

Jessie musste nicht nachfragen, wen Camille meinte. »Impressive. Nicht so sehr als Person, sondern wegen seiner Kompromisslosigkeit. Er hätte dieses *Eherne Zeitalter* auch so gestalten können, dass ihn niemand verdächtigt, einen Abdruck genommen zu haben.«

»Weniger naturgetreu.« Camille nickte. »Das hat er aber nicht. Ich glaube, Rodin ist die Zukunft. Seine Art, Skulpturen zu gestalten, wird über unsere Zeit hinausweisen.«

Jessies breiten Mund umspielte ein Lachen. »Be careful, Camille. Sei nicht zu schwärmerisch. Wir kennen bisher nicht eine seiner Skulpturen. Was, wenn sie uns nicht gefallen?«

Camille griff nach Jessies Hand. »Das holen wir nach, sobald wir können, versprich es mir.«

Jessie runzelte zweifelnd die Stirn. »Du weißt schon, dass er mit dem *Höllentor* einen großen Staatsauftrag ergattert hat. Er wird sich etablieren. Seine Tage als Rebell sind gezählt. Warum sollte er uns da die Türen seines Ateliers öffnen?«

»Er muss«, sagte Camille. »Sonst stürmen wir es mit fliegenden Fahnen.«

Jessie legte sich auf ihr Kissen zurück. Ihre dunklen Augen ruhten nachdenklich auf Camille. »Willst du eigentlich nichts anderes im Leben erreichen, als eine Bildhauerin sein?«

»Was sollte ich denn sonst noch wollen?«, fragte Camille. Sie war zufrieden, wenn sie über einen Klumpen Ton und die Zeit verfügte, ihn zum Leben zu erwecken. Dann herrschte sie über ihre eigene Welt, und die Realität konnte ihr nichts anhaben.

Jessie verschränkte ihre Arme im Nacken. »Nun, Familie. Having children, watch, how they learn to walk. Erdbeeren pflücken, Kuchen backen. Willst du das nicht auch?«

»So kleine Füße und so?« Camille lachte. »Kinder? Ich? Meinst du solche schreienden Hosenscheißer, die mich am Rockzipfel ziehen, wenn ich modelliere? Ein Alptraum.«

Sie hatte plötzlich das Bild ihrer Mutter vor Augen, die ihnen mit ihrem Schweigen das Leben schwer machte. Tagaus, tagein. An ihr wollte sich Camille kein Beispiel nehmen.

»Auf keinen Fall! Eher sterbe ich, als dass ich keine Bildhauerin mehr sein kann. Aber bei dir klingt es so, als würdest du ernsthaft Pläne schmieden, eine Familie zu gründen. Los, gesteh's!« Sie boxte ihre Freundin sanft in die Seite.

Jessie errötete im dämmrigen Licht.

»Hab ich dich erwischt«, sagte Camille. Ich werde sie verlieren, dachte sie traurig. So wie jeden Menschen in meinem Leben.

»Also gut«, Jessie verschränkte die Arme in ihrem Nacken. »Es gibt da einen jungen Mann.«

»Wirklich?«, fragte Camille. »Wenn ich das Maman erzähle, lädt sie ihn ein, und er wird sich ihrem Verhör unterziehen müssen. Du kannst dir vorstellen, wie das abläuft. Monsieur Young Man, können Sie meine Jessie ernähren, oder sind Sie ein Tunichtgut der allerschlimmsten Sorte? Wollen Sie ihr etwa an die Wäsche?«

Sie kicherten hinter vorgehaltener Hand. Zu Camilles Erstaunen hatte Madame Claudel Jessie wie eine dritte Tochter in die Familie aufgenommen. Da sie Hochzeitspläne für alle weiblichen Wesen schmiedete, die sich ihr bis auf drei Schritte näherten, würde sie auch vor Jessie nicht haltmachen. Nur an Camille biss sie sich die Zähne aus.

»So weit ist es noch nicht«, beschwichtigte Jessie sie. »Ich bin seit meiner Kindheit mit William Elborne befreundet. Im Gegensatz zu mir hat er eine große Familie mit sieben Geschwistern. Du weißt, dass ich das einzige Kind meiner Eltern bin.« Sie schwang sich aus dem Bett, zog eine Schublade auf und legte Camille ein Foto in die Hand, das einen jungen Mann mit üppigem Schnauzbart zeigte. »Vielleicht kommt er bald.«

»William?« Camilles Augen wurden groß. »Er wird dich besuchen?«

Jessie errötete noch tiefer. »Irgendwann ja. Er studiert Pharmazie und ist ein sehr guter Fotograf. Vielleicht bannt er unsere Freundschaft auf Zelluloid.«

»Für immer und ewig«, erwiderte Camille. »Wenn er dich dazu bringt, auf die Bildhauerei zu verzichten, muss er sehr besonders sein.«

Jessie lächelte vielsagend, legte sich wieder hin und zog sich die Decke über den Kopf. Leise verließ Camille ihre Kammer. Hoffentlich reichte ihnen die Zeit, um Rodins Atelier besuchen zu können, bevor dieser William in Paris auftauchte. Sie brannte darauf, ihn wiederzusehen, den größten Bildhauer der Welt.

KAPITEL 8

Es war ein blaugoldener Sommertag kurz vor Ferienbeginn. Arm in Arm bogen Camille und Jessie in die Rue Saint-Jacques im Quartier Latin ein, in der sich das Gymnasium Louis-le-Grand befand. Sie trugen weiße Sommerkleider und Strohhüte. Die ehrenvolle Absicht, Paul von der Schule abzuholen, war eher ein Vorwand, um den milden Nachmittag zu genießen. Camilles Augen glitten an der Fassade des Gebäudes entlang, die wie eine Burgmauer an der abschüssigen Straße aufragte. Sie fand den Anblick wenig einladend. Was maßte sich ihr Vater an, den kleinen Paul auf der Kaderschmiede der künftigen Elite Frankreichs anzumelden? Er litt wohl unter fortgeschrittenem Größenwahn.

Jessie klappte ihren Sonnenschirm zusammen, stellte sich in den Schatten der Hauswand und wischte sich den Schweiß von der Stirn. »Wann glaubst du, kommt er?«

»Bald, hoffe ich.« Die Schulglocke läutete. Kurz darauf spuckte das Schultor eine Meute halbwüchsiger Jungen aus, die sie fast überrannte.

»Camille!« Paul hatte drei Kameraden im Schlepptau, die etwas älter als er zu sein schienen. Auf jeden Fall größer, dachte Camille. Paul sah immer noch wie ein schmächtiger Bauernlümmel aus dem Tardenois aus. Ein Junge mit scharfer Nase und ohne Hals.

»Was wollt ihr denn hier?«, fragte er wenig begeistert. Camille biss sich auf die Lippen. Sie hätte wissen müssen, dass ihr Besuch ihm peinlich sein würde. Das mochte wirken, als schaffe er es nicht allein nach Hause.

»Wir wollten dich abholen«, sagte sie entschuldigend. »Heute ist so ein schöner Tag. Da wurde es uns im Atelier zu heiß.«

»Willst du uns nicht vorstellen, Claudel?« Ein bulliger, dunkelhaariger Junge trat neben Paul, der seiner Pflicht schlecht gelaunt nachkam. »Meine älteste Schwester Camille. Ihre Freundin Jessie Lipscomb. Meine Klassenkameraden Léon Daudet, Marcel Schwob und Romain Rolland.«

»Wie hast du uns vorenthalten können, dass du so eine hübsche Schwester hast?«, fragte Léon. Er schien der Forscheste unter Pauls Freunden zu sein. Marcel und Romain waren schüchterner. Sie erröteten, als Camille sie freundlich grüßte, und starrten angestrengt auf ihre Schuhspitzen.

»Hübsch?«, fragte Paul. »Aber das ist doch nur Camille. Ein Besen und eine Spottdrossel. Wenn du ihr in die Quere kommst, quatscht sie dich in Grund und Boden.«

»Aber du irrst dich!« Léon zog sich seine Mütze vom Kopf und fuhr sich durch die Haare, ein triumphierendes Grinsen im Gesicht. »Sie sind eine Schönheit, Mademoiselle.« Camille musterte ihn ungläubig. Flirtete das frühreife Bürschchen etwa mit ihr? Er war mindestens drei Jahre jünger als sie. Im Gänsemarsch traten sie den Heimweg an. Paul setzte sich an ihre linke Seite. Jessie folgte ihnen, dahinter die anderen Jungen. Während sie liefen, versuchte Léon Daudet, Camille in ein Gespräch zu verwickeln.

»Ihre Haare leuchten in der Sonne rötlich«, sagte er. »Wie nennen Sie diese Farbe?«

»Keine Ahnung«, erwiderte Camille.

»Auburn«, warf Jessie ein. »Châtain. Kastanienbraun. Als ob sie von innen strahlt.«

»Das passt«, kommentierte Paul spöttisch. »Camille ist immer so energiegeladen.«

Daudet klatschte ihm auf die Schulter. »Aber du bist auch nicht ohne, Paul. So wie du heute unseren Philosophielehrer Georges Burdeau abgekanzelt hast. Alle Achtung.«

»Paul hat was?«, fragte Camille alarmiert. Ihr Bruder hatte sich schon mehrfach einen Tadel eingehandelt.

»Burdeau wollte Kant durchnehmen«, berichtete Daudet. »Es vergeht keine Stunde ohne den. Der große Immanuel hier und der große Immanuel da. Uns kommt die *Kritik der reinen Vernunft* schon zu den Ohren raus. Aber heute hat sich Paul getraut, Einwände zu erheben.«

»Really?«, fragte Jessie. »An der *Kritik der reinen Vernunft*? Was wären wir ohne?«

»Die Vernunft allein genügt nicht«, rief Paul kämpferisch. »Wo bleibt das Herz? Die Liebe, Gott, der Traum, die Sehnsucht?«

»Die dunklen Bilder der Nacht«, sagte der Junge, den Paul ihnen als Romain Rolland vorgestellt hatte.

»Genau. Das warf Paul unserem Burdeau alles an den Kopf«, sagte Daudet. »Und noch viel mehr. Was glauben Sie? Es wurde still in unserer Klasse. Alle neunundfünfzig Schüler haben ihm zugehört.«

»Achtundfünfzig. Alle, nur du nicht«, sagte Paul. »Du hast in Ruhe weiter mit Papierkugeln geworfen.«

»Nun …«, Léon hob ertappt die Schultern.

»Und dann?« Camille fühlte sich insgeheim für Pauls Schicksal verantwortlich. Wenn sie nicht auf dem Umzug nach Paris bestanden hätte, wäre ihm das Louis-le-Grand erspart geblieben.

»Dann hat sich Burdeaus schwarzer Bart gesträubt, und seine Augen haben gefunkelt wie glühende Kohlen«, erzählte Marcel Schwob. »Wenn ich katholisch wäre, hätte ich mich bekreuzigt.«

»Aber du bist ja ein Judenjunge«, sagte Romain gutmütig. Das einzig Gute am Louis-le-Grand war, dass Religion keine Rolle spielte. Unter den Jungen, die allesamt aus dem gehobenen Bürgertum stammten, war Toleranz das höchste Gut.

»Zur Strafe hat Burdeau unserem Claudel einen Essay zur Untermauerung seiner Behauptungen aufgebrummt«, berichtete Daudet. »Mindestens dreißig Seiten.«

»… über denen ich bis Weihnachten schwitzen werde«, vollendete Paul frustriert.

»Gut«, sagte Camille.

»Gut?«, wiederholte er entgeistert.

»Vielleicht zeigst du dann ja endlich allen, was in dir steckt.«

»Besten Dank aber auch«, höhnte er.

»Diese Probleme haben Mädchen ja nicht.« Léon fuhr sich durch die dunklen Haare. »Ihre Erziehung dient allein der Freude und Unterhaltung der Männer.«

Camille blieb der Mund offen stehen. »Das denken Sie?«

Jessie lachte ungläubig. »Wir sind *sculptors*. Bildhauerinnen. Working women.«

In Léons Augen funkelte der Schalk. »Tatsächlich?« Er freute sich sichtlich, sie aus der Reserve gelockt zu haben. »Echte Künstlerinnen? Das hast du uns ebenfalls nicht erzählt, Claudel.«

Auf dem Weg durch die Stadt fragte er sie weiter aus. Wer ihr Lehrer sei, ob sie schon im Salon ausgestellt hätten, was sie am liebsten darstellten, die antike Mythologie oder die schnöde Wirklichkeit? Camille und Jessie berichteten von Alfred Boucher, der ihre Arbeiten korrigierte, von der Académie Colarossi und von ihren Modellen und deren Eigenheiten. Selbst Camille geriet ins Plaudern, was sonst selten vorkam und Paul einen misstrauischen Blick entlockte.

Ihre Wege trennten sich an der Abzweigung zur Rue Notre-Dame-des-Champs. »Ich wäre Ihnen dankbar, wenn Sie uns mal einladen würden in dieses Atelier, von dem Sie gesprochen haben«, sagte Léon. Paul blinzelte perplex in die Sonne.

»Gern.« Camille war davon überzeugt, dass die Jungen niemals auftauchen würden. Nachdem sie sich mit ausgesuchter Höflichkeit verabschiedet hatten, folgte sie Jessie und Paul zum Haus Nummer 106.

»Er hat schon recht«, bemerkte Paul.

»Womit?«, fragte sie.

»Ihr seid echt erwachsen.«

Spielerisch boxte sie ihn in die Seite. »Klingt da Neid durch, Kleiner?«

»Nein, ich wachse schon in eure Fußstapfen hinein«, sagte er mit der ihm eigenen Zähigkeit.

»Also rückt ihr uns in nächster Zeit auf den Pelz?« Camille verdrehte die Augen. »Vier pubertierende Jungs. Das kann ja heiter werden.«

Paul zuckte mit den Schultern. Bisher hatte er ihr Atelier, so gut es ging, gemieden. Camille vermutete, dass er sich den Engländerinnen hoffnungslos unterlegen fühlte und außerdem heilfroh war, Louises Übungsstunden entronnen zu sein.

Sie betraten das Treppenhaus, in dem es wie immer nach Essen roch, und ließen die schwere Haustür hinter sich ins Schloss fallen.

Paul sah müde aus. »Und? Macht dir der Essay Angst?«, fragte Camille. »Du schreibst doch gern.«

»Das geht schon«, erwiderte er. »Wenn ihr Frauen euch nur nicht immer so streiten würdet. Immer herrscht Lärm. Manchmal habe ich Angst, was passieren würde, wenn eine von euch eine Pistole hätte. Dann würdet ihr euch sicher duellieren. Ich brauche in den nächsten Monaten meine Ruhe.«

»He's right«, kommentierte Jessie.

Camille schwieg schuldbewusst. Sobald die Claudel-Frauen sich versammelten, flogen die Fetzen. Madame Claudel stritt sich mit Camille und maßregelte Louise, die das Atelier zu ihrem Zufluchtsort erkoren hatte. Türen schlugen, böse Worte fielen, Louise-Athanaïse schrie sich heiser, um ihre unbotmäßigen Töchter zur Raison zu zwingen. Es nutzte nichts. Louise weinte, und Camille leistete ihrer Mutter beharrlich Widerstand. Am Wochenende schlichtete Louis-Prosper zwischen den Fronten, doch kaum hatte er Paris verlassen, flammte der Streit von Neuem auf. Wie gut, dass es die Kunst gab, in die sich Camille retten konnte. Mein Elfenbeinturm mit den dicken Wänden, der Wendeltreppe und dem sicheren Dachgeschoss, dachte sie. Wenn ich will, mache ich alle Türen zu.

In den nächsten Wochen sah sie Nacht für Nacht Licht in Pauls Zimmer brennen. Sie wusste, dass er an seinem wackligen Tisch saß und an seinem Essay für das Fach Philosophie schrieb. Zunächst hatte er den Text hinschludern und ein paar vollgekleckste Seiten abgeben wollen. Doch als Camille ihn wegen seiner Faulheit gescholten hatte, packte ihn der Ehrgeiz.

Burdeau sollte sehen, wozu ein Claudel fähig war. Paul ging in die Bibliothek, recherchierte und brachte zu Hause mit der glühenden Leidenschaft, die alle seine Texte kennzeichnete, die Worte zu Papier. Er ließ sich sogar von Schwob helfen, der fließend Griechisch und Latein konnte. Camille wusste, dass Paul, wenn nicht um sein Leben, so doch um seine Zukunft und seine Reputation an der Eliteschule kämpfte. Vielleicht aber ging es ihm auch um die Anerkennung seines Vaters, der ihn noch immer oft übersah.

Eines Nachts saßen Camille und Jessie in der Küche und ruhten sich von einem harten Tag im Atelier aus. Camilles Hände waren rau vom Gips. Sie knibbelte an einem Häutchen an ihrem linken Zeigefingernagel herum, als Paul hinzukam. Er goss sich ein Glas

Milch ein, ließ sich frustriert auf einen Stuhl fallen und streckte seine Beine von sich. Grabesstille lag über der Wohnung. Madame Claudel war nach einem besonders ausdauernden Streit mit Louise verärgert zu Bett gegangen. Louise hatte sich ebenfalls zurückgezogen.

Paul trank und wischte sich den weißen Rand von der Oberlippe. »Endlich ist Ruhe eingekehrt«, sagte er düster.

»Sie sind – wie sagt man – *very combative*?«, ergänzte Jessie.

Camille spürte, wie sie errötete. »Streitlustig? Oh ja.«

Jessie musterte Paul. »You look tired.« Auch Camille waren seine Augenringe aufgefallen. Überforderte er sich? Nein, dachte sie. Er gibt sein Bestes, so wie wir alle.

Paul gähnte demonstrativ. »Ich hab halt viel zu schreiben. Wenn ihr nur nicht immer so viel streiten würdet, Camille.«

»Wie ist das für dich?«, fragte sie.

»Donnerwetter, man hört mir zu«, höhnte Paul. »Belastend, nehme ich an. In Paris ist alles so eng. Ich brauche Platz, um meinen Gedanken freien Lauf zu lassen. Ich wäre gern am Meer oder zumindest in Villeneuve.«

»Tatsächlich, immer noch?«, fragte Camille. »Ich habe immer gedacht, du wolltest fort von dort. Und aus diesen Käffern Bar-le-Duc und Nogent ebenfalls.«

»Das stimmt auch«, gab er zu. »Aber Paris erstickt mich. Das Menschengewühl und die enge Wohnung. Ich wäre gern weit weg. Mindestens auf der anderen Seite der Welt.«

Camille lachte leise. »Du und deine Träume. Das wird wohl vorerst nichts.«

»Ich verstehe nicht, worin das Problem liegt.« Jessie musterte sie mit kühler Sachlichkeit. »Wir sprechen ja nicht von heute oder morgen, sondern von Pauls *profession*. Wenn du wirklich weit fortwillst, Paul, musst du in den – wie sagt man? – *diplomatic service* gehen. Dann wirst du in alle Welt versetzt. Asien wäre kein Problem.«

»Das diplomatische Corps.« Paul stand auf und schob den Stuhl an den Tisch. »Da habe ich bislang noch nicht drüber nachgedacht. Jangtsekiang, ich komme. Ich gehe jetzt schlafen, gute Nacht.«

»Da hast du ihm einen schönen Floh ins Ohr gesetzt«, sagte Camille düster, als er gegangen war. »Das vergisst er nicht. Er kaut auf allen Informationen herum wie auf einem Stück Schuhleder.« Immer hatte sie sich schützend vor ihren kleinen Bruder gestellt, der ihrem Einfluss nach und nach entwuchs. Camille fürchtete sich vor der Einsamkeit, die sie spätestens dann einholen würde, wenn er seine eigenen Wege ging.

»Vergessen soll er das auch nicht.« Jessie gähnte. »Vielleicht ist es seine Rettung vor eurer *chaotic family*, den Ozean zwischen ihn und euch zu bringen. Die Claudels sind wirklich schlimm, besonders die Frauen.«

»Ich hab nun mal keine andere Familie«, erwiderte Camille. »Und wenn sie meinen Untergang bedeutet, bleibe ich ihr auf Gedeih und Verderb verbunden.«

KAPITEL 9

Die Frau ging mit wiegenden Schritten die Rue Notre-Dame-des-Champs entlang. Auf der Hüfte trug sie einen Korb voller gefalteter Wäsche, auf dem ihre kleine Tochter thronte, während ihr vierjähriger Sohn ihnen mit Getöse voranlief.

»Madame! Madame Bonneau!« Camille fluchte leise, weil ihr Hinken sie daran hinderte, ihr schnell genug hinterherzueilen. Madame Bonneau, die Concierge des Atelierhauses, hielt an und wartete auf sie. Camille wusste, dass sie sich als Lohnwäscherin verdingte, weil das Geld hinten und vorne nicht reichte.

»Was gibt es denn, Camille?« Madame Bonneau war eine Frau Mitte dreißig, deren Mann als Schornsteinfeger über die Dächer des Viertels kraxelte. Camille hatte ihn in Verdacht, zu tief ins Glas zu blicken, denn oft drang betrunkenes Geschrei aus der Wohnung im zweiten Stock. Nur selten verriet Madame Bonneaus heiteres Gesicht ihr hartes Schicksal. Dann sah man die bitteren Linien um ihren Mund, und ihre Züge wirkten verhärmt und vorzeitig gealtert. Diese verblühte Schönheit und ihr trotziges Durchhaltevermögen wollte Camille darstellen.

Sie atmete tief durch. »Ich möchte eine Büste von Ihnen machen.«

»Yves! Ich warne dich!«, rief Madame Bonneau. Kaum zehn Meter vor ihnen ärgerte der Junge einen dreibeinigen Hund, der laut aufjaulte. Die Concierge stellte den Wäschekorb ab. »Komm sofort her!« Der Übeltäter kam zurück und fing sich von seiner Mutter eine Ohrfeige ein. Yves begann zu heulen, die kleine Madeleine stimmte aus Solidarität mit ein.

»Warum willst du mich denn portraitieren?« Madame Bonneau wandte sich Camille zu, die vorsichtshalber einen Schritt zurücktrat, weil Madeleine ihre dicken Ärmchen nach ihr ausstreckte. »An mir ist doch nichts Besonderes.«

»Ich finde Sie bemerkenswert«, entgegnete Camille fest. »Und ich kann Ihnen 1 Franc pro Sitzung bezahlen, wenn Sie sich bereit erklären, mein Modell zu sein. So viel bekommen die Profis auch.«

»Wirklich?« Madame Bonneau zog die Stirn kraus, während sie nachrechnete. »Wann soll ich erscheinen?«

»Wenn Sie wollen, sofort.« Camille war entschlossen, zuzugreifen, solange sich die Gelegenheit bot.

»Also gut. Ich liefere nur noch die Wäsche aus, dann komme ich. Aber meine beiden Jüngsten muss ich mitbringen. Ich hab nämlich sonst niemanden, der auf sie aufpasst. Die drei Großen helfen sich oben selbst.«

Camille erklärte sich einverstanden, kehrte zum Haus zurück und öffnete die Tür zum Atelier, das leer und verlassen vor ihr lag. Noch. Ihre Freundinnen würden bald kommen und den Raum mit ihrem Geplauder erfüllen. Es war Freitagnachmittag. Später war Alfred Boucher angemeldet, um ihre Arbeiten zu korrigieren.

Sie trat ein, froh über die Zeit allein. Das Atelier war geräumig. Durch die große Fensterfront fiel trübes Licht. Die Wände waren mit Teppichen verhängt, die für Wärme sorgten und den Modellen bei Bedarf einen Sichtschutz verschafften, hinter dem sie sich umziehen konnten.

Trotzdem war es kühl hier. Kein Wunder. Der Ofen war ausgegangen. Camille heizte ihn mit Spänen und Kohle an und wärmte sich über dem knisternden Feuer ihre kalten Hände.

Im Laufe des letztes Jahres war das Atelier für ihre Gruppe zur zweiten Heimat geworden. Vor allem meiner, dachte Camille. Sie bestellte die Kohlen und schimpfte mit der Händlerin, wenn sie sich verspätete. Sie ärgerte sich mit den Modellen herum, die oft schon nach der ersten Sitzung wegblieben, ihr Honorar aber unbedingt einstecken wollten. Halt, das stimmte nicht. Den letzten Jüngling, der sie versetzen wollte, hatte Umberto an den Ohren zurückgezogen. Es war wichtig, für ein Kunstwerk beim gleichen Modell zu bleiben. Camille zerstörte alle Werkstücke, die sie nicht vollenden konnte. Sie machte keine Kompromisse. Der rechte Arm von Jasmina und der linke von Clementine, das ging nicht.

Sie atmete tief durch, bevor sie sich Block, Stifte und Ton zurechtlegte. Sie hatte das Atelier selten für sich. Das lag nicht nur daran, dass sie es mit den drei Engländerinnen und Louise teilte. Auch Paul und seine Klassenkameraden gaben sich seit Kurzem die Klinke in die Hand. Sie wusste nicht genau, warum die Jungen sie belagerten. Sollen sie nur, dachte sie mit einer ganz untypischen Gelassenheit. Es war gut, dass Paul mit seinem Essay über Philosophie einen Preis gewonnen und kurz darauf im Discours Français, dem Vortragswettbewerb der Schule, brilliert hatte. Zumindest hatte er in diesem aufdringlichen Léon Daudet und den schüchternen Marcel Schwob und Romain Rolland Freunde gewonnen, die seine Leidenschaft für die Dichtkunst teilten.

Es klopfte. Madame Bonneau stand mit ihren beiden Kleinen vor der Tür, die sich an ihre Röcke klammerten. Madeleines Rattenschwänze waren frisch geflochten.

»Ihr habt es sehr gemütlich hier«, lobte Madame Bonneau. »Und du willst mich wirklich darstellen?«

Camille nickte, froh darüber, dass Madame la Concierge gnädig darüber hinwegsah, dass sie zu selten putzten. »Setzen Sie sich doch.« Sie räumte einen Stapel Modezeitschriften von einem Stuhl.

Befangen nahm Madame Bonneau Platz und strich sich die Haare aus der Stirn. Während die Kinder den Raum zu erkunden begannen, öffnete Camille ihren Block und fing den Kopf ihres Modells schnell aus verschiedenen Perspektiven ein, wie es für eine vollplastische Arbeit nötig war. Währenddessen steuerte die kleine Madeleine zielstrebig auf den Sack mit dem Gips zu.

»Nicht!« Camille sprang auf, packte das Kind und setzte es seiner Mutter auf den Schoß. »Gips ist gefährlich. Da sollte sie nicht hineingreifen.«

»Oh, Madeleine!« Madame Bonneau hielt ihre Tochter fest, die sich den Daumen in den Mund steckte und missmutig daran zu nuckeln begann. Der kleine Yves bemalte ein Blatt mit einem wilden Knäuel aus schwarzen Kohlestrichen. »Warum willst du ausgerechnet mich abbilden, Camille?«, fragte Madame Bonneau.

»Weil Sie schön sind und Würde haben.« Camilles Stift glitt sicher über das Blatt. Madame Bonneau lachte ungläubig auf und hielt noch eine Weile still. Ja, warum hatte Camille ausgerechnet diese Matrone ausgewählt? Vielleicht weil sie, anders als Madame Claudel, eine gute Mutter war, die ihr Leben ertrug, ohne zu verbittern.

Kurz darauf trudelten Amy, Jessie und Emily ein, grüßten Camille überschwänglich und begaben sich an die Arbeit, während der kleine Yves ihnen zwischen den Beinen hindurchwitschte. Madeleine war auf dem Schoß ihrer Mutter eingeschlafen. Camille sah ein, dass ihr Coup Nachteile hatte, wenn Madame ihre Kinder mitbrachte. Sie verschob die nächste Sitzung auf den kommenden Montag und verabschiedete die Concierge mit dem versprochenen Obolus, den diese zufrieden in ihrer Rocktasche verschwinden ließ.

»The little girl, she's so cute!«, rief Amy, nachdem die Gäste gegangen waren. Camille lächelte schief und erzählte, dass die kleine Madeleine beinahe in ihren Sack mit Gips gestolpert wäre.

»Wen glaubst du, Camille, haben wir gerade eben getroffen?«, fragte Jessie schließlich.

»Keine Ahnung.« Sie warf einen Klumpen Ton auf den Tisch und begann ihn zu kneten. Die erste Vorstudie für die Büste würde sie noch heute anfertigen.

»Diesen Lümmel Laurent Bourgois«, erzählte Amy. »Aber wir sind an ihm vorbeigegangen und haben die Nase in die Luft gereckt.« Als Amy demonstrierte, wie sie Laurent ignoriert hatten, prustete Jessie vor Lachen.

»Er wird niemals ein wirklicher Bildhauer sein«, sagte Camille. »Im Gegensatz zu uns.«

Sie hatte gerade zu modellieren begonnen, als Alfred Boucher hereinkam. Umständlich legte er Mantel und Sakko über einer Stuhllehne ab und trat in Hemdsärmeln auf sie zu. Sein Leben hatte sich verändert, seit er beim diesjährigen Salon den Prix de Rome gewonnen hatte. Er sonnte sich unter den lobenden Kritiken in den Gazetten und wurde zu Empfängen in den höchsten Kreisen eingeladen. Kurz nach Ende des Salons hatte er seine Tätigkeit an der Académie Colarossi eingestellt.

»Warm hier«, bemerkte er, bevor er sich Camilles Arbeiten zuwandte. Er gab ihr Sicherheit, weil er mit unerschütterlicher Zuversicht an ihr Talent glaubte. »Was machen Sie, Camille?«

»Ich habe das Portrait einer Frau begonnen.«

»Minerva oder Diana oder vielleicht Hera?«

Sie schüttelte lächelnd den Kopf. Boucher wusste, wofür ihr Herz schlug. »Eine Frau aus dem Volk.«

»So ist das also.« Boucher nickte. »Was wäre, wenn wir statt all der Götter und Göttinnen unsere Nachbarn darstellen würden? Die Helden das Alltags.«

»Es ist unsere Concierge«, verriet Amy mit einem Lächeln. »Sie hat ihre kleinen Gören mitgebracht, chaotic little beasts.«

Camille packten Zweifel an ihren Plänen. »Die Kinder stören. Ich weiß noch nicht, ob ich das ein zweites Mal machen kann. Was, wenn sie sich am Ofen verbrennen?«

»Nur Mut, Camille.« Boucher verhehlte nicht, dass er sie für seine begabteste Schülerin hielt. Ein Ausnahmetalent. Sie würde alles tun, um seine hohen Erwartungen zu erfüllen. »Sie schaffen das schon. Vielleicht lassen sich die Kinder ja von Louise hüten. Wissen Sie noch, wie Paul Dubois Ihre Arbeiten gelobt hat?«

Misstrauisch hob sie den Kopf. »Wie sollte ich das vergessen?« Seine Worte fühlten sich nach Abschied an. Bis heute hatte sie sich nicht klargemacht, dass sein Erfolg im Salon Veränderungen nach sich zog, die auch sie betrafen. *Zut alors*, fluchte sie im Stillen. Wir werden ihn verlieren.

Boucher sprach weiter, nur für sie. »Ich glaube an Sie, Camille. Sie werden Ihren Weg machen und eine der ersten Frauen sein, die im Salon eine lobende Erwähnung finden. Und meine anderen Schülerinnen natürlich auch. Mesdemoiselles.«

Er verbeugte sich galant vor Emily, Jessie und Amy, die ein Kichern hinter ihrer geöffneten Hand verbarg. Amy Singer konnte unglaublich respektlos sein.

»Was wollen Sie uns sagen, Monsieur?« Camille wurde bei dem salbungsvollen Gerede langsam ungeduldig. »Tun Sie sich keinen Zwang an.«

»Ja …« Er ließ sich auf einen Stuhl fallen. »Mit dem Prix de Rome ist ein Stipendium verbunden. In Florenz.«

Es klirrte, als Emily vor Schreck ihren Hammer zu Boden fallen ließ.

»Oh dear«, sagte Amy. »Sie wollen uns verlassen.« Sie griff sich mit gespieltem Entsetzen ans Herz. »Was soll dann aus uns werden?«

»Das müssen Sie verstehen«, erklärte Boucher. »Für mich bedeutet dieser Aufenthalt eine große Chance. Ich werde einige Monate in einer Villa direkt am Arno verbringen und die Werke meiner Lieblingsbildhauer studieren können. In aller Ruhe.«

Camille biss sich auf die Lippen. Boucher zählte sich zur Gruppe der »Florentiner«, deren Kunst sich auf die Renaissancekünstler Donatello, Jacopo della Quercia und Michelangelo berief. Er würde in Florenz in seinem Element sein.

»I see.« Die praktisch veranlagte Jessie setzte sich neben Boucher an den Tisch und stellte die alles entscheidende Frage: »Aber wer wird dann unsere Korrekturen vornehmen?«

Camilles Herz klopfte in ihrer Kehle. Bereits beim Aufwachen hatte sie das Gefühl gehabt, dass dieser Tag besonders für sie werden würde. Jetzt war es so weit. Sie erahnte Bouchers Worte, ehe er sie aussprach.

»Ich habe einen guten Freund von mir gebeten, diese Aufgabe zu übernehmen«, sagte er. »Er hat zwar viel zu tun, aber er steht so tief in meiner Schuld, dass er mir meine Bitte nicht abschlagen kann.«

»Wer ist es?«, fragte Camille leise.

»Es handelt sich um Auguste Rodin.« Boucher ließ seine Augen im Kreis wandern. Seine nächsten Worte richtete er nur an Camille. »Den besten Bildhauer unserer Zeit.«

KAPITEL 10

Camille fieberte dem Tag entgegen, an dem Rodin den Unterricht im Atelier übernehmen würde. Sie sprach nur noch von ihm. Rodin hier und Rodin da. Rodin, der die Bildhauerkunst auf eine neue Ebene heben und die Jury des Salons Mores lehren würde, indem er auf Allegorien verzichten und eine neue Ausdruckskunst etablieren würde.

Jessie lenkte sie ab, wenn sie so kribbelig wurde, dass sie ihren Ateliergefährtinnen auf die Nerven ging. Ohne ihre Freundin hätte Camille diese Zeit kaum überstanden. Zu zweit kopierten sie die Alten Meister im Louvre und besuchten Ausstellungen in der ganzen Stadt. Eines Tages gingen sie im Bois de Boulogne spazieren. Es war Spätherbst, und der Weg lag voller Ahornblätter, die sich an der Sommersonne sattgetrunken hatten.

»Ich bin so gespannt auf ihn.« Camilles Augen leuchteten.

»Wenn er uns endlich mit seinem Besuch beehrt«, wandte Jessie ein. »Be careful, Camille. Gib acht, auf wen du deine Hoffnung setzt.«

Camille jedoch ließ sich ihre Laune nicht verderben, bückte sich, griff in die Blätter und warf sie in die Luft, so dass sie hinabsegelten wie goldener Regen. »Rodin ist ein Gigant, der die Bildhauerkunst revolutionieren wird. Du kennst doch die Werke der Salonkünstler. Sie sind ein müder Abklatsch der klassischen Bildhauerei, langweilig, immer das Gleiche an der Mythologie orientierte Zeug. Wir brauchen dringend etwas Neues.«

»Und dafür steht der Name Rodin?«, fragte Jessie zweifelnd.

»Woher willst du das wissen? Did you see any of his works of art yet?«

Camille errötete. Jessie hatte ihren wunden Punkt getroffen. »Aber das werde ich. Bald. Und dann wird er uns helfen, unsere Möglichkeiten auszuschöpfen.« Sie wusste, dass ihre Atelierpartnerinnen sie für die Begabteste in ihrem Kreis hielten, und teilte ihre Meinung ohne falsche Bescheidenheit.

Es wurde Februar, bevor Rodin endlich seinen Besuch ankündigte. Der Himmel über Paris hing voller schwerer Wolken, aus denen es zu schneien begann, feuchte Flocken, die tauten, bevor sie die Erde berührten.

»Raus! Raus mit euch!« Camille ließ ihren Blick durch das Atelier schweifen, das sie den ganzen Nachmittag geputzt hatten. Dass Pauls Freunde hier herumlungerten, ging nicht an. Zu viele Menschen drängten sich auf engem Raum.

Léon, Romain und Marcel hatten den ganzen Nachmittag auf dem Diwan gelümmelt, sich hinter vorgehaltener Hand unterhalten und die Mädchen bei ihrer Arbeit beobachtet. Nach Camilles Aufforderung machten sie sich maulend aus dem Staub. Camille wusste nicht, was diese pickligen Schnösel so oft herzog. Pure Sensationsgier, vermutete sie.

»Und ich?«, fragte Paul. »Darf ich bleiben?« Er sah sie erwartungsvoll an.

Camille zögerte. Paul zeigte sich ihr gegenüber solidarisch, indem er seinen Freunden nicht hinterherlief. »Na gut. Setz dich an den Tisch zu den anderen und verhalt dich still. Und im Frühjahr stehst du mir wieder Modell. Abgemacht?«

»Meinetwegen.«

Camille gratulierte sich zu ihrem Coup, denn Paul hasste es, von ihr zum Posieren abkommandiert zu werden. Er hockte sich an den

Tisch zu Umberto und Louise, die wegen ihres Klaviers Bleiberecht hatte und ebenso gespannt wie die anderen wartete. Umberto durfte bleiben, weil er zum Inventar gehörte.

»Vielleicht solltet ihr Eintritt nehmen«, unkte er.

»Idiot.« Amy rollte die Augen.

»… damit alle den Schöpfer des *Ehernen Zeitalters* bewundern können«, ergänzte Umberto. Er gähnte, weil er, wie er sagte, für Rodins *Höllentor* so ausdauernd Modell stehen musste, dass er nachts vor lauter Alpträumen nicht mehr schlafen konnte.

»Ugolino fordert Tribut«, sagte Emily wissend.

»Warum muss Rodin ausgerechnet die Geschichte dieses toskanischen Grafen darstellen, der seine Kinder vertilgt?«, fragte Camille rein rhetorisch.

»Weil die Leute sich gern gruseln?«, vermutete Louise. »Oder weil die Geschichte gerade angesagt ist.«

Camille drückte ihr ungefragt einen Besen in die Hand, während Amy und Emily auf Englisch durcheinanderschnatterten wie zwei aufgescheuchte Hühner. Allein Jessie bewahrte Ruhe und half Camille, den Raum herzurichten.

Als alles bereit war, kam Camille sich vor wie die Regisseurin eines Theaterstücks. Sie hatte ihre Gipsversion der *Madame B.* auf einem Sockel in Szene gesetzt und fragte sich, was Rodin zu deren Ausdruck von leiser Melancholie sagen würde. Im Hintergrund harrten die Bronzebüsten ihres Bruders als Kind und der *Alten Hélène* auf das Urteil des Meisters.

»Ob *Madam Elephant* ihm gefallen wird?« Amy grinste. Obwohl die Marmorskulptur ihr hoffnungslos misslungen war, hatte ihr Humor sie ebenso wenig verlassen wie ihre Lust, zu provozieren.

»Warum tust du das?« Camille war gefangen zwischen Bewunderung und Abscheu. »Warum traust du dich, sie ihm zu zeigen?«

»Ich will wissen, was ich besser machen kann«, sagte Amy trotzig. In letzter Zeit sprach sie oft von ihrer Rückkehr zu ihrer großbürgerlichen Familie in Frome und der Fabrik, in deren Leitung sie sich einzumischen gedachte, wenn ihr Traum, Bildhauerin zu werden, endgültig gescheitert war.

Sie warteten, bis die Dämmerung grau in den Fenstern hing.

»Er kommt.« Umberto, der draußen Schmiere gestanden hatte, stürzte herein. Sofort verstummten alle Gespräche. Keine dreißig Sekunden später betrat ein Bär in einem pelzgesäumten Mantel, der eine Spur aus Schneematsch hinter sich herzog, das Atelier. Rodin.

»Mesdemoiselles?« Er sah sich in der Runde um, in der noch immer Totenstille herrschte. »Sie müssen nicht meiner schlichten Ankunft wegen in ehrfurchtsvolle Erstarrung fallen.«

Seine blauen Augen glitzerten. Camille fragte sich ob aus Mutwillen oder Spott. In der Tat entbehrte die Szenerie nicht einer gewissen Komik. Der berühmte Bildhauer betrat den Kreis seiner Studentinnen, die ihn umringten wie ein Hühnervolk den Hahn.

Jessie nahm ihm den Mantel ab und legte ihn vor den Ofen zum Trocknen. Rodin war breitschultrig, ein Felsblock in Menschengestalt. Camille stellte sich vor, wie er Gips und Marmorblöcke auf seinen Schultern durch sein Atelier wuchtete. Doch diese Zeiten waren vorbei. Heute stand ihm eine Werkstatt voller Gehilfen zur Verfügung, die alle anfallenden Arbeiten für ihn erledigten. Sein Gesicht war von der Kälte gerötet, der lange Bart hing voller Eiskristalle, die tauten und feuchte Spuren auf seinem Sakko hinterließen.

»Und nun?« Er rieb sich die Hände, war sich seiner Rolle bewusst. »Monsieur Schatten kenne ich ja schon, aber die anderen nicht.«

»Meine Geschwister Louise und Paul«, sagte Camille schnell.

Jessie stellte Amy, Emily und sich selbst vor. Zuletzt fiel Camille in einen tiefen Knicks, über den sie sich im nächsten Moment ärgerte. Auf keinen Fall wollte sie unterwürfig wirken.

»Und Sie sind?«, fragte Rodin.

»Camille Claudel«, antwortete sie mit heiserer Stimme.

»Monsieur Boucher hat Sie erwähnt.« Rodin half ihr auf. Sein Händedruck war warm und fest.

»Wollen Sie Tee?«, fragte Camille. Rodin nickte. Camille goss ihm ein, und er begab sich mit der dampfenden Tasse in der Hand an die Korrektur ihrer Arbeiten.

»Ist das ernst gemeint?« Er grinste beim Anblick von *Madam Elephant* und erläuterte Amy, wie sie ihrer nächsten Figur eine bessere Balance verleihen konnte. Amy schrieb aufmerksam mit. Dann korrigierte er die letzten Werkstücke von Jessie und Emily. »Sehr schön, Miss Fawcett. Und Sie, Miss Lipscomb. Man sieht, dass Sie in England bereits Preise gewonnen haben.«

Zuletzt wandte er sich Camilles drei ausgestellten Büsten zu. Sie versteckte ihre feuchten Hände in den Falten des Bildhauerkittels, den sie über ihrem Volantkleid trug. »Was denken Sie?«, fragte sie begierig. »Der Frauenkopf ist meine jüngste Arbeit.«

»Tatsächlich.«

Zu weiteren Kommentaren ließ er sich nicht herab. Nachdem Rodin die Büsten umrundet und von allen Seiten inspiziert hatte, verabschiedete er sich bis zur nächsten Woche, nahm Hut und Mantel und ging ohne ein weiteres Wort. Der Titan war fort, und plötzlich gab es im Atelier wieder Luft zum Atmen. Camille blieb sprachlos zurück. Er hatte sie ignoriert und ihre Arbeiten nicht bewertet. Sie spürte nichts als Leere.

»Mach dir nichts draus«, tröstete Umberto sie. »Der Mann reagiert immer unvorhersehbar. Er hätte dieses Machwerk da«, Umberto zeigte auf *Madam Elephant*, »auch auf dem Boden zerschmettern können.«

»Ich muss doch sehr bitten«, sagte Amy pikiert und grinste im nächsten Moment schelmisch. Jessie legte Camille den Arm um die Schultern, deren bittere Enttäuschung wie ein Klumpen in ihrer Kehle saß. »Wart's einfach ab. Beim nächsten Mal wird er dir schon sagen, was er von deinen Arbeiten hält.«

»Wahrscheinlich nicht viel«, urteilte Louise gnadenlos.

»Meine Werke sind nicht schlecht. Sie heben sich aus der Masse hervor«, wehrte sich Camille. Paul hatte seinen Beobachtungsposten am Tisch verlassen.

»Ich frage mich, weshalb du auf das Urteil eines Mannes Wert legst, der statt einer Nase einen Wildschweinrüssel hat«, sagte er so ernsthaft, dass alle bis auf Camille in Gelächter ausbrachen.

Beim Abendessen der Familie Claudel drehte sich das Gespräch um Rodin. Während Madame Claudel die Suppe auf fünf Teller verteilte, schilderte Louise genüsslich, wie der Nachmittag verlaufen war. »Rodin hat Camilles Arbeiten einfach ignoriert«, schloss sie. »Vielleicht sind sie ja doch nicht so bemerkenswert, wie sie uns immer glauben lassen will.«

Camille bebte vor Zorn und widerstand mühsam der Versuchung, ihrer Schwester den Wein ins Gesicht zu schütten.

»Nein«, nahm Jessie sie in Schutz. »Wir alle wissen, wie begabt Camille ist.«

»Camille ist wirklich gut«, sprang Paul ihr bei. »Das sagt auch Monsieur Boucher. Und der muss es wissen. Schließlich ist er der diesjährige Gewinner des Prix de Rome.«

Madame Claudel umklammerte ihren Löffel wie eine Waffe. »Monsieur Rodin scheint anderer Meinung zu sein.«

Paul hielt ihrem grimmigen Blick stand. »Dieser Bildhauer ist einfach viel zu sehr von sich überzeugt. Er sieht nur noch sich selbst und seine Karriere. Warum sollte er die Mädchen fördern?«

Madame Claudel pustete in ihre dampfende Suppe. »Sei es, wie es will. Die Kunst wird Camille kaum dabei helfen, einen passenden Ehemann zu finden. Im Gegenteil. Mit ihrer Leidenschaft schreckt sie mögliche Bewerber ab.«

Camille verdrehte die Augen. »Die alte Leier.«

Ihre Mutter hatte keinen anderen Ehrgeiz, als eine passende Partie für ihre Töchter zu finden, wobei natürlich die Älteste zuerst an den Mann zu bringen war.

»Ich habe in Fère-en-Tardenois meine Fühler ausgestreckt«, verkündete Madame Claudel würdevoll. Sie schien auf eine Weise zufrieden, die Camille misstrauisch machte. Wie eine Katze vor einer Schüssel Sahne. Das Letzte, was Camille gebrauchen konnte, waren konkrete Verlobungspläne.

»Nein, wirklich!« Louise hatte Camilles Misserfolg schon vergessen. »Wer ist es denn?«

Madame Claudel musterte ihre Töchter nacheinander, wobei ihr Blick an einem Gipsfleck auf Camilles Kleid hängenblieb. Sie seufzte demonstrativ.

»Spann uns doch nicht so auf die Folter«, maulte Louise.

»Na gut.« Louise-Athanaïse gab nach. »Es handelt sich um die Familie De Massary. Du, Camille, hast Ferdinand de Massary ja schon kennengelernt.«

Camille blinzelte. Einen jungen Mann dieses Namens kannte sie in der Tat flüchtig aus Fère-en-Tardenois.

»Ferdinand de Massary«, wiederholte sie wie betäubt. Er entstammte einer respektablen Familie, die in Fère zur Führungselite zählte, was für die Familie Claudel den ersehnten sozialen Aufstieg bedeuten würde. Und dabei war der junge Mann überhaupt nicht unzumutbar. Im letzten Sommer hatten sie einen Besuch in Fère gemacht und im Kreis seiner Familie Tee getrunken. Ferdinand de Massary war ein sympathischer Junge. Doch als er Camille in ein Gespräch verwickeln wollte, hatte sie ihn mit ihrem Starrsinn abgeschreckt.

»Er ist zu alt für mich.«

Kaum waren die Worte heraus, wusste sie, dass das nicht stimmte. De Massary war nicht älter als Mitte zwanzig. Junge Frauen wurden mit Männern verlobt, die ihre Väter oder Großväter sein konnten. Dennoch kam er für sie nicht infrage. Sie wollte Bildhauerin werden, keine Gattin, deren Ehemann ihr erlaubte, ihren Liebhabereien nachzugehen, solange sie ihm Kinder gebar und den Sonntagsbraten auf den Tisch stellte.

»Er studiert an der Sorbonne Jura und möchte Friedensrichter werden. Er ist eine glänzende Partie. Camille, das ist deine Chance, aus dieser Sackgasse herauszukommen.« Auch wenn Madame Claudel nicht mit Engelszungen auf sie einredete, bemühte sie sich doch um mehr Geduld, als sie sonst aufbrachte. Camille vermutete, dass sie sie mit ihrer Sanftheit ködern wollte. Nicht mit mir, dachte sie.

»Ich denke gar nicht daran, zu heiraten«, entgegnete sie schärfer als beabsichtigt. Sie war nicht diplomatisch, nein, das würde sie niemals sein. Sie würde immer lautstark für ihre Rechte kämpfen.

Es klirrte, als Louise ihren Löffel neben ihren Suppenteller fallen ließ. Ihr Gesicht war nicht nur von der heißen Bouillon gerötet. »Du bist so undankbar und arrogant«, zischte sie. »Wenn ich diese Chance bekäme, würde ich mich für den Rest meiner Tage freuen.«

Im Gegensatz zu ihrer Schwester legte Camille ihren Löffel sorgsam ab, bevor sie den Raum verließ und die Tür hinter sich zuknallte. Im Gang blieb sie stehen, legte schwer atmend ihre Hände auf die Knie und wischte entschlossen die Tränen fort, die ihr über die Wangen liefen. An diesem Tag war einfach alles schiefgegangen. Erst die Demütigung durch Rodin, dann der unerwünschte Heiratskandidat. Zum ersten Mal war sie besorgt, dass ihre Mutter recht haben könnte. Vielleicht hatte sie sich ja wirklich mit ihrer Kunst verrannt. Nein, dachte sie dann. Sie war begabt. Was ihr zu einer professionellen Bildhauerin noch fehlte, würden die Zeit und ein intensives Studium ihr bringen.

KAPITEL 11

Rodin ignorierte Camille während seiner nächsten Unterrichtsstunden weiter, wochenlang. Äußerlich unbeeindruckt, im Innern aber glühend vor Zorn schaffte sie es, seine Lektionen hinter sich zu bringen. Und dennoch. Wenn man davon absah, dass er sie nicht beachtete, war er ein guter Lehrer, der vor allem auf sein wirksames Vorbild setzte. Trotz seiner leisen Stimme entwickelte er eine Autorität, der sich die jungen Künstlerinnen nicht entziehen konnten.

Es war ein schöner Tag im März. Die Sonne schien durch die trüben Fenster ins Atelier und beleuchtete ihre Werkstücke, zwischen denen Rodin auf und ab marschierte und einen seiner Vorträge hielt.

»Übertreiben Sie, meine Damen!«, forderte er sie auf. »Das Leben selbst tritt Ihnen in Ihren Modellen entgegen. Der Körper ist alles, Gefäß des Geistes und der Seele, Raum der Leidenschaften. Enttäuschte Liebe, Verzweiflung, Hoffnung, Hingabe, sie alle drücken sich in Gestik und Mimik aus. Diese intensiven Gefühle sollen Sie darstellen, nicht nur die Proportionen einer Hülle oder hohlen Schale.«

Camille nickte unwillkürlich. Auch sie wollte diese innere Wahrheit zeigen. Sie hielt sich im Hintergrund, während sich ihre Gefährtinnen um ihren Lehrer scharten. Sie brachten ihm von Mal zu Mal mehr Verehrung entgegen, aber Camille wusste nicht, was sie empfinden sollte.

»Platz, Platz!« Jessie klatschte in die Hände, so dass die anderen einen offenen Raum um Rodin bildeten, in dem er sich bewegen konnte.

»So«, sagte er. »Nun zeigen Sie mir Ihre Büste, Miss Fawcett!« Emily errötete und stellte das Abbild eines italienischen Modells mit dem Namen Jasmina, das auch schon für Camille posiert hatte, auf einen Sockel. Rodin rückte den Kneifer auf seiner Nase zurecht und begutachtete es.

»Sie wollen sicher wissen, was ich tue, wenn ein Werkstück sich der Fertigstellung nähert.« Rodin schmunzelte. »Ich schleiche darum herum.«

»Wie ein Tanzbär?« Amy prustete in ihre geöffnete Hand. Sie profitierte am meisten von Rodins Unterricht, setzte seine Anweisungen um und verbesserte sich laufend.

»Ganz genau, Miss Singer!« Rodin nickte ihr zu. »Ich sehe mir meine Arbeit von allen Seiten an. Am besten vor einer weißen Wand. Sie sind keine Malerinnen, meine Damen. Ihnen stehen weder Farbe noch Komposition zur Verfügung, um Ihre Intention auszudrücken. Ihre Arbeiten sind dreidimensional. Sie denken vielleicht, es reiche, wenn die Frontalansicht ihren Vorstellungen entspricht. Aber Sie irren sich. Jede Seite ist wichtig, auch die halb seitliche oder die Rückansicht.«

»Die Profile«, sagte Camille. Ihre Worte hingen wie Bleitropfen zwischen ihr und Rodin. Es dauerte einen Moment, bis er ihr antwortete. »Genau.«

Er lehrte sie weniger durch seine Worte als durch Anschauung und Beispiel. Nachdem er Jessie um einen Klumpen Ton gebeten hatte, bearbeitete er ihn mit einer Kunstfertigkeit, die Camille zum Staunen brachte. Blitzschnell formte er aus dem länglichen Rechteck ein paar Hände, die einander berührten. Sie ähnelten Blütenblättern, die sich um einen Kern öffneten. Wider Willen war Camille beeindruckt.

»Fertig.« Rodin trat einen Schritt zurück und begutachtete sein

Werkstück. »Hände und Füße zu gestalten gehört mit zum Schwierigsten überhaupt. In meiner Werkstatt übergebe ich diese Aufgabe nur an meine begabtesten Helfer. Voilà! Hier haben Sie Ihre Aufgabe. Bis zur nächsten Woche fertigen Sie Hände aus Ton oder Gips an. Der Ausdruck, den Sie ihnen verleihen, steht Ihnen frei, aber übertreiben Sie, intensivieren Sie …«

Er fasste Camille auf eine rätselhafte Weise in den Blick, die sie nicht deuten konnte. »Wie Camille«, fügte er leise hinzu, bevor er Hut und Mantel nahm und das Atelier ohne ein weiteres Wort verließ. Camille schaute ihm verwirrt hinterher. Was hatte er damit sagen wollen?

»Immerhin hat er heute zweimal deinen Namen genannt«, sagte Jessie tröstend.

»Was habe ich davon?«, erwiderte sie trotzig. »Schließlich will ich auch vorankommen. Aber er tut so, als hätte ich keinerlei Werkstücke zur Korrektur.«

Bei Alfred Boucher hatte sie sich ihrer Sonderrolle sicher sein können. Nun fühlte sie sich auf sich selbst zurückgeworfen. Nicht mit mir, dachte sie. Entschlossen hob sie ihre Gipsplastik der *Madame B.* vom Sockel und wickelte sie in ein sauberes Baumwolltuch. Die Büste war kostbar. Vorsichtig setzte Camille sie auf dem Boden neben dem Eingang ab.

»Was hast du vor?«, fragte Emily.

»Heute trifft sich die Jury des diesjährigen Salons«, entgegnete Camille. »Wenn sich Monsieur Rodin nicht für mich einsetzt, muss ich das eben selbst tun. Ich werde meine Arbeit der Kommission vorstellen.« Oder mich so lange vor die Tür setzen, bis sie mir eine Chance geben, fügte sie für sich selbst hinzu.

Amy, Jessie und Emily starrten sie entgeistert an. Vielleicht hielten sie sie ja mit Recht für verrückt. Sie zog ihren Bildhauerkittel aus, streifte ihre Jacke über, hob die Büste der *Madame B.* auf und ging zur Tür.

»Warte!«, hörte sie hinter sich. Jessie nahm Hut und Mantel und folgte ihr.

»Du kommst mit?«

»Of course, my little sheep. Wenn du dich unbedingt blamieren willst, lasse ich dich nicht allein ins offene Messer laufen.«

Sie machten sich auf den Weg zur Staatlichen Kunstakademie, wo die Sitzung der Prüfungskommission für den diesjährigen Salon stattfinden sollte. In den nächsten Wochen würden die Herren Professoren über das Schicksal von Hunderten von Kunstwerken entscheiden. Die ausgestellten Arbeiten boten ihren Schöpfern eine Chance auf öffentliche Anerkennung, wobei Frauen allenfalls eine lobende Erwähnung erlangen konnten.

Es war ein weiter Weg von der Rue Notre-Dame-des-Champs bis zur Rue Bonaparte, die nahe dem Seineufer im Stadtzentrum lag. Eilig liefen Camille und Jessie die Straßen und Boulevards nahe dem Jardin du Luxembourg entlang. Die Gipsbüste wurde langsam schwer in Camilles Armen. Sie kam schon bald ins Schwitzen und bedauerte, dass sie kein Geld für eine Droschke oder einen Pferdebus hatte. Beklommen fragte sie sich, was ihr Vater zu ihrem Vorhaben sagen würde. Besser, sie behielt ihr Husarenstück für sich.

Schließlich erreichten sie das klassizistische Gebäude mit den eindrucksvollen Rundbogenfenstern, das die zentrale Kunstakademie Frankreichs beherbergte, und näherten sich dem Eingang. Jessie zog die Tür auf. Als Camille ihr folgte, erschien ihr Plan ihr schon weit weniger genial. Studenten strömten parlierend aus den Kursräumen, der Gang war so überfüllt, dass die beiden sich verloren vorkamen. Unter Einsatz ihrer Ellenbogen drängten sie sich bis zum nächsten Treppenabsatz durch und ignorierten die empörten Blicke, die ihnen folgten. Sie waren die einzigen Frauen weit und breit.

»And now? Wo tagen die Herren?« Jessie blickte sich suchend um. »Aber da ist ja …?«

Es war Auguste Rodin, der sich im Gewimmel der Studenten und Professoren seinen Weg bahnte. Sein Bart schien sich zu sträuben, als er sie erkannte. Nachdem er die letzten Meter zwischen ihnen im Laufschritt zurückgelegt und dabei eine Handvoll Leute unwirsch zur Seite gedrängt hatte, zog er Jessie am Arm in eine Fensternische. Camille, die mit ihrer Büste schwer beladen war, folgte ihnen kleinlaut. Wieder einmal war es ihr gelungen, in das peinlichste aller Fettnäpfchen zu treten. Rodins blaue Augen streiften sie und blieben an dem Bündel in ihrem Arm hängen.

»Was tun Sie hier, Mademoiselle Claudel?«, fragte er. »Wozu missbrauchen Sie Ihre Freundin als Komplizin? Ich hoffe, es ist nicht das, wonach es aussieht.«

Camille sah ihn trotzig an. »Ich habe gehört, dass sich hier heute die Kommission für den Salon trifft.«

Rodin kämpfte sichtlich um Fassung. »Also haben Sie tatsächlich eines Ihrer Werke mitgebracht, um es der Kommission in einem Akt des Wahnsinns vorzustellen. Welches ist es?«

»Meine *Madame B.*«, sagte sie.

»Die schöne Concierge, die schon etwas verblühte Mutter mit ihrem Ausdruck von Liebe und Resignation im Gesicht. Überaus wahrhaftig dargestellt.«

Jessie starrte ihn mit offenem Mund an. »Vielleicht war ich doch etwas voreilig«, murmelte Camille kleinlaut.

»Ach wirklich?« Rodin holte tief Luft. »Was glauben Sie, wird passieren, wenn Sie ohne einen Protegé hier aufkreuzen, in den Versammlungssaal spazieren und sich als blutjunge Bildhauerin vorstellen, die ihr Kunstwerk im Salon ausstellen will. Sehen Sie, meine Herren Kommissionäre, hier bin ich, Camille Claudel, eine junge Bäuerin aus dem Tardenois. Und das hier ist mein Kunstwerk.«

Camilles Wangen glühten. »Ich werde ausgelacht. Oder es gibt einen Skandal.«

Rodin nickte. »Hier geht es um Ihre Karriere, Camille. Die will geplant sein. Mit einem solchen Schulmädchenstreich verbauen Sie sich unter Umständen alle Chancen. Und die sind für Sie als Frau ohnehin nicht allzu reich gesät.« Ungefragt nahm er ihr die Büste ab und platzierte sie auf seinem Unterarm. »Sie sind zu sehr von sich eingenommen, Mademoiselle Claudel«, sagte er unverblümt. »Werden Sie sich bewusst, dass Sie eine Schülerin sind, nichts weiter. Jedenfalls für den Moment.«

Camille hob das Kinn. »Behandeln Sie mich deshalb wie Luft? Wochenlang warte ich schon auf Ihre Expertise.« Sie spürte, wie Tränen in ihre Augen traten. »Und was kommt? Nichts.«

Rodin trug ihr Werkstück, als hätte es kein Gewicht. »Wenn ich nicht sowieso vorgehabt hätte, diese Büste der Expertenkommission vorzustellen, würde ich jetzt anders reagieren. Dann wäre diese Begegnung unsere letzte. Aber so ringe ich mir Geduld ab.«

Er trat einen Schritt auf sie zu. »Lassen Sie sich eins gesagt sein. Ich habe mehr als zwanzig Jahre Lohnarbeit als Bildhauer hinter mir, bei der ich nichts weiter als ein Stuckateur war.«

»Ich weiß, dass Sie Knochenarbeit geleistet haben«, gestand Camille widerwillig. »In Brüssel.«

»Genau«, stimmte ihr Rodin zu. »Danach habe ich als Gestalter in der Porzellanmanufaktur in Sèvres gearbeitet und dekorative

Rückenansichten in Vasen geritzt. Aber was glauben Sie? Diese Jahre waren überaus lehrreich für mich.«

»Es tut mir leid«, sagte sie.

»Das muss es nicht«, entgegnete er müde. »Sie verfügen über ein Ausnahmetalent und sind sich darüber im Klaren. Ich bin nichts weiter als Ihr Lehrer. Also hungern Sie gefälligst nicht nach Lob und Anerkennung, sondern arbeiten Sie doppelt so hart wie die anderen. Jede noch so große Begabung verkümmert, wenn man nichts für sie tut. Jetzt aber werde ich *Madame B.* der Jury vorstellen. Das hat sie wirklich verdient.«

Er rückte die Büste auf seinem Arm zurecht wie ein kleines Kind und ging davon, ohne sie eines weiteren Blickes zu würdigen. Camille pustete sich eine Haarsträhne aus der Stirn. Ihr Hemd klebte nass geschwitzt an ihrem Rücken.

»He is always good for a surprise«, staunte Jessie. »Und niemals langweilig.«

Camille starrte ihm fassungslos hinterher. »Ich war wochenlang Luft für ihn, und jetzt erfüllt er mir meinen größten Wunsch?« Gefolgt von Jessie wandte sie sich dem Ausgang zu.

»Glaubst du, dass er recht hat? Bin ich wirklich eine so arrogante Kuh, die meint, über euch bestimmen zu können?«

»Maybe«, sagte Jessie. »Manchmal.« Jessie war wenigstens ehrlich.

»Aber eines hat er nicht gesagt«, fuhr Camille fort, während sie zur Tür gingen.

»Was, darling?«

Camille zog das schwere Portal auf, damit sie sich hindurchzwängen konnten. Sie traten in den Ehrenhof hinaus, den die Frühlingssonne mit ihrem gleißenden Licht übergoss. »Er hält uns nicht vor, dass wir Frauen sind. Er faselt auch nicht davon, dass die Bildhauerkunst nichts für zarte Hände sei und wir uns lieber Blumenaquarellen widmen sollten. Unser Geschlecht spielt für ihn überhaupt keine Rolle.«

Jessie beschattete ihre Augen. »In der Tat«, murmelte sie.

Im Sommer desselben Jahres stellte Camille Claudel zum ersten Mal in den heiligen Hallen des Salons auf den Champs-Élysées aus. Ungläubig stand sie mit ihren Freundinnen vor ihrer Büste der *Madame B.*, an deren Sockel ein Schild klebte, das sie als Schülerin Auguste Rodins, Alfred Bouchers und Paul Dubois' auswies. Die Besucher, Herren im Frack und Damen im Kostüm mit modischer Tournüre, umrundeten die Gruppe wie ein breiter Strom. Camille und ihre Freundinnen störten sichtlich den Ablauf und fingen sich manche zornige Bemerkung ein. Amy kicherte und stieß Camille in die Seite, denn von den Leuten, die sie zum Weitergehen aufforderten, glaubte sicher niemand, dass sich unter den unerzogenen jungen Damen die Schöpferin des viel beachteten Werks befand.

Camilles Unterricht bei Rodin änderte sich indessen kaum. Sie hatte davon geträumt, dass er sie nun endlich als Künstlerin wahrnehmen und ihr mit seinem fachmännischen Rat zur Seite stehen würde. Als sie begriff, dass sie vergeblich hoffte, machte sie mit der ihr eigenen Zähigkeit da weiter, wo sie aufgehört hatte. Und siehe da, es klappte. Obwohl das Verhältnis zwischen ihr und Rodin distanziert blieb, ließ sie sich nicht beirren. Außerdem war sie noch immer von seinem Genie überzeugt. In der Woche, die auf den Vorfall in der Staatlichen Kunstakademie folgte, stellte sie drei Händepaare aus Ton fertig, die Rodin so ansprechend fand, dass er sich ein Nicken abrang.

KAPITEL 12

Der Korken sprang mit einem Knall aus der Flasche, und der Champagner schäumte über den Rand der Gläser. Amy, die immer gut bei Kasse war, hatte ihn bezahlt und ließ es sich nicht nehmen, selbst einzuschenken. »Auf dein Wohl, Camille! Cheers!«

Camille trank einen Schluck von dem süßen Schaumwein. Die Kohlensäure stieg ihr in die Nase, und der Alkohol machte sie übermütig. Sie hustete, lachte und ließ sich von Umberto beiläufig den Rücken klopfen.

Es war Sonntag, der 8. Dezember. Ihre Freunde, darunter Paul, Louise und Umberto, waren gekommen, um mit ihr auf ihren Geburtstag anzustoßen.

»Auf dein Wohl, Dezemberkind!« Louise, die ihr auf dem Klavier ein Ständchen gespielt hatte, prostete Camille zu. Während es draußen schneite, bollerte im Atelier gemütlich der Ofen. Sie leerten die Flasche und machten sich über das Tablett mit Brot und Käse sowie die glasierte Apfeltarte her, die Madame Bonneau beigesteuert hatte.

Camille freute sich über die kleine Feier. Daheim war ihr Geburtstag ausgefallen, weil ihre Mutter mit einem Hexenschuss im Bett lag und die gesamte Familie tyrannisierte. Ihre Töchter mussten ihr Tee und heiße Steine für den Rücken bringen, während Paul versuchte, sich unsichtbar zu machen, indem er auf Zehenspitzen durch die Wohnung schlich. Umso dankbarer hatten Camilles Geschwister die Chance ergriffen, aus dem Haus zu kommen. Für die Krankenpflege hatten sie Louise abkommandiert. Vorerst.

Louise suchte ihre pelzbesetzte Jacke. »Ich gehe dann mal. Paul nehme ich mit. Auf geht's, Paul!« Sie stülpte sich ihre Samtkappe über die Haare und tippte Camille mit ihren Handschuhen vor die Brust. »Aber um acht Uhr bist du zu Hause und löst mich ab. Und wehe dir, wenn nicht!«

»Jaja«, entgegnete Camille halbherzig.

»Paul, mach schon!«

Widerwillig folgte er Louise, die schon an der Tür stand.

Kurz darauf brachen auch Jessie, Amy und Emily auf. Eine ihrer amerikanischen Bekannten feierte ebenfalls Geburtstag und hatte sie eingeladen, so dass sich Camille mit Umberto allein im Atelier wiederfand. Während sie ein Stück Apfeltarte aß, versuchte sie, sich ihren Ärger nicht anmerken zu lassen.

»Wir könnten im Schnee spazieren gehen«, schlug Umberto vor.

»Einverstanden.« Etwas Besseres hatten sie ohnehin nicht zu tun. Camille folgte Umberto auf die verschneite Straße hinaus bis ins Stadtzentrum. Schließlich standen sie Seite an Seite am Ufer der Seine und blickten auf die Île de la Cité, auf der sich die majestätischen Türme der Kathedrale Notre-Dame erhoben. Dunkel strömte der Fluss dahin. Der Himmel hing voller rötlich grauer Schneewolken, aus denen feuchte Flocken fielen. Die Erde verschwand unter einer pudrig weißen Decke.

»Dezemberkind«, sagte Umberto.

Camille ließ einige Flocken auf ihre Hand fallen, die sofort tauten. »Der Frost hat an diesem Tag die letzten Rosen mit Raureif überzogen, sagt mein Vater. Blutrot und weiß wie Kristall.«

Umberto schauderte. »Du bist Schütze, ein Feuerzeichen. Das passt. Aber Lothringen im Winter. Da friere ich ja, wenn ich bloß dran denke.«

»In Neapel ist es sicher immer warm.« Wie so oft verdrängte Camille den Gedanken, dass ihre Mutter sie am Tag ihrer Geburt enttäuscht beiseitegelegt hatte, weil sie ihr den kleinen Charles Henri nicht ersetzte.

Umberto merkte nichts von ihrer Verstimmung. »Die Sonne scheint den Großteil des Jahres. Wir haben einen Vulkan, den Vesuv, der stößt hin und wieder Rauchwolken aus wie ein großer Schlot.«

Camille schlug den Kragen ihres Mantels hoch. Es war bitterkalt. Mit Fragen zu seiner Herkunft tat sich Umberto schwer, doch der Champagner kreiste in ihrem Blut und machte sie leichtsinnig. »Hast du kein Heimweh?«

»Doch«, sagte er nach kurzem Zögern. »Aber ich kann nicht zurück.«

Umberto erzählte normalerweise nichts von sich. Camille wusste, dass man diese Grenze besser nicht überschritt. Aber heute hatte sie Geburtstag und ging das Risiko ein. »Weshalb hast du Neapel verlassen?«

Statt zu antworten, bückte er sich, nahm eine Handvoll Schnee und steckte sie Camille in den Kragen. Eiskalt rann ihr das Wasser den Rücken hinab. Sie sprang auf.

»Na warte! Das lass ich mir nicht gefallen.«

Sie formte einen Ball und warf ihn Umberto an den Kopf. Im Handumdrehen steckten sie lachend und kreischend in einer Schneeballschlacht. Auch wenn Umberto schneller und stärker war, ließ sich Camille nicht besiegen. Schließlich waren sie so außer Atem, dass sie eine Pause einlegen mussten.

»Zumindest ist uns nicht mehr kalt«, sagte sie.

Sie standen einander gegenüber. Umberto ließ seine Hand über ihre Wange gleiten und fuhr mit dem Finger die geschwungene Linie ihrer Oberlippe entlang. Etwas in Camille glühte auf, als er seine Arme um ihre Schultern legte und sie auf den Mund küsste, zunächst vorsichtig, dann drängender. Er war einen Kopf größer als sie. Sie spürte seinen muskulösen Körper an ihrem, das Blut, das ihm heiß durch die Adern rann.

Camille erwiderte den Kuss mit geschlossenen Lippen und schob ihn dann sachte von sich. »Du hast meine Frage noch nicht beantwortet.«

»Ich fass es nicht.« Er schüttelte den Kopf. »Du hasst es, wenn du die Dinge nicht kontrollieren kannst. Deshalb verspielst du die Gelegenheit, deinen ersten richtigen Kuss zu bekommen?«

»Ich kenne es nicht anders. Glaub mir, in meiner Familie muss jeder sehen, dass er die Oberhand behält.« Sie würde nicht zulassen, dass jemand Macht über sie gewann. Schon gar nicht Umberto, indem er sie ungefragt küsste. Camille sprang hoch und versenkte eine Handvoll Schnee zielbewusst in seinem Kragen. »Sprich, Italiano!«

Nachsichtig schüttelte er den Schnee ab. »Also gut. Mein Vater ist Richter.«

Dass Umberto aus guter Familie stammte, hatte Camille schon vermutet. »Deshalb bist du so gebildet.«

»Wenn du meinst«, sagte er kühl. »Ich wollte ihm immer beweisen, dass er mir nichts zu sagen hat. Also habe ich ihn provoziert, wann immer ich konnte.«

Camille musste an Paul denken. »Und dann?«, fragte sie voll böser Vorahnungen. »Das ist gründlich schiefgegangen, nehme ich an.«

»Richtig.« Er klopfte sich den restlichen Schnee von seinen Schultern. »Ich habe mich auf eine Verbrecherbande eingelassen, die in unserem Viertel sehr mächtig war.«

»Wirklich?« Sie machte große Augen.

»Aus Abenteuerlust«, gestand er. »Ich habe Diebesgut transportiert und irgendwann Schmiere gestanden, wenn die Ganoven auf Raubzug gingen.«

»Bei Raubüberfällen?« Camille schlug die Hand vor den Mund. Auf diese Information hätte sie gut verzichten können. »Dann bist du ein Gauner?«

Er schüttelte den Kopf. »Schlimmer, ein Brigante. Aber du darfst mich Giganti nennen. So habe ich mich bei Rodin vorgestellt.«

»Was heißt das?«

»Giganti bedeutet Riese. Brigante heißt Straßenräuber. Da kannst du dir vorstellen, was mir lieber ist.« Er stellte sich aufrecht und ließ seine Muskeln spielen. »Ich bin stark. Da passt Giganti.«

»Ach so«, prustete sie in ihre Hand.

»Stört dich nicht, dass ich ein Verbrecher bin?«, fragte er verwundert.

»Warum sollte es das? Hier in Paris stellst du keine krummen Dinger mehr an, oder?« Sie stellte sich auf die Zehenspitzen und betrachtete ihn. »Ich möchte dich abbilden.« Der Plan geisterte ihr schon seit geraumer Zeit im Kopf herum. »Und dann nenne ich dich Giganti.«

Er zögerte, vielleicht weil ihr Wunsch ihn auf sein elendes Dasein als Modell reduzierte. »Jederzeit«, flüsterte er. Doch dann wurde seine Miene nachdenklicher. »Also bin ich für dich nicht mehr als ein Vorbild für ein Kunstwerk. Eine Idee auf zwei Beinen?«

»Das ist schon sehr viel, wenn man mich kennt«, sagte Camille.

Sie musterte ihn, seinen breiten Mund, den kräftigen Kiefer, die lockige Haarsträhne, die ihm in die Stirn fiel. Umberto wusste gar nicht, wie schön er war. Oder vielleicht doch? Er legte ihr die Hand auf den Rücken. »Und was würdest du dir noch wünschen?«, fragte er leise. »Schließlich hast du heute Geburtstag.«

Dämmerung hatte sich über die Stadt gesenkt. Von Notre-Dame klang Glockengeläut über den Fluss. Am Sonntag waren die Läden geschlossen, in denen Umberto ihr Schokolade kaufen konnte. Camille dachte nach. »Ich möchte Rodins *Höllentor* sehen. Das interessiert mich.«

Er lachte auf. »Weiter nichts? Es ist Sonntagabend. Das Marmordepot ist zu.«

Camille zuckte mit den Schultern. »Du hast mich gefragt, was ich will. Wenn es nicht geht, lassen wir es bleiben.«

»Und wenn ich dir den Mond vom Himmel hole?« Er nahm ihre Hand. »Für meine Prinzessin tue ich alles. Komm!«

Er zog sie mit sich fort. Camille folgte ihm, ihre Füße taub vor Kälte. Lachend liefen sie die Rue de l'Université entlang, bis sie das imposante Gebäude mit der Nummer 182 erreichten, das die staatlichen Marmorvorräte Frankreichs ebenso wie Rodins Atelier beherbergte.

Eine Säulenfront grenzte den lang gestreckten Bau von der Straße ab, dessen Rückseite am Seineufer lag. Bedeckt mit Hauben aus Schnee türmten sich Marmorblöcke und Granitplatten auf dem Vorplatz. Halb fertige Reiterstandbilder und Statuen nackter Göttergestalten lagen umgekippt auf dem Boden, malerisch wie die Höllenfiguren des Geyn. Der Schauder, der ihr über den Rücken lief, hatte weniger mit dem Wetter als mit dem Gefühl zu tun, auf einem Friedhof der Kunst zu sein. »Hier liegt also das ganze Zeug herum, das der Staat nicht aufstellt?«

»Exakt«, sagte Umberto. »Und hier arbeitet der Menschenschinder Rodin. Hier entstehen seine Alpträume. Hier herrscht er als Despot über Heerscharen von Steinmetzen und Gehilfen.«

»Und Modelle, die sich Giganti nennen.« Sie ging zum Haupttor und rüttelte daran. »Abgeschlossen. Wie zu erwarten.« Camilles tollkühner Mut verließ sie. Am liebsten wäre sie umgekehrt, in ein Bistro gegangen oder nach Hause, wo Louise und ihre kranke Mutter auf sie warteten. Hierherzukommen war eine blöde Idee gewesen.

»Wer sagt denn, dass wir den … legalen Weg nehmen müssen?« Umberto verschwand in der Dunkelheit. Unschlüssig scharrte sie einen Augenblick lang mit der Schuhspitze im Schnee, bevor sie ihm zur Rückseite des Gebäudes folgte.

Sie durchquerte einen Hof, an den verschiedene Ateliers grenzten, und fand sich vor der verschlossenen Hintertür wieder, wo Umberto mit einem Dietrich im Schloss herumstocherte. »Oh nein!« Damit hatte sie nicht gerechnet.

»Ein Mann von Welt hat immer einen Dietrich in der Tasche.«

»Aber du kannst hier doch nicht einbrechen!«

»Du hast mich doch gefragt, wer ich bin. Ein Dieb und Straßenräuber. Das ist die bittere Wahrheit.« Er musterte sie prüfend. »Ein feiger Rückzieher? Aber doch nicht meine Camille mit dem Löwenherzen. Rodin wird nicht bemerken, dass wir hier waren. Und wenn doch, wird er es verschmerzen.«

Die Tür sprang auf. Misstrauisch musterte Camille den Raum, der sich vor ihren Augen öffnete.

»Treten Sie ein, Mademoiselle!«

Camilles Herz klopfte zum Zerspringen, als sie Umberto ins Innere des Gebäudes folgte. Drinnen war es fast genauso kalt wie draußen, und es roch vertraut nach feuchtem Ton und schalem Gips.

»Rodin hatte zuerst das Atelier M«, erklärte Umberto. »Dann hat er noch J und H dazubekommen, weil sein *Höllentor* zu viel Platz brauchte. Alles ufert immer so aus bei ihm.«

»M wie Meister«, sagte sie.

»S wie selbstherrlich«, sagte Umberto.

Er kannte sich aus, fand in einer Nische eine Gaslaterne und zündete sie an. Licht leckte über den staubigen Fußboden und erhellte einige halb fertige Figuren. Camille stolperte über Körperteile aus Marmor – Arme, Beine, einen Torso. An einer Wand erhob sich die wunderbar gestaltete Skulptur eines Mannes in Schrittstellung, kühn dargestellt in der Bewegung. »*Johannes der Täufer*«, sagte Umberto. »Das Modell ist ein Italiener namens Pignatelli.«

»Schön«, flüsterte sie. Es war totenstill, aber nicht finster. Eine Fensterfront öffnete sich zur Seine, hinter der die Stadt ihren rötlichen Schein verströmte.

»Dieses Gelände nennt man Schwaneninsel.« Umberto trat hinter Camille und legte ihr die Hände auf die Schulter.

»Schwäne sind Vögel von großer Eleganz.« Camille stellte sich vor, wie sie majestätisch in einer Reihe über den Fluss glitten, an der Rückseite des Marmordepots entlang.

»Im Sommer gehen die bissigen Viecher hier an Land und ärgern uns«, erzählte Umberto. »Ihre Gelege befinden sich am Ufer. Ein Schwan mit Jungvögeln ist ein Raubtier.«

Camille blickte sich suchend um. »Und wo ist nun das *Höllentor*?«

»Komm mit!« Er ging ihr voran in den Hauptraum, wo sich ein Holzgerüst erhob, so hoch, dass sie den Kopf in den Nacken legen musste, um seine Dimensionen zu erfassen. Leitern führten zu den verschiedenen Ebenen, hinter denen sich eine gewaltige Fläche aus Gips ausdehnte. »Wie riesig.«

»Es hat sechs Meter in der Höhe und über vier Meter in der Breite«, sagte Umberto. »Tagsüber laufen hier Scharen von Modellen, Steinmetzen und Bildhauern herum, die die Hauptarbeit verrichten. Rodin ist nur für die Entwürfe und den letzten Schliff zuständig. Komm!«

Er bot ihr seine Hand. Gemeinsam stiegen sie die Leiter bis zur ersten Ebene hinauf. Dann folgte eine weitere Leiter und noch eine, bis sie sich unterhalb der drei männlichen Akte befanden, die das Werk bekrönten. Knapp unter der Decke. Camille wurde beim Hinabsehen schwindlig. Sie wandte ihre Augen dem *Höllentor* zu. Umbertos Gaslaterne warf ihren Lichtkreis über die drei Akte ebenso wie über die sitzende männliche Gestalt unter ihnen, die den Kopf auf ihre Faust stützte. Das Licht sparte die Figurenreliefs darunter aus, die Camille nur erahnen konnte. Sie waren eine wimmelnde Masse, die leise vor sich hin zu flüstern schien.

»Voilà. Die drei Schatten«, sagte Umberto.

»Aber das bist ja alles du«, stellte sie verwundert fest. »Sie tragen dein Gesicht. Deine Haare. Und es ist dein Körper, der von allen Seiten zu sehen ist.«

Sie bewunderte die Gestaltung der Anatomie, die geneigten Köpfe der Akte, die das Leid der Welt und die Ergebenheit gegenüber dem Tod auf eleganteste Weise ausdrückten. Wie ein Tanz, dachte sie. Ein Meister hatte sie geschaffen.

»Ich habe noch für weitere Gestalten Modell gestanden«, berichtete Umberto. »Ich bin Francesco, ich bin Adam, und ich bin das Vorbild für einige Verdammte, die in die Hölle stürzen. Es ist nicht Rodins *Höllentor*. Ich träume nachts davon. Es ist meins.«

»Das würde ich so nicht sagen.«

Camille erschrak so heftig, dass sie stolperte. Umberto hielt sie geistesgegenwärtig fest. Sie sah nach unten. Rodin stand in der offenen Tür zum Nebenraum, eine breitschultrige Gestalt, die im Gegenlicht an seinem Bildhauerkittel zu erkennen war. Umberto fluchte saftig auf Italienisch.

Rodin trat in den Raum und blieb am Fuß des Gerüsts stehen. »Ich würde sagen, es ist meins«, sagte er. »Schließlich habe ich den offiziellen Staatsauftrag und ein gewisses Honorar dafür erhalten, dass ich einen Entwurf zu einem Portal für das neue Musée des Arts décoratifs schaffe, das es vielleicht so nie geben wird.«

Er klang, als würde er sich prächtig darüber amüsieren, sie in flagranti ertappt zu haben. »Kommt runter! Du, Umberto Giganti, trägst mir Sorge, dass das Mädchen nicht abstürzt. Wenn ihr etwas passiert, werde ich dir das nie verzeihen.«

Vorsichtig kletterten sie die Leitern hinab und sprangen Rodin direkt vor die Füße, der in der Zwischenzeit zwei weitere Gaslampen entzündet hatte. Ihr Licht tauchte den Raum in seinen milchigen Schein.

Rodin verneigte sich spöttisch vor ihnen. »Monsieur Schatten und Mademoiselle Vorwitzig. Wie könnte es anders sein?« Seine Stimme war leise und durchdringend wie immer.

Camille hätte vor Scham im Boden versinken können. Während Umberto sich mit verschränkten Armen neben ihr aufbaute, putzte sie sich ihre feuchten Hände an ihrem Rock ab. »Es ist nicht das, was Sie denken«, begann sie. »Es tut mir leid.«

»Das glaube ich Ihnen nicht, denn Sie sind ja nicht aus Versehen hier«, bemerkte Rodin. »Gehe ich recht in der Annahme, dass die Idee, in mein Atelier einzubrechen, von Ihnen stammt, Mademoiselle? Monsieur Schatten treibt sich ja ohnehin oft genug hier herum und kennt das Kunstwerk zur Genüge. Aber Sie, Camille, wollten das *Höllentor* sehen, was man beinahe als Kompliment für einen abgehalfterten Bildhauer wie mich betrachten kann.«

Camille errötete noch tiefer, wenn das überhaupt möglich war. Mit heißen Wangen murmelte sie eine weitere halbherzige Entschuldigung.

Umberto griff nach ihrem Oberarm. »Lass uns gehen, Camille! Wir waren lange genug hier.«

»Bleibt!«, widersprach Rodin. Er ging zu einem Tisch, goss Wein in drei Becher und drückte jedem von ihnen einen in die Hand. Während Camille den billigen Rotwein auf einen Schlag hinunterstürzte, trank Umberto nur einen vorsichtigen Schluck.

»Was wollen Sie von uns?«, fragte er.

Rodin ignorierte ihn und wandte sich Camille zu. »Ich möchte, dass Sie sich das *Höllentor* genau ansehen und mir dann Ihre Eindrücke mitteilen, Camille.«

»Wie bitte?« Camille riss die Augen auf. Rodin, der selbst kaum Stellung zu ihrer Kunst bezog, wollte ihre Expertise zu diesem gigantischen Werk hören? Unglaublich.

»Sie haben mich schon richtig verstanden.«

»Es ist im Dunkeln kaum zu erkennen.« Sie gestand sich ein, dass sie sich auch aus anderen Gründen wie eine Blinde fühlte. Niemals würde sie weder etwas so Bedeutendes schaffen noch die richtigen Worte dafür finden.

»Ich weiß, dass die Beleuchtung für eine umfassende Beurteilung nicht ausreicht«, antwortete Rodin. »Also teilen Sie mir einfach Ihre Gedanken zu dem Bruchteil mit, den Sie sehen können. Zuerst sollte das Tor eine Relieftür wie bei Ghiberti werden, Sie wissen schon, die Tür des Baptisteriums in Florenz.«

Camille nickte. Sie hatte Bilder dieses Hauptwerks der italienischen Renaissance gesehen. Lorenzo Ghiberti hatte die Tür durch klare Felder gegliedert.

»Aber dann wollte ich etwas Eigenes schaffen, meine Sicht auf die Welt wiedergeben. Verstehen Sie das, Camille?«

»Ich weiß nicht.« Camille griff nach einer Laterne und trat näher an das Kunstwerk heran, das aus Gips bestand. In Bronze gießen lassen würde Rodin es, wenn überhaupt, erst nach seiner Vollendung.

Sie hob die Laterne, deren bleicher Schein über die ersten drei Meter geisterte. Hinter den Bühnen des Gerüsts war die Fläche von Reliefs überzogen. Im Halbdunkel schälten sich Figuren aus den Ebenen, zarte Rückenansichten junger Frauen, gequälte Körper, die aussahen, als seien sie zwischen den Steinen eingequetscht. Menschen, ineinander verschlungen, in die Tiefe der Hölle stürzend. Sie hatte gedacht, dass sie sich fürchten würde, doch statt Entsetzen weckten die Gestalten Mitgefühl und eine seltsame Sehnsucht in ihr. Nicht alle wirkten, als sei ihnen ein schreckliches Schicksal zugedacht. Auf der linken Seite erhob sich ein stolzer Zentaur auf die Hinterbeine, ein Mischwesen aus Tier und Mensch.

Die Mittelpartien der Türen waren noch nicht vollendet. Umberto hatte berichtet, dass die linke die Geschichte des toskanischen Grafen Ugolino aus Dantes *Inferno* erzähle, der, über Monate inhaftiert, schließlich seine verstorbenen Kinder auffraß. Kein Wunder, dass Umberto davon Alpträume bekam. Und dennoch. Das war die beste Bildhauerkunst, die sie je gesehen hatte.

»Was sagen Sie?«, fragte Rodin.

Camilles Mund wurde trocken. Doch ein Band der *Göttlichen Komödie* stand bei ihnen daheim im Regal und war eine Lektüre ihrer Privatstunden mit Monsieur Colin gewesen. »Ihr, die ihr hier eintretet, lasst alle Hoffnung fahren«, zitierte sie. »Wenn ich mich recht erinnere, lässt Dante sich auf der Suche nach Beatrice von Vergil durch das Fegefeuer und die Hölle geleiten. Bei Ihnen kommt er aber gar nicht vor. Stattdessen zeigen Sie die Schatten und den komischen Mann da oben, den Sitzenden, der in der Mitte hockt.«

»Den Denker«, sagte Rodin leise.

Camille nickte. »Also lösen Sie sich von Dantes strengen Vorgaben. Man kann aber auch ein paar Motive aus Baudelaires Gedichten erkennen.«

»Richtig«, sagte Rodin langsam. »Das ist klar, weil die *Göttliche Komödie* ebenso wie *Die Blumen des Bösen* meine Bettlektüre sind. Hin und wieder stecken sie in den Taschen meines Bildhauerkittels.«

Umberto verdrehte die Augen zur Decke.

»Sie wollen etwas anderes darstellen als Dante, bei dem es noch Erlösung gibt«, fuhr Camille fort. »Sie zeigen, dass das Leben selbst die Hölle, aber auch der Himmel sein kann. Manchmal auch beides gleichzeitig.«

Sie wusste selbst nicht, woher ihre Worte kamen. Umberto starrte sie an, als habe er sie noch nie zuvor gesehen. Rodin nickte langsam. Sein Bart war so lang, dass er seine Brust streifte. »Sprechen Sie weiter, Mademoiselle.«

»Sie zeigen, was Menschen einander anzutun bereit sind. Manchmal aus Hass, aber oft auch aus Liebe. Manchmal aber hat beides die gleichen Konsequenzen.«

»Sie verstehen das Tor bemerkenswert gut. Das ist nicht jedem gegeben. Nicht einmal mir.« Rodin ging ihnen zur Tür voran. »Verlasst das Marmordepot jetzt, ihr beiden. Unser kleiner Brigant hier wird wissen, wie man hier rauskommt, ohne dass die Flics euch erwischen. Und Camille, wenn Sie wollen, kommen Sie morgen wieder. Ich möchte, dass Sie mir Modell sitzen.«

Camille hielt überrascht inne, doch bevor sie Rodin antworten konnte, funkelte Umberto den Bildhauer hasserfüllt an, ging zum Ausgang und verschwand in der Dunkelheit. Die Tür fiel hinter ihm ins Schloss. Als Camille ihm etwas hilflos folgte, durchfuhr ein stechender Schmerz ihre Hüfte, und ihre Beine brannten wie Feuer. »Nicht so schnell! So warte doch auf mich!«

Sie umrundete das Haus und sah seine lange Gestalt weit vor sich auf der Rue de l'Université. Schnee fiel in dichten Flocken. »Halt an, verflixt!«

Umberto stoppte so plötzlich, dass sie in ihn hineinrannte. »Und was wirst du tun? Ihm Modell sitzen?«

Camilles Eigensinn erwachte. Sie hob den Kopf und streckte das Kinn vor. »Das entscheide ich selbst. Du hast mir gar nichts zu befehlen.«

»Nein, natürlich nicht.« Er sah nachdenklich auf sie herab. Schneeflocken verfingen sich in seinen Haaren. »Aber ich darf dich warnen. Der Mann ist besessen von schönen Frauen. Irgendwann wird er wollen, dass du nackt für ihn posierst. Und was tust du dann?«

»Ja was, und dann?« Dickköpfig bohrte Camille ihre Schuhspitze in den Schnee. »Es ist für die Kunst. Und für nichts sonst.«

»Bist du dir sicher?« Umberto setzte an ihrer Seite den Weg fort. Er würde sie nicht allein durch das nächtliche Paris laufen lassen. Ja, er nahm sogar Rücksicht auf ihr Hinken und passte seine Geschwindigkeit der ihren an. »Sie sind nicht alle so streng mit sich selbst wie du«, bemerkte er. »Jessie hat ihren William, der in England auf sie wartet. Emily ist so schüchtern wie du. Aber Amy? Die holt sich ihren Spaß.«

»Ich weiß«, sagte Camille, obwohl sie von Amys letzten amourösen Verwicklungen nichts mitgekriegt hatte. Sie hasste den spöttischen Unterton, mit dem Umberto von einer Welt berichtete, die sie nicht durchschaute. Seitdem sie denken konnte, galt ihre ganze Hingabe der Kunst. Liebe, was war das? Tändeleien, Begehren, Intrigen, das Gespinst aus Abhängigkeiten und Beziehungen unter den Menschen. Alldem hatte sie abgeschworen. Jetzt aber schien es, als würde sich das nicht aufrechterhalten lassen. Unbarmherzig forderte die Welt ihren Tribut und zog sie in ihr Netz. Gedankenversunken wanderte sie neben Umberto durch das nächtliche Paris.

Der Weg vom Stadtzentrum bis zum Montparnasse zog sich ewig hin. Camille überspielte ihr Hinken und biss die Zähne gegen den Schmerz in ihrer Hüfte zusammen. Gaslicht beleuchtete die

Stadt geisterhaft. Die wenigen Passanten, vorwiegend Herren mit Frack und Zylinder, wirkten wie verirrte Raben im Schnee. Sie mussten sie und Umberto für ein verliebtes Paar halten.

Schließlich bogen sie in die Rue Notre-Dame-des-Champs ein. Umberto brachte sie bis zum Haus Nummer 106, wo Camille mit Schrecken feststellte, dass sie Louise versetzt hatte.

»Versprich mir, dass du nicht zu Rodin gehen wirst«, bat Umberto, bevor sie sich verabschiedeten. Er hatte nicht wieder versucht, sie zu küssen.

»Das kann ich nicht.« Nachdenklich wanderten ihre Augen die glatte Fassade hinauf, an der die schmiedeeisernen Balkone wie Vogelnester hingen.

Obwohl sie die Wohnungstür so leise wie möglich ins Schloss zog, stürzte Louise sofort auf sie zu.

»Wo hast du nur so lange gesteckt? Du hast mich im Stich gelassen. Und dabei war Maman heute so schwierig. Sie hatte Schmerzen und hat mich die ganze Zeit herumgescheucht und angeschrien. Sogar auf den Topf musste ich ihr helfen.«

Camille wusste, wie sehr Louise alles Körperliche hasste. »Ich hab mich Umberto angeschlossen für einen Spaziergang«, sagte sie kleinlaut. »Schließlich hab ich heute Geburtstag.«

Louise sah sie aus weit aufgerissenen blauen Augen an. Ihre Locken sträubten sich wie bei einer zornigen Katze. »Warte nur«, murrte sie. »Wenn Papa am Sonntag kommt, erzähle ich ihm, dass du dich diesem Modell an den Hals wirfst.«

»Das würdest du tun?«, fragte Camille. Aber sicher war Louise imstande, sie zu verpetzen.

»Du immer mit deinen Ausflüchten, deinen Ausreden«, fuhr Louise fort. »Dahinter verbirgst du dein wahres Wesen doch nur. Du bist eine Egozentrikerin.«

An ihrem Schniefen erkannte Camille, dass Louise geweint hatte. Glitzerten da nicht Tränen der Empörung in ihren Augen? Die gelten nicht mir, dachte Camille. Ihre Rivalität war so selbstverständlich wie der Streit zwischen Hund und Katze.

»Und dabei hat sich die Familie De Massary am Wochenende zum Essen angekündigt, mit Ferdinand«, berichtete Louise. »Papa will deinen Geburtstag nachfeiern.«

Spontan zog Camille ihre Schwester an ihre Schulter, die lauthals schluchzte. »Schon gut«, murmelte sie.

»Das ist deine Chance, nicht meine.« Louise schnäuzte sich in ihr Taschentuch.

»Wer weiß.« Camille fasste einen Entschluss. Um das Spiel zu lernen, das sich Leben nannte, würde sie ihren Elfenbeinturm verlassen müssen wie die Prinzessin aus Victoires Märchen. Ich werde mitspielen, dachte sie, und meine eigenen Regeln aufstellen.

KAPITEL 13

Bar-le-Duc, Herbst 1876

Camille war zwölf Jahre alt. Sie saßen in der Küche beim Frühstück. Auf dem Herd simmerte der Sonntagsbraten und verbreitete einen verlockenden Duft. »Heute machen wir einen Familienausflug«, kündigte Louis-Prosper an. In seinen Augen lag dieses mutwillige Glitzern, das darauf hindeutete, dass er etwas im Schilde führte. Gut gelaunt strich er seinen Backenbart glatt. Camille machte einen Luftsprung. Endlich Abwechslung im Einerlei ihrer Tage in der Klosterschule, wo sie immer nur aneckte, egal, was sie tat.

Madame Claudel rang die Hände. »Der Braten muss noch schmoren.«

»Der kann warten«, antwortete Louis-Prosper. »Bereiten Sie die Kinder vor.«

Wenn Papa ein Machtwort sprach, war es sinnlos, Widerspruch einzulegen. Das wusste auch Madame Claudel. Kurz darauf saß Camille auf einem Küchenstuhl, und ihre Mutter flocht ihre Haare zu einem strammen Zopf. Sie zog viel zu fest.

»Du tust mir weh!«, protestierte Camille.

»Ein Mädchen muss manches aushalten können. Das Leben besteht aus Schmerz und Verzicht.« Madame Claudel befahl ihr aufzustehen und rief nach Louise, die als Nächste frisiert wurde. Viel vorsichtiger, wie Camille befand. »Wohin gehen wir?«, fragte sie.

»Das weiß ich nicht«, gab ihre Mutter gallig zurück. »Dein Vater will uns überraschen.«

Kurz darauf war die Kutsche fertig, der Fuchs angeschirrt. Madame Claudel und die Kinder nahmen auf der Rückbank Platz.

Sie trugen ihre besten Kleider. Sogar Paul hatte sich das Gesicht gewaschen. Der Gaul trabte an. Louis-Prosper kutschierte selbst und lenkte das Gefährt in Richtung Oberstadt bis zur Place Saint-Pierre, an der sich die Kirche Saint-Étienne erhob.

Ein einziges Mal war Camille bislang hier oben gewesen. Staunend ließ sie ihre Augen an der klar gegliederten Fassade emporwandern. »Wie heißt diese Art zu bauen?«, fragte sie.

»Renaissance«, sagte Louis-Prosper. »Aber ein Großteil der Kirche ist älter. Den ursprünglichen Baustil, meine liebe Camille, nennt man Gotik. Flamboyant, wenn man es genau nimmt. Merk dir, in der Gotik hat man Fenster mit Spitzbögen und Gewölbe gebaut, die wie ein Wald in den Himmel wachsen.«

»Wirklich, Papa?«, fragte Paul, doch Louis-Prosper ignorierte ihn.

An der Hand ihres Vaters näherte sich Camille der Kirche und betrat sie durch den Seiteneingang. Das Schiff war dämmrig und so hoch, dass das Gewölbe vor ihren Augen verschwamm. Es roch erstickend nach Weihrauch. Sie spürte einen Anflug von Ehrfurcht, obwohl sie ebenso wenig gläubig war wie die anderen Mitglieder ihrer Familie. Die Messen, zu denen die Nonnen sie zwangen, überstand sie schweigend, ohne sie zu hinterfragen.

Ein Mann in einem langen Messgewand kniete auf einem Samtpolster, betete leise und schwenkte ein Weihrauchgefäß.

»Weshalb sind wir hergekommen?«, fragte Camille.

»Wart's ab!«, entgegnete ihr Vater gut gelaunt und führte sie in den vorderen Teil des Kirchenschiffs. »Das ist der Chor.«

Sie machten vor einer Nische halt, in der eine große Steinfigur stand. Camille erkannte beeindruckt, dass es sich um ein Skelett handelte. Leere Augenhöhlen blickten zur Decke. Der Körper des Knochenmanns war lediglich an Armen und Beinen von einer steinernen Haut und Kleiderfetzen bedeckt.

»Wer war das?«, fragte sie.

Ihr Vater drückte ihre Hand. »Ein adliger Schlossherr namens René de Chalon. Nach seinem Tod ließ seine Frau sein Skelett abbilden. Das Kunstwerk stammt von einem Bildhauer namens Ligier Richier aus dem 16. Jahrhundert. Er ist einer der bedeutendsten Meister Lothringens. Man vermutet sogar, dass er bei Michelangelo Unterricht hatte. Wie findest du es?«

»Ich weiß nicht genau, wie ein Skelett aussieht.« Camille war sich schmerzlich bewusst, dass ihr alle Kenntnisse der Anatomie fehlten. Schlecht für ihr Vorhaben, Bildhauerin zu werden.

»Das macht nichts. Versuch es einfach.«

Sie wollte nichts falschmachen und sah genau hin. Der Tote trug ein Herz in seiner erhobenen Hand, dessen Zweck ihr nicht klar war. Feingliedrige Rippen schlossen sich um den Brustkorb wie Geäst, die Arme und Beine waren erschreckend dünn.

»Ich glaube, Monsieur Richier hat das Drinnen und Draußen des Körpers sehr genau erfasst. Ich meine, ähh, den Brustkorb.«

»Richtig«, lobte ihr Vater. »Die Volumina. Die Werke eines Bildhauers stehen immer im Raum. Wahre Plastizität drückt sich daher auch im Hohlraum aus.«

In diesem Augenblick hörte sie hinter sich ein Schniefen, das sich zu einem lauten Weinen steigerte. Genervt wandte Camille sich um und sah in Louises tränenüberströmtes Gesicht. Maman führte sie mit vorwurfsvollem Blick an der Hand.

»Sie spielt uns nur was vor«, rief Paul, der mit geballten Fäusten neben Madame Claudel stand. Der Priester in dem langen Messgewand erhob sich und legte mahnend den Zeigefinger auf seine Lippen. »Ruhe jetzt«, flüsterte Louis-Prosper, doch Louise weinte noch lauter.

»Das Skelett macht ihr Angst«, erklärte Madame Claudel leise. »Sie ist so zartfühlend.«

Papa kämpfte um seine Fassung. »Es ist wichtig, dass Camille sich das Kunstwerk in Ruhe ansehen kann. Also nimm deine Zimperliese und geh mit ihr vor die Tür. Sonst steigt uns der Pfaffe noch aufs Dach und wirft uns raus.«

Während sich Madame Claudel brüsk abwandte, um die heulende Louise aus dem Kirchenschiff zu zerren, blieb Paul trotzig hinter ihnen stehen. Er wollte nicht länger ignoriert werden. Camille hingegen war froh, dass endlich Ruhe eingekehrt war.

»Ist das alt?«, fragte Paul.

Louis-Prosper bestätigte das, als würde er den Kleinen erst jetzt wahrnehmen.

»Hast du keine Angst?«, fragte Camille.

»Nicht vor dem Tod«, entgegnete Paul. »Aber vor dem Leben.«

»Ich verstehe nur nicht, warum das Skelett sein Herz in der Hand hält«, rätselte Camille. Der Knochenmann fixierte es, als könne er ihm ein Geheimnis entlocken.

»Aber das ist doch klar«, entgegnete Paul.

»Was meinst du?« Louis-Prosper schien verblüfft, dass sein verträumter Sohn zu Erkenntnissen irgendeiner Art fähig war.

Er hatte bisher nur Camille gesehen. Sie wusste nicht, warum dieses Bewusstsein sie über alle Maßen beunruhigte.

»Das Skelett schenkt Gott sein Herz«, erklärte Paul. »Schließlich sind wir in einer Kirche.«

Camille zuckte zusammen. Den Namen Gottes nahm in ihrer Familie nur in den Mund, wer sich Ärger einhandeln wollte. Papa beugte vor niemandem das Knie, schon gar nicht vor den Pfaffen.

Louis-Prosper schüttelte verwundert den Kopf. »Denk lieber noch mal über deine Aussage nach, mein Sohn«, ermahnte er den Jungen. »Wir Claudels lassen uns nicht beeindrucken. Schon gar nicht von den Katholiken.«

Begütigend legte er seine Hand auf Pauls Schulter.

»Nicht wahr, Camille?«, wandte er sich an seine Tochter. »Du durchschaust doch das Kunstwerk?«

Camille nickte, obwohl sie sich bewusst war, dass Paul das Skelett besser verstanden hatte als sie. Für sie hatte alles Göttliche ein irdisches Gesicht.

Seite an Seite verließen sie den Bau und trafen Mutter und Schwester auf dem sonnigen Platz, wo Louise ihren Kummer beim Taubenfüttern vergessen hatte. Paul stürmte mit Getöse in den Schwarm, der sich mit rauschenden Flügelschlägen in den blauweißen Himmel aufschwang. Maman saß mit gefalteten Händen auf einer Bank und wartete.

»Da ist eine Konditorei«, rief Paul.

»Ja, du Leckermaul.« Ein Lächeln glitt über Louis-Prospers markantes Gesicht.

Spätabends betrat ihr Vater die Mädchenkammer und setzte sich auf den Rand des breiten Doppelbetts, in dem seine Töchter gemeinsam schliefen. Louise schnarchte leise, doch Camille richtete sich verschlafen auf. Er griff nach ihrer Hand. »Bildhauer können der Welt Leben einhauchen«, sagte er.

Sie nickte traumverloren.

»Versprich mir, dass du hart arbeiten wirst, Camille. Dann fördere ich dein Vorhaben, du kleiner Feuerkopf. Wenn du der Pfeil bist, der meinen Bogen spannt und ins Schwarze trifft, habe ich nicht umsonst gelebt.«

»Ein Pfeil?«, murmelte sie verschlafen. Papa hatte ihren Ehrgeiz schon mehrfach befeuert und sich dafür sogar mit Maman angelegt. Zuletzt im Sommer in Villeneuve.

»... der sein Ziel erreicht, ja.«

Camille wollte nichts anderes, als die Welt so wahrhaftig wie möglich darzustellen. Sie nahm ihren Vater beim Wort, schaufelte Lehm aus den Gruben, drückte ihre schlanken Finger in die zähe Masse, hauchte ihren Figuren Leben ein und zwang Victoire, sie im Backofen zu brennen. Weil Camille mit der Zustimmung ihres Vaters handelte, mussten Mamans Brioches so lange auf der Ablage warten, bis der Hefeteig zerlaufen war.

Camille arbeitete wie besessen und schuf ihre eigene Welt aus Figuren. Auf der Dorfstraße von Villeneuve kannten die anderen Kinder sie nur im lehmbespritzten Kittel und mit verschmierten Lederstiefeln. Sie wusste, dass sie sie für wunderlich hielten. Die Nonnen in der Klosterschule von Bar-le-Duc erkannten ihre Begabung zwar, kamen aber mit dem sonderbaren Mädchen nicht zurecht und vermuteten die Todsünde des Hochmuts hinter ihrem Betragen. Für Kinderspiele oder eine Freundin blieb ihr keine Zeit. Manchmal hielt Camille inne und spürte die Last der Verantwortung auf ihren Schultern. Doch dann arbeitete sie verbissen weiter. Papa baute auf sie. Sie durfte ihn und sich selbst nicht enttäuschen.

KAPITEL 14

Paris, Dezember 1884

Am nächsten Morgen stand Camille frühmorgens vor dem Marmordepot. Das Haupttor war geöffnet. Sie trat ein und sah sich um.

Es war so kalt, dass ihr der Atem wie Rauch vor dem Gesicht stand. Die Sonne hatte die Schneewolken beiseite gewischt und ließ das Atelier in kalkigem Weiß erstrahlen. Überall gingen Steinmetzen und Gehilfen ihrer Arbeit nach. Ein Mann rührte in einem Bottich voller Gips. Fast wäre Camille mit einem halbwüchsigen Jungen zusammengestoßen, der einen Sack auf seine Schultern wuchtete. Der Staub brachte sie zum Niesen. »Ist der Meister schon da?«

»Rodin? Keine Ahnung.« Der Junge kratzte sich ratlos am Kopf. »François Pompon, der Werkstattleiter, müsste das wissen.«

Camille fragte sich durch, bis sie vor einem schlanken Mann im Bildhauerkittel stand, der eine Schar von Helfern herumdirigierte.

»Ich möchte zu Monsieur Rodin.« Im Geraune der Männer klang ihre Stimme glockenhell.

Pompon wandte sich ihr zu. »Erwartet er dich?«

Als sie nickte, öffnete er eine Tür und schob sie hindurch. »Monsieur Rodin? Ihr neues Modell ist da.«

Der Meister zeigte keinerlei Anzeichen der Verwunderung darüber, dass Camille tatsächlich gekommen war. »Da sind Sie ja endlich. Setzen Sie sich doch.«

Sie trat schüchtern näher. Der Raum war sowohl Empfangszimmer als auch Werkstatt. Stühle gruppierten sich um einen gipsbespritzten Arbeitstisch. Auf den Regalen an den Wänden stapelten sich Entwürfe, kleinere Werkstücke und Unmengen von Händen und Füßen aus Gips. Hinter den hohen Fenstern öffnete sich der Blick auf die Seine, in der sich der kalte blaue Himmel spiegelte.

»Mein privates Atelier«, sagte Rodin. »Hier sind wir ganz unter uns.«

»Haben Sie mit mir gerechnet?« Sie fragte sich, warum er immer davon auszugehen schien, dass er bekam, was er sich wünschte.

»Nein«, erwiderte er. »Aber die Wahrscheinlichkeit war groß. Schließlich sind Sie die Neugier in Person.«

Camille lachte hell auf, zum ersten Mal, seit sie ihn kannte. Auch Rodins Mund umspielte für einen Augenblick ein Lächeln: »Ich will heute Ihr Gesicht zeichnen und vielleicht in Ton abbilden.«

Gespannt entledigte sie sich ihres Mantels und nahm auf einem Stuhl Platz. »Modellsitzen ist neu für mich«, gestand sie. »Sonst stehe ich auf der anderen Seite.«

»Dann werden Sie heute kennenlernen, wie es sich anfühlt.« Er sah sie an. »Ihr Haar. Es ist sehr schön. Aber könnten Sie es irgendwie verstecken? Ich habe eine Idee.«

Schulterzuckend drehte sie ihre dunklen Locken zusammen und wartete ab, bis Rodin ihr ein dünnes Tuch um den Kopf gebunden hatte. Sie fühlte sich seltsam nackt. Ganz so, als hätte sie mit ihrem Haar ihre Persönlichkeit eingebüßt. »Weshalb?«, fragte sie.

»Sie haben ein klassisch schönes Gesicht«, sagte er, während er mit großzügigen Strichen zu zeichnen begann. »Ebenmäßig, große Augen, volle Lippen. Sehr Französisch. Nichts sollte davon ablenken. Möglicherweise wird es mir eines Tages als Vorbild für *La Liberté* oder *La France* dienen. Würde Ihnen das gefallen?«

»Vielleicht.« Camille spürte, wie sie errötete. Es wurde still. Nur der Kohlestift, mit dem er auf seinem Blatt Schraffierungen und Schatten eintrug, kratzte über das Papier.

»Modellsitzen strengt an, oder?«

»Es geht.« Doch obwohl er keine besondere Pose von ihr verlangte, verkrampfte sich ihr Körper schon nach kurzer Zeit. Während sie stillsaß, beobachtete sie Rodin. Seine blaugrauen Augen, die immer wieder Maß nahmen, das zurückgekämmte Haar, den Bart, die große Nase, die Paul als Wildschweinrüssel bezeichnet hatte. Aber ihr Bruder hatte sich geirrt. Rodin hatte einen Löwenkopf. Er sah herrisch aus. Ein Lächeln glitt über Camilles Gesicht.

»Oft liegt ein Ausdruck von Unnahbarkeit in Ihren Zügen«, bemerkte der Bildhauer. »Im Moment aber nicht.«

Camille nickte. Er musste ja nicht wissen, dass sie hinter dieser Maske ihre Traurigkeit verbarg.

Nach einer Weile legte er den Skizzenblock beiseite und griff in einen Kübel mit Ton. »Warum wollen Sie mit solch glühender Leidenschaft Bildhauerin werden?«, fragte er beiläufig, während seine großen Hände den Tonklumpen bearbeiteten. Schlagen, ausrollen und wieder schlagen, so wurde er geschmeidig.

»Ich will die Welt darstellen, wie sie wirklich ist«, erwiderte sie. »Oder … hinter die Fassade des Sichtbaren blicken und nachsehen, ob sich dort die Wahrheit versteckt.«

Rodin sah auf. »Ich hätte ahnen müssen, dass Sie es nicht aus rein ästhetischen Gründen tun. Aber Sie wissen schon, dass es kein leichter Weg wird? Vor allem nicht für Sie als Frau.«

Camille rutschte unbehaglich hin und her. Paul, der sich nur noch gegen Bestechung zum Modellsitzen bereit erklärte, hatte recht. Das Stillsitzen strengte an. »Ich mache mir keine Illusionen, dass ich es als professionelle Künstlerin leicht haben werde.«

»Aber das schreckt Sie nicht ab?« Rodin nahm ihr Gesicht ein weiteres Mal in den Blick. »Sie könnten einen reichen Mann heiraten und seiner Person Glanz verleihen, indem Sie Putten, Fruchtkörbe und die Büsten Ihrer Schwiegereltern modellieren.«

Camille biss sich auf die Lippe. Genau das würde passieren, wenn sie Ferdinand de Massary heiratete. Jessie war bereit, für William Elborne alles aufzugeben, aber sie? Sie lachte, so abwegig fand sie die Vorstellung, sich in eine Ehe zwingen zu lassen.

»Das wollen Sie also nicht«, schloss Rodin. »Oder aber Sie könnten in der Porzellanmanufaktur von Sèvres Vasen gestalten. Dort könnten Sie mit Leichtigkeit Ihren Lebensunterhalt verdienen. Ich habe noch immer beste Kontakte dahin und würde Ihnen behilflich sein.«

Camille winkte ab.

»Sitzen Sie still!«, donnerte er. »Auch ich habe dort gearbeitet, um meine Familie zu ernähren.«

Irritiert fragte sich Camille, welche Familie er meinte.

»Misslungen. Also noch einmal.« Er klatschte den Tonklumpen auf den Tisch und formte ihn neu. Plötzlich wünschte sie sich, dass er seine Hände über ihren Körper gleiten ließ. Ich wäre genauso wachsweich wie der Ton, dachte sie und rief sich im nächsten Moment zur Ordnung. Er soll seine Finger von mir lassen. Sie wollte in ihrer Persönlichkeit wahrgenommen, respektiert, von gleich zu gleich behandelt werden.

»Weil mein Vater nur ein kleiner Polizeiinspektor war, konnten sich meine Eltern keine höhere Schulbildung für mich leisten«, fuhr Rodin fort. »Ich war auch zu dumm und verstockt, um etwas zu lernen. Da mich nichts, aber auch gar nichts von meinem Zeichenblock trennen konnte, schickten sie mich auf die Petite École, die Schule, die Kunsthandwerker ausbildet. Dort betrat ich einmal zufällig die Bildhauerwerkstatt und wusste von da an, was ich werden wollte. Bei dem Anblick war mir, als stiege ich zum Himmel auf. Ich flog. Bevor meine Träume jedoch wahr werden durften, habe ich viel erlebt. Unter anderem lebte ich fast zwei Jahre im Kloster unter Bruder Eymard.«

»Nein!«, rief Camille.

»Doch.« Während er sprach, zeichnete Rodin unbeirrt weiter. »Er erkannte, dass das Klosterleben nichts für mich war, und ließ mich seine Büste formen. Und dann habe ich Jahre, ach was, Jahrzehnte für Carrier-Belleuse und andere als Steinmetz und Stuckateur gearbeitet. Bis vor zwei Jahren konnte ich nichts selbst bestimmen. Wenn Carrier-Belleuse gesagt hätte, hopp, spring über mein Stöckchen wie ein Hund, hätte ich es getan. Ich weiß selbst nicht, wie viele Götterhintern an der Brüsseler Börse von mir stammen, aber seine Signatur tragen.«

Camille rutschte unbehaglich hin und her. »Ich habe gehört, dass Sie dreimal versucht haben, an der Staatlichen Akademie aufgenommen zu werden.«

»Richtig«, antwortete Rodin munter. »Und ebenso oft wurde ich abgelehnt.«

»Warum eigentlich?«

»Die Herren Bildhauer bleiben gern unter sich«, sagte er. »Merken Sie sich das, Camille.«

»Ich glaube, Sie waren ihnen zu eigenwillig.«

Er lachte leise, während er weiter an ihrem Abbild arbeitete, auf welches sie zu gern einen Blick geworfen hätte. Camille reckte sich unauffällig.

»Rühren Sie sich nicht vom Fleck!«, fuhr er sie an. »Von Klüngel haben Sie noch nie etwas gehört? Von Seilschaften, die verhindern, dass sich jemand zwischen sie drängt, der nicht der feinen Gesellschaft angehört? Oder dem richtigen Geschlecht?«

Camille blinzelte. Da wuchs tatsächlich eine Büste vor ihr in die Höhe. Auf dem Kopf trug sie eine Art phrygische Mütze. Rodin glättete das Gesicht mit einem Spachtel und legte mit einem spitzen Werkzeug Augen, Mund und Nase an.

»Ich will es trotzdem versuchen«, sagte sie leise. »So wie Amy, Emily und Jessie.«

»Oh ja, die jungen Engländerinnen. Jessie wird eine solide Bildhauerin. Sie hat Biss, auch wenn ihr das Genie abgeht. Amy aber wird über ihr fröhliches Dilettantentum niemals hinauskommen.«

»Aber warum unterrichten Sie sie dann?«, fuhr Camille auf. »Warum sagen Sie ihr nicht die Wahrheit? Sie strengt sich so an und hat so viel an Hoffnung hinzugewonnen, seit Sie sie hin und wieder loben.«

»Wissen Sie, wer Amy Singer ist?«, fragte er.

»Natürlich weiß ich, wer Amy ist. Ihre Familie hat zu Hause eine Fabrik«, erklärte Camille altklug.

Rodin nickte. »In der Tat. Ihr Vater, John Webb Singer, betreibt in Frome eine Gießerei für Bronzeabgüsse. Er hat sogar eine Kunstakademie gegründet. Amy wird reich heiraten, wahrscheinlich einen Mann, der in die Leitung der Fabrik einsteigt. Wenn sie Kunst von Schund unterscheiden kann, ist uns allen geholfen.«

Camille war einen Moment lang sprachlos. »Ich weiß, dass es schwierig wird. Aber ich will trotzdem eine professionelle Bildhauerin werden.«

Rodins kurzsichtige Augen erforschten sie. Wahrgenommen zu werden … Sie schauderte unter diesem Blick, den sie über alles herbeigesehnt hatte. »Bildhauerei ist kostspielig«, sagte er. »Die Werkstücke werden in Ton, Gips und Marmor hergestellt. Material und Modelle kosten Geld, ebenso die Miete für das Atelier. Am teuersten aber ist der Bronzeguss, ohne den kein Werk die Zeit überdauert. Für die meisten dieser Posten müssen Sie in Vorkasse gehen, denn mit den Honoraren lassen sich die Auftraggeber gerne Zeit.«

»Außer man hat einen großen öffentlichen Auftrag«, setzte sie vorwitzig hinzu.

»Oh ja.« Rodin lachte leise. »So wie ich beim *Höllentor*, für das ich schon mehrmals geradestehen musste. Dann kommen Kontrolleure, trinken meine Rotweinvorräte leer und geben ihre Expertise ab, die keine ist. Bis du einen öffentlichen Auftrag erhältst, hast du ein Spießrutenlaufen sondergleichen hinter dich gebracht, an dem sich auch die örtliche Presse beteiligt. Du fertigst Entwürfe an, kriechst der Obrigkeit in den Arsch und bittest um Gelder, die sie dir entweder gibt oder verweigert, je nach Laune. Im Ernstfall verlangen sie den Vorschuss zurück. Wollen Sie sich das wirklich antun, Camille Claudel?«

Wenn sie Zweifel hatte, würde sie sich das nicht anmerken lassen. »Ich werde öffentliche Anerkennung finden. Das muss ich einfach.« Sie hungerte nach Erfolg und Bestätigung, nicht nur von ihrem Lehrer, sondern auch durch die Öffentlichkeit. Irgendwann würden alle erkennen, welche großartige Künstlerin in ihr schlummerte.

Rodin richtete sich auf. »Wir sind für heute fertig. Gehen Sie jetzt.«

Camille wandte sich dem Tonkopf zu. »Darf ich?«

»Bitte.«

Die Büste erschien ihr so fremd wie eines der antiken Kunstwerke im Louvre. »So sehe ich aus?«

»Das ist jetzt *La Liberté*«, erklärte Rodin. »Ihr Abbild gehört Ihnen nicht mehr.« Er zögerte, bevor er fortfuhr. Camille hob den Kopf.

»Das Stadtparlament von Calais hat mir den Auftrag für ein monumentales Denkmal erteilt.«

»Ja?« Sie wusste nicht, worauf er hinauswollte.

»Ich suche dringend weitere Mitarbeiter. Fachleute, die schon einmal eine Tonfigur geformt haben. Menschen, die meine Intention verstehen.«

»Wann?«, fragte sie.

»So bald wie möglich.«

Als sie die Tür hinter sich zuzog, klopfte ihr das Herz bis zum Hals. Mitarbeiter? Sie war seine Schülerin und noch dazu eine Frau. Sie rief sich zur Vernunft, durfte nicht zu sehr hoffen, dass er sie gemeint haben könnte.

Camille hatte nicht bemerkt, wie schnell die Zeit vergangen war. Es war Mittag. Im Hauptraum des Ateliers ruhte die Arbeit. Die Gehilfen und der Werkstattmeister saßen rund um die Tische und bedienten sich an Baguette, Käse und Wein. Umberto stand neben einer dunkelhaarigen jungen Frau in einer Ecke und rauchte. Trotz der im Atelier herrschenden Kälte trug sie nur Hemd und Korsett.

»Du?«, rief Umberto spöttisch, als er Camille erkannte. »Warum wundert mich das nicht?«

»Ich muss vorankommen«, sagte sie spitz. »Als Bildhauerin.«

»Ach ja? Und da reihst du dich unter die Modelle ein?«

Die Dunkelhaarige stellte sich vor Umberto. Sie reichte ihm nur bis zur Schulter und war bildhübsch. »Umberto, willst du mich nicht vorstellen?«

»Adela Abruzzesi, Modell. Camille Claudel, ebenfalls Modell.« Das letzte Wort stieß er mit so viel Verachtung hervor, dass Camille von einem Speichelregen getroffen wurde. Sie wischte sich über die Stirn und begriff, dass diese Adela die berüchtigte Schwester jener Anna war, die Camille schon abgebildet hatte.

»Ach wirklich?« Umgeben von einer Wolke aus Rosenparfüm trat Adela einen Schritt näher. Zwischen den Fischbeinstäben ihres

Korsetts konnte Camille ihre Wespentaille sehen. 40 Zentimeter, höchstens. Adelas Brüste schienen ihren Ausschnitt zu sprengen.

»Du bist also Rodins neues Modell, mit dem er sich stundenlang einschließt?«, fragte Adela. Camille errötete flammend.

»Lass sie in Ruhe!« Umberto zog Adela einen Schritt von Camille fort.

»Da war nichts«, rechtfertigte sich Camille.

»Halt dich raus!«, blaffte die Italienerin Umberto an, bevor sie sich Camille zuwandte wie eine Katze, die ihre Krallen ausgefahren hatte. »Weißt du denn, was ein Bildhauer wirklich braucht, Camille Claudel? Nach den Modellsitzungen und eventuell auch davor.«

»Halt den Mund, Adela!«, fuhr Umberto das Modell scharf an.

»Du hast mir gar nichts zu sagen.« Adela musterte Camille anzüglich. Ohne ein Wort drehte diese sich um und verschwand durch die Tür.

Mit Adelas rauem Lachen im Rücken floh sie hinaus auf die Rue de l'Université und lief, bis ihr der Schmerz wie ein Pfeil in die Hüfte schoss. Schwer atmend blieb sie stehen, den Blick auf die Seine gerichtet, die dunkelgrün dahinfloss. Am Ufer lagen noch immer Inseln aus Schnee. Was bildete sich diese Adela ein? Camille war aus ihrem Elfenbeinturm in die Gefilde der Irdischen hinabgestiegen, um ihr Leben selbst in die Hand zu nehmen, doch zu solchen Dingen würde sie sich nicht herablassen. Niemals!

KAPITEL 15

Rodins Worte gingen Camille während der folgenden Woche nicht aus dem Kopf. Er brauchte Mitarbeiter. Erst einmal jedoch galt es, den Sonntag zu überstehen, für den sich die Familie De Massary angekündigt hatte.

Nach dem opulenten Mahl mit Pasteten und Rehrücken saßen beide Familien im Salon und ließen sich Süßwein und Dessert servieren. Das neue Dienstmädchen Marie, der Ersatz für die alte Victoire, die zu ihren Kindern gezogen war, hatte sich selbst übertroffen. Paul rülpste und kassierte einen bösen Blick von Camille. Sie begann, den Rührkuchen aufzuschneiden. Der goldbraune Clafoutis duftete betörend nach warmen Zwetschgen und gebackenem Zimtzucker.

»Sicher möchten Sie alle ein Stück?« Sie lächelte demonstrativ, während sie acht Stücke auf die guten Porzellanteller mit dem Goldrand verteilte.

Heuchelei lag ihr nicht. Wenn sie etwas erreichen wollte, kämpfte sie mit klaren Ansagen dafür, auch wenn sie damit aneckte. Heute aber würde sie das Spiel mitspielen müssen, in das man sie drängte. Zumindest für einige Stunden würde das Mädchen mit den lehmverschmierten Stiefeln hinter der Fassade der braven Tochter verschwinden, die insgeheim eine Intrige spann. Ich tue das für dich, Louise, auch wenn du es mir nicht danken wirst, dachte sie. Ferdinand de Massary, der junge Mann mit dem Spitzbart, der Camille schüchtern anschmachtete, war beileibe keine schlechte Wahl.

»Könntest du mal, Louise?« Camille zeigte auf die Schüssel mit der Schlagsahne.

»Gern.« Louise sprang auf und kleckste halbsteif geschlagenen Rahm neben die Kuchenstücke.

»Die Zwetschgen sind aus unserem eigenen Garten in Villeneuve«, erklärte Madame Claudel stolz.

»Das riecht ja schon so köstlich.« Madame de Massary reichte je einen Teller an ihren schnauzbärtigen Gatten und an Ferdinand weiter, der sich sichtlich unwohl fühlte, was bei dieser Häufung an vorgeschobenen Komplimenten und versteckten Botschaften kein Wunder war.

»Wie haben Sie das nur geschafft, Madame? Der große Garten, das Haus und die Kinder?«, fragte Monsieur de Massary bewundernd.

»Das Pfarrhaus ist ein eiskalter, alter Kasten«, kommentierte Paul gallig, dem wie immer niemand zuhörte. »Und nebenan in der Kirche führt unser Onkel, Père Nicolas, ein hartes Regiment.«

»Es ist doch selbstverständlich, dass ich mir alle Mühe gebe.« Madame Claudel lächelte bescheiden. »Die Familie geht über alles. Und genauso haben wir unsere Töchter erzogen.«

Ja, auf dass wir uns als Ware eignen. Camille setzte ein Lächeln auf, das dem Zimtzucker an Süße um nichts nachstand.

Madame de Massarys Hand fuhr ordnend an ihren Haarknoten. »Und Sie, Camille? Ich habe gehört, Sie betreiben ernsthaft die Bildhauerei?« Camille verstand, dass sie sichergehen wollte, sich statt einer willigen Schwiegertochter kein faules Ei ins Nest legen zu lassen.

Sie nickte unschuldig, während ihre Mutter schon den Mund öffnete, um sie zu unterbrechen. »Ja, professionell. Meine englischen Freundinnen und ich haben sogar ein eigenes Atelier.«

Während Madame de Massary das Kinn bis zur Spitzenkante ihres Ausschnitts fiel, ging Camille sicher, dass Louise ihrem Angebeteten Tee einschenkte und zwei Stückchen Zucker dazugab.

»Camille hat im letzten Sommer zwei ihrer Werke im Salon ausgestellt.« Stolz strich sich ihr Vater über seinen Backenbart. Seine Pfeife qualmte im Aschenbecher, während er aufstand, um für die Herren nach der Teestunde eine Flasche Weinbrand und für die Damen Likör zu holen.

»Ich gebe alles für die Bildhauerei«, sagte Camille.

»Aber wie passt die Gründung einer Familie zu diesen hochfahrenden Plänen?«, fragte Madame de Massary entgeistert. »Stellen Sie sich vor. Die Modelle kommen aus einfachen Verhältnissen. Darunter sind grobschlächtige Männer oder Huren, die ein Mädchen in Verruf bringen können. Und der ganze Gips und Schmutz.«

»Lass gut sein, Mutter.« Ferdinand legte seine Rechte auf ihre Hand.

Camille beteuerte, dass ihr Staub und Dreck nichts ausmachten, und hoffte, dass sich Ferdinand an das unmögliche Mädchen erinnerte, das sie einmal gewesen war. Die Kleine mit den Lehmklumpen an den Stiefeln und dem unförmigen Kittel.

»Unsere Töchter sind bestens in allen hausfraulichen Tugenden ausgebildet«, warf Madame Claudel pikiert ein. In Bezug auf Camille, die nicht einmal einen Knopf annähen konnte, log sie, dass sich die Balken bogen.

»Der Kuchen stammt übrigens von Louise«, setzte Camille hinzu. »Bei mir werden sie leider immer schwarz.«

»Wer ist noch einmal Louise?« Madame de Massarys Augen wandten sich nachdenklich Camilles jüngerer Schwester zu.

»Das bin ich.« Louise ordnete ihre dunkelblonden Locken. Sie war mindestens so hübsch wie Camille. Und sie hatte keine schiefe Hüfte.

»Sie backt ganz gut, wenn sie uns nicht gerade mit ihrem Klaviergeklimper in den Wahnsinn treibt,« warf Paul ein. »Aber zum Glück steht das Klavier im Atelier.«

»Tatsächlich?« Auch Ferdinand de Massary schien Louise zum ersten Mal wahrzunehmen.

»Louise betreibt das Studium der Musik intensiv.« Madame Claudel klang überaus stolz. »Sie ist sehr begabt.«

»So«, stellte Madame de Massary fest.

Camilles Lächeln vertiefte sich. Eine Pianistin in der Familie war eine Zierde, gegen die ihre eigenen Ambitionen monströs wirkten. Um sicherzugehen, dass die De Massarys ihre Brautwerbung endgültig aufgeben würden, musste sie aber noch einen draufsetzen: »Ich nehme Unterricht bei Auguste Rodin. Das ist der Bildhauer mit dem *Höllentor*. Ein lukrativer Staatsauftrag. Auf dem sechs Meter hohen Tor tummeln sich ungefähr 200 nackte Verdammte.«

»Unbekleidet?«, fragte Monsieur de Massary entsetzt. »Aber Sie sind doch sicher willens, die Bildhauerei für die Familie aufzugeben, oder etwa nicht?«

»Keinesfalls«, entgegnete Camille liebenswürdig. »Möchten Sie noch einen kleinen Likör? Der ist von unseren heimischen Kirschen.«

Ferdinands braune Augen begegneten den ihren mit einem Ausdruck sanften Spotts. Konnte es sein, dass er ihre Pläne durchschaute?

Bevor sich die Familie De Massary verabschiedete, passte er sie im Gang ab. »Sie interessieren sich für Kunst, Camille? Ich weiß nicht, was für ein Spiel Sie spielen. Aber vielleicht könnten wir uns ja mal gemeinsam eine Ausstellung ansehen. Ich meine, wenn meine Eltern wieder abgereist sind und die Geier uns in Ruhe lassen.«

Camille blinzelte überrascht. Er war klug und freundlich und wirklich keine schlechte Partie. Aber eben nicht meine, dachte sie mit einer Spur von Bedauern.

»Gern«, sagte sie heiter. »Darf ich dazu meine Schwester und meinen kleinen Bruder mitbringen?«

In diesem Moment trat Louise mit Paul im Schlepptau aus dem Esszimmer, der Camille über einen Stapel Teller hinweg zornig anblitzte.

Ferdinand half seiner Mutter in den Mantel und verabschiedete sich mit einem maliziösen Grinsen. Dann fiel hinter der Familie De Massary die Tür ins Schloss.

»Untersteh dich, mich zu instrumentalisieren«, warnte Paul. »Die Zeiten, in denen du frei über mich verfügen konntest, sind vorbei.«

Als Camille näher trat und ihm das Haar verstrubbeln wollte, entzog er sich wütend. Fast wären ihm die Teller aus den Händen geglitten. »Du bist nur ein Vorwand, kleiner Paul«, sagte Camille, »um meinen Galan loszuwerden.«

»Ich bin nicht klein.« Das stimmte. Er war im letzten Jahr in die Höhe geschossen und überragte sie jetzt.

Louise war ebenfalls stehen geblieben. »Das hast du für mich getan.«

»Was?«, fragte Camille unschuldig.

»Dieses wenig subtile Spiel heute Nachmittag. Du hast dir selbst alle Aussichten auf eine Hochzeit mit Ferdinand zerstört. Warum?«

»Camille, kommst du mal?« Der Ruf ihres Vaters enthob Camille einer Antwort. Sie folgte ihm in die Küche.

Auf der Anrichte lag ein Brief. Sie kannte die Handschrift – groß, ausgreifend, etwas unordentlich – von den wenigen Billetts, die Rodin ihnen ins Atelier geschrieben hatte. Ihr Herz begann wild zu klopfen.

»Ich denke, du weißt, was drinsteht«, sagte ihr Vater. Madame Claudel stand neben ihm. Im Gegensatz zu Louise, die Teller und Tassen klappernd im Spülbecken stapelte, lauschte Paul unverblümt.

»Nimm wenigstens ein Geschirrtuch und trockne ab!«, herrschte Louise ihn an.

»Kannst du uns das erklären?« Louis-Prosper brachte Madame Claudel, die dazwischenfahren wollte, mit einer Handbewegung zum Schweigen.

»Ich weiß nicht, was das für ein Brief ist.« Doch Camille ahnte es, und ihr Herz tanzte vor Freude.

Louis-Prosper holte tief Luft. »Monsieur Rodin lädt dich ein, seine Gehilfin im Marmordepot zu werden. Er schreibt, er brauche dich und Jessie für einen großen Staatsauftrag von der Stadt Calais, neben diesem unsäglichen *Höllentor*. Deine Mutter schläft deswegen schon seit drei Nächten nicht mehr.«

Er hatte Jessie ebenfalls gefragt? Wann?

»Lass sehen!« Sie griff nach dem Schriftstück, doch Madame Claudel nahm es und presste es an ihre Brust. »Auf keinen Fall wird Camille in Rodins Atelier gehen.« Sie sprach mit ihrem Mann, als sei Camille gar nicht anwesend. »Dort herrschen Zustände. Das Atelier ist bevölkert von Männern. Hart arbeitende, schwitzende Geschöpfe, deren Händen Camille nicht entgehen kann. Und dann noch diese Flittchen, die sich Modelle nennen. Madame de Massary hat ganz recht. Ein solcher Umgang könnte Camilles Aussichten zerstören. Wollen Sie uns das wirklich antun, Louis-Prosper? Ich appelliere an Ihre Vernunft.«

»Maman!« Camille griff nach der Schulter ihrer Mutter. »Monsieur Rodin wird schon auf mich aufpassen. Er ist ein überaus strenger Chef. Und Jessie wäre auch noch da.« Sie dachte an Adelas Worte und wusste, dass sie log. Das Atelier war kein ungefährlicher Ort für eine Frau. »Und Papa. Rodin könnte mir alle Wege öffnen. Es wäre ein Sprungbrett für meine Karriere.«

»Nur über meine Leiche«, spie Madame Claudel. Louis-Prosper

legte den Arm um ihre Schultern. »Wir beraten uns, Camille. Dann sagen wir dir Bescheid.«

Eigensinnig schüttelte sie den Kopf. »Und wenn es das Letzte ist, was ich tue. Ich trete in Rodins Atelier ein.«

Sie entriss ihrer Mutter den Brief, stürmte aus der Küche auf Jessies geschlossene Zimmertür zu und trat ein, ohne anzuklopfen. Ihre Freundin saß bei Kerzenschein an dem wackligen Tisch unterm Fenster und las. Camille wedelte mit dem Brief vor ihren Augen herum. »Der war für meine Eltern. Hast du auch so einen bekommen?«

Jessie nickte. »Keinen Brief. Rodin hat mich persönlich gefragt, bei einer der Privatstunden, die Amy, Emily und ich bei ihm nehmen.«

»Ihr tut was?« Camille glühte vor Eifersucht. Sie hatten sie hintergangen und sich Zeit mit Rodin erkauft.

Jessie nickte. »Wir nehmen zusätzlich bezahlte Stunden bei ihm. Im Gegensatz zu dir haben wir es nötig. And Rodin needs money.«

Camille atmete tief durch. Warum nur fühlte sie sich beraubt, weil ihre Freundinnen Zeit mit Rodin verbrachten? Reiß dich zusammen, Camille! »In Ordnung«, sagte sie. »Aber ich gehe zu Rodin. Koste es, was es wolle.«

KAPITEL 16

In der Nacht darauf träumte Camille von den Figuren des *Höllentors*. Wie sie ihre Arme dem Leben entgegenstreckten, strauchelten und der ewigen Verdammnis anheimfielen. Im Traum teilte sie ihr Schicksal und klammerte sich mit all ihrer Kraft an das irdische Dasein, das ihr aus den Händen zu gleiten drohte. Sie erwachte schweißgebadet und mit klopfendem Herzen. Es war früh am Morgen. Graue Dämmerung stand im Fenster. Louise schlief mit geöffnetem Mund. Camille stand auf und zog sich an. In der Mädchenkammer war es so kalt, dass ihr der Atem weiß vor dem Gesicht stand. Nichts würde sie davon abhalten, zu Rodin zu gehen. Leise ließ sie die Tür hinter sich ins Schloss gleiten, lief die Treppe hinab und trat auf die Rue Notre-Dame-des-Champs hinaus.

Der Tag erwachte. Die Gaslaternen waren erloschen. Aus einer Bäckerei duftete es verlockend nach frischem Brot. Camille ignorierte ihren knurrenden Magen und wich einigen verspäteten Nachtschwärmern aus, die ihr entgegentorkelten, an jedem Arm eine Hure mit verschmiertem Lippenstift. Über ihr dehnte sich ein milchig blauer Morgenhimmel. Es waren knapp vier Kilometer bis zur Rue de l'Université. Sie hastete mit gerafften Röcken durch die Straßen, wenn sie sich beeilte, fror sie wenigstens nicht. Als sie am Marmordepot ankam, stand Rodin an der Tür, bereit, das Atelier aufzuschließen.

»Da bin ich«, rief sie.

Ein Strahlen zog über sein Gesicht. Er warf den Schlüssel in den schmutzigen Schnee, fasste sie um die Taille und schwenkte sie im

Kreis herum. Camille spürte die Kraft seiner muskelbepackten Arme, seine breite Brust, hörte sein triumphierendes Lachen. »Sie sind so federleicht.«

Als er sie absetzte, lag in seiner Geste Bedauern und eine Spur schlechten Gewissens, als hätte er eine selbst gesetzte Grenze verletzt. Rodin, dachte sie und ignorierte das Ziehen in ihrem Herzen. Dass sie ihren Elfenbeinturm verlassen hatte, bedeutete nicht, dass sie diesem Mann zu nahe kommen durfte. Immerhin war er mehr als doppelt so alt wie sie. Sie klaubte den Schlüssel aus dem Schnee und legte ihn in seine geöffnete Hand.

»Willkommen!« Rodin ließ sie ein. Sie waren die Ersten. Die Werkstatt lag noch in tiefer Ruhe, und die Skulpturen verbargen ihre Verheißung unter weißen Leintüchern.

»Haben Ihre Eltern zugestimmt?«

Camille errötete.

»Also nicht.« Er sah sie nachdenklich an. »Aber Sie haben sich nicht davon abhalten lassen, trotzdem zu kommen.«

»Jessie wird auch hier sein. Ich weiß nur nicht, wann.«

»In einigen Wochen«, sagte er.

Woher hatte er diese Information? Tatendurstig sah sie sich um. Das Atelier, grauweiß und staubig im frühen Morgenlicht, war die reinste Schatzkammer. Welche Auswahl an Material es hier gab und wie viel Anregung durch halb fertige Skulpturen! Am liebsten hätte sie sofort begonnen. »Was soll ich tun?«

Er legte den Kopf in den Nacken und lachte dröhnend. »Ja, was wohl? Das, womit alle Gehilfen beginnen.«

»Ja?«, fragte sie erwartungsvoll.

»Gips anrühren. Oder sind Sie sich zu gut dafür?«

Camille hob ihr Kinn. »Das ist leicht.« Er würde sehen, dass sie sich durch schwere Arbeit nicht abschrecken ließ. Schließlich hatte sie schon als junges Mädchen Gips gemischt und schubkarrenweise Lehm am Felsmassiv des Geyn abgebaut.

»Dann zeigen Sie uns, dass Sie es beherrschen.«

Eine halbe Stunde später waren die Gehilfen und Bildhauer zur Arbeit angetreten. Im Atelier herrschte Betrieb wie in einem geschäftigen Bienenstock. Camille stand neben dem Werkstattleiter François Pompon, der sich als Tierbildhauer auch außerhalb des Marmordepots einen Namen gemacht hatte. Vor ihr lag ein Sack mit reinweißem Alabastergipspulver, dem besten, das der Markt zu bieten hatte. Zu ihrer Rechten stand eine Wanne mit klarem Wasser. »Sie müssen aufpassen, dass das Wasser die richtige Temperatur hat«, erklärte Pompon. »Wenn es zu warm ist, härtet die Masse zu schnell aus.«

»Oder zu langsam, wenn es draußen kalt ist, so wie heute.« Camille stemmte beide Hände in ihre Hüften. »Aber das weiß ich längst. Ich sumpfe Gips ein, seit ich mit zwölf Jahren ernsthaft zu modellieren begonnen habe.«

»Tatsächlich? Woher soll ich wissen, dass man Ihnen nichts Falsches beigebracht hat?« François Pompon füllte warmes Wasser in einen Eimer und drückte ihr einen Rührstab in die Hand. Einige junge Gehilfen hatten sich hinter ihnen aufgebaut und sahen zu. »Letztlich kommt es auf Ihr Gefühl an«, erklärte Pompon.

Camille blieb nichts anderes übrig, als ihr Können vor seinen scharfen Augen zu demonstrieren, während sich die Gehilfen hinter ihrem Rücken raunend unterhielten. Sicher schlossen sie schon Wetten darauf ab, dass sie ihre erste Aufgabe vermasselte.

Camille schüttete nach und nach Gipspulver in den Eimer mit Wasser und rührte um, bis eine dickflüssige, homogene Masse entstand, die Wärme abgab. Zum Schluss hatte der Brei keinerlei Lufteinschlüsse mehr, wie es ihr Alfred Boucher beigebracht hatte.

»So.« Sie putzte sich die Hände an ihrem Kittel ab.

Pompon ließ einen langen Löffel durch die Masse gleiten, zog ihn heraus und sah zu, wie der Brei träge abtropfte. Wie Porridge, hätte Amy gesagt. »Passabel.«

Ein Raunen ging durch die Menge der Zuschauer. »Die Kleine wird mal eine gute Hausfrau«, grinste ein junger Bildhauer.

»Halt's Maul!« Hinter ihm stand Umberto, der ihn um einen Kopf überragte.

»War sie nicht letztens als Modell hier? Ob sie sonst auch so viel Gefühl in den Händen hat?«, schickte der Bildhauer hinterher. Die anderen Burschen lachten anzüglich.

»Willst du es ausprobieren?« Wie zufällig hob Camille den Rührstab und kleckste Gipsbrei in Richtung des Spaßvogels. Dicke Tropfen landeten auf seinem Gesicht und seinem Kittel. Volltreffer. Genugtuung erfasste sie, als die umstehende Menge diesmal nicht auf ihre Kosten lachte. Während der Bildhauer sich den Brei von der Stirn wischte, verließ Umberto ohne ein weiteres Wort den Raum. Womit hatte sie ihn bloß verärgert? Camille blieb mit Pompon zurück, der alle anderen mit einer scharfen Bemerkung an die Arbeit schickte. »Das war kein kluger Einfall«, sagte er.

»Doch«, entgegnete sie. »Dann wissen sie, dass sie sich besser nicht mit mir anlegen. Was soll ich als Nächstes tun?«

Pompon deutete auf den restlichen Sack Gips. »Weitermachen. Wir brauchen heute alles.«

Camille seufzte. Eine kleine Menge Gips anzurühren, war eine nette Abwechslung. Ein Eimer diente der Kontemplation. Aber eine ganze Wanne war nichts als Quälerei. Sie rührte, bis ihre Schultern brannten und der Schweiß ihr in Bächen über den Rücken rann. Und dennoch. Als sie die Wanne den Bildhauern überließ, die sie in ihre Arbeitsräume wuchteten, war erst früher Nachmittag. Durch die große Fensterfront fiel gleißend helles Licht ins Atelier. Rodin stand im Türrahmen und beobachtete sie. »Sehen wir uns jetzt den neuen Auftrag an, bei dem Jessie und ich Ihnen helfen sollen?«, fragte sie.

»Heute nicht.« Rodin ging ihr voran zum *Höllentor,* das bei Tag völlig anders aussah als nachts. Die flüsternden Schatten waren verstummt. Im Sonnenlicht wirkten die Figuren in ihrem weißgrauen Kleid aus Gips weniger bedrohlich. »Was sehen Sie?«, fragte Rodin. »Ich möchte Ihre Expertise hören.«

»Nicht genug.« Um einen Kommentar abzugeben, war zwischen den Gerüsten zu wenig zu erkennen.

»Dann folgen Sie mir, Camille.« Rodin stieg überraschend behände die Leitern hinauf.

»Warten Sie!« Flink erklomm Camille die oberste Ebene des Gerüsts und vertiefte sich in den Anblick des Giebelfelds, in dessen Zentrum die mächtige Figur des Denkers aufragte. Über diesem erhoben sich die drei Schatten wie Tänzer. Rodin stellte sich neben sie.

»Der Denker da ist alles andere als ein asketischer Dante«, sagte sie. »Er wirkt auf mich mehr wie Prometheus. Er ist stark, aber auch irgendwie traurig, als ob er Mitgefühl mit seinen Geschöpfen hat. Er beißt sich in die Faust, als würde ihm das Ganze großen Kummer bereiten.«

Rodin lachte leise. »Der Künstler als Schöpfer.«

»… der über seinen eigenen Ehrgeiz strauchelt«, ergänzte sie, »oder von seinem Werk erdrückt wird.«

»Meinen Sie? An diesem Ort ist er Minos, der Richter der Hölle, der über die Strafen nachdenkt, die den Geschöpfen zuteilwerden. Und weiter, Camille?«

»Es sind so viele.« Sie ließ ihre Augen über die Fülle der Figuren wandern. Eine Gruppe junger Frauen rahmte den Denker ein. Ein

Frauentorso, geformt wie ein Bogen, begrenzte das Giebelfeld auf der linken Seite. »Ihre Figuren sind sehr schön, aber so zahlreich, dass ich sie nicht alle auf einmal verstehen kann.« Sie sah nach unten, wo eine männliche Gestalt an einer Stufe zu kleben schien, kurz bevor sie fiel. Unter ihm befand sich ein Engel.

»Alles ist in Bewegung. Selbst der Engel wird in die Tiefe stürzen.«

»Das geschieht Engeln, die der Sonne zu nahe kommen«, sagte Rodin. »Ich wollte zuerst eine Relieftür mit Einzelfeldern machen, wie ich Ihnen schon erzählte. Dann habe ich mich für offene Flächen entschieden.«

»Mit Ihren Ideen hätten Sie jeden Rahmen gesprengt.«

»Wahrscheinlich. Jetzt zu den Seiten. Die Umrahmungen stellen die Vorhölle dar, den Limbus.«

Camille wandte ihre Augen den seitlichen Pilastern zu. »Darum sind da so viele kleine Kinder«, kommentierte sie leise. »Die Nonnen in Bar-le-Duc haben mir erzählt, dass ungetaufte Säuglinge in der Vorhölle landen. Die Armen. Wie gut, dass ich nicht an die ewige Verdammnis glaube.«

»Nein?«, fragte er spöttisch. »Wissen Sie, was ich glaube? Die Hölle machen wir uns selbst. Den Himmel auch.«

»Meinen Sie? Gehen wir zwei Stockwerke tiefer.« Nicht willens, ihm ihre atheistische Überzeugung zu erklären, stieg sie eine Leiter hinab und landete vor der Figurengruppe, die ihr die meisten Alpträume bescherte. Rodin folgte ihr.

»Warum nur müssen alle Künstler diesen abscheulichen Ugolino darstellen?«, fragte sie.

»Sie kennen also Dantes Geschichte über den Tyrannen von Pisa, der mitsamt seinen Kindern in den Hungerturm gesperrt wird und nach ihrem Tod über seine Söhne herfällt und sie frisst. Warum finden Sie sie abscheulich?«

Camille zuckte mit den Schultern. »Kannibalismus ist abstoßend.« Aber hier sehr gut dargestellt, das musste sie zugeben. Bei Rodin schlich Ugolino in seiner Gier auf den Knien um eine Kinderfigur herum.

»Der Mensch ist dem Menschen ein Wolf«, sagte Rodin leichthin. »Ich hatte zuerst eine Art Pietà im Sinn, bei der das Kind auf Ugolinos Schoß liegt. Dann aber habe ich mich anders entschieden. Jetzt erlebt man den Akt der Menschenfresserei nur in der Vorstellung.«

Camille lief ein Schauder über den Rücken. »Das ist grausam.«

»Das ist Freiheit«, widersprach er. »Wenn Sie Dantes *Inferno* kennen, wissen Sie vielleicht, dass Ugolinos Sohn Gaddo ihm freiwillig angeboten hat, seinen Körper zu essen, damit er am Leben bleibt. Übrigens bleibt Dante offen mit dem, was geschah, nachdem die Kinder gestorben waren. Er schreibt nur, dass der Hunger stärker war als die Trauer.«

»Also kann es auch sein, dass Ugolino starb, bevor er zum Menschenfresser wurde?«

»Wer weiß?« Rodin zuckte mit den Schultern. »Das Kunstwerk ist offen. Schreiben Sie die Geschichte um, Camille. Oder vollenden Sie sie in Ihren Gedanken.«

»Geschichten umschreiben?« Sie schüttelte den Kopf. »Sie verulken mich ja nur. Gibt es an diesem ganzen Höllentor auch etwas, das heiter und lieblich ist?«

Natürlich gab es das. Sie hatte die Gestalten längst bemerkt, die einander in leidenschaftlicher Umarmung begegneten. Sie füllten die Seitenteile. Auf den Türblättern zur Hölle ging es ihnen schon nicht mehr so gut. Doch es gab eine Ausnahme. »Unterhalb von Ugolino küssen sich Paolo Malatesta und Francesca da Rimini leidenschaftlich.« Die beiden klebten förmlich mit den Lippen aneinander.

»Ist Ihnen die Geschichte vertraut?«, fragte Rodin.

Camille bekräftigte das. »Jeder, der Dantes *Göttliche Komödie* gelesen hat, kennt sie. Sie wurden bei der Lektüre des Lancelot-Romans von Leidenschaft übermannt und küssten sich. Dummerweise war Francesca da aber schon mit Paolos Bruder verheiratet, der sie daraufhin erstach.«

»Wie unglaublich jung Sie klingen, wenn Sie erzählen«, sagte Rodin nachdenklich. »Ich stelle das Paar dar, während es sich küsst und die Strafe noch aussteht. Aber ich bin mir überhaupt nicht sicher, ob das an diesem Platz angemessen ist.«

»Ihre Zweifel sind berechtigt«, stimmte ihm Camille zu. »Eine immerwährende Liebe ist eine Belohnung. *Der Kuss* gehört nicht in die Hölle, sondern in den Himmel.«

Rodin starrte nachdenklich auf seine Liebenden. »Vielleicht haben Sie recht. Vielleicht sollte ich ihre Begegnung neu konzipieren.« Er stellte sich halb hinter sie, sein warmer Atem streifte ihren Nacken. Plötzlich sehnte sich Camille nach der Berührung seiner Lippen auf ihrem Haar, ihrer Stirn, ihrem Mund. Sie wollte sich umdrehen und ihn so leidenschaftlich küssen wie Francesca ihren Schwager Paolo. Ich bin verrückt, dachte sie. Ich verliere mich an einen viel zu alten Mann. Der Moment verging, ohne dass etwas geschah.

»Ich frage mich, wie weit Sie für die Liebe gehen würden«, überlegte Rodin. »Ich stelle sie immer wieder dar. Die Vereinigung von Mann und Frau, Tag und Nacht, Sonne und Mond, Himmel und Erde. Sie kostet einen hohen Preis. Manchmal verliert man sich selbst.«

Camille löste sich und trat einen Schritt zur Seite. »Ich werde mich niemals aufgeben.« Verzweifelt sehnte sie sich nach den Mauern ihres Elfenbeinturms zurück. Sie musste sich in Sicherheit bringen vor den Gefühlen, die sie unaufhaltsam in seine Arme trieben. »Und deshalb will ich nichts anderes, als Künstlerin werden. Die Liebe kann mir gestohlen bleiben.«

»Ein Bekenntnis?«, fragte er.

»Ich will eine Bildhauerin sein«, bekräftigte sie. »Nichts sonst.«

»So wie ich.« Auch Rodin wandte sich von den Figuren ab und betrat die Leiter. »Ich begleite Sie nach Hause und spreche mit Ihren Eltern. Wenn wir jetzt aufbrechen, kommen wir noch vor Einbruch der Dunkelheit an.«

Rodin hatte es eilig. Camille folgte ihm ins Freie und streifte sich im Gehen ihren Mantel über. Dunkle Wolken trieben über den Himmel. Es war so kalt, dass sie sich ihren Schal um den Kopf binden musste. Rodin stemmte sich dem Wind entgegen, der die Oberfläche der Seine wie eine Schlangenhaut kräuselte, und versenkte seine Fäuste in den Manteltaschen. Er sah aus, als könne ihn nichts auf der Welt erschüttern, ein Fels, an dem sich die Wogen brachen. Als sie das Viertel Montparnasse erreichten, begann es sachte zu regnen.

»Mein Vater arbeitet außerhalb von Paris«, sagte Camille. »Mit ihm hätten Sie keine Schwierigkeiten. Er will mich fördern. Es ist meine Mutter, die mir das Marmordepot nicht erlauben will. Sie hat Angst, dass ich unsittliche Dinge zu sehen bekomme und unsere Familie in Verruf bringe.«

»Und? Ist das so?« Rodin schmunzelte. »Das würde sich ungünstig auf Ihre Heiratsaussichten auswirken, oder?«

»Wahrscheinlich«, antwortete Camille missgelaunt. »Maman kann sehr dickköpfig sein. Außerdem geht Ihnen ein gewisser Ruf voraus.«

»Tatsächlich?« Rodin lachte leise. Was andere über ihn dachten, schien ihn nicht zu kümmern.

Als sie die Wohnung betraten, erwartete sie der Duft einer würzigen Rindfleischsuppe. Camilles Magen knurrte. Sie hatte den ganzen Tag nichts gegessen. »Ich bin's«, rief sie. »Ich habe Monsieur Rodin mitgebracht.« Beklommen erinnerte sie sich daran, dass sie das Haus an diesem Morgen ohne Erlaubnis verlassen hatte. Madame Claudel trat aus dem Esszimmer, wo sie gerade den Tisch fürs Abendessen deckte. »Camille?«

Oje, da braute sich ein Donnerwetter zusammen. Doch bevor ihre Mutter dazu kam, Camille zurechtzuweisen, erkannte sie Rodin. »Ach, wirklich? Sie beehren uns höchstpersönlich?«

Camille staunte, als ihre Mutter sich ihre Hände an ihrer Schürze abwischte und den Bildhauer spontan zum Essen einlud. Vergessen waren ihre Vorbehalte. Stattdessen genoss sie es offensichtlich, eine Berühmtheit wie Rodin unter ihrem Dach begrüßen zu dürfen.

Eine Viertelstunde später saßen sie gemeinsam mit Jessie, Louise und Paul um den Tisch. Madame Claudel füllte die Teller mit der köstlichen Brühe aus der geblümten Suppenschüssel. Man aß gutbürgerlich bei den Claudels. Später würde Marie das Bœuf bourguignon und zuletzt den Pudding auftragen. Jessie zwinkerte Camille verstohlen zu.

»Ausgezeichnet«, lobte Rodin das Essen und griff kräftig zu.

Camilles Suppe wurde kalt, während sie gebannt lauschte, wie er ihre Mutter um den Finger wickelte. Eine solche Leichtigkeit im Umgang hätte sie ihm gar nicht zugetraut. Taktvoll begann er Madame Claudel auszufragen, die ihm bereitwillig antwortete.

Ja, sie bewältige die Kindererziehung allein, während ihr Mann die Woche über in Wassy sur Blaise weile. Und ja, sie gehe selten aus, schließlich habe sie keine schickliche Begleitung.

Das müsse sich ändern, erwiderte Rodin. Paris habe so viel zu bieten, besonders im Frühjahr, und Madame Claudel sei doch eine

Frau in den besten Jahren. Nachdem sie belustigt festgestellt hatten, dass sie beide dem Jahrgang 1840 entstammten – mein Gott, wie alt, dachte Camille –, betonte Rodin, wie nötig er Camilles Hilfe hatte. Camille und Jessie. Zwei so begabte junge Bildhauerinnen wie sie gehörten in eine große Werkstatt, in der sie ihre Fähigkeiten voll entwickeln könnten.

»Meinen Sie wirklich?« Madame Claudel erinnerte Camille mehr und mehr an ein Kaninchen, das vor der Schlange saß. »Und werden Sie sie schützen können vor den Avancen … gewisser Männer? In einer solchen Umgebung zu arbeiten ist nicht angemessen für ein junges Mädchen.«

»Ich werde mein Bestes tun«, versprach er hoch und heilig. Als er auf die Unterstützung zu sprechen kam, die er Camille bei der Erlangung öffentlicher Aufträge zukommen lassen könnte, hatte er Madame Claudel überzeugt. Camilles Herz machte einen Freudensprung. Ich darf in Rodins Atelier arbeiten, dachte sie ungläubig.

»Besuchen Sie uns doch mit Ihrer Frau Gemahlin in Villeneuve«, sagte Madame Claudel zum Abschluss, während Marie und Camilles Geschwister das Geschirr abtrugen. »Dort werden wir den Sommer auf dem Anwesen unserer Familie verbringen.« Camille verdrehte die Augen. Natürlich musste sie vor Rodin damit prahlen, dass sie Landbesitzerin war.

»Mit dem allergrößten Vergnügen«, erwiderte Rodin.

Camille hielt den Atem an. Sie hatte bisher nur vermutet, dass Rodin verheiratet war. Er könnte mein Vater sein, dachte sie mit einem Schmerz, den sie entschlossen beiseiteschob, um sich auf ihren Sieg zu konzentrieren. »Gratuliere«, raunte ihr Louise zu, und Jessie drückte kurz Camilles Schulter, bevor sie in ihrem Zimmer verschwand.

Nur Paul, der Rodin in den Mantel half, zeigte sich mürrisch wie immer und hielt ihm viel zu schnell die Tür auf.

»Ich mach das schon.« Sie scheuchte Paul davon und stand im nächsten Moment allein mit Rodin im Flur. »Danke.«

»Ich habe zu danken«, widersprach er ihr. »Sie sind ein Schatz, der mir unverdient in den Schoß gefallen ist. Um eines aber muss ich Sie bitten, Camille.«

»Ja?«

Er musterte sie unerbittlich. »Ich habe von dem Vorfall heute Morgen gehört. Der Gips bleibt künftig in der Wanne, egal, welche Frechheiten die anderen sich Ihnen gegenüber erlauben.«

»Ich kann mir nicht alles gefallen lassen«, fuhr Camille auf.

»Das müssen Sie auch nicht«, stimmte er ihr zu. »Aber Ihre Mutter hat recht. Es ist eine große Werkstatt. Ich habe ihr versprochen, Sie zu beschützen. Aber weil ich nicht immer hinter Ihnen stehen kann, achten Sie darauf, nicht aufzufallen. Und noch etwas. Sie werden bei mir Grenzen überschreiten, deren Existenz Sie nicht einmal ahnen. Trauen Sie sich das zu?«

»Sicher.« Feigheit war das Letzte, was sie sich vorwerfen ließ. In diesem Moment hätte sie alles für ihn getan. Sie war Wachs in seinen Händen, oder nein, ein Klumpen Ton, in den er seine großen Bildhauerhände grub.

»Denken Sie daran. Es dient alles der Wahrheit. Und die findet man nur im Körperlichen«, sagte er, bevor die Tür hinter ihm ins Schloss fiel.

KAPITEL 17

Was genau Rodin damit sagen wollte, sollte sie in den folgenden Monaten erfahren. Während die Tage länger wurden und der Himmel sich wie eine blaue Glasschale über Paris wölbte, erkämpfte sich Camille nach und nach ihren Platz in Rodins Werkstatt. Wie alle anderen Gehilfen arbeitete sie sich von den einfachsten Tätigkeiten bis zu den anspruchsvolleren hoch und ignorierte Spott und Avancen, bis alle sich an den Anblick der dunkelhaarigen jungen Frau im Bildhauerkittel gewöhnt hatten. Als Jessie hinzukam, wurde es besser, vielleicht, weil sie nun zu zweit waren oder weil Jessie so Respekt einflößend wirkte, dass die Bildhauer es erst gar nicht versuchten. Außerdem hielt Umberto nach wie vor unauffällig seine Hand über Camille. Was einem Modell an Rang fehlte, machte er durch seine Kraft und Größe wett.

An einem sonnigen Tag Ende März versammelte sich die gesamte Werkstatt in der Mittagspause im Freien. Das Seineufer war mit weißen Narzissen gesprenkelt, die ihre Köpfe im Wind neigten. Dazwischen bauten die Schwäne ihre Nester und zischten jeden zornig an, der ihnen zu nahe kam.

Weil Jessie an diesem Tag eine Erkältung auskurierte, ließ sich Camille allein abseits von den anderen ins frische Gras nieder und winkte Umberto zu, der einige Meter entfernt sein Brot mit Anna und Adela teilte. Camille packte gerade ihr Mittagessen aus, als sich ein blonder Gehilfe neben sie setzte, ein Steinhauer, ungefähr so alt wie sie.

»Und, geht es dir gut, Camille? Schwere Arbeit, oder? Ich bin Jean-Baptiste.«

Er sprach mit unangebrachter Vertraulichkeit weiter. »Wollen wir uns nicht mal außerhalb des Ateliers treffen? Ich kenne da einen Bal Jardin, da geht es richtig rund.«

Die nachlässige Gebärde, mit der er sich eine Haarsträhne aus der Stirn wischte, erinnerte Camille an diesen Schnösel Laurent Bourgois.

»Lieber nicht.« Sie bemerkte, wie still es geworden war. Das Geraune und Geprahle unter den jungen Männern war verstummt, alle hörten ihnen zu. »Camille, he! Lass dich nicht lumpen. Geh mit ihm aus.« Als einer zu pfeifen wagte, legte Umberto sein Brot ins Gras und stand auf. Er wirkte bedrohlich.

»Nein«, sagte sie.

»Du hältst dich wohl für was Besseres«, erwiderte Jean-Baptiste giftig.

»Ich muss jetzt gehen.« Camille packte ihre Verpflegung zusammen und stand auf. Jean-Baptiste erhob sich ebenfalls und schlug ihr dabei mit aller Kraft auf den Po. Die anderen Helfer johlten und applaudierten.

In diesem Moment raste ein Berserker auf Jean-Baptiste zu. Ehe der Steinhauer sich versah, grub sich die Faust seines Angreifers in sein Gesicht. Umberto. Jean-Baptistes Nase brach mit einem ekelerregenden Knacken. Blut strömte über sein Gesicht auf sein Hemd, als er langsam zu Boden ging. Umberto putzte seine Hand an seiner Hose ab, während sich die anderen Bildhauer von hinten näherten. »Halt dich zurück, Italiano!«, brüllte einer mit geballten Fäusten.

»Für euch nur Giganti.« Er baute sich lässig vor ihnen auf. Camilles Hand fuhr an ihren Mund. Wollte er es etwa mit der ganzen Werkstatt aufnehmen?

»Meine Nafe«, nuschelte Jean-Baptiste panisch.

Camille reichte ihm ihr Taschentuch, das er im Nu vollblutete.

»Was ist hier los?« Der Werkstattleiter François Pompon lief mit großen Schritten auf sie zu.

»Steh auf!«, befahl er Jean-Baptiste.

»Und du«, er wandte sich Umberto zu, »hältst deine Pranken im Zaum, sonst muss ich mich bei Rodin beschweren. Haut ab, bevor ich mich vergesse!«

»Er soll sie in Ruhe lassen«, stieß Umberto hervor. »Sie ist kein Freiwild.«

»Die da foll wiffen, wo ihr Platf ift!«, widersprach ihm Jean-Baptiste.

Nachdem ihn Pompon auf die Füße gezerrt hatte, führten ihn einige der Helfer in Richtung des Hauses. Alle anderen gingen wieder an die Arbeit. Camille blieb mit Umberto und den Mädchen zurück. Sie hatte sich selten so gedemütigt gefühlt.

»Geht es dir gut?«, fragte Umberto. Von seiner rechten Hand tropfte Blut ins Gras. Camille nickte stumm.

»Devi raffredarli.« Besorgt begutachtete Anna seine Faust und zog ihn mit sich fort. »Au! Questo figlio de puttana«, hörte Camille ihn noch im Weggehen sagen.

Schließlich stand nur noch Adela vor ihr. »Congratulazione!«, zischte diese. »Jetzt prügeln sie sich schon um dich. Das musst du doch als Sieg verbuchen.«

»Mitnichten.«

Adela strich sich ihre dunklen Haare hinter die Ohren, eine zornige Geste, die Camille nicht einzuordnen wusste. Was hatte die Italienerin nur gegen sie? Camille machte kehrt und ließ sie stehen.

»Halt dich von Umberto fern!«, rief ihr Adela hinterher. »Er gehört uns.«

In der Werkstatt polierte Camille weiter eine Skulptur und ignorierte die Blicke der anderen, so gut sie konnte. Was sollte sie tun?

Sie versuchte, noch härter zu arbeiten, um unsichtbar zu werden. In der nächsten Zeit ging alles gut, vielleicht weil Rodin ein Machtwort sprach, von dem sie nichts mitbekam. Camille vergaß den Vorfall und konzentrierte sich auf ihre Kunst. An manchen Tagen war sie so voller Tatendrang, dass sie ihre Arbeit nach einem Zwölfstundentag im Marmordepot im eigenen Atelier bis tief in die Nacht fortsetzte. Wie gewohnt kam Rodin immer freitags zum Korrigieren.

Dabei beobachtete er einmal, wie geschickt Camille den marmornen Mädchenkopf behaute, den sie im Atelier Colarossi begonnen hatte.

»Mein Kompliment, Mademoiselle Claudel«, lobte er. »Ich selbst verabscheue die Arbeit in Stein. Ich muss formen, nicht abschlagen.«

»Ich weiß«, sagte sie leise.

In der Tat modellierte Rodin seine Entwürfe meistens aus Ton oder Gips. Ihre Ausführung in Stein überließ er seinen Mitarbeitern und legte erst nach ihrer Fertigstellung letzte Hand an sie. Camille hatte schon mehrfach beobachtet, wie durch ein paar Handgriffe aus einer namenlosen Bildhauerarbeit ein vollendetes Werk des Meisters wurde.

Am Montag darauf wartete François Pompon auf Camille und bat sie, ihm in den Hof zu folgen, wo Stapel von Steinblöcken aller Art wild durcheinanderlagen. Marmor, Porphyr, Granit und ein paar grüne Onyxsteine, die Camille sofort ins Auge stachen.

»Suchen Sie sich einen brauchbaren weißen Marmorblock aus«, sagte der Werkstattleiter. »Rodin hat mir befohlen, Ihnen beizubringen, wie man eine Ganzfigur aus Stein schneidet.«

Camille errötete vor Freude. Rodin wollte, dass sie eine Skulptur fertigte, vielleicht einen Akt aus Stein. Sie wählte einen fein geäderten Marmorblock aus Carrara, den ihr ausgerechnet Jean-Baptiste, ohne sie eines Blickes zu würdigen, auf der Sackkarre in die Werkstatt transportierte. Seine Nase war schief zusammengewachsen, was ihm den Spitznamen »Bibi« eingebracht hatte, nach dem alten Pignatelli vom Montmartre, der Rodin für den *Mann mit der gebrochenen Nase* und *Johannes den Täufer* Modell gestanden hatte.

»Sie haben sich nicht gerade seiner Freundschaft versichert, Mademoiselle«, stellte Pompon fest.

»Meine Freundschaft war das Letzte, was er wollte«, entgegnete Camille bitter. Pompon nickte.

»Die Männer bemerken, dass Rodin Sie fördert. Sie wollen ihre Position behaupten. Passen Sie auf. Wenn Sie lernen, wie man einen Steinblock bearbeitet, stellen Sie sich mit den besten Bildhauern auf eine Stufe. Das erzeugt Neid.«

»Stein bearbeiten kann ich schon.«

»Tatsächlich? Sie können eine Büste behauen, ansatzweise. Was aber, wenn Sie einen Auftrag für ein großes Denkmal erhalten? Eine Laokoon-Gruppe mit mehreren Figuren, übermannshoch. Oder wenn Rodin Ihnen eines seiner Kunstwerke zur Kopie in Stein überlässt und Sie es verkleinern müssen.«

Camille biss sich auf die Lippe. »Das kann ich noch nicht.« Ich werde es lernen, dachte sie. Irgendwann würde sie ihre eigenen lebensgroßen Akte schaffen.

»Nur wenn Sie sich Ihre Grenzen eingestehen, können Sie sie neu ziehen«, sagte Pompon. »Sie sind eine Frau, aber Sie sind kräftig. Da mag es angehen, wenn wir es versuchen.«

Einen Tag lang zeigte er ihr, wie sie Punktiergerät und Zirkel einsetzte, um ein Kunstwerk millimetergenau in einen Block einzupassen. Dann legte sie los. Camille hörte nichts lieber als die klingenden Hammerschläge auf Stein. Sie arbeitete Wochen, bis ihre Entwürfe Pompon und Rodin zufriedenstellten. Zur Belohnung durfte sie sich die beiden kleinen Onyxblöcke aussuchen, die schon mehrere Jahre nutzlos im Depot herumlagen. Triumphierend transportierte sie sie mit einer Sackkarre in ihr Atelier in der Rue Notre-Dame-des-Champs.

Es wurde Mai, bis Rodin Camille und Jessie zu sich bestellte. An einem frühsommerlichen Tag standen sie beide in seinem Atelier. François Pompon war auch anwesend. »Sie stellen sich sehr geschickt an, meine Damen. Kompliment«, sagte der Werkstattleiter. »Das hätte niemand von uns für möglich gehalten.«

»Außer mir.« Rodin nickte nachdenklich. »Ich habe Sie eingestellt, weil ich mir Ihre Unterstützung für das Großprojekt erhoffe, das die Stadt Calais bei mir in Auftrag gegeben hat. Das Denkmal soll *Die Bürger von Calais* darstellen.«

Rodin deutete auf einen Tonentwurf, der vor ihm auf dem Boden stand. Camille betrachtete die sechs männlichen Gestalten. Rodins Bildhauer hatten in den letzten Monaten fieberhaft gearbeitet und Entwürfe der Figuren hergestellt, zuerst unter Lebensgröße, dann lebensgroß. Noch waren ihre Gesichter nicht definiert. Das hier war eine kleinere Maquette, ein Vorentwurf, der den Gesamtaufbau zeigte.

»Das Denkmal soll an die Tapferkeit der Bürger von Calais erinnern, die sich während des Hundertjährigen Krieges dem englischen König Eduard ausliefern mussten, damit dieser die Belagerung der Stadt aufgab«, erklärte Rodin. »Die zentrale Gestalt ist Eustache de Saint Pierre, der würdevolle Alte hier. Er überbringt die Kapitulation der Stadt Calais an die Engländer. Barfüßig, barhäuptig, mit dem Strick um den Hals. Ihn begleiten weitere Männer unterschiedlichen Alters. Sie sehen dem Tod ins Auge.«

»Sie waren bereit, sich für ihre Stadt zu opfern«, fügte Pompon hinzu. »Auch wenn die Engländer sie letztendlich verschonten, weil sich die schwangere Königin für sie einsetzte.«

Camille betrachtete die Gestalten. »Ein guter Entwurf«, stellte sie fest. »Sie stehen alle auf einer Ebene und erzählen trotzdem ihre eigene Geschichte.«

Rodin nickte, als hätte er ihr Lob erwartet. »Für die Ausgestaltung der Figuren benötige ich Ihre Hilfe, Mesdemoiselles.«

Camille und Jessie hoben gespannt die Augen. Das war der Grund, warum Rodin sie ins Marmordepot eingeladen hatte.

Rodin wandte sich Jessie zu. »Im Gegensatz zu meinen sonstigen Arbeiten, werden diese Männer bekleidet sein. Ich möchte, dass Sie, Miss Lipscomb, sich um die Gewänder und Faltenwürfe kümmern.«

Jessie errötete vor Freude. Die Draperien waren eine anspruchsvolle Aufgabe, die ihr ganzes Können erforderte.

»Und ich?«, fragte Camille gespannt.

Rodin sah sie unergründlich an. »Sie, Camille Claudel, werden ein Wagnis eingehen, das mir angemessen erscheint. Sie werden Hände und Füße der Figuren entwerfen, in großer Zahl und Vielfalt. Davon werde ich mir dann die besten aussuchen. Sparen Sie nicht an Gefühl.«

Als sie den Raum verließen, war Camilles Mund trocken. Die Hände und Füße waren die Ausdrucksträger einer Figur. Rodin selbst fertigte schubladenweise kleine Versionen davon an, um alle Möglichkeiten auszuprobieren. »He trusts in you«, sagte Jessie ohne Neid. »Er hält große Stücke auf dich.«

»Oh ja. Das ist ein Vertrauensbeweis.« Es war mehr als das. Es war ein Zeichen, dass Rodin an sie glaubte.

Mit Feuereifer stürzte sie sich in die Arbeit. Welche Geste passte zu alten, welche zu jungen Menschen? Rangen Verzweifelte die Hände, oder ballten sie voller vergeblichen Zorns die Fäuste? Einige

Wochen später hatte sie Entwürfe von allen möglichen Handhaltungen angefertigt, die sie Rodin zeigen wollte.

An einem milden Sommerabend stellte sie einige davon auf eine Holzplatte und platzte, ohne anzuklopfen, in sein Atelier. Die Bildhauer und Gehilfen hatten die Werkstatt schon verlassen. Mit ihrer freien Hand drückte Camille die Tür auf und fuhr entsetzt zurück. Beinahe wäre ihr die Platte mit den Tonmodellen aus der Hand geglitten. Sie konnte kaum glauben, was sie sah.

Rodin beugte seinen breiten Rücken über einen Zeichenblock. Etwa drei Meter vor ihm hockte Adela auf einem Tisch. Sie war sehr schön. Ihre Brüste wölbten sich zur Seite, und ihre Beine waren weit gespreizt. Eine Welle der Scham überrollte Camille. Sie konnte nicht anders, als Adela fasziniert anzustarren, deren Weiblichkeit vor ihr lag wie der Stempel einer orientalischen Blüte. Vorsichtig stellte sie die Platte mit den Tonmodellen auf den Boden.

Camille kannte keinen Namen für diese Öffnung, aus der Monat für Monat ihr Blut floss. Sie wusste nur, dass aus ihr die Kinder geboren wurden, nachdem Männer und Frauen neun Monate zuvor etwas Unaussprechliches getan hatten. Es war so unschicklich, so obszön, und dennoch konnte Camille nicht verhindern, dass ihr ganzer Körper bei dem Anblick prickelte.

Rodin, der mit dem Rücken zur Tür stand, bemerkte Camille nicht, doch Adela zwinkerte ihr komplizenhaft zu. Leise schloss sie die Tür und wäre beinahe über die Platte mit den Entwürfen gestolpert.

»Alles in Ordnung, Adela?«, hörte sie Rodin fragen.

»Jaja«, antwortete die Italienerin leichthin. »Ich bin nur müde. Und meine Beine werden noch eine Woche lang weiterschlafen. Es kribbelt nicht mal mehr.«

»Ich bin gleich fertig.« Rodins Stimme klang dumpf durch die Tür.

Camille lehnte an der Wand und wartete darauf, dass sich ihr Herz beruhigte. Sie schämte sich für das, was sie gesehen hatte. Aber sie wusste, dass die Skulptur, die Rodin nach diesen Skizzen anfertigen würde, wahrhaftiger und radikaler als all die seichten Götterbilder war, die Bildhauer sonst produzierten. Sie wäre froh, wenn ihr ein solches Werk auch gelänge. Und wenn es nur ein einziges Mal wäre.

Nach einer Viertelstunde öffnete sich die Tür.

Camille passte Adela im Hauptraum zwischen den Figuren ab. »Warte einen Moment.«

»Das hat dich geschockt, oder?«, fragte Adela. Camilles Gesicht glühte.

Adela kicherte. »Ich dachte, du willst Bildhauerin werden? Da sollte dir dein weiblicher Körper nicht so viel Angst einjagen. Das sieht ja so aus, als würdest du ihn am liebsten verleugnen.« Sie musterte sie von Kopf bis Fuß. »Obwohl? Rodin gefällt sicher sehr gut, was er da sieht. Seit wann spionierst du mir hinterher? Oder Rodin?«

Camille raffte den Rest ihrer Würde zusammen. »Ich spioniere nicht. Das war Zufall. Ich wollte ihm einige Entwürfe zeigen.«

»Wer's glaubt.« Adela schob sie beiseite und wollte vorbeigehen, doch Camille packte sie an der Schulter. So seidenweiche Haut, dachte sie. »Was gibt es denn noch?«, fragte Adela ungehalten.

»Würdest du auch mir Modell stehen? Nackt. Ich will ebenfalls eine kauernde Figur schaffen.«

Adela sah sie abschätzend an und lachte leise. »Kommt drauf an, was du zahlst. Und sicher nicht mit gespreizten Beinen. Mir tun noch immer meine Waden weh. Also denk dran, mir ein Kissen bereitzulegen.«

KAPITEL 18

»Camille?«

Sie trug gerade einen Eimer mit Gips durch den Hauptraum, als Rodin ihr unerwartet entgegenkam.

»Ja?« Sie setzte den Eimer so unbeholfen ab, dass der Gips überschwappte und ihr auf die Schuhe klatschte. »Oh nein! Ein Missgeschick!« Hektisch putzte sie mit einem Lappen über ihre Schuhe und den Fliesenboden.

»Was ist nur mit Ihnen los, Camille?«, fragte er kopfschüttelnd. »So kenne ich Sie gar nicht. Wenn Sie ein paar Tage Pause brauchen, sagen Sie es.«

»Nein, nein!« Sie verschwand im Lager, wo sie sich schwer atmend an die Wand lehnte und ihrem wild klopfenden Herzen lauschte. Das war nun schon ein paar Wochen so. Wenn Rodin morgens ins Atelier kam, ging für Camille die Sonne auf. Den ganzen Tag folgte sie ihm mit ihrem Blick, aber wenn er das Wort an sie richtete, konnte sie vor Schüchternheit kaum antworten. Eine Diagnose musste her und die Kur möglichst gleich dazu.

Ich bin liebeskrank wie eine dreizehnjährige Klosterschülerin, dachte sie. Sie musste diese dumme Schwärmerei vergessen, doch das war schwieriger als gedacht. Es störte sie nicht einmal, dass Rodin Affären hatte. Einmal sah sie ihn mit Adela in einem Abstellraum verschwinden und hörte beide keuchen und stöhnen. Camille lauschte voller Scham und versteckte ihre zitternden Hände in den Falten ihres Bildhauerkittels. Adela war eine Hure. Es bedeutete nichts.

Nicht einmal das befreite sie von ihrer verbotenen Leidenschaft. Sie, Camille, verlor sich selbst und sehnte sich nach der Zeit zurück, in der ihr die Welt der Kunst genügt hatte. Und dennoch. Sie hatte sich für das Leben entschieden und wollte es unbedingt auskosten.

Während Rodin seine *Kauernde* vollendete, arbeitete Camille verbissen an ihrer eigenen Idee. Sie würde Rodins Werk ihre eigene Auffassung entgegensetzen, in der sich das weibliche Modell nicht vollständig dem Blick des Betrachters preisgeben musste.

Als Adela zur ersten Sitzung ins Atelier kam, bat Camille sie, sich mit geschlossenen Beinen in die Hocke zu begeben und ihren Kopf in ihre gefalteten Arme zu legen. Sie zeichnete wie besessen und grub ihre Finger in den Ton für die Maquette. Der fertige Entwurf hatte zwei ausdrucksvolle Seitenansichten und einen anatomisch genau gestalteten Rücken, aus dem sich die Wirbelsäule wie eine Perlenkette erhob. Die weibliche Pforte zwischen Adelas Beinen war sichtbar, stand aber weniger im Zentrum als bei Rodin.

Adelas kapriziöser Charakter machte die Sitzungen anstrengend. Die Abruzzesi-Schwestern waren die ungekrönten Königinnen unter den Modellen in Paris. Adela wusste das und trieb nicht nur Camille, sondern auch Amy und Emily in den Wahnsinn, wenn sie sie gnadenlos herumkommandierte. Nach dem Posieren saß sie rauchend am Tisch, ließ sich mit Tee und Kuchen bedienen und unterhielt die Ateliergemeinschaft mit Geschichten aus ihrem Leben.

Zweimal wollten sich Paul und seine Freunde zu Beginn einer Sitzung mit Adela einschleichen, wurden aber von Camille des Ateliers verwiesen. Halbstarke Jungen, die sich am Anblick eines nackten Modells ergötzten, konnte sie nicht dulden. Außer Amy, die schallend über Adelas Erzählungen lachte, amüsierte sich auch Louise über die Situation. Sie schien Camille ausgeglichener als sonst. Sollten Camilles Bemühungen, sie mit Ferdinand de Massary zu verkuppeln, Erfolg gehabt haben? Weil Camille so viel arbeitete, kam sie nicht dazu, genauer nachzuforschen.

Nachdem sie die *Kauernde* vollendet hatte, erschien sie ihr so gelungen, dass sie sie als Torso wiederholte. Sorgfältig gestaltete sie beide Arbeiten in Gips und polierte sie, bis sie glänzten.

Bei Rodins nächstem Besuch in ihrem Atelier stand er lange vor dem fertigen Werkstück. »Mal sehen, ob wir diese schöne Arbeit nicht verkaufen können«, sagte er. Camille freute sich. Dann würde sie endlich über genügend Geld verfügen, um Material und Modelle zu bezahlen. Ein rumänischer Sammler sprang nach Rodins Vermittlung auf ihr Angebot an.

Im Frühjahr kam schließlich Umberto ins Atelier, der Camille und Jessie für eine Büste Modell stehen sollte. Da Jessie verhindert war, arbeitete Camille allein mit ihm.

Befangen legte er seine Jacke ab.

»Zwischen uns hat sich nichts verändert, auch wenn du mir heute Modell stehst«, beteuerte Camille.

»Wirklich?«, fragte er kühl. »Ich glaube, da irrst du dich.«

Camille nickte widerwillig. Seit ihrem Eintritt in Rodins Atelier standen sie auf verschiedenen Seiten. Sie war eine Künstlerin, die ihn für seine Dienstleistung bezahlte. Auch wenn sie es sich nicht anmerken ließ, sehnte sich Camille nach den Zeiten zurück, in denen sie einfach Freunde gewesen waren.

Er sah sich um. »Wo soll ich mich hinsetzen?«

»Rück einen Stuhl in den Raum«, bat sie ihn leise. »Aber zuerst nimm dir Tee aus dem Samowar.«

»Später.« Er setzte sich breitbeinig auf einen Stuhl mit umgedrehter Lehne, das Kinn eigensinnig vorgeschoben, die Stirn gerunzelt. Seine Lippen waren geschwungen, seine Haare ein einziger

Lockenwust. Camille fing sein stolzes Gesicht mit großzügigen Kohlestrichen ein. Diesen Ausdruck von unbeugsamem Trotz und Eigenwillen wollte sie erfassen. »Giganti«, flüsterte sie. »Wir haben uns lange nicht gesehen.« Sie trafen sich täglich im Marmordepot, aber das zählte nicht.

»Ich verbringe mehr Zeit mit meinesgleichen«, antwortete er kühl. Camille nickte. Die Abruzzesis also. Umberto fand, dass er besser zu ihnen passte.

»Du solltest Rodin nicht so anschmachten. Das ist er nicht wert.«

Aha, daher wehte der Wind. Umberto war eifersüchtig. Vor Schreck verdarb Camille ihr Blatt, knüllte es zusammen und warf es auf den Boden. »Anschmachten? Ich ihn? Nie im Leben.«

Er sah sie an. »Deine Blicke verraten dich, Camille Claudel. So selbstvergessen, wie du ihm nachsiehst.«

Camille errötete. Das konnte sie nicht abstreiten. Besser, sie ging nicht darauf ein.

»Ist Rodin eigentlich verheiratet?«, fragte sie beiläufig. »Als er bei uns zu Hause war, sagte er, er sei es. Oder vielmehr stritt er es nicht ab, als Maman ihn mit seiner Frau nach Villeneuve einlud.«

Ihr Herz begann ängstlich zu klopfen. Was auch immer sie anstellte, der pochende Klumpen in ihrer Brust ließ sich nicht zur Ordnung rufen. Umberto durchschaute sie sofort. »Ihr könnt ihm alle nicht entgehen, was? Kaum begegnet ihm ein weibliches Wesen, liegt es ihm zu Füßen. Er ist nicht verheiratet. Aber er lebt mit seiner Haushälterin zusammen. Schon jahrzehntelang. Sie heißt Rose Beuret. Eine Wäschenäherin, ungefähr so alt wie er.«

Camille zeichnete weiter. Verblüht und grau, dachte sie. Mittellose Mädchen, die in Paris ihr Glück suchten, hatten die Wahl zwischen einer Tätigkeit als Näherin oder als Haushaltshilfe, wenn sie nicht als Prostituierte enden wollten. Sicher konnte diese Rose kaum lesen und schreiben. Das Teufelchen auf Camilles Schulter freute sich, dass die Frau keine Konkurrenz für sie darstellte.

»Von ihr soll er auch seinen schwachsinnigen Sohn haben«, fuhr Umberto fort. »Man munkelt, er sei ihr vom Wickeltisch gefallen.«

»Er hat einen Sohn?«

»Ja, diesen Cretino Auguste. Er muss ungefähr so alt sein wie Louise. Rodin hat versucht, ihn in der Werkstatt unterzubringen, aber selbst dazu war er zu dumm.«

»Er heißt auch Auguste?« Camille legte die Kohle beiseite und streckte ihre verkrampften Finger. Es musste sich um den braunhaarigen jungen Mann mit dem schiefen Gesicht handeln, den Rodin selbst anzulernen versucht hatte. Auf sie hatte er eher verstockt als schwachsinnig gewirkt. Dass sich der Meister höchstpersönlich seiner annahm, hatte den jungen Auguste nicht davon abgehalten, so schnell wie möglich das Weite zu suchen, als ob er sich von seinem Vater nichts sagen lassen wollte. Einmal war er sternhagelvoll und in Lumpen in der Werkstatt aufgetaucht, woraufhin ihn Rodin zum Händler für gebrauchte Kleider geschickt hatte. Trotzdem hätte sie nie gedacht, dass er Rodins Sohn sein könnte.

»Sie stehen sich wohl nicht sonderlich nahe«, bemerkte sie. »Er muss eine herbe Enttäuschung für Rodin sein.«

Sicher fühlte sich der junge Auguste seinem Bildhauervater hoffnungslos unterlegen. Er hatte eine Schnapsfahne rund um sich verbreitet.

»Glaubst du, wenn Rodin verheiratet wäre, würde ihn das davon abhalten, allen Röcken nachzustellen?«, fragte Umberto. »Er vernascht seine Modelle reihenweise, und wer weiß, vielleicht auch seine Auftraggeberinnen, die Baronesse von so und so und die Comtesse von hier und dort.«

»Er ist mir nie zu nahe getreten.« Rodin war freundlich und distanziert zu allen und verbarg seine Affären unter dem Deckmantel der Diskretion.

»Nein«, Umberto schüttelte den Kopf, »aber du bist auch kein Modell.«

»Halt still!«, fuhr ihn Camille an. »Manche Modelle wollen es nicht anders. Adela ist eine Hure.«

»Die Umstände machen sie dazu. Für manche gehört diese Dienstleistung eben dazu. Dich behandelt Rodin mit Respekt. Aber dennoch hat er einen unersättlichen Appetit. Und du bist erschreckend unerfahren.«

Camille schwieg nachdenklich. Auf Rodin wollte sie nichts kommen lassen. Wenn es ihr gelang, ihn zu erobern, würde er keine andere Frau mehr ansehen, schon gar nicht diese Wäschenäherin. »Ich bin fürs Erste fertig«, sagte sie kühl.

Umberto stand auf, streckte seine langen Glieder, goss sich Tee ein und trank einen Schluck. »Und? Sollen wir weitermachen, jetzt, wo deine Engländerinnen außer Haus sind?«

»Womit?« Camille sah überrascht auf.

»Ich könnte noch eine Nacktsitzung anhängen. Du willst doch einen männlichen kauernden Akt schaffen. Wenn deine Kolleginnen nicht da sind, fällt es uns leichter.«

Hitze stieg in Camilles Gesicht. Sie biss sich auf die Unterlippe.

Umberto schüttelte den Kopf. »Das muss dir nicht peinlich sein. Ich bin ein professionelles Modell. Es ist mein Geschäft.« Geschickt streifte er Hemd und Hose ab, stand nackt vor ihr, groß, wohlgestaltet, muskulös. Obwohl er seine Blöße mit einem Handtuch bedeckte, empfand sie seinen Anblick als Provokation. Sie blinzelte. Er war der Schatten, Ugolino und Francesco, das Vorbild für die zukunftweisenden Akte des *Höllentors*. Die Grenze zwischen Kunst und Leben verschwamm.

»Du bist sehr schön.«

»Ich weiß. Sag mir, welche Haltung ich einnehmen soll.«

Camille dirigierte ihn in die Hocke, drehte seinen Kopf in die passende Richtung und zeichnete eilig, wobei sie darauf achtete, seine athletische Statur so genau wie möglich einzufangen. Er hielt die unbequeme Haltung länger durch als Adela. Irgendwann schreckte sie ein erstickter Laut auf. »Was ist?«

»Nichts.« Doch Camille hörte, dass das nicht stimmte. Sie legte ihren Block beiseite und kniete sich neben ihn auf den Boden. Über seine Wangen zog sich eine Tränenspur. Sie legte ihm die Hand auf die Schulter. Seine Haut war glatt und warm. »Ich finde es schade, dass du dich bei uns so rar machst. Wir hatten so viel Spaß.«

»Manche Dinge gehen eben unweigerlich zu Ende«, erwiderte er bitter. »Ihr wart auch für mich eine schöne Abwechslung.«

»Alles wegen dieser abscheulichen Adela.« Camille setzte sich aufrecht hin. Auf dem Boden zu hocken, wurde schnell schmerzhaft. Wie musste es da Umberto gehen? »Sie sagt, du gehörst ihnen.«

»Das denkst du? Adela ist vielleicht eine Tyrannin.«

Camille verstand. »Aber Anna nicht?«

Umberto schüttelte den Kopf. »Sie braucht meinen Schutz. Du, Camille, kannst heimgehen, wenn du keine Lust mehr hast, Modell zu spielen, zurück in deine bürgerliche Welt, zu deiner nörgelnden Mutter, deiner eifersüchtigen Schwester und deinem Dichterbruder. Die Abruzzesis nicht. Ein weibliches Modell ist Freiwild.«

»Dann beschütze sie gut«, murmelte Camille. Umberto wirkte erleichtert und schlüpfte schnell in seine Kleider.

»Danke!«, sagte sie.

»Keine Ursache. Ich bekomme noch mein Geld.« Er hielt die Hand auf und zwinkerte ihr zu, woraufhin sie ihm die vereinbarten Münzen auszahlte. Ein Franc pro Stunde. All das fühlte sich, wenn nicht nach Abschied, so doch nach dem Ende von etwas Vertrautem an, das ihr viel bedeutet hatte.

Umberto wandte sich gerade zur Tür, als Amy, Emily und Jessie ins Atelier stürmten.

»Was ist denn hier los?« Amy ließ ihre blauen Augen über sie gleiten. »Trübsal blasen geht nicht, friends. Schließlich haben wir einen Grund zu feiern. Jessie wird nächstes Jahr in der Royal Academy ausstellen. Ihr seid eingeladen.«

Sie öffnete eine Flasche Champagner und goss allen ein. Selbst Umberto konnte nicht ablehnen. An diesem Abend vergaßen sie ihre Unstimmigkeiten, lachten, plauderten und hatten Spaß wie früher. Camille aber ahnte, dass sich die Dinge unwiederbringlich geändert hatten.

Wenige Tage später begann sie neben ihrer Studie *Giganti* ein weiteres Portrait von Umberto. Aus der Erinnerung zeichnete sie sein Gesicht mit geöffnetem Mund, erstarrt in einem Schrei, der Schmerz, Gier und Verzweiflung im Angesicht von großem Leid ausdrückte. Diese verborgene Seite von ihm würde sie in Ton und Gips modellieren, seine Persönlichkeit aber unkenntlich machen. Niemand ließ sich gern auf den Grund seiner Seele blicken.

Als sie am nächsten Morgen ins Marmordepot kam, lud Rodin sie in sein Atelier ein. An seinem Tisch saßen zwei schnauzbärtige Herren, die sich über halb vollen Rotweingläsern hinweg angeregt unterhielten. In der Ecke lagen ihre schwarz glänzenden Zylinder. Im Aschenbecher qualmten zwei kubanische Zigarren vor sich hin und hüllten das Tonmodell der *Bürger von Calais* in Rauch.

»Darf ich vorstellen?« Rodin zog Camille vor seine Brust. Seine Daumen bohrten sich in ihre Schulterblätter. »Das hier ist meine begabteste Mitarbeiterin, Mademoiselle Camille Claudel.« Als die Herren ihr zunickten, verkniff sie sich mit Mühe einen Knicks.

»Und das hier, liebe Camille, sind Léon Gauchez und Gustave Geffroy. Sie sind Kunstkritiker, die ihre Expertise diversen Journalen zur Verfügung stellen. Gauchez hat seit Kurzem seine eigene Gazette, die er *L'Art* nennt, die Kunst. Er stellt seine Beiträge unter dem Pseudonym Paul Leroi dort ein. Sehr kenntnisreich.«

Camille versteckte ihre zitternden Hände in ihren Schürzentaschen, so nervös war sie. Rodin machte sie mit Journalisten bekannt, er bot ihr die Chance, ihre Bekanntheit zu erhöhen.

»Sie übertreiben, Rodin«, wiegelte Gauchez ab. »Wir produzieren nichtiges Geschreibsel, das Ihrer Meisterschaft kaum gerecht werden kann.«

»Sie vielleicht«, witzelte Geffroy in Gauchez' Richtung.

»Nur keine falsche Bescheidenheit.« Rodin schüttelte den Kopf. »Monsieur Geffroy ist eine wahre Edelfeder. Und Monsieur Gauchez beschreibt junge Künstler mit ebenso großer Weitsicht und Expertise. Außerdem ist er Sammler.«

»Oh ja, vor mir ist kein Anfänger sicher«, bestätigte Gauchez. »Die sind wenigstens billig. Wie alt sind Sie, mein Kind?«

»Zwanzig.« Camille kam sich unglaublich jung und unerfahren vor. Wer sollte sie ernst nehmen?

»Meinen Glückwunsch, Rodin«, sagte Geffroy. »Sie haben ein Talent entdeckt. So unverbraucht. Und noch dazu eine Frau. Wie ungewöhnlich.«

»Eigentlich war es Boucher«, winkte Rodin ab. »Aber da der sich unter der Sonne Italiens herumtreibt, konnte ich mir Camilles Unterstützung sichern. Sie ist mir eine unschätzbare Hilfe. Und noch eins: Ich habe ihr gezeigt, wo man Gold findet, aber das Gold, das sie findet, gehört ihr ganz und gar.«

Er zwinkerte ihr listig zu. Rodin unterstützte sie. Sie waren ein Team, wie Jessie sagen würde. Komplizen, auch in der Präsentation ihrer Kunst in der Öffentlichkeit.

»Und, Mademoiselle?« Léon Gauchez deutete auf die Sechsergruppe aus Ton. »Was halten Sie von der Maquette, die den Heldenmut der Bürger von Calais darstellt? Ist das echte Avantgarde?«

»Das kann ich nicht beurteilen.« Sie spürte, wie sie flammend errötete. »Sie ist gut, wie alles, was Monsieur Rodin entwirft.« Irrte sie sich, oder klang ihr ländlicher Akzent stärker durch als sonst?

»Keine Lobhudelei, bitte«, sagte Geffroy. »Wir bestehen auf Ihrer ehrlichen Meinung. Stampfen Sie sein Machwerk in Grund und Boden!«

Sie näherte sich der Gruppe der sechs Gestalten, deren Gesichter bisher nur in groben Zügen existierten. Wie unbeschriebene Blätter, auf die Paul ein Gedicht schreiben würde. Im Hauptatelier arbeiteten die Bildhauer nach Rodins Entwürfen fieberhaft an der Ausarbeitung der Köpfe und Körper. »Also …«, begann sie. Wir sind die Claudels, dachte sie plötzlich. Mit ihrer Begabung konnte sie Figuren ebenso zum Leben erwecken wie Paul durch seine Worte. Was wäre, wenn sie versuchte, ein bisschen wie er zu sein?

»Ihr Ausdruck ist noch völlig offen.« Im Zentrum der Gruppe hatte Rodin den alten Eustache de St. Pierre dargestellt, um den herum sich die anderen versammelten. »Sie stellen die Lebensalter dar. Von der hoffnungsvollen Jugend bis zum reifen Alter, das sich keine Illusionen mehr macht und dem Tod ins Auge sieht.«

Gauchez zückte seinen Block, schraubte umständlich seinen Füllhalter auf und begann, Camilles Äußerungen zu notieren.

»Sie umwinden einander wie eine Art Rosenkranz«, fuhr sie fort, »ein Reigen, der sich um den Mann in der Mitte dreht. Oder eine Dornenkrone. Aber das mit dem Heldenmut stimmt so nicht.«

»Inwiefern?«, fragte Gauchez gespannt. »Was denken Sie, Mademoiselle?«

Camille schluckte, als sie sah, wie gespannt ihr die Männer lauschten, Rodin eingeschlossen. »Sie alle tragen einen Strick um den Hals, wie Schafe, die zur Schlachtbank geführt werden. Darum ist das, was wir hier sehen, nicht Helden-, sondern Opfermut. Sie sind in ihrer Tragik vom *Höllentor* inspiriert und drücken ihre persönliche Angst vor dem Tod aus. Von Akzeptanz bis hin zu ungläubigem Zorn und Auflehnung.«

Gauchez lachte. »Genau getroffen, ma petite. Aber das wird die Stadt Calais nicht gern sehen, Rodin. Man will Helden, nicht Bürger, die sich wehrlos wie Schafe dem Tod ausliefern. Passen Sie auf, dass Sie den Auftrag nicht verlieren.«

»Ich gehe keine Kompromisse ein.« Rodins Augen ruhten nachdenklich auf Camille. »Ich wusste ja, dass Sie meine Arbeit verstehen, Camille, aber wie gut, wird mir erst jetzt klar.«

Camille zuckte mit den Schultern. Ich sehe linkisch aus, dachte sie. Eine blutjunge Bäuerin aus der Champagne mit einem Hinkebein, die sich anmaßt, Bescheid zu wissen. Oh nein, wehrte sie sich. Ich bin Camille Claudel. Ich werde mich durchsetzen. Ich muss.

»Ich schere mich nicht um die öffentliche Meinung, meine Herren«, fuhr Rodin fort. »Die Bürger von Calais werden ohne Sockel aufgestellt, so dass ihre Nachfahren ihnen jederzeit ins Auge blicken können.«

»Meinen Glückwunsch zu Ihrer Hartnäckigkeit, Rodin, und ein Prosit auf die Schafe.« Gauchez hob sein Glas. »Mademoiselle Claudel. Hiermit haben Sie Ihr erstes Pressegespräch erfolgreich hinter sich gebracht. Pflegen Sie den Kontakt! Auch Sie sind auf gute Kritiken angewiesen, wenn Sie Ihre Arbeiten verkaufen wollen. Oder wollen Sie heiraten und die Bildhauerkunst als Liebhaberei betreiben?«

»Auf keinen Fall.« Camille prostete den beiden Kritikern zu. Ihr Geschlecht schien sie ebenso wenig zu stören wie Rodin. Im Gegenteil, dass sie eine Frau war, hob sie aus der Masse hervor.

»Und Rodin?« Geffroy hielt in seinen Notizen inne, sein Füllhalter tropfte sanft auf das Blatt. »Wie war das noch mal mit dem Gold?«

In der nächsten Zeit widmete Camille sich ihren Hand- und Fußstudien. Rodin war zwar anwesend, ignorierte sie aber während seiner Arbeit für die *Bürger von Calais*. Eines Abends bat er sie im Vorbeigehen um eine Modellsitzung am folgenden Sonntag. Riskant, dachte sie, weil sie mit ihm allein wäre. Ein Spiel mit dem Feuer. Wenn ihre Mutter davon erfuhr, würde sie ihr die Arbeit im Marmordepot sofort verbieten. Dennoch sagte sie zu.

KAPITEL 19

Die Junisonne stand hoch über der gemächlich dahinziehenden Seine, als Camille die Tür zum Marmordepot öffnete und sich hineinstahl wie eine Diebin. Der große Raum war menschenleer. Die Marmorskulpturen leuchteten kalkweiß im gleißenden Licht. Irritiert bemerkte sie, dass es erstickend warm war. Der Kanonenofen bollerte trotz des heißen Tages.

»Monsieur Rodin?«

Er trat aus dem Nebenraum, gekleidet in einen eleganten Sommeranzug. Freude erhellte sein Gesicht. »Da bist du ja.«

»Was soll ich tun?« Sie zog ihren Strohhut vom Kopf und steckte ein Kämmchen in ihren Haaren fest.

Er zögerte, bevor er weitersprach. »Ich frage mich, ob du bereit wärst, heute nackt für mich zu posieren?«

Hitze überfloss sie. Deshalb der angeheizte Ofen.

»Du musst keine Angst vor mir haben, Camille«, beteuerte er. »Wenn du einverstanden bist, zieh dich hinter dem Wandschirm aus. Wenn nicht, komm einfach so in mein Atelier. Dann machen wir Kopfstudien.«

Er entfernte sich. Camille biss sich auf die Unterlippe. Mit diesem Schritt würde sie eine weitere Grenze überschreiten. Nichts würde sein wie zuvor. Was, wenn er bemerkte, was sie für ihn empfand? Es wäre töricht, sich ihm so zu entblößen. Aber plötzlich wollte sie es unbedingt, wollte, dass Rodins ruhige Augen auf ihr ruhten und sein Zeichenstift ihr Wesen einfing.

Sie trat hinter den Wandschirm, der schon Adela und vielen anderen als Sichtschutz gedient hatte, setzte sich auf den Stuhl und zog ihre Stiefeletten von den Füßen. Langsam knöpfte sie ihre weiße Bluse auf und streifte Rock und Unterrock ab, die sich als dunkler Stoffwust zu ihren Füßen bauschten. Sie lockerte die Schnürung ihres Korsetts und zog es aus. Danach rollte sie die Strümpfe bis zu den Füßen herunter. Das Hemd folgte. Camille schämte sich. Frauen waren von Kopf bis Fuß in Stoffmassen gehüllt. Sogar wenn sie sich wuschen, trugen sie Hemd und Korsett. Nicht einmal Louise hatte Camille je nackt gesehen. Man munkelte, dass auch Eheleute niemals unbekleidet miteinander schliefen und immer unter der Bettdecke, die alle unschicklichen Einzelheiten verbarg. Aber ich werde genau das tun, nahm sie sich vor. Sie würde das kalte Wasser des Meeres, die Sonne und das Licht des Mondes auf ihrer Haut spüren. Das Leben wartete auf sie.

Entschlossen bedeckte Camille ihre Brüste und ihre Scham mit je einer Hand und verließ den sicheren Platz hinter dem Wandschirm.

Rodin stand am Tisch und ordnete seine Zeichensachen. Wie immer strahlte er Vitalität und Selbstsicherheit aus. Camille schluckte. Was, wenn er ihr ansah, was sie für ihn empfand, oder schlimmer, wenn er sie um die gleiche Haltung bat wie Adela? Das würde sie auf jeden Fall ablehnen. Trotz aller Zweifel vibrierte ihr Körper unter seinem Blick.

Er lächelte. »Du beißt ja die Zähne zusammen. Das musst du nicht. Ich werde dich schon nicht fressen. Lass deine Hände locker neben deinem Körper hängen. Denk dran, hier geht es allein um die Kunst.«

Als sie ihre Hände löste, spürte Camille alles gleichzeitig, Angst, Freude und eine sonderbare Spannung, die sich in ihr ausbreitete. Sie versteckte ihre stürmischen Gefühle hinter einem ausdruckslosen Gesicht.

»Besser.« Rodin nickte. »Geh einfach im Atelier herum. Ich werde versuchen, deine Bewegungen einzufangen.«

Während Camille barfuß auf und ab lief, griff er nach Block und Kohlestift und begann, sie großzügig und schnell zu skizzieren.

Trotz der Ofenwärme kroch die Kälte über den Steinboden in ihre nackten Fußsohlen.

»Du kannst Vertrauen zu mir haben.«

Camille blieb auf der Hut. »Wofür brauchen Sie die Zeichnungen?«

»Es fehlen noch einige Mädchengestalten am *Höllentor*. Unschuldige, die ins Verderben stürzen.«

»Sie sind nicht unschuldig.« Camille rollte ihre Zehen ein. »Sie hätten sich nicht einlassen dürfen.«

»Auf das Leben? Das konnten sie nicht vermeiden. Sie würden viel verpassen, wenn sie auf ihrer Unschuld beharrten.« Er lehnte sich mit dem Rücken an die Tischkante, füllte Blatt um Blatt und sammelte sie auf dem Stapel hinter sich.

»Dafür bezahlen sie mit der Hölle«, sagte Camille schneidend.

Rodin sah auf, nahm Maß und zeichnete weiter. »Vielleicht lohnt es sich ja. Vielleicht ist der Preis nicht zu hoch … Auch du arbeitest nach dem lebenden Modell, Camille. Bemühe dich dabei unerbittlich um Wahrhaftigkeit. Zögere niemals auszudrücken, was du empfindest, auch wenn du dich im Gegensatz zu traditionellen Vorstellungen befindest. Und wenn du zeichnest, vergiss nie, die Volumina zu zeigen. Du bist Bildhauerin und arbeitest niemals nur in einer Dimension.«

»Das mache ich sowieso«, schnaubte sie.

Er lachte. »Das ist meine störrische Camille, die einen Rat nur im Notfall annimmt. Oder überhaupt nicht. Ich dachte schon, du hättest dich in ein schüchternes junges Ding verwandelt. Knie nieder!«

»Wie bitte?«, fragte sie entgeistert.

»Ja, für eine Rückenansicht am *Höllentor*. Leg am besten eine Decke unter deine Knie. Die Haltung ist ziemlich anstrengend.«

Camille faltete eins der Baumwolltücher, die sie zum Abdecken der Tonmodelle benutzten, und hockte sich darauf.

»Nicht auf die Fersen setzen. Komm wieder hoch.«

»Das ist auf Dauer nicht angenehm«, maulte sie.

»Bist du diese Haltung nicht gewohnt, vom Kirchgang oder so?«

Sie wusste, dass er sie verulkte, denn Camilles Atheismus war schon Thema zwischen ihnen gewesen. Er selbst hatte Gott nicht abgeschrieben, sondern ihr erzählt, dass er sogar einmal vorgehabt hatte, ins Kloster zu gehen.

»Nein!«, stieß sie zornig hervor. »Wie Sie wissen, bin ich kein anständiges Mädchen, das sonntags zur Messe geht, sich ehrfürchtig bekreuzigt und niederkniet. Ich kämpfe selbst für meine Rechte.«

In ihrem Rücken hörte sie sein glucksendes Lachen und den kratzenden Stift auf dem Papier. Er amüsierte sich auf ihre Kosten.

»Gut so, fertig«, sagte er nach einigen Minuten.

Sie erhob sich mit schmerzenden Knien und unterdrückte ein Stöhnen.

»Entspann dich.« Er warf ihr einen geblümten Überwurf zu. »Ein Kimono. Ein äußerst praktisches Kleidungsstück aus Japan.«

Misstrauisch roch Camille an dem seidigen Ding, das ihr zwischen den Händen hindurchglitt. Ein schweres Parfüm drang in ihre Nase. Wo kam der schon wieder her, und vor allem, welches Modell hatte ihn vor ihr getragen?

»Trink einen Schluck Tee. Dann machen wir weiter.«

Sie zog das fremde Kleidungsstück an und verschwand schamhaft im Abtritt. Als sie zurückkam, fühlten sich ihre Füße wie Eisklumpen an. Vielleicht konnte sie ja ihre Strümpfe anziehen und bis auf ihre Knöchel herunterrollen? Schnell schüttete sie eine Tasse Tee in sich hinein, um sich aufzuwärmen.

»Ich möchte eine besondere Haltung ausprobieren.«

Camille dachte an Adelas schamlos gespreizte Beine.

»Ich habe aus zwei Kisten dieses Podest gebaut.« Rodin deutete auf eine wacklige Konstruktion neben sich. »Ein Provisorium, ich weiß.«

»Ja?« Misstrauisch beäugte sie die Kisten, die von einer Wolldecke bedeckt waren. Sie wirkten, als würden sie gleich zusammenbrechen. »Sieht nicht gerade stabil aus.«

»Ich möchte, dass du dich auf die obere Kiste kauerst und mit dem Oberkörper über deine Knie hinweg nach unten gleitest.«

»Bezahlen Sie mich eigentlich? Ein Franc die Stunde?«, fragte sie. »Das sieht so gefährlich aus.«

»Ich überlege es mir«, sagte er. »Versuch es bitte mir zuliebe! Es ist überhaupt nicht anstößig, weil ich nur deine reizvolle Kehrseite abbilden werde.«

Camille verbarg ihr Erröten. »Also gut.«

Sie streifte den Kimono ab, kletterte auf die oberste Stufe und beugte sich über ihre abgesenkten Knie, ein Bein nach hinten gestreckt, eins unter den Körper gezogen. Wie von selbst sank ihr Oberköper auf die untere Stufe. Rodin näherte sich. Sie spürte seine Wärme, sog seinen Geruch nach Leder und Moschus ein, bevor er sanft ihre Haare löste und sie über ihre Arme und Schultern gleiten ließ. »Du bist sehr schön.« Sekundenlang verharrte seine Hand in ihrem Nacken. Ihr Körper überzog sich mit Gänsehaut.

»Ich habe eine schiefe Hüfte. Ich hinke.«

»Das macht dich nur noch schöner. Dein Wille, besonders schnell zu laufen und dich aufrecht zu halten, tut ein Übriges. Ich habe selten einen Menschen getroffen, der so leuchtend brennt wie du.«

Es wurde kalt um sie, als er zurücktrat und zu zeichnen begann. »Ich könnte Sie lieben«, murmelte sie unter dem Schutz ihrer Haare.

»Wie bitte?«

»Nichts. Was soll das hier werden? Die Haltung ist so unbequem.« Das war sie in der Tat. Ihre Knie schmerzten, ihre angezogenen Beine und Füße schliefen ein und kribbelten, als würde sich ein Ameisenhaufen darin vergnügen. Ihr Kopf wurde schwer und schläfrig von dem Blut, das nach unten floss.

»Es wird eine Danaide«, verkündete Rodin vergnügt. »Sie wird dahinfließen wie ein Ornament, erschöpft von ihrer Aufgabe, Wasser in ein löchriges Gefäß zu füllen. Es ist ihre Strafe, weil sie sich zusammen mit ihren 49 Schwestern, den Töchtern des Danaos, erdreistet hat, ihren Ehemann umzubringen.«

»50 Ehemänner, damit es sich lohnt.« Camille hielt durch. Aber irgendwann ging es nicht mehr. Ihre Füße und Knie waren gefühllos, ihr Kopf schwer. Alles drehte sich. Wenn ich aufstehe, kippe ich um, dachte sie.

»Ich kann mich nicht mehr bewegen.« Es gelang ihr beim besten Willen nicht, den jammernden Tonfall aus ihrer Stimme verbannen.

Rodin beugte sich über sie und strich ihr die Haare zurück. »Entschuldige, ich habe dich diese Stellung zu lange aushalten lassen.« Er griff nach ihrem Arm und half ihr vorsichtig auf. Camille taumelte und schrie auf, als das Blut zurück in ihre Zehen schoss. »Das tut weh!«

Er legte ihr den Kimono um die Schultern, hob sie auf den Tisch und begann, ihre kalten Füße zu massieren. Genießerisch sog sie seinen Duft ein. Seine Nähe fühlte sich so unglaublich gut an, dass sie den Schmerz augenblicklich vergaß. Wie es wohl wäre, sich in seine Arme zu flüchten? Dort wäre sie in Sicherheit.

»Geht es?«, fragte er, und sein Atem streifte ihr Gesicht. Er goss ihr eine Tasse Darjeeling ein. »Du wirst eine wunderbare Danaide, auch wenn der Marmor niemals wiedergeben kann, wie glatt deine Haut wirklich ist.«

»Ich bin nicht Ihre Muse.« Camille zog den Kimono über der Brust zusammen.

Rodin drückte ihr die Tasse in die Hand. Sie trank durstig. Der Tee war kalt und schal.

»Du bist weit mehr als das.«

Sie saß mit baumelnden Beinen auf dem Tisch. Seine Worte waren so aufregend, dass sie ihre Nacktheit vergaß.

»Und wenn ich genauso für Sie empfinde?« Das Blut kreiste heiß und süß in ihren Adern. Es war der Tag der Wagnisse. Wenn er auch nur ein Wort sagte, würde sie ins Unbekannte springen.

»Du weißt nicht, was du da redest.« Rodin trat einen Schritt zurück.

Ihr Herzschlag drohte ihren Brustkorb zu sprengen. »Ich bin eine Frau wie Ihre anderen Modelle.« Meine Güte, was tat sie da? Bot sie sich gerade wirklich ihrem Lehrer an?

Er legte ihr seinen Zeigefinger an die Wange. »Ich könnte den Zustand deiner Unerfahrenheit beenden. Aber ich werde deine Situation nicht ausnutzen, obwohl die Versuchung groß ist.« Seine Augen glitten bedauernd über sie hinweg. »Jedenfalls nicht heute.«

»Aber wenn ich genau das will?«

»Dafür bist du mir zu kostbar.« Er wandte sich zur Tür. »Es ist spät geworden. Zieh dich an, und geh, wenn du vor Einbruch der Dämmerung zu Hause sein willst.«

KAPITEL 20

Bevor die Familie Claudel im Sommer 1885 nach Villeneuve aufbrach, stellte Camille im Salon ihre Büste *Die alte Hélène* und eine Aktstudie aus. Sie war erschöpft und brauchte die Sommerfrische dringend, um sich von der harten Arbeit zu erholen und das Chaos in ihrem Kopf und ihrem Herzen zu bewältigen.

In Villeneuve suchte sie die Einsamkeit, um sich wiederzufinden. Oft wanderte sie zum Felsmassiv des Geyn, das sich unter dem weißblauen Sommerhimmel erhob, und erinnerte sich daran, dass die Natur ihre erste Lehrmeisterin gewesen war. Aber ihr hungriges Herz ließ sich nicht zum Schweigen bringen. Während Camille zwischen Kornfeldern und Wiesen umherstreifte, kreisten ihre Gedanken um Rodin, sein Löwenhaupt und seine Hände, denen sich die Erde so selbstverständlich unterwarf. Sie befand sich in einem inneren Zwiespalt und sehnte sich nach dem Elfenbeinturm der Kunst mit seinen festen Wänden zurück. Andererseits wollte sie ihre Flügel ausbreiten und fliegen. Aber ausgerechnet Rodin? Diese kindische Schwärmerei musste aufhören. Wenn sie es nur schaffen würde, ihn zu vergessen.

An einem Tag Ende Juli saß Camille im Garten unter dem Kirschbaum und wartete auf das reinigende Gewitter, das die Hitze der letzten Tage vertreiben würde. Es war unerträglich schwül. Schweiß rann ihr den Rücken hinab. Ihre bloßen Füße versanken im Gras. Die Zweige der Bäume kreuzten sich vor dem grauen Himmel zu einem wirren Geflecht. Die Glocke, die von der Kirche sechsmal läutete, klang scheppernd und hohl.

»Camille! Da bist du.« Paul trat zwischen den Obstbäumen hervor und setzte sich neben sie ins Gras. Er fuhr sich durch seine verschwitzten blonden Haare. »Mutter sucht dich. Sie will dich zum Erbsenöffnen abstellen. Louise keift schon, weil sie daran hängenbleibt.«

»Wannenweise Erbsenschoten haben mir gerade noch gefehlt.« Camille krallte ihre Zehen ins Gras.

»Mutter und Louise werden fluchen, wenn du nicht kommst.«

»Sollen sie doch.« Der Dauerzank mit Mutter und Schwester gehörte nach wie vor zu Camilles Alltag. Ich streite, also bin ich.

Paul hatte sich im letzten Jahr verändert. Er war schlank und linkisch. Seine breite Stirn wölbte sich über klugen Augen. Und seit Kurzem konnte man sogar halbwegs vernünftige Gespräche mit ihm führen. Camille vermutete, dass dieser Fortschritt Louis-Prospers Verdienst war, der seinen Sohn als Angelpartner auserkoren hatte. Wochenlang waren die beiden täglich zum Fluss gezogen und in stiller Eintracht mit Eimern voller silbrig grauer Fische zurückgekehrt. Wo nur, fragte sie sich, war der kleine Paul geblieben, das ungeliebte Kind, über das sie nach Belieben verfügen konnte?

»Und? Willst du immer noch zum diplomatischen Corps?«, fragte sie. »Keine literarischen Ergüsse mehr, Monsieur l'Ambassadeur?«

Er legte sich auf den Rücken und betrachtete den Himmel, über den ein Heer von Sturmwolken zog. Ein erster Tropfen landete im Gras. In der Ferne hallte der Donner. »Klar will ich schreiben. Aber man braucht ja einen Lebensunterhalt. Jessies Idee ist gut. Sie macht mich frei. China wäre interessant.«

Camille zog die Beine an und legte ihre Arme um die Knie. »Warum willst du so weit weg? Mit wem soll ich mich dann streiten?« Sie vermisste ihn jetzt schon.

Paul richtete sich auf. »Ich brauche die Einsamkeit. Vielleicht studiere ich vorher Chinesisch und andere asiatische Sprachen und natürlich Politik.« Weitere dicke Tropfen klatschten ins Gras.

»Du suchst also die Einsamkeit, um zu schreiben?«

»Du nicht, als Bildhauerin?«, fragte er zurück. »Ich ersticke in Villeneuve, in Frankreich, in unserer Familie. Was brauchst du?«

Camille brauchte Rodin. Sie war süchtig nach seiner Gegenwart, seiner Inspiration, der sie ihre eigenen Ideen entgegensetzen konnte. Sie schwieg.

»Ich hab eine Neuigkeit für dich.« Paul sah sie von der Seite an. »Sie besuchen uns morgen. Monsieur Wildschweinrüssel mit Ehefrau. Mutter hat sie eingeladen, aber nicht geglaubt, dass sie wirklich kommen.«

Camille setzte sich auf und stieß sich dabei den Rücken am Kirschbaum. »Autsch! Was sagst du da?«

»Er hat sich per Telegramm angemeldet. Das ist dir doch recht, oder?«

Camille blieb ihm die Antwort schuldig, weil der Himmel in diesem Moment alle Schleusen öffnete. Die Arme über dem Kopf erhoben, sprangen sie auf und rannten durch den Platzregen zum Haus. Camille spürte den Regen nicht, der ihr über Haare, Stirn und Wangen rann und ihr Kleid durchnässte. Rodin würde kommen und diese Rose mitbringen, von der sie nicht sicher wusste, wie er zu ihr stand. Sie würden das Wochenende über bleiben.

Da Madame Claudel wegen des Besuchs völlig aus dem Häuschen war und die gesamte Familie zum Arbeitseinsatz einteilte, fiel Camilles brütendes Schweigen nicht weiter auf. Rodin und seine Begleitung sollten am Freitagnachmittag mit dem Zug am Bahnhof von Château-Thierry eintreffen, das auf der Eisenbahnlinie nach Straßburg lag. Louis-Prosper und Paul würden sie mit der Kutsche abholen.

Gegen fünf Uhr nachmittags standen die Frauen in einer Reihe vor dem Haus und warteten auf die Kutsche. Camille und Louise sahen liebreizend aus. Sie trugen ihre besten weißen Sommerkleider, Camilles mit einer roten, Louises mit einer blauen Schärpe dekoriert. Den ganzen Tag hatten sie Marie beim Kochen und Backen geholfen und das Haus vom Dachboden bis zum Keller blitzblank geputzt. Camille waren diese Aktivitäten recht gewesen, weil sie sie vom Nachdenken abhielten.

Bis in den Garten duftete es nach Kalbsbraten und Rührkuchen mit frischen, prallen Süßkirschen. Der Tisch im Garten bog sich unter dem guten Porzellan, dem silbernen Besteck und einem großen Strauß violetter Malven. Als die Kutsche endlich um die Ecke bog, pochte Camilles Herz so laut, dass sie froh um die klappernden Hufen der Pferde war. Eilig machte sie sich klar, dass sie nicht träumte. Rodin besuchte sie in ihrem Heimatdorf.

Während Louise und ihre Mutter herbeieilten, um die Gäste zu begrüßen, folgte sie ihnen langsam.

»Sei doch nicht so verstockt«, raunte ihr Louise zu, bevor sie in einen tiefen Knicks sank. Doch Camille hatte nur Augen für Rodin, der munter vom Kutschbock sprang, während Paul seiner Begleiterin beim Aussteigen half und ihr Vater sich um das Gepäck kümmerte. Ehrerbietig begrüßte Rodin die Dame des Hauses und wandte sich dann den Töchtern zu. Louise und Camille griffen nach den Säumen ihrer Kleider und knicksten. Wohlgeraten und gut erzogen, dachte Camille. So mussten die Kinder der Familie Claudel dem Paar erscheinen, vor allem, wenn man sie mit diesem seltsamen Auguste verglich.

Rodin zog die fremde Frau an seine Seite, die sich sichtlich unwohl fühlte. »Das fauchende Ungetüm, das sich Eisenbahn nennt, hat Rose Angst gemacht.«

»Das können wir sehr gut nachvollziehen, Madame«, sagte Louis-Prosper. Wie anstrengend eine Bahnreise sein konnte, wussten die Claudels, die zwischen Villeneuve und Paris pendelten, nur zu gut.

Verstohlen musterte Camille Rodins Begleiterin. Rose war mittelgroß und kompakt, sicher Mitte vierzig. Uralt, dachte Camille voller Genugtuung. Schüchtern zog sich die Fremde den schäbigen Strohhut vom Kopf, unter dem lockiges braungraues Haar zum Vorschein kam, und presste ihn an ihre Brust. Sie schien Rodin in keiner Weise gewachsen.

»Ihre Modistin ist nicht gerade erste Wahl«, raunte Louise.

»Willkommen, Madame Rose.« Louise-Athanaïse nahm ihren Arm und führte sie plaudernd in den Garten zum Tisch, wo Marie bereitstand und ihnen den ersten Gang servierte, Muscheln in Rotweinsud.

»Hoffentlich hält das Wetter«, merkte Camilles Vater mit einem Blick auf den bewegten Himmel an. »Wir hatten gestern ein starkes Gewitter.«

»Hoffentlich kackt uns keine Taube auf den Tisch und abends die Fledermäuse …«, fügte Paul hinzu und fing sich einen Rüffel von seiner Mutter ein.

Während sie aßen, beobachtete Camille Rose von der Seite, die sich nervös umsah. Sie konnte sich kaum vorstellen, dass diese unscheinbare Frau einmal Rodins Favoritin gewesen war. Keine Konkurrenz, flüsterte das Teufelchen in ihr Ohr, das sich nicht zum Schweigen bringen ließ. »Ich hoffe, Sie verbringen ein wunderbares Wochenende bei uns auf dem Land«, sagte Madame Claudel. »Nirgends sonst kann man sich so gut vom hektischen Stadtleben erholen. Glauben Sie mir, ich muss es wissen.«

Rose nickte. »Sie müssen ja mächtig stolz auf Ihre drei Sprösslinge sein. So ein prächtiger Sohn und so hübsche Mädchen.«

»Oh ja«, seufzte Madame Claudel. »Aber bis man sie so weit hat. Unsere Camille hier war ein kleiner Haustyrann mit lehmigen Stiefeln.«

Rose sah Camille mit unergründlichem Blick an. »Aber das hat sich ausgewachsen, oder etwa nicht?«

Madame Claudel ging nicht auf Roses Frage ein. »Haben Sie auch Kinder?«

»Oh ja … Auguste«, erwiderte Rose nachdenklich. »Er wird bald zum Militär gehen. Als wir in Belgien waren, hat sich Rodins Tante Thérèse um ihn gekümmert. Sie war schon alt und hatte auch noch die Verantwortung für Rodins Vater, der so durcheinander war, dass er seinen Namen nicht mehr wusste. Einmal ist Auguste ihr als Kleinkind aus dem Fenster gefallen. Vielleicht ist er deshalb ein wenig, nun ja, langsamer im Denken.«

Madame Claudel schwieg schockiert, während Camille die Informationen auf sich wirken ließ. Auf sie hatte der Junge eher traurig als missraten gewirkt. Zweifellos sah er komisch aus mit seinem schiefen Gesicht, aber schwachsinnig war Auguste sicher nicht.

»Nehmen Sie doch ein Stück Kuchen!« Madame Claudel hatte sich wieder gefasst und tat Rose auf, die sich höflich nach dem Rezept erkundigte.

Während sich ein lauer Abend über den Garten senkte, langweilte sich Camille. Immerzu ging es um Kochrezepte, Verlobungen, Hochzeiten und Geburten. Sie hätte lieber den Gesprächen der Männer gelauscht, die rauchend am Nachbartisch saßen, und sehnte sich nach einem Klumpen Ton, den sie in ein Werkstück verwandeln konnte.

»Camille hat in Villeneuve zu modellieren begonnen«, erzählte Madame Claudel. Camille sah erstaunt auf. Das klang ja, als sei ihre Mutter stolz auf sie.

»Ach ja? Rodin unterrichtet Mädchen, als seien sie Jungen, von gleich zu gleich«, kommentierte Rose. »Mir wäre wohler, er täte das nicht.«

Camille zuckte zusammen.

Nach dem Essen beging Rose den Fauxpas, Marie beim Abräumen und Spülen helfen zu wollen. »Aber nein, bleiben Sie sitzen«, rief Madame Claudel mit gelindem Entsetzen. »Aber wir müssen immer helfen!«, maulte Louise.

»Ihr seid die Töchter und solltet euren Platz kennen.«

Während Louise an die Arbeit ging, lief Rose knallrot an. Camille begriff, dass es zwischen dieser einfachen Frau und der Familie Claudel eine hauchfeine Trennlinie gab. Camilles Familie zählte sich, wenn auch nicht reich, so doch zum Bildungsbürgertum. Diese Frau war ein Klotz an Rodins Bein.

In der Nacht lag Camille wach in ihrem Bett und verzehrte sich nach Rodin, der mit Rose im ersten Stock untergebracht war. Welch ein Glück, dass er die gleiche Luft atmete wie sie. Sie lauschte auf ein Geräusch von ihm, doch da war nichts außer dem Knarren des Gebälks, dem Tapsen der Mäuse auf dem Dachboden und dem Hahn in der Nachbarschaft, der vor der Zeit krähte.

Am nächsten Tag blieben die Frauen unter sich, während Louis-Prosper und Paul Rodin die Umgebung zeigten. Camille hatte Rodin nur für eine Stunde am Nachmittag für sich, als er sich breitschlagen ließ, sie und Paul auf einem Spaziergang zu begleiten. Ihr Ziel waren die Felsformationen des Geyn.

»Was sonst?« Paul schlug gelangweilt mit einem Stock auf das Gebüsch am Wegrand ein. »Camille zieht es immer dorthin. Am liebsten würde sie sich in dem Lehm wälzen, den es dort gibt.«

»Paul«, stöhnte Camille. Er hasste seine Rolle als Aufpasser, in die seine Mutter ihn gedrängt hatte, weil ein Spaziergang allein mit Rodin für Camille nicht schicklich gewesen wäre.

Rodin nickte. »Das kann ich nachvollziehen. Die Erde ist der Urgrund, aus dem wir bestehen.«

»Hier habe ich meinen ersten Lehm gesammelt«, erzählte Camille.

Fachmännisch griff Rodin in die feuchte, feine Tonerde, von der die Gruben zu Füßen der Felsen überquollen. »Er ist wirklich gut geeignet.«

»Schicksal«, sagte Camille. »Die Felsgestalten waren meine erste Inspiration. Sie sprechen zu mir. Die Natur hat sie aus Erde, Stein und Wasser geformt. Im Sturm.«

»Eine Urgewalt, so wie du«, bemerkte Rodin leise.

»Riesen und Ungeheuer«, kommentierte Paul, der ihn nicht gehört hatte. »Der Stoff, aus dem die Alpträume sind. Unsere alte Victoire kennt alle Geschichten dazu. Wussten Sie, dass man früher die Aussätzigen hierher verbannt hat?« Seine Augen hoben sich. »Sehen Sie mal! Der Arsch des Teufels ist fast so dynamisch wie die *Nike von Samothrake.*«

Rodin lachte schallend.

Bis zu seiner Abreise am nächsten Tag zeigte er kein Interesse mehr an Camille. Sie war seine Schülerin, er ihr in Ehren gealterter Lehrer. Erst als er mit Rose wieder in die Kutsche stieg, nahm er ihre Hand und raunte ihr zu, wie sehr er sich auf den Herbst freute. Camille blieb mit einem Gefühl vager Erwartung zurück.

Am selben Abend arbeitete sie an der Büste weiter, die ihren Bruder mit sechzehn Jahren darstellen sollte, sein Gesicht von einer abgeklärt wirkenden Ruhe bestimmt. Camille war selbst überrascht, wie sehr sein Abbild einem antiken Römer ähnelte. Als hätte er die gleiche unerbittliche Zielstrebigkeit in sich, dachte sie. Während Paul widerwillig für sie Modell saß, verschlang er die Bücher der heimischen Bibliothek. Und obwohl Camille mit Zeichenstift und Ton in der Hand auflebte, sehnte sie das Ende des Sommers herbei.

KAPITEL 21

Im September arbeitete Camille wieder im Marmordepot. Zwischen ihr und Rodin baute sich Spannung auf, die sich irgendwann entladen würde wie ein Gewitter über Villeneuve. Rodin tauschte Blicke, Scherze, Worte mit ihr und zog sie immer häufiger hinzu, wenn es um seine Kunst ging. Camille träumte von einer Zukunft an seiner Seite.

Im selben Herbst nahm ihre Karriere unerwartet Fahrt auf. Der Kritiker Léon Gauchez kaufte ihr eine Bronzeversion der Kopfstudie Umbertos ab, die sie *Giganti* genannt hatte, und zahlte ihr 500 Francs dafür. Berichte in den Pariser Journalen würdigten ihre Kunst. Es schien, als könne die Stadt die begabte junge Bildhauerin Camille Claudel nicht länger ignorieren.

An einem Dienstagabend besuchte sie gemeinsam mit Paul und seinen Freunden den literarischen Salon Stéphane Mallarmés, wo sich die geistige Elite der Stadt traf, oder das, was sich dafür hielt. Paul und seine Dichterfreunde wollten auf jeden Fall dazugehören. Völlig außer Atem kam das Geschwisterpaar vor Mallarmés Wohnung in der Rue de Rome an, wo Léon Daudet und Marcel Schwob bereits auf sie warteten.

»Du bist spät dran, Claudel«, tadelte Daudet. »Salut, Camille. Wie schön, dass Sie mit von der Partie sind!«

Er hatte sich zu einem gut aussehenden jungen Mann mit dunkelbraunem Haarschopf gemausert. Der schüchterne Marcel und der oftmals in sich gekehrte Paul waren dankbar, dass er die Führung ihrer Gruppe übernahm.

»Ihr seht aus wie Dandys.« Camille musterte Paul und seine Freunde von oben bis unten. Sie trugen Strohhüte mit bunten Bändern, paspelierte Anzüge und zu allem Überfluss Spazierstöcke mit Silberknäufen. »Etwas weniger Aufmachung hätte es auch getan.«

Paul stöhnte. »Kannst du uns nicht einmal in Ruhe lassen? Immer musst du dich über uns lustig machen.«

Camille zuckte mit den Schultern. »Spottlust ist mein wahrer Name.«

»Aber sie hat recht«, bekräftigte Léon. »Wir sind Dandys, und wir wollen gar nichts anderes sein. Also stehen wir dazu.« Marcel errötete, weil es dagegen nichts zu sagen gab.

Camille lachte unbeschwert. »Wer passend aussieht, kann verbergen, dass er erst übermorgen ein Dichter sein wird.«

»Wenn du nicht meine Schwester wärst …« Paul richtete scherzhaft die Spitze seines Spazierstocks auf ihre Brust.

»… würdest du mich übers Knie legen?«

»Na warte, Lästermaul.« Paul hielt ihnen die Tür auf. Sie traten ein, stiegen die Treppe hinauf und drängten sich in Mallarmés Wohnung, die von Gästen überquoll. Camille und Paul ergatterten die letzten Plätze in Reihe fünf.

»Mallarmé steht für das Neue in der Poesie«, dozierte Paul. »Aber ob er recht hat mit seinem Nichts? Das steht für mich infrage. Es muss doch etwas geben, es muss einfach.«

Camille taxierte die Menschenmenge, die den Raum bis auf den letzten Platz füllte. Einige Gäste kannte sie als Flaneure und reiche Nichtstuer, die das Leben als Bohémiens auskosteten. Es waren Maler dabei wie Édouard Manet und bekannte Literaten wie Paul Valéry. Einige aufgeputzte Damen fanden sich auch, denen man ihre Zugehörigkeit zur Halbwelt ansah.

»Kenne ich ein Gedicht von Mallarmé?« Camille kam sich plötzlich fehl am Platz vor. Marcel beugte sich zu ihr und begann zu zitieren. »*Besingen will ich sie, die Nymphen meiner Träume, die weißen Leiber flimmern, wie der Duft von Rosen in der schlummerschweren Luft, gewiegt vom Wind in den erschrockenen Bäumen, Besingen will ich sie, als hätt die Wirklichkeit mich nie genarrt* … Das ist aus Mallarmés Langgedicht. ›L'après midi d'un faun‹.«

»Der Nachmittag eines Fauns«, wiederholte sie.

Als hätte er sie gehört, drängte sich der Gastgeber zu ihnen durch. »Willkommen. Wen darf ich begrüßen?« Stéphane Mallarmé war ein hagerer Mann mit einem auffallend ausladenden Schnurrbart.

»Camille Claudel. Ich bin mit meinem Bruder Paul hier. Er ist ein talentierter Dichter.« Paul stand auf und begrüßte Mallarmé. »Das Kompliment muss ich zurückgeben. Meine Schwester ist die begabteste junge Bildhauerin, die Paris je gesehen hat.«

Mallarmé nickte anerkennend. »Ich freue mich über illustre Gäste, die Farbe in meine Veranstaltung bringen.«

»Ich arbeite mit Rodin zusammen«, sagte Camille.

»Tatsächlich?« Mallarmé sah sie forschend an. »Führt er sie durch sein *Höllentor* in die Tiefen der Unterwelt?«

Camille lachte. »Das tut er.«

Während sie sprachen, drängten sich weitere Besucher in den Raum.

»Wir platzen aus allen Nähten«, entschuldigte sich Mallarmé schließlich. »Ich muss mich darum kümmern, dass sich die Leute nicht auf die Füße treten.«

Es war heiß und roch nach Rauch, Parfüm und schlecht gelüfteten Kleidern. Verstohlen öffnete Camille den obersten Knopf ihrer Bluse. »Paul, könntest du bitte aufstehen und ein Fenster öffnen? Ich ersticke sonst.«

Schulterzuckend tat ihr Bruder, was sie verlangte. Kaum hatte er seinen Platz verlassen, ließ sich ein schlanker junger Mann darauf fallen. »Uff, noch einen Stuhl ergattert.«

Er strich sich seine dunkle Tolle aus der Stirn.

»Entschuldigung«, sagte Camille. »Aber hier sitzt eigentlich mein Bruder.«

»Jetzt nicht mehr«, erwiderte er forsch. »Sie kommen mir irgendwie bekannt vor. Ich weiß nur nicht, woher.«

Während sich Camille über den plumpen Annäherungsversuch ärgerte, kam Paul zurück und hob resigniert die Hände, weil sein Platz belegt war. Also stellte er sich neben Léon und Marcel am Rand auf. Der Abend begann mit dem Gesangsvortrag einer Dame zu Klavierbegleitung, auf deren schrille Stimme Camille gut hätte verzichten können.

»Schubert«, flüsterte ihr Sitznachbar. »Schön, aber konventionell. Keine Avantgarde, wie ich erwartet hätte.«

»Ich kann das leider nicht beurteilen. Mir geht jedes Verständnis für Musik ab.«

Er musterte sie. Überrascht, dachte Camille. Nein, voller Eifer, als wäre sie eine Analphabetin, der er die Kunst des Lesens beibringen wollte.

»Ich bin Pianist«, gestand er. »Mit Ambitionen als Komponist.«

»Ich bin Bildhauerin.«

»Ach, wirklich?«

Camille sah in dunkle, neugierige Augen. Nach dem musikalischen Einstieg trugen sowohl Mallarmé als auch andere hoffnungsvolle Dichter ihre Texte vor, über die im Anschluss ausführlich diskutiert wurde. Paul stürzte sich mit der gewohnten Leidenschaft ins Getümmel.

»Ich kann da nicht viel mit anfangen.« Camilles Sitznachbar

zuckte mit den Schultern. »Solche ausgeklügelten Wortschöpfungen sind nichts für mich.«

»Und warum sind Sie dann gekommen?«

»Weil ich Paris genießen will, solange ich hier bin. Und Mallarmé ist Paris.« Er zögerte einen Moment lang. »Und weil ich so hübsche junge Frauen wie Sie treffen will.« Er verbeugte sich.

»Sie sind ein Schmeichler.«

Nach der Soirée schloss sich der junge Mann ihrem Kreis an. Léon Daudet, der sie mit Champagnergläsern versorgte, kannte ihn, wie er alle Welt kannte. »Das ist ja Claude ... Achille-Claude Debussy. Müsstest du nicht in der Villa Medici in Rom sein?«

»Ich gönne mir eine Auszeit«, sagte Debussy bescheiden.

Camille erinnerte sich schlagartig. »Wir kennen uns tatsächlich. Mein erster Tag an der Académie Colarossi. Ich habe meine Zeichensachen in den Straßendreck fallenlassen, und Sie haben sie aufgehoben. Was für ein seltsamer Zufall.«

»Ach, Sie sind das?« Debussy lachte. »Also habe ich mich doch nicht geirrt. Aber Ihren Namen habe ich vergessen.«

»Camille Claudel.« Sie schüttelte ihm lachend die Hand.

Paul stellte sich an ihre Seite »Meine Schwester ist eine gefeierte Bildhauerin. Auch wenn sie mit Monsieur Wildschweinrüssel, pardon, Rodin zusammenarbeitet, aus dessen Schatten man schwerlich heraustreten kann.«

»Du übertreibst«, sagte Camille.

»Dann haben Sie Ihren Traum also wahrgemacht«, kommentierte Debussy. »So wie ich. Nur ist dann alles ganz anders als gedacht. Diese Träume haben es in sich. Manche zerplatzen wie Seifenblasen und lassen uns in schalem Badewasser zurück.«

Léon hob sein Glas und prostete ihnen zu. »Du hast mir irgendwie gefehlt, Debussy. Ihr müsst wissen, dass er den Prix de Rome in der Sparte Musik gewonnen hat und sich die Zeit seines Stipendiums in Rom in der Villa Medici vertreibt.«

»Herumtreibt trifft es eher. Drei Jahre sind eine Ewigkeit. Ich habe nicht gewusst, dass man sich so langweilen kann. Ich wollte wieder richtige Stadtluft schnuppern. Darum bin ich in Paris.«

»Des süßen Dufts der Kloaken wegen?«, fragte der schüchterne Marcel Schwob. »Oder des schalen Badewassers?«

»Wahrscheinlich.« Debussy lachte und klopfte ihm auf die Schulter.

Als sie gingen, passte der Komponist Camille am Ausgang ab. »Mademoiselle Claudel?«

»Ja?«

Mit seiner schmächtigen Statur, seinem schmalen Gesicht und den dunklen Augen war Debussy genau das Gegenteil von Rodins raumgreifender Massigkeit.

»Ich habe auf Sie gewartet.«

Camille ließ Paul und seine Freunde vorgehen. Debussy wirkte anziehend auf sie. Vielleicht weil er sie an ihre Anfänge in Paris erinnerte, die ihr im Licht der Erinnerung so glücklich erschienen.

»Nachdem wir uns so unerwartet wiedergefunden haben … könnten wir uns im Bois de Boulogne zum Spaziergehen treffen, oder zum Bootfahren«, schlug er vor. »Aber es sollte bald sein, weil ich nach Rom zurückkehren muss, bevor man mir auf die Schliche kommt und mir Undankbarkeit vorwirft.«

Camille lächelte. »Es wäre mir eine Ehre. Aber meine Zeit reicht dazu leider nicht. Ich bin im Atelier Rodins mit Arbeit ausgelastet.«

»Wo das *Höllentor* steht? Schade. Aber ich hoffe, man sieht sich.« Beiläufig berührte er ihre Hand.

»Sicher.«

Er verabschiedete sich, und Camille eilte ihren Begleitern hinterher, die an der nächsten Ecke auf sie warteten.

»Vorsicht, Camille«, warnte Léon Daudet. »Täusch dich nicht in ihm. Debussy ist bei seinen Affären nicht wählerisch. Und davon hat er reichlich.«

Sie zuckte mit den Schultern. »Das kenne ich nur zu gut.«

»Aber er ist ein richtiges Enfant terrible. Ein Unruhestifter, nie mit etwas zufrieden. Du hast ja gehört, was er über seinen Romaufenthalt gesagt hat.«

»Womit wir dann schon zu zweit wären.« Sie hakte sich bei Paul ein und ging mit den anderen in ein Café.

Zu ihrer Überraschung sah sie Debussy schneller wieder, als sie erwartet hatte. Am nächsten Morgen stand er gegen zehn Uhr früh im Marmordepot, erpicht auf eine Führung von Rodin, der Künstlern aller Sparten gern diesen Gefallen tat. Camille konnte nicht widerstehen und schloss sich den beiden an. Debussy bewunderte Rodins Einzelskulpturen, wie seinen *Johannes den Täufer* und stand lange vor dem *Höllentor*.

»Sie sind sehr gut, Monsieur Rodin. Keine ekstatisch verrenkten Nymphen und muskelbepackten Adonisse wie bei den anderen Bildhauern.«

Rodin lachte leise und legte den Arm um Camille, was Debussy stirnrunzelnd zur Kenntnis nahm. »Ich bin niemals wie andere Bildhauer und Camille auch nicht.«

Debussy nickte. »Und dennoch. Mir ist das alles zu bedeutungsschwanger. Keine Zwischentöne. Nur Tod und Teufel. Und immer dieser unsägliche Menschenfresser Ugolino.«

Rodin wandte sich ihm zu. »Ich suche den einen Moment, in dem sich das Leben intensiviert. Den Wendepunkt.«

»Die Kunst bietet ein weites Feld für unterschiedliche Auffassungen«, erwiderte Debussy. »Vielleicht werde ich ja mal eines ihrer Werke in Töne übersetzen.«

»Ich bitte darum.«

Während die beiden Künstler den Werkstattrundgang fortsetzten, ging Camille wieder an ihre Arbeit und wies einige Gehilfen in ihre Aufgaben ein. Sie kam gerade aus dem Materiallager zurück, als sie Debussy unschlüssig an der Tür stehen sah, ohne Rodin. Sie trat auf ihn zu und fuhr sich mit ihren staubigen Händen durch die Haare.

»Sie sind wegen mir gekommen. Nicht wegen des *Höllentors*. Entschuldigen Sie bitte mein zerrauftes Äußeres.«

Er nickte. »Macht Ihnen das nichts aus?«

»Was?«

»Dass Ihre schönen, dunklen Haare weiß vom Gipsstaub und Ihre Hände trocken und rissig sind. Andere Damen legen großen Wert auf seidenweiche Haut und glänzendes Haar.«

»An mir ist nichts Weiches«, sagte Camille. »Und Glanz besitzt allenfalls mein Werk.«

»Wirklich?« Er musterte sie abschätzend.

»Außerdem verstehe ich rein gar nichts von Musik. Was also sollten Sie mit mir anfangen?«

»Ich gebe mich nicht so schnell geschlagen.«

Camille schüttelte standhaft den Kopf. »Die einzige Musik ist für mich das Klopfen meines Hammers auf Stein.«

»Glauben Sie mir, wenn Sie mehr Zeit mit mir verbringen, werden Sie lernen, Musik zu schätzen.«

Debussy salutierte mit zwei Fingern und ging. Diesmal endgültig, dachte Camille bedauernd.

KAPITEL 22

Camille arbeitete intensiv an ihren Hand- und Fußstudien für die *Bürger von Calais*. Wie besessen schuf sie Etüden von Fingern, die sich wie Blütenblätter öffneten, geschlossene Fäuste, Finger, die in tänzerischen Posen verharrten, Hände, die sich trafen wie die Gewölbe gotischer Kathedralen.

Es war Ende Oktober. Die Steinmetze und Bildhauer waren schon gegangen. Regen klatschte gegen die Fenster, und der Sturm brachte die Läden zum Klappern.

»Gelungen!« Zufrieden betrachtete sie die Hand aus Ton, deren Finger sich um einen offenen Handteller spreizten, wobei der Zeigefinger etwas gestreckt war. Ihre Dynamik sollte sich in der Muskelspannung des Armes spiegeln, der sie einmal tragen würde. Camille durfte auf keinen Fall vergessen, das Rodin gegenüber zu erwähnen.

Entschlossen stellte sie die Hand auf ihr Tablett, durchquerte den Raum und platzte in Rodins Atelier. Sie fuhr zurück. Auf einem Podest stand der Entwurf eines liegenden Paares, den Rodin gerade mit einem Messer bearbeitete. Der männliche Akt, der sich über die liegende Frau beugte, trug das geheime Gesicht Umbertos, das sie nach der Entstehung von *Giganti* geschaffen hatte. Sein Ausdruck hatte sich durch den neuen Zusammenhang verändert. Der tiefe Schmerz hatte sich in Gier und Maßlosigkeit gewandelt. Vor diesem Umberto hatte man Angst.

Um Gelassenheit bemüht, stellte sie das Tablett auf den Boden und trat näher. »Das ist mein Entwurf.«

»Nichts, was du im Marmordepot schaffst, gehört dir«, widersprach Rodin gelassen. Ihr Zorn brach sich Bahn.

»Das ist Umberto«, sagte sie laut. »Diese Maske habe ich nur für ihn gemacht. Und für mich. Sie haben sie zweckentfremdet. Umbertos Gesicht ist voller Schmerz, nicht voller Gier.«

»Jetzt wird sie Teil meiner Zweiergruppe *Geiz und Wollust*«, erwiderte Rodin munter. »Er ist der Geiz. Was Besseres kann ihm gar nicht passieren.«

»Das dürfen Sie nicht!« Für Rodin war alles so einfach. Wenn es um seine Kunst ging, bediente er sich rücksichtslos ihrer Ideen. Aber mit Umbertos Maske hatte er ein Stück ihrer Seele gestohlen.

Sie drehte sich zornentbrannt um und hämmerte mit geballten Fäusten auf Rodins breite Brust ein, der ihren Ausbruch einfach abwartete.

»Camille.« Schließlich hielt er ihre Handgelenke fest. »Geht es wieder?«

»Nein!« Seine stoische Ruhe machte sie rasend. »Die Maske ist mein persönliches Eigentum. Ich habe sie nicht einmal Umberto gezeigt.«

»Du magst diesen Italiener«, stellte Rodin fest.

»Ja.« Camille holte zitternd Luft. »Ich weiß, dass in Belgien andere Bildhauer Ihre Werke signiert haben, Monsieur Rodin. Das haben Sie mir oft genug erzählt. Aber … Umberto ist mein einziger Freund. Die Maske ist eine Erinnerung an ihn.« Sie schämte sich für den peinlichen Auftritt, den sie soeben hingelegt hatte.

»Das glaubst du wirklich?«, brummte er. »Dass Umberto dein einziger Freund ist?«

Ihr fiel auf, wie nahe er ihr war. Sein Bart kitzelte sie an der Stirn, seine starken Arme umschlossen sie. Tröstlich, sicher, wohlwollend. Am liebsten hätte sie ihren Kopf an seine breite Brust gelegt und sich ausgeweint. Oh nein. Sie trat einen Schritt zurück, würde sich keine Schwäche erlauben.

Er hob ihr Kinn, so dass sie ihm in die Augen sehen musste. »Du weißt nicht, dass ich nur an dich denke, Tag und Nacht«, murmelte er. »Die Sonne geht auf, wenn du den Raum betrittst. Wenn du ihn verlässt, wird es dunkel. Ich bin besessen von dir.«

»Aber ich will Sie doch auch«, stieß sie hervor. Ohne ihn war die Welt kalt und leer.

»Du weißt nicht, was du da sagst.« Im nächsten Moment hob er sie auf die Tischkante, spreizte ihre Beine und umarmte sie stürmisch. Sein Mund senkte sich auf ihren, seine Hände zerrten an den Knöpfen ihre Bluse, die abplatzten und wie Perlen zu Boden regneten. Voller Verlangen umfasste er ihre Brüste und streifte ihre Röcke hoch. Camilles Körper antwortete ihm, Verlangen durchströmte sie. Sie wollte ihn so sehr, dass ihr Inneres glühte.

»Nein!« Schwer atmend ließ er sie los und trat einen Schritt zurück. Sein Gesicht war gerötet. »Nicht so, Camille. Nicht im Vorbeigehen auf der Tischkante. Dafür bist du mir zu schade.«

Scham stieg in Camille auf. Schon wieder hatte sie sich Rodin angeboten wie die letzte Hure. »Ich muss gehen.« Sie sprang vom Tisch, strich ihren Rock glatt, hielt ihre Bluse vor der Brust zusammen und sammelte die Knöpfe ein. Was würde ihre Mutter zu dem Malheur sagen? Besser, sie nähte die Knöpfe selbst wieder an und versteckte die Bluse tief im Wäschekorb.

»Du glaubst nicht, was es mich kostet, dich gehen zu lassen«, sagte Rodin. »Manchmal ist das Verlangen stärker als ich. Zum Glück nicht heute.«

»Ich wollte Sie so sehr wie Sie mich.«

Sie verließ den Raum verstohlen wie eine Diebin in der Nacht. Jetzt war sie wie Adela, die ihre Beine für die Künstler breit machte, denen sie Modell stand. Während sie durch den Regen nach Hause eilte, fühlte sie sich um einige Illusionen ärmer.

Zwei Tage lang herrschte Schweigen zwischen Rodin und Camille. Am dritten Abend erwartete er sie mit einer Droschke vor den Toren des Marmordepots.

»Steig ein«, forderte er sie auf. Sie setzte sich neben ihn. Die Fahrt führte sie zu einem hell erleuchteten Palais in den Außenbezirken von Paris, auf dessen Vorplatz eine Reihe weiterer Kutschen stand. Festlich gekleidete Paare in Frack und Abendkleid stiegen die breite Freitreppe hinauf.

»Was ist das hier?«, fragte sie, während Rodin ihr beim Aussteigen half und umständlich seinen Zylinder aufsetzte.

»Ein Empfang im Haus von Alphonse de Rothschild, einem der erfolgreichsten Bankiers Frankreichs.« Er nahm ihren Arm und führte sie in Richtung Eingang.

»Ich bin nicht passend gekleidet.« Camille trug wie so oft ihr gestreiftes Kostüm. Furchtbar abgetragen, überhaupt nicht festlich und außerdem zu eng. »Das sieht man dir nach«, beteuerte Rodin. »Wir sind Künstler. Wir dürfen das. Sie verzeihen uns fast alles, weil wir Glanz in ihr erbärmliches Leben bringen.«

Camille wusste, dass Rodin seit seinem Erfolg mit dem *Höllentor* ein gern gesehener Gast auf den Festen der besseren Gesellschaft war. Er mauserte sich zu einem Bildhauerstar, mit dem man sich gern zeigte. Er hat mich als Begleitung gewählt, nicht Rose, dachte sie.

Sie traten ein. Ein Lakai nahm Rodin Mantel und Zylinder und ihr den Hut ab. Camille sah sich neugierig um. Das Licht der Kronleuchter erhellte den Saal und spiegelte sich in der deckenhohen Fensterfront, die sich zum Park hin öffnete. Auf dem Tanzparkett drehten sich die Paare zur beschwingten Musik eines Streichquartetts. »Wiener Walzer«, erklärte Rodin, »Johann Strauß.« Camille zuckte nur mit den Schultern.

Eine Dame rauschte mit ausgestreckten Armen auf sie zu. »Monsieur Rodin und seine zauberhafte Begleitung. Willkommen.«

»Madame de Rothschild.« Während Camille die Gastgeberin sprachlos anstaunte, deutete Rodin einen Kuss auf ihre Hand an. Madame de Rothschild trug ein dunkelblaues Kleid aus Taft, eng geschnürt, die Tournüre betonte ihren verlängerten Rücken. Die Seide raschelte, als sie sich Camille zuwandte. In ihrer Hochsteckfrisur steckte ein raffiniertes Gebinde aus Straußenfedern. »Und Mademoiselle?« Sie schien gnädig darüber hinwegzusehen, dass Camille keine Abendrobe trug.

Camille knickste und ärgerte sich im nächsten Moment über ihre kindische Reaktion. »Claudel.«

Rodin zog sie vor seine Brust. »Das, Verehrteste, ist mein Schützling Camille Claudel. Die begabteste junge Bildhauerin, die Paris je gesehen hat. Sie werden noch von ihr hören.«

Madame klatschte entzückt. »Eine bildhübsche junge Künstlerin. Wie wunderbar, dass Sie eine junge Dame mitbringen, die ihre Träume lebt, mein lieber Rodin, und wie inspirierend, dass Sie sie unter Ihre Fittiche genommen haben. Lassen Sie uns bei Gelegenheit an Ihrem Talent teilhaben, meine Liebe. Aber jetzt kommen Sie erst einmal. Sie müssen sich stärken.« Sie führte sie zum Buffet, das sich unter Platten und Schüsseln voller Köstlichkeiten bog.

»Was soll ich hier?«, fragte Camille leise in Rodins Richtung.

»In diesen heiligen Hallen gibt es fast so viele kostbare Kontakte für dich wie Champagnergläser«, raunte Rodin ihr zu.

»Sie hätten mir sagen müssen, wohin wir gehen. Vielleicht hätte ich dann ein Kleid von Louise …«

»Frauen! Dein Kleid ist irrelevant. Iss, so etwas Gutes kriegst du so schnell nicht wieder!« Rodin nötigte Camille eine dünne Brotscheibe auf, die mit einer schwarz glänzenden, körnigen Paste bestrichen war. Camille schnupperte daran. Es roch salzig und nach Fisch.

»Was ist das?«

»Eine Delikatesse.« Er lachte kollernd. »Bester sibirischer Kaviar. Aber solchen dekadenten Fraß kennt ein braves Mädchen aus Villeneuve nicht.«

»Igitt!« Camille würgte. »Sie sollten sich lieber auf Ihre Arbeit konzentrieren und nicht so viel ungesundes Zeug in sich hineinstopfen.«

»Du musst weltläufiger werden. Trink!« Rodin drückte ihr ein Glas Champagner in die Hand. »Veuve Clicquot Ponsardin Rosé. Damit lässt sich alles runterspülen.« Camille kippte das Glas in einem Zug und fühlte sich besser.

So gestärkt schleppte Rodin sie von Gruppe zu Gruppe und stellte sie den Herren im Frack und den Damen im Abendkleid vor. Der berühmte Bildhauer mit seiner hübschen Begleitung. Das also ist mein Debüt auf dem gesellschaftlichen Parkett, dachte Camille. Dennoch konnte sie den Abend nicht richtig genießen. Ihre Jugend und ihr plumper lothringischer Akzent standen ihr im Weg.

Zum Bedauern der schönen Madame de Rothschild verließen sie den Ball vor Mitternacht. Die Droschke holperte übers Pflaster durch die Nacht. Camille begann zu dösen. Sie schreckte aus dem Halbschlaf auf und bemerkte, dass sie die Ausfahrt zum Montparnasse verpasst hatten.

»Wo fahren wir hin?«

»Lass dich überraschen«, brummte er und legte den Arm um sie.

Sie befanden sich jenseits der Seine, abseits der ländlich geprägten Stadtbezirke, in denen Camille und Rodin zu Hause waren. Camilles Augen folgten den Boulevards, die im weißen Licht der

Gaslaternen glänzten. Das neue Paris des Barons Haussmann verbarg die blutige Geschichte der Stadt hinter hohen Fassaden, auf dem Reißbrett gezeichneten Straßen und heller Tünche. Schließlich hielt die Droschke vor einem Luxushotel in der Rue de Rivoli im 1. Arrondissement. Gegenüber ragte düster der Jardin des Tuileries auf.

»Was wollen wir hier?«

Rodin half ihr aus der Droschke.

»Das ist das Hôtel Le Meurice«, sagte er. »Ich habe uns ein Zimmer für eine Nacht bestellt.«

Camille riss entsetzt ihre Augen auf. »Was soll ich meinen Eltern erzählen?«

»Denk dir was aus. Oder ich sage, dass ich dich über Nacht brauchte.« Er nahm ihren Arm und führte sie auf den Eingang zu. »Das bin ich dir schuldig.«

Sie betraten das erleuchtete Foyer, wo der Portier sie voller Ehrerbietung empfing und einen Hoteldiener herbeirief, der sie auf ihr Zimmer führte. »Aber kostet das nicht ein Vermögen?«

»Lass das nur meine Sorge sein.« Rodins Geldprobleme waren passé, seitdem ihm die Leute seine vom *Höllentor* inspirierten Skulpturen aus den Händen rissen.

Camille trat ein und sah sich um. Seidene Vorhänge sperrten die Nacht aus. Ein Kaminfeuer loderte gegen die Kälte an. Auf einem Tisch standen ein Sektkühler und zwei Gläser bereit. Während Rodin in Hemdsärmeln Champagner eingoss, setzte sich Camille fröstelnd vor Müdigkeit auf das Bett mit seinem Seidenüberwurf, das sanft nachwippte. »Weshalb sind wir hier?«

Rodin drückte ihr ein Glas in die Hand, in dem der Champagner perlte. »Auf dich!« Er stieß mit ihr an. Camille trank. Die Kohlensäure stieg ihr in die Nase. »Weshalb also?«

Rodin war ein Titan, der den gesamten Raum mit seiner Präsenz ausfüllte. Unnachgiebig, willensstark. Darum erstaunte sie seine Antwort umso mehr. »Diese Nacht gehört dir. Du bestimmst. Vielleicht gibst du mir ja die Gelegenheit, meinen Fehltritt wiedergutzumachen.«

»Was meinen Sie?«

»Das, was ich vor drei Tagen beinahe angerichtet hätte.«

Die Macht, die er ihr überließ, schmeckte so süß wie der Champagner. »Warum sollte ich?«

»Vielleicht versuchst du es noch einmal mit mir, weil ich dich schon so lange über alles liebe.«

Er stellte das Glas auf dem Beistelltisch neben dem Bett ab, beugte sich zu ihr hinab und küsste sie sanft auf den Mund. »Seit dem Louvre, wo du mir wie eine Sternschnuppe vor die Füße gefallen bist. Wunderschön, blutjung, voll glühender Leidenschaft, mir ebenbürtig, eine Kostbarkeit, die ich durch nichts in der Welt verdient habe. Ich habe so lange gegen diese Gefühle angekämpft, dass mir heute die Kraft fehlt, dir zu widerstehen.«

KAPITEL 23

Die nächsten Monate verbrachten sie wie im Rausch. Tagsüber waren sie Meister und Meisterschülerin. Nachts war Rodin Camilles Lehrmeister in Sachen Liebe. Mehrmals nahm er sie zu Empfängen in die bessere Gesellschaft oder die Salons von Koryphäen mit, die ihre Karriere fördern konnten. Auf diese Weise lernte sie den Maler Claude Monet und weitere Avantgardekünstler kennen, zu denen sie sich als Bildhauerin nur bedingt zählte. Rodin und sie verstanden sich als Handwerker mit einer großen Werkstatt und waren wegen der hohen Kosten von öffentlichen Aufträgen abhängig.

Zu Camilles Erstaunen veränderte sich Rodins Kunst durch seine Beziehung mit ihr. Er bewegte sich fort von Gestalten, die sich in Schmerz und Schuld verloren, und suchte etwas Neues. Mehrfach stand sie ihm dafür Modell. »Dein Körper ist eine Feder, ein Bogen, auf den Eros seine Pfeile anlegt«, sagte er. »Ich liebe es, dir zuzusehen, wie du dich bückst. Eine solche Grazie. Das ist der Inbegriff der Schönheit an sich.«

Dann jedoch entlud sich ein Gewitter über dem Marmordepot, das mit den *Bürgern von Calais* zu tun hatte. Es herrschte dicke Luft.

Zornig pfefferte Rodin das Telegramm aus Calais auf den Boden. Camille, die an ihrem *Mädchen mit der Garbe* arbeitete, sah erschrocken auf.

»Diese Crétins, diese … Sie wollen meine *Bürger* auf einen Sockel stellen, in ein Blumengärtchen mit Zaun.«

»Unvorstellbar!«

»Sie wollen Helden, zu denen man aufsieht. Ich aber will meine Figuren von Angesicht zu Angesicht und auf einer Höhe mit den Lebenden.«

Den ganzen Tag war Rodin um seine *Bürger* herumgeschlichen, deren Entwurf die Stadt Calais so nicht mehr akzeptierte. Der fortschrittliche Bürgermeister Omer Dewavrin, Rodins einziger Fürsprecher im Stadtrat, hatte seinen Posten verloren. Der Auftrag, der Rodin 15.000 Francs Vorschuss eingebracht hatte, stand auf der Kippe.

Rodin blieb vor Camille und ihrem *Mädchen mit der Garbe* stehen.

»Du bist so gut«, bemerkte er versonnen. »So unvergleichlich wahrhaftig, so ... lyrisch. Ich werde dir nacheifern, um deiner Vollkommenheit zu huldigen.«

»Und Sie?«, fragte Camille. »Für mich sind Sie der genialste Schöpfer unserer Zeit. Lassen Sie sich nicht unterkriegen und machen Sie mit den *Bürgern* weiter wie bisher.«

Rodin starrte vor sich hin und nickte schließlich. »Ich brauche dich. Um zu wissen, wozu ich lebe. Du erdest mich.«

Als der letzte Gehilfe gegangen war, entführte er Camille in sein Atelier und schob die Tür mit dem Fuß zu. »Wie sehr ich dich liebe. Du lässt mich diesen ganzen Mist vergessen.«

Camille lachte, als er sie auf Wangen, Lippen und Nase küsste, sich mit einem Knurren über ihr Ohrläppchen hermachte und in ihre Bluse griff. Sie taten diese Dinge im Atelier. Sie taten sie im Stehen oder über einen Tisch gebeugt, wenn kein Bett in der Nähe war. Rodins Verlangen nach ihr war grenzenlos.

In diesem Augenblick öffnete sich die Tür einen Spaltbreit, ein dunkler Haarschopf erschien und verschwand sofort wieder. Jessie. Camille überlief es kalt. Die Tür glitt lautlos wieder ins Schloss. Rodin hatte nichts bemerkt.

»Es tut mir leid, aber ich kann heute nicht bleiben.« Camille strich ihm bedauernd über die Wange und löste sich aus seinen Armen.

»Was ist los?« Rodin war niemals nachtragend, sondern unterstützte sie, wo immer er konnte.

»Ich muss etwas klären. Wir sehen uns morgen.« Sie ordnete ihre verrutschten Kleider, küsste ihn noch einmal und verließ den Raum.

Jessie war schon auf dem Weg nach Hause. Camille griff nach Hut und Mantel und folgte ihr in den windigen Abend hinaus. »Warte!«

Jessie blieb stehen.

»Was musst du nur von mir denken?«, fragte Camille schuldbewusst.

»Oh nein. Ich war die Indiskrete«, beteuerte Jessie. »Das musste irgendwann passieren.« Sie passte ihre Schritte an Camilles an. »Rodin und du. Ihr seid füreinander geschaffen.«

»Ich liebe ihn so sehr.«

»Oh dear. Ich habe so etwas vermutet, aber es zu sehen …« Jessie schüttelte den Kopf. »Ihr seid wie … zwei Rhinos, die aufeinander zustürmen. Padampadam. Und dann bumm! Sie rasseln zusammen.«

»Was sind Rhinos?«, fragte Camille lachend. Sie war erleichtert, dass Jessie sie nicht verurteilte.

»Zwei Nashörner«, erklärte Jessie. »So viel *power.*«

Camille steckte ihre Hände mit in Jessies Muff, der pelzig, warm und zu eng für sie beide war. »Du hast Eishände«, merkte Jessie an. »Be careful. Denk drüber nach, wie viel Erfahrung er dir voraushat. Pass auf, dass er dich nicht ausnutzt. Du bist zerbrechlich, *fragile*. Und er frisst dich mit Haut und Haaren. Er kann es nicht verhindern.«

»Anders als William?«

»Oh ja«, beteuerte Jessie. »Das ist eine milde, sanfte Liebe und immer konform mit der *society*.«

Camille lachte bei der Vorstellung, dass Mr. Elborne ihre Jessie in der Öffentlichkeit küssen könnte.

Im Gleichschritt liefen sie nach Hause.

In den nächsten Monaten hielt Camille ihre Liebschaft, so gut sie konnte, geheim. Nicht auszudenken, was geschehen würde, wenn ihre Mutter erfuhr, dass ihre Tochter mit ihrem Lehrer schlief.

Als der Winter ins Frühjahr überging, begann Camille im Atelier in der Rue Notre-Dame-des-Champs mit einer Büste von Louise, der Modellsitzen entschieden zu langweilig war. Sie zappelte herum und zog Grimassen, während sich Camille bemühte, ihren Lockenkopf, die kecke Stupsnase und den frechen Blick einzufangen. »Du könntest etwas ruhiger sein.«

»Ich sitze schon über eine Stunde«, stöhnte Louise.

»Sooo lange, darling.« Amy, die rauchend am Tisch saß, zwinkerte ihnen zu. »Unerträglich. Dein Popo muss schon ganz platt sein.«

Louise antwortete mit einem genervten Augenaufschlag.

»Du bist fast so kapriziös wie Adela, Louise«, stellte Camille fest.

»Und genauso verrucht. Schenkst du mir bitte einen Tee ein, Amy?«, bat Louise. »Oder wirfst du mir eine Zigarette rüber?« Sie wandte sich Camille zu. »Wie geht es eigentlich Rodin?«

Camille riss dem Tonmodell vor Schreck ein Ohr ab, und Amy räusperte sich lautstark. Sie weiß es, schoss es Camille durch den Kopf. Unruhig knetete sie den Tonklumpen in den Händen. Vielleicht von Jessie, vielleicht auch durch ihren sicheren Instinkt in Liebesdingen. Amy Singer konnte man so leicht nichts vormachen.

»Und dein Ferdinand?«, fragte Camille ausweichend.

Louise errötete schamhaft. In der Tat hatte sie sich ein paarmal mit dem jungen De Massary getroffen und ließ sich gern mit ihrem Verehrer aufziehen, der völlig standesgemäß war. Camille warf den Tonklumpen auf den Tisch und drückte ihn mit ihrem

Handballen platt. Anders als Rodin, der sie zur Mätresse degradiert hatte.

»Vielleicht hält er bald um meine Hand an«, sagte Louise. »Seine Eltern sind jedenfalls dafür.«

»Das ist natürlich relevant«, spottete Camille.

Am Ende der Sitzung sprang Louise erleichtert auf. Amy erhob sich ebenfalls und glättete ihr graues Seidenkleid. »Ich begleite dich.« Sie nahm Louises Arm. »Dann können wir uns weiter über tolle Männer unterhalten. Camille kann da ja nicht mitreden.« Amys Zwinkern blieb Louise verborgen.

Nach ihrem Aufbruch wurde es still im Atelier. Gedankenversunken fütterte Camille den Ofen mit Kohlen. Er würde ihnen die Bude vollrußen, weil der Schornstein nicht richtig zog. Vielleicht verstopfte ihn weiter oben ein Krähennest? Sie dachte gerade darüber nach, welchen Schornsteinfeger sie anstelle des trunksüchtigen Monsieur Bonneau bestellen sollte, als sich die Tür öffnete.

Eine ältere Frau schob sich verstohlen in den Raum. Camille wurde siedend heiß, als sie Rose Beuret erkannte. Ihr Gesicht war gerötet, als sei sie zu schnell gelaufen. Sie presste ihren Hut an die Brust. Ihr dunkler Mantel war abgetragen und fadenscheinig. Ein paar braungraue Haarsträhnen hatten sich aus ihrem Knoten gelöst und fielen wirr über ihre Schultern.

»Was wollen Sie?«

Statt einer Antwort spazierte Rose gelassen durch das Atelier, inspizierte die Werkstücke und ließ ihre Hände über den Tonentwurf von Louises Büste gleiten. Camille hätte ihr am liebsten auf die Finger gehauen. »So brave Mädchen, die Töchter der Familie Claudel«, sagte Rose spöttisch.

Verzweifelt versuchte Camille, ihre Fassung zu bewahren. Dass die Frau hier auftauchte, war der Inbegriff von Peinlichkeit. Aber weshalb sollte sie sich beklagen? Sie selbst war die Geliebte, die sich zwischen Rose und Rodin drängte.

»Wollen Sie sich nicht setzen?« Sie bot Rose einen Platz auf dem Sofa an. »Wir haben Tee und Kuchen.«

»Nein, oder ja doch, meinetwegen.«

Während Camille eine Tasse Tee eingoss, hockte sich Rose aufs Sofa und legte ihren Hut vor sich auf den Tisch, das gleiche schäbige Modell, das sie auch in Villeneuve getragen hatte.

»Warum sind Sie gekommen?« Camilles Herz klopfte unheilvoll in ihrer Brust. Rose war ihr in Villeneuve wie ein Blatt im Wind erschienen, verunsichert, als ob sie sich im Kreis der Bildungsbürger nicht behaupten konnte. Die Frau aber, die Camille nun am Tisch gegenübersaß, wirkte willensstark und suchte die Konfrontation.

Rose trank einen Schluck Tee. »Wir müssen reden.«

Camille trat die Flucht nach vorn an. »Sie haben keinerlei Anspruch auf Rodin.«

Rose sah sie über ihre Tasse hinweg an. »Glaubst du nicht, dass 25 gemeinsame Jahre ebenso stark zusammenschweißen wie ein Trauschein?«

Camille schüttelte den Kopf. Das konnte nicht stimmen. Auch wenn Rose es anders sah, war sie nichts weiter als Rodins Haushälterin. »Rodin liebt mich.«

»Das sagt sich so leicht«, erwiderte Rose. »Ich dachte zuerst, du seist eins von seinen Gänschen, die denken, etwas von seinem Glanz färbt auf sie ab. Du hast sicher schon gemerkt, dass er unzählige Frauen hat?«

Camille schüttelte den Kopf. So genau wollte sie das nicht wissen. Es gab Modelle. Es gab andere Schülerinnen, es gab sogar Auftraggeberinnen, denen man eine Liaison mit dem Meister nachsagte. Doch nichts davon zählte gegenüber der großen Liebe, die sie für ihn empfand.

»Aber mit dir scheint es anders zu sein. Er hat sich verändert, ist glücklich und beschwingt wie ein junger Kerl. Ich fragte mich, weshalb, und kam auf dich, die ach so gut erzogene Tochter der Claudels. Eine frisch erblühte Blume, die man nur zu pflücken braucht.«

Camille fuhr auf. »Wie reden Sie denn mit mir!«

»Leugne es nicht!«, sagte Rose streng. »Ich muss dir einige Dinge erklären.«

»Gehen Sie!« Camille stand auf und wies zur Tür. Sie wollte das Gespräch beenden, bevor es ihr den Boden unter den Füßen wegzog.

»Nein«, erwiderte Rose grob. »Bleib gefälligst sitzen und hör dir an, was ich dir zu sagen habe!« Widerwillig nahm Camille wieder Platz. Als ob diese unmögliche Frau ihr irgendetwas über Rodin erklären konnte, das sie nicht ohnehin schon wusste.

»Meine Eltern waren arme Weinbauern«, begann Rose. »Ich war voller Sehnsucht, wollte etwas aus meinem Leben machen. Als ich Anfang der sechziger Jahre aus Vecqueville im Département Haute-Marne nach Paris kam, war die Stadt ein Moloch, der mich beinahe verschlungen hätte.«

Camille nickte missmutig. Das Schicksal der Mädchen vom Land, die in Paris strandeten, war sprichwörtlich.

»Ich arbeitete als Wäschenäherin in einem der Randbezirke, wo die Ratten selbst den helllichten Tag nicht scheuten. Rodin war genauso bitterarm wie ich. Ein Steinmetz, dessen Verdienst kaum für einen Kanten Brot reichte. Ich habe ihm Modell gestanden und seine Tonfiguren mit feuchten Tüchern abgedeckt. Das mache ich auch heute noch zu seiner Zufriedenheit.« Camille wusste, wie wichtig Rodin dieser Umgang mit seinen Kunstwerken war.

»Wir liebten uns.«

»Aber diese Liebe ist lange vorbei«, entgegnete Camille spitz.

»Woher willst du das wissen? Im Krieg mit Preußen wurde Rodin Soldat. Wegen seiner Kurzsichtigkeit hat man ihn schnell ausgemustert. Er ging nach Belgien zu Albert Carrier-Belleuse, der die Börse mit Skulpturen dekorierte. Dann kam der Aufstand der Kommune. Als die Rebellen von einer besseren Gesellschaft zu träumen begannen, war ich hier, allein mit Auguste. Pariser schossen auf Pariser. Wir haben gehungert.«

»Rodin hat Sie im Stich gelassen? In diesen Zuständen?«

»Genau das wollte ich damit sagen.«

Wer konnte, hatte Paris im Chaos des Aufstands den Rücken gekehrt, in den der Deutsch-Französische Krieg gemündet war. Als Frankreich die Schlacht bei Sedan verlor, ging Kaiser Napoleon III. in Gefangenschaft. Die Aufständischen der Kommune nahmen die Niederlage zum Anlass, eine Räterepublik auszurufen, in der die ungeheuerliche Vorstellung galt, jeder sei dem anderen ebenbürtig. Nach erbittertem Widerstand wurde die Kommune von den Regierungstruppen niedergeworfen. 30.000 Menschen verloren dabei ihr Leben.

»Die Straßen schwammen in Blut, erzählt mein Vater«, sagte Camille leise. Es gab viele Berichte über die Helden des Aufstands. Insgeheim bewunderte Camille Louise Michel, die die Leute in Männerkleidern zum Widerstand aufgerufen hatte.

»Oh ja. Wir waren von allem abgeschnitten. Rodins Familie blieb auch hier, seine Tante Thérèse und sein Vater. Als wieder Frieden herrschte, hat mich Rodin nach Brüssel geholt. Wir haben gute Jahre dort verbracht.«

»Ohne Auguste«, kommentierte Camille schneidend.

Roses Mundwinkel senkten sich. »Als wir fort waren, hat sich seine Großtante um ihn gekümmert. Rodin kann keine Kinder um sich ertragen. Hat er dir das nicht erzählt? Wenn Auguste weinte, musste ich ihn schnell beruhigen, damit er seinen Vater nicht stört.«

Camille zuckte zusammen. Dass Rodin sich derart unduldsam gegenüber Kindern zeigte, erklärte vermutlich auch, warum sein Sohn keine gute Beziehung zu seinem Vater pflegte. »Ich kenne Auguste. Sie müssen aufpassen, dass er nicht auf die schiefe Bahn gerät.« Statt im Marmordepot auszuhelfen, trieb er sich seit Neustem zeichnend in den Befestigungswerken von Paris herum, wo ihm Rückenansichten von Soldaten gelangen, die sein Vater beeindruckend fand. Camille hegte große Zweifel daran, ob Auguste dadurch zu dem respektablen Burschen wurde, den sich Rodin wünschte.

»Das lass nur meine Sorge sein.« Rose lachte bitter auf. »Auguste wird Soldat. Aber du, pass auf, denn wenn du seinen Bastard trägst, bist du allein. Mit so etwas gibt sich Rodin nicht ab. Ich habe Auguste in der Maternité bekommen, zwischen den Huren.«

Camille sah sie entsetzt an. Die Schauergeschichten aus der Frauenklinik, in der ledige Mütter ihre Kinder zur Welt brachten, kursierten in ganz Paris.

»Und Kleine …« Rose trank einen Schluck Tee. »Frag nicht, wie ich es geschafft habe, nicht wieder schwanger zu werden. Rodin interessiert sich nur für seine Kunst. Aber irgendwo hinter seinen Eskapaden und seinem vernichtenden Zorn ist er treu. Und herzensgut.« Sie stand auf und wandte sich zur Tür.

»Lassen Sie ihn gehen!«, rief Camille ihr verzweifelt hinterher. »Sie sind ihm doch gar nicht ebenbürtig.« Auf der Ebene der Kunst gehörte Rodin ausschließlich ihr. Und in jeder anderen Hinsicht auch. Sie liebten sich doch.

»Das werde ich nicht!«, versicherte Rose ruhig. »Ich bleibe. Und ich werde um Rodin kämpfen.«

KAPITEL 24

»Ich kann Rose nicht verlassen. Das musst du doch verstehen. Sie ist hilflos ohne mich.«

Rodin lief in seinem Atelier auf und ab, während Camille mit untergeschlagenen Armen am Tisch lehnte. Sie stritten sich lautstark und ungerecht, weil sie beide nicht zum Nachgeben neigten. Und das Marmordepot war der Käfig, in dem sie wie Raubtiere aufeinander losgingen. Oder wie Rhinos. Wer zum Schluss mehr Verletzungen davontragen würde, wusste Camille nicht, nur, dass sie um keinen Preis der Welt zuerst nachgeben würde.

»Aber das verlange ich von Ihnen!«

Rodin blieb vor ihr stehen, sein Bart bebte unter seinen schweren Atemzügen. Seine Augen waren rot gerändert. »Das mit Rose zählt nicht.«

»Das soll ich Ihnen glauben?« Camille schnaubte empört. Rose hatte ihr etwas anderes erzählt. »Sie schämen sich ihrer. Mich nehmen Sie auf die Feste in der besseren Gesellschaft mit. Rose lassen Sie zu Hause, aber Sie trennen sich nicht von ihr.«

»Unsere Beziehung ist lange vorbei«, behauptete er. »Du bist meine große Liebe, meine Inspiration. Du verstehst meine Kunst und antwortest mir mit deinen Werken. Und dennoch …«

»Lassen Sie Rose gehen!« Wenn Camille ihm so viel bedeutete, warum bekannte er sich dann nicht zu ihr?

Er setzte seinen Lauf fort und stieß sich am Tischbein fluchend den Zeh.

»Sagen Sie ihr, dass Sie ausziehen wollen«, drängte Camille. »Sie können sie ja weiterhin finanziell unterstützen.« Im Grunde hatte sie nichts gegen Rose. Sie wollte nur Rodin für sich allein.

»Maria.« Rodin blieb vor ihr stehen.

»Wer?«, fragte Camille entgeistert.

»Ich weiß, dass ich nicht treu sein kann, Camille. Und das tut mir leid. Ich habe nicht verdient, dass auch nur eine von euch zu mir steht, aber ich werde keine verlassen. Wegen Maria.« Er holte tief Luft. Camille ahnte, dass er diese Geschichte nicht oft erzählte. »Sie war meine ältere Schwester, mein Ein und Alles. Sanft wie ein Engel. Sie unterstützte meine Bemühungen, Künstler zu werden, als niemand sonst an mich glaubte. Wir standen uns sehr nahe. Sie ist tot.«

»Wirklich?« Rodin hatte Camille von seiner kleinbürgerlichen Familie erzählt. Von seinem Vater, der als Polizeiinspektor zu wenig verdiente, um seinem Sohn mehr als eine Ausbildung zum Kunsthandwerker zu finanzieren. Von seiner liebevollen Mutter Marie Scheffer, die aus Lothringen stammte. Eine Schwester namens Maria jedoch hatte er Camille verschwiegen. So viel Schmerz, dachte sie. So viel unbewältigte Trauer.

»Ein Freund von mir, ein Maler, den sie liebte, hat sie eiskalt abserviert.« Rodin trat an Camille heran. »Barnouvin, dieses Arschloch. Er hat ein Portrait von uns gemalt. Ich sehe sie noch heute dastehen und auf ihn warten. Verstehst du? Er hat sie verlassen, und sie ging ins Kloster, um ihr gebrochenes Herz zu heilen. Aber sie wurde nie wieder sie selbst. Ein Fieber hat sie hinweggerafft. Sie siechte einfach so dahin und starb mit 24 Jahren.«

»Sie meinen also, Maria würde noch leben, wenn ihr Geliebter bei ihr geblieben wäre?«, fragte Camille vorsichtig. »Aber das können Sie doch gar nicht wissen. Vielleicht bekam sie wegen der Kälte die Grippe. Oder ihr wurden die Wände des Klosters zu eng.« Rodin schüttelte nur den Kopf und schwieg. Plötzlich vergaß Camille all ihr Mitgefühl, sie kochte vor Zorn. »Dann seien Sie auch mir treu und bekennen Sie sich zu mir!«

Maria war nur ein Vorwand. Rodin riskierte ihre Beziehung, weil er seinem eigenen Anspruch gerecht werden wollte. Rose, Maria. Ich allein will der Mittelpunkt seiner Welt sein. Zu gern hätte sie ihren Gefühlen nach Claudel-Art Luft gemacht, hätte ihren Kummer und Zorn hinausgeschrien. Doch das ging nicht, weil das Marmordepot nebenan voller Leute war. Also griff Camille nach Rodins Teetasse und schmetterte sie gegen die Wand seines Ateliers. Scherben aus chinesischem Porzellan klirrten zu Boden, und eine hellbraune Spur Darjeeling zog sich über den Putz. Ausgerechnet in diesem Moment sprang die Tür auf, und Umberto erschien im Türrahmen.

»Was gibt's?«, fragte Rodin grantig.

Umberto erfasste die Situation mit einem Blick. »Die Mädchen sind da. Anna soll heute für Sie posieren.«

Mit einem Fluch wandte sich Rodin um, schob den Italiener beiseite und verließ den Raum.

Camille folgte ihnen, um an ihrem *Mädchen mit der Garbe* weiterzuarbeiten. Sie war stolz auf ihren Akt, der realistisch und überirdisch zugleich wirkte, wie ein Bauernmädchen, das eine Nymphe darstellte. Rodin wollte einen ähnlichen Akt schaffen, mit einer mythologischen Anspielung im Namen, auf die Camille bewusst verzichtet hatte.

Grimmig enthüllte Rodin seine Figur der *Eva*, für die Anna posieren sollte. Während Umberto und Adela im Hauptraum warteten, zog sie sich hinter dem Wandschirm aus. Schon als sie hervorkam, sah Camille, dass etwas nicht stimmte. Annas Gesicht sah verweint aus. Sie musste sich zusammenreißen, um ihren Platz auf dem Podest einzunehmen.

»Was ist los?«, fragte Rodin ungehalten. Sein Entwurf war schon weit fortgeschritten. Camille wusste, wie sehr er es hasste, wenn die Dinge nicht nach Plan liefen und ihn vom Arbeiten abhielten.

»Nichts«, beteuerte Anna. Eine Weile blieb alles still. Rodins Augen wanderten zwischen dem Entwurf und seinem lebendigen Vorbild hin und her. »Sei doch nicht so ein Trauerkloß, Anna«, sagte er. Anna versuchte ein Lächeln, das Camille ins Herz schnitt, so aufgesetzt wirkte es.

»Du siehst fremd aus«, befand Rodin. »Anders als beim letzten Mal. Kann es sein, dass du zugenommen hast? Isst du zu viele Profiteroles?«

Anna war eine schöne junge Frau mit honigblondem Haar, das ihr lang über den Rücken fiel. Camille ließ ihre Augen über ihren Körper gleiten. Er erschien auch ihr üppiger als sonst. Ihre Brüste wirkten schwerer, der Bauch war gerundet, die Hüften weicher. Mein Gott, dachte Camille. In diesem Moment sah es auch Rodin. »Du bist schwanger!«, stellte er fest. »Geh und pack deine Sachen. Ich kann dich nicht mehr gebrauchen.« Anna zuckte zusammen und verschränkte ihre Arme schützend über ihrem Bauch.

»Das können Sie nicht machen«, protestierte Adela.

»Und ob ich kann«, erwiderte Rodin leise.

»Nein!« Camille trat auf ihn zu. »Es ist Eva. Die Menschenmutter darf schwanger sein. Das muss sie sogar. Denken Sie an die Bibel.«

»Herrgott noch mal«, brüllte Rodin. »Dich habe ich nicht gefragt. Halt dich gefälligst raus! Oder willst du etwa auch mal mit einem dicken Bauch hier hereinschneien?«

»Auf keinen Fall«, beteuerte Camille. »So ein kleiner Schreihals würde mich vom Arbeiten abhalten.« Was aber, wenn ihr genau das passierte, ohne dass sie etwas daran ändern konnte?

Anna stieg vom Podest und rettete sich in die Arme ihrer Schwester, die sie hinter den Wandschirm zog. Umberto stand wartend daneben. Camille würdigte Rodin keines Blickes, packte ihr Werkzeug zusammen, nahm ihr Umschlagtuch und erwartete die drei Modelle an der Tür. »Bleib da, Camille!«, befahl Rodin. Sie ignorierte ihn und folgte den anderen auf den Vorplatz hinaus.

»Was willst du?« Adela hielt die schluchzende Anna im Arm.

»Euch begleiten. Vielleicht kann ich etwas für euch tun.«

»Wir brauchen deine Hilfe nicht«, zischte Adela feindselig.

Trotz der Abfuhr folgte ihnen Camille auf die Rue de l'Université hinaus, wo sie ein blauer Frühlingstag erwartete. Wind kräuselte die Seine, das Wasser leuchtete in der Sonne. Umberto ging, ganz der Kavalier, der er war, an Camilles Seite. Anna und Adela liefen voraus, ohne sich umzublicken. »Rodin schickt Anna in Schimpf und Schande fort.« Camille sah ihn betreten an. »Das tut mir so leid.«

»Das sollte es nicht«, entgegnete Umberto kühl. »Das passiert Frauen, die so leben.«

»Wie leben?«, fragte sie beklommen.

»Wie du. Die die Beine für irgendwelche Männer breit machen. Glaubst du wirklich, dass uns entgangen ist, was du mit Rodin treibst?«

Camille verbarg ihr Erröten unter ihrem Umschlagtuch. »Bitte sag es nicht weiter. Wusstest du, dass Anna schwanger ist?«

Er bejahte nach kurzem Zögern.

»Bist du der Vater? Oder Rodin?«

»Rodin ist es nicht. Was spielt das überhaupt für eine Rolle? Sie wollte es nicht wegmachen lassen. Und jetzt ist es zu spät dafür. Dann stehen wir das eben durch.«

»Seid ihr zusammen?«, fragte Camille.

»Vielleicht.« Umberto sah sie von oben herab an. »Du hast ja nicht einmal entfernt in Betracht gezogen, mir eine Chance zu geben.«

Was? Camille fiel aus allen Wolken. An diesem Tag blieb sie von keiner bitteren Wahrheit verschont. »Ich hielt es für ein Spiel, reine Tändelei. Ich hab nicht gewusst, dass du dir das wirklich wünschst. Glaub mir.«

»Das hättest du sehen müssen. Jetzt ist es zu spät. Anna braucht mich.«

All das war so bedrückend, dass Camille den Rest des Weges schwieg. Sie erreichten den Stadtrand von Paris, dessen Schmutz wie eine Welle in den Feldern und Wiesen des Umlands verebbte.

Inmitten der Straße, in der Anna und Adela lebten, floss ein Abwasserkanal voller Fäkalien und Müll. Eine tote Katze trieb darin. Zerlumpte Kinder ließen im Dreckwasser Schiffchen schwimmen. Die Schwestern Abruzzesi wohnten im Hinterhaus einer Tischlerei, aus der die Klänge von Hobel und Säge auf die Gasse schallten. Adela schickte Anna voraus und erwartete Camille und Umberto an der Tür.

»Komm rein, Umberto!«, wies sie ihn grob an. »Und du, Rodins Flittchen, verschwindest, bevor ich ungemütlich werde. Anna ist in Schande gefallen. Pass auf, dass dir nicht das Gleiche passiert.«

Umberto ließ Camille stehen und folgte Adela ins Hinterhaus. Tränenblind wandte sie sich ab und stieß mit einer Frau zusammen, die ihr im Durchgang den Weg versperrte. An ihren Rock klammerten sich zwei rotznasige Bälger. Sie trug ein drittes auf dem Arm, während sich ihr Bauch schon wieder rundete. Camille schob sich an der Schwangeren vorbei, die ihr mit stumpfsinnigem Blick hinterherstarrte.

Pass auf, dass dir nicht das Gleiche passiert. Die Worte hallten in ihr wider. Sie war zu Tode erschöpft. Während sie den weiten Weg zum Montparnasse zurücklief, schaffte sie es nicht einmal mehr, ihr Hinken zu verbergen. Nach Hause zog es sie nicht. Sie fürchtete neben ihrer Mutter und Louise auch ihren Bruder, der in letzter Zeit eine rigorose Moral entwickelte. Paul suchte nach Sinn und nicht nach ihr. Er schrieb Worte aus Gold und Ewigkeit, war aber unerbittlich, wenn das Leben sich seinen Vorstellungen entzog.

Weinend vor Zorn und Verzweiflung setzte Camille Fuß vor Fuß. Ihre Hüfte schmerzte, und die Blase am Fuß, die sie sich auf dem Hinweg zugezogen hatte, platzte und begann, unerträglich zu brennen. Mit letzter Kraft erreichte sie ihr Atelier in der Rue Notre-Dame-des-Champs, stieß die Tür auf und stolperte prompt über die Schwelle. Ihre Freundinnen schreckten von ihren Werkstücken auf, als Camille zusammenbrach und auf den Knien liegen blieb.

»Oh my God. Was ist los?« Jessie half ihr auf und führte sie zum Sofa. »You look like a ghost.«

»Tea?«, fragte Emily.

»Etwas Stärkeres!« Amy drückte Camille ein Glas mit dem goldbraunen Whisky in die Hand, den sie sich regelmäßig aus Schottland liefern ließ. Camille trank, Hitze durchströmte sie, und sie spürte, wie ihre Gedanken sich beruhigten. Die Konsequenz aus den Geschehnissen dieses Tages stand ihr klar vor Augen. Rette dich, Camille, vor Rodin und vor dir selbst! Wenn sie sich nur dazu durchringen könnte.

»Erzähl! Was ist passiert?« Jessie setzte sich neben sie und legte ihr den Arm um die Schultern.

»Anna ist schwanger.« Camille hatte darüber schweigen wollen, doch jetzt brach die ganze Geschichte aus ihr heraus, angefangen bei ihrer Liaison mit Rodin. »Das hättest du uns viel früher erzählen sollen«, sagte Amy. »Sláinte.« Sie kippte ihren Whisky auf Ex. »Obwohl es uns so neu nicht war. Aber es wäre ein Vertrauensbeweis gewesen.«

»Ihr wusstet von Rodin?«

»Sicher«, sagte Emily lässig. »Jessie, *the chatterbox*, kann keine Geheimnisse hüten. Und lügen schon gar nicht. Dafür ist sie viel zu geradeheraus.« Jessie entschuldigte sich wortreich auf Englisch. »Du musst dich von Rodin trennen«, fügte sie hinzu. »Immediately.«

Camille starrte traurig in ihr Glas. »Ich weiß. Er wird Rose nicht aufgeben. Und wenn ich von ihm schwanger werde, lässt er mich sicher im Stich.«

»Aber du willst dich nicht trennen«, schloss Emily. »Warum?«

Weil ich ihn über alles liebe, dachte sie. Weil wir in unserer Arbeit perfekt harmonieren. In ihrem Elfenbeinturm war Camille in Sicherheit gewesen. Sie hätte nicht auf die Erde hinabsteigen dürfen. »Weil er mir das Gefühl gibt, lebendig zu sein. Ich werde Rodin nicht verlassen. Aber zornig bin ich schon.« Sie war drauf und dran, ins Marmordepot zu laufen und weitere Tassen an die Wand zu schmettern. Am besten, bis keine einzige mehr übrig war.

»Glaubst du nicht, dass er eine Strafe verdient hat?«, fragte Amy langsam.

»Wie meinst du das?« Camille musterte sie. Amy trug unter ihrem Bildhauerkittel ein altrosa Seidenkleid mit einem Rüschenkragen und an den Füßen geknöpfte Stiefeletten, die ein Vermögen gekostet hatten. Alles an ihr sprach von ihrer großbürgerlichen Herkunft. Ein sorgenfreies Leben stand ihr bevor. Darum überraschte ihre nächste Äußerung Camille umso mehr.

»Männer«, sagte sie verächtlich. »Sie sperren uns in ihre Häuser ein wie eine Beute, kaum besser als eine Rassekatze. Sie hängen uns Kinder an, wenn sie können jedes Jahr eins. Meint ihr nicht, sie sind reif für eine … *revenge*?«

»Aber das ist unehrlich.« Camille wollte sich offen mit Rodin streiten.

Amy schüttelte den Kopf. »In welcher Welt lebst du eigentlich, Camille? Selbst im Zorn bist du durchschaubar. Andere Leute nicht. Look at me. Ich bin eine schlechte *sculptrice*, aber in dem, was Männer und Frauen verbindet, kenne ich mich aus.« Sie sah eine nach der anderen an. »Und wenn ihr mich dafür verurteilt. Ich hatte eine Liaison mit Laurent Bourgois.« Schockiertes Schweigen senkte sich über das Atelier.

»Du hattest was?«, fragte Camille. Jessie brachte Emily, bevor sie auch nur den Mund öffnen konnte, mit einem Stoß ihres Ellenbogens zum Schweigen.

»Ihr versteht mich schon«, sagte Amy. »Er hat uns und alle Frauen beleidigt. Also musste ich es ihm heimzahlen. Es ist verwunderlich, wie verführbar solche Kerle doch sind. Sie halten sich für unwiderstehlich. Ich hab etwas mit ihm angefangen und ihn dann abserviert. Das hat sein Herz gebrochen, wenn er eins hatte. You want to keep Rodin?«

Niemals hätte Camille Amy so viel Durchtriebenheit zugetraut. »Mehr als alles in der Welt.«

»Dann brauchen wir einen Schlachtplan.«

»Aber was für einen?«, fragte Camille. Die Erkenntnis überkam sie blitzartig. »Was, wenn er mich neu erobern muss? Ich sollte mich rar machen.« Das würde Rodin in seiner Eitelkeit treffen, einem seiner schlecht verborgenen Schwachpunkte. »Rodin will immer gewinnen.«

»Kluges Mädchen«, lobte Amy. »Du lernst schnell. Er wird völlig konsterniert sein, wenn du ihn links liegen lässt. Am besten verschwindest du ganz. He has to fight for you. Und dann stellst du deine Forderungen. Zwinge ihn, dich zu heiraten, dann kannst du einen ganzen Stall voller Kinder von ihm bekommen.«

Verzweifelte Hoffnung erwachte in Camille. Sie würde, nein, sie musste die Macht über ihr Leben zurückgewinnen. »Wie soll ich das anstellen?« Villeneuve, dachte sie. Aber dorthin würde ihr Rodin sofort folgen und das Pfarrhaus belagern.

»Camille begleitet uns nach England«, schlug Emily vor.

»Eine ausgezeichnete Idee«, stimmte Amy ihr zu.

In der nächsten halben Stunde heckten sie den Plan aus, den sie später »Das Komplott der Mädchen« nennen würden, und besiegelten den Coup mit dem Rest Whisky aus der Flasche, die sich überraschend schnell leerte. Camille würde den Sommer in England verbringen und nacheinander bei Jessie in Peterborough und auf dem Anwesen der Familie Singer in Frome zu Gast sein. Außerdem würde Jessie dafür sorgen, dass Camille mit ihr in der Royal Academy in London ausstellte und eventuell im Herbst in Nottingham. Dann wäre die Reise auf jeden Fall ein Gewinn für sie beide.

»Und dann fahren wir zusammen auf die Isle of Wight. Just to relax«, schlug Jessie vor. »Meine Familie ist mit der Familie von Dr. Jeans befreundet. Seine Tochter Florence wird sich freuen, uns zu sehen.«

»Und Rodin?«, fragte Camille. Sie sehnte sich schon jetzt nach ihm.

»Den lassen wir schmoren«, sagte Emily. »For a long time.«

»Nein, nein.« Amy winkte ab. »Ich habe eine bessere Idee. Jessie soll mit ihm Briefkontakt halten. Dann wissen wir immer, was er denkt. Das tust du doch sowieso, oder Jessie?«

Jessie errötete. Camille wusste, dass sie Rodin hin und wieder Nachrichten schrieb, um ihre Privatstunden mit ihm zu organisieren.

»In Ordnung«, stimmte Jessie zu. Amy rieb sich die Hände. »Aber Informationen über Camille gibst du keine raus. Und Camille … Du hörst auf, mit ihm zu sprechen. Immediately.«

KAPITEL 25

Isle of Wight, August 1886

Nirgends war das Licht so klar und grell wie auf der Isle of Wight. Es brachte Camilles Augen zum Tränen. Am 12. August war sie mit Jessie und ihren Eltern von Portsmouth aus mit der Fähre übergesetzt und hatte sich auf Anhieb in die Insel im Ärmelkanal verliebt.

Sie wohnten in Shanklin im Nordosten, einem Ort voller Rosenspaliere, dessen reetgedeckte Häuser sich wehrhaft gegen den Wind stellten. *Wir sind in einem kleinen Haus auf einer Klippe untergekommen*, schrieb sie an Paul, *so nahe den Gezeiten, dass der Wind die Fuchsien im Garten zerzaust.* Dieser Teil der Insel hatte ausgedehnte Sandstrände. Dahinter lag das Meer in seiner unendlichen Weite. Weil Jessie viel Zeit mit ihrem Verlobten William und ihren Eltern verbrachte, schloss sich Camille Florence Jeans an, der scheuen Tochter des Arztes Dr. Jeans.

Es war ein blauer Tag Ende August. Während Florence am Saum der Wellen entlangspazierte und Muscheln sammelte, saß Camille auf einem Felsen, bohrte ihre Zehen in den Sand und dachte nach. Auf ihren Knien lag der letzte Brief Rodins, den sie so oft aufgeblättert und wieder gefaltet hatte, dass das Papier einem verschlissenen Seidentuch glich. Rodins Korrespondenz ging bei Jessie ein, die sich bereiterklärt hatte, Camilles Botin zu spielen. Dieser Brief jedoch war an Camille persönlich gerichtet, so dass Jessie nicht anders gekonnt hatte, als ihn weiterzugeben. *Ma féroce Amie*, meine unbarmherzige Freundin, sprach er sie an, schilderte seine Liebe mit glühenden Worten und endete folgendermaßen: *Ah! Divine beauté, göttliche Schönheit, Blume, die spricht und liebt, fleur intelligente, ma chérie. Meine Geliebte, ich knie vor dir und umklammere deinen schönen Körper.* Der Text war eine einzige leidenschaftliche Liebeserklärung, in der Rodin ihr sein Herz auf dem Silbertablett präsentierte. Er brannte für sie. Lichterloh.

Camille wischte die Tränen fort, die ihr in die Augen stiegen, diesmal nicht vom Wind und auch nicht vom blendenden Licht, das sich auf den Wellen brach. Sie wollte, dass sich ihre Seele in Rodins Augen spiegelte wie der Himmel in der unendlichen See. Doch das ging nur, wenn er sich zu ihr als einziger Frau in seinem Leben bekannte. Dafür musste er Rose verlassen. Ihn hinzuhalten genoss Camille einerseits, andererseits weinte sie, wenn ihr schlechtes Gewissen sie überkam.

Florence, die barfuß in den Wellen stand, winkte ihr zu. Camille hob grüßend die Hand. Anders als Jessie, Emily und Amy kannte Florence Rodin nur aus Erzählungen. Camille konnte unbesorgt ihre Freundin sein, ganz ohne ihre Last an Geheimnissen mit ihr zu teilen.

Vor ihrer Abfahrt war es Camille gelungen, die Büste ihrer Schwester Louise in der Société des Artistes Français, einer Konkurrenzveranstaltung zum jährlichen Salon, auszustellen und eine Version an Léon Gauchez zu verkaufen. Rodin, der nicht wusste, was die Mädchen planten, hatte das Geschäft eingefädelt. Mit diesem Erfolg im Rücken war Camille an der Seite ihrer Freundinnen Mitte Mai nach England aufgebrochen.

Schon auf der Fähre, vor sich die graue Weite des Kanals, hatte Camille ein Gefühl der Freiheit gespürt. Sie war wie schwerelos. Niemand wollte etwas von ihr. Weder Rodin, der seine Schwüre ewiger Liebe nicht hielt, noch ihre Familie. Zuerst waren Jessie und Camille nach Peterborough zu Jessies Eltern gereist. Von dem behaglichen Anwesen, dem Wootton House, war es nicht weit bis nach London, wo sie beide in der Royal Academy ausstellten. Camille zeigte ihre Büste *Giganti* und Jessie ihre melancholische Kopfstudie *Daydreams*, für die ihre zukünftige Schwägerin Polly Modell gesessen hatte.

Während der Vorbereitungen für die Ausstellung hatte sie die Nachricht überrascht, dass Rodin ihnen nachgereist war, vorgeblich, um seinen ehemaligen Schüler Gustave Natorpe in London zu besuchen. Sie wussten es besser. Rodins Briefe an Jessie sprachen von seiner Liebe zu Camille. Obwohl seine eigene Arbeit *Idylle* abgelehnt worden war, lobte er Jessies *Daydreams* überschwänglich und bat sie in jedem Brief um Informationen über Camille. Der Anblick schöner Frauen und Kinder in den Londoner Parks könne ihn nicht von der alles verschlingenden Traurigkeit bewahren, die er aus Paris mitgebracht habe. Obwohl er seine Besorgnis äußerte, seine kleine Pariserin möge sich im Londoner Nebel erkälten, wies sie seine Liebesbekundungen zurück. Ihre Freundinnen unterstützten Camille, besonders Amy, die sie darin bestärkte, Rodin weiter hinzuhalten. Mit vereinten Kräften machten sie aus dem selbstbewussten Bildhauer einen liebeskranken Tölpel.

»Er vermisst dich schmerzlich. So sehr, dass er den Ozean zwischen euch nicht ertragen kann«, analysierte Jessie.

Camille war sich dessen nicht sicher. »Er will nur, dass sich alle Welt seinen Vorstellungen beugt, ich eingeschlossen.«

Liebte er sie, oder sah er sie als sein Werk, das er nach seinen Vorstellungen formen wollte? Eine Einladung zu Jessies Eltern nach Peterborough nahm Rodin begeistert an. Dort jedoch musste er feststellen, dass Camille ihm aus dem Weg ging. Als sich Jessie ans Klavier setzte und mit ihrer Altstimme eine schottische Ballade anstimmte, verließ Camille den Raum und blieb verschwunden. Rodin war untröstlich. Kurz darauf reiste er ab, weil ihn sein Freund Octave Mirbeau zur Teilnahme an einer Ausstellung in der Galerie Georges Petit in Paris eingeladen hatte.

Camille und Jessie waren daraufhin erleichtert nach Somerset zu Amys Familie aufgebrochen, die sie freundlich aufnahm. Im North Hill Cottage, dem Landhaus der Singers in Frome, begriff Camille zum ersten Mal, was Reichtum bedeutete. Vom schwarz glänzenden Flügel im Salon über die Bediensteten, die sich diskret um ihrer aller Wohl kümmerten, bis hin zu den Haute-Couture-Kleidern der Damen atmete das Leben hier behäbigen Wohlstand. Camille, die mit ihrer Uniform aus dunklen Röcken und weißen Blusen nicht gerade dem Pariser Schick entsprach, beeindruckte die Familie durch ihre Karriere als Künstlerin.

Mit Amy als Übersetzerin führte der Familienpatriarch John Webb Singer sie voller Stolz durch die Hallen der Frome Art Metal Works, wo Uhren, Metallwaren und Kerzenleuchter für Kirchen hergestellt wurden. Hauptstandbein aber war die Local Statue Foundry, die Kunstgießerei, die Camille ebenso beeindruckte, wie die Frome School of Art, in der die Gießer die Grundlagen der Kunst lernten. Amys ältere Brüder, die Erben der Firma, waren geschickte Silberschmiede. Auch Amys Zukunft schien vorherbestimmt. Sie würde eine strategisch günstige Ehe eingehen, bereit, ihren Ehemann im Nu nach ihrem Ideal zu formen.

»Wir gießen sie uns in Bronze«, schlug sie vor. Camille aber wusste, dass Rodin sich ihr standhaft widersetzen würde, sollte sie je versuchen, ihn umzumodeln.

Auf der Isle of Wight gewann sie zum ersten Mal Abstand zu ihren Problemen. Alle Sorgen wehte der Wind davon, der ihr unter die Krempe ihres Sonnenhuts griff. Camille hielt ihn fest und versenkte ihre Füße im warmen Sand.

Von fern näherte sich ein Fremder, der ihr zuwinkte. Er trug sein Sakko lässig über der Schulter und stapfte mit aufgekrempelten Hosenbeinen durch die Wellen. Rodin, dachte sie einen glücklichen Atemzug lang, aber nein, ihre Phantasie spielte ihr einen Streich. Der Mann war jünger und schlanker.

»Paul.« Sie sprang auf und rannte durch die Wellen auf ihn zu. Er fing sie lachend auf, schwenkte sie einmal im Kreis und setzte sie vorsichtig im Sand ab.

»Du bist zeitig dran«, sagte Camille. »Ich hatte dich erst in drei Tagen erwartet.«

»Ich konnte eine frühere Fähre nehmen. Mr. Jeans sagte mir, wo ich euch finde.«

Camille betrachtete ihn prüfend. »Du siehst gut aus.« Seine Augen leuchteten blau in seinem gebräunten Gesicht. »Das kann man von dir nicht gerade behaupten«, sagte Paul. »Du bist blass. Was ist los mit dir?«

»Nichts«, beteuerte Camille. »Ich sehne mich bloß nach meiner Arbeit. Sandburgen sind nicht für die Ewigkeit.«

Paul lachte, während sich Camille bei ihm einhakte. »Schön, dass du da bist.«

Florence kam ihnen entgegen. Camilles verschworene Freundin, die ihr überhaupt nicht glich, weil sie so sanft war. »Florence, das ist mein Bruder Paul Claudel, der vielversprechende Dichter.«

Paul begrüßte die junge Frau mit Handkuss. »I am pleased to see you.«

»Mein Bruder, der angehende Diplomat und geborene Verführer.« Camille lachte. »Ein wenig steif und immer vorbildlich.«

»Enchanté.« Florence sprach perfekt Französisch. Camille beobachtete sie. Sie würden gar nicht so schlecht zusammenpassen, Florence mit dem dunkelblonden Haarknoten und dem gewählten

Benehmen und ihr Bruder. Schade, dass er sich erst seinen Platz im Leben erobern musste, bevor er an eine Heirat denken konnte.

Gemeinsam kehrten sie zu dem Haus aus Bruchstein zurück, das Jessie und ihre Eltern mithilfe der Familie Jeans gemietet hatten. Endlich hatte Camille ihren Bruder für sich. Sorglose Spätsommertage lagen vor ihnen, an denen sie Spaziergänge auf der Insel unternahmen. Paul war so entspannt wie selten.

Eines Tages stiegen sie in eine goldfarbene Sandbucht hinab, die sich wie ein Sichelmond an die Klippen schmiegte. Ein halsbrecherisches Unterfangen, weil die Treppe nicht mehr als eine Ansammlung feuchter Stufen in der Felswand war. Camille rutschte mehrmals aus. Erleichtert sprang sie schließlich in den Sand. Sie richtete sich auf und sah sich um. So schön, dachte sie verzaubert.

Sie hatten die Bucht für sich allein. Dunkle Felsen ragten aus dem Wasser. Licht glänzte auf den Wellen. Camille setzte sich an einen Sonnenplatz, packte ihren Block aus und fing Pauls Silhouette mit Kohle und Rötel ein. Er stand mit hochgekrempelten Hosenbeinen im Wasser und ließ seine bleichen Waden umspülen.

»Wir können nicht allzu lange bleiben. Die Flut kommt.«

»Das dauert noch«, sagte Camille. »Es ist schön hier. Das Meer rauscht so laut, dass ich mich vergessen kann.« Die heiseren Schreie der Möwen klangen nach Einsamkeit.

»Was machen eigentlich unsere Turteltäubchen?«, fragte sie.

»Louise und Ferdinand? Seit ihrer Verlobung sind sie fast täglich zusammen und füttern sich gegenseitig mit Honigbrot. Maman ist völlig aus dem Häuschen vor Glück. Ganz schön lebhaft, die Wellen.«

»In der Tat.« Camille fluchte, weil ein Tropfen Gischt ihre Zeichnung verdarb. »Dann hat sie wenigstens eine ihrer Töchter angemessen unter die Haube gebracht.«

»An dir beißt sie sich ja die Zähne aus. Schon immer.« Paul ließ sich neben sie fallen, setzte sich in den Schneidersitz und ließ Sand durch seine Finger gleiten. »Weißt du, ich mache mir manchmal Gedanken über uns, dich und mich. Warum das Schicksal uns beide zusammengeführt hat.«

»Tust du das?« Camilles Zeichenstift glitt über das feuchte Papier, auf dem nicht mehr viel hängen blieb. Frustriert legte sie den Block in den Sand. »Und zu welchen Schlüssen kommst du?«

»Wir beiden existieren in Wahrheit nur auf der Ebene der Kunst«, fuhr er fort. »Du als Bildhauerin, ich als Dichter.«

»So ein Unsinn«, sagte Camille.

Aber Paul ließ sich nicht beirren. »Du missverstehst mich. Ich meine, du bist nur du selbst, wenn du Skulpturen formst, ich, wenn ich Wörter aneinanderreihe.«

»Tatsächlich? Seit wann trägst du diesen Absolutheitsanspruch mit dir herum und diese Enthaltsamkeit dem Leben gegenüber?« Hatte sie ihm beigebracht, die Welt derart in Schwarz und Weiß zu scheiden und sich über alles Irdische zu erheben?

Paul ignorierte ihren Einwurf. »Du stopfst keine Strümpfe und backst keinen Kirschkuchen, jedenfalls wenn du kein Unheil anrichten willst. Die Menschen verstehen uns nicht. Unsere Heimat ist nicht die wirkliche Welt, sondern ein Ort der Reinheit, an dem nur die Kunst zählt. Die Realität zerstört uns.«

»Das ist mir zu rigoros. Außerdem lebe ich ganz gerne.« Camille stand auf und streckte sich im Seewind. Die Wellen wurden höher und würden sie über kurz oder lang an die Felswand drängen. »Du solltest nicht so unerbittlich sein.« Sie hob den Block auf. »Lass zu, dass die Dinge nicht perfekt sind. Umarme das Leben, liebe, leide, lache, tanze! Wie sollst du sonst an Stoff für deine Geschichten kommen?«

»Das werde ich sicher nicht tun.« Paul stand auf und stellte sich neben sie. »Ich will nichts Geringeres als die Wahrheit. Reinheit, Vollkommenheit, Erhabenheit sind das, was ich darstellen will. Du bist die Einzige, die das versteht, weil du mir ähnlich bist. Lass dich nicht vom Leben besudeln, sonst stürzt du in den Abgrund. Enttäusch mich nicht, Camille!«

Camille schauderte, weil seine Worte sie an das *Höllentor* mit seinen fallenden Akten erinnerten. Paul wechselte das Thema. »Was macht eigentlich Monsieur Wildschweinrüssel?«

»Weshalb?«, fragte sie vorsichtig.

»Man spricht nicht von ihm.« Paul wandte sich ihr zu. »Aber es kommt mir so vor, als sei Rodin hier anwesend wie ein eigenartiger Geruch, dessen Ursache man nicht kennt. Wie zu reifer Käse, oder so.«

»Unsinn.« Camille stieß ihm von der Seite in die Rippen. »Was hast du eigentlich gegen ihn?«

»Er nimmt dich mir weg.«

Camille schnappte nach Luft. Die Welle, die ihre Zehen überspülte, war kalt. »Unsinn. Lass uns zurückgehen. Die Flut kommt.« Sie suchte ihre Schuhe und Strümpfe zusammen und stapfte davon, um sich anzuziehen.

»Lenk nicht ab«, ermahnte sie Paul. »Rodin ist ein Mann, der die Frauen liebt. Das sagt man jedenfalls über ihn. Geh ihm nicht in die Falle, Camille, ich bitte dich!«

KAPITEL 26

Paul konnte von ihrer Beziehung zu Rodin nichts wissen. Aber er war so verdammt scharfsinnig. Camille achtete in den letzten Tagen seines Aufenthalts auf jede ihrer Äußerungen und war erleichtert, als er abreiste. Auch ihre eigene Sommerfrische neigte sich dem Ende zu. Eines Abends saß sie mit Florence auf der Bank vor ihrem Haus und sah aufs Meer hinaus.

»Bitte schön!« Florence legte Camille ein Album in den Schoß.

»Was ist das?«, fragte Camille misstrauisch.

»Ein Spiel«, antwortete Florence. »Du sollst nur ein paar festgelegte Fragen beantworten.« Viele Mädchen besaßen Alben, in denen sich ihre Freundinnen mit Witz und Poesie verewigten. Camille hatte für derartige Scherze normalerweise nichts übrig. »Weshalb?«

»Weil ich im Winter oft einsam bin«, gestand Florence. »Ich blättere darin, wenn die Stürme um unser Haus toben. Dann erinnere ich mich an den Sommer und an den Spaß, den wir hatten.«

»Also gut.« Camille gab nach. »Aber du weißt, dass ich vollkommen humorlos bin.« Sie nahm den Stift, den Florence ihr hinhielt, und beantwortete die 24 Fragen mit ihrem gewohnten Sarkasmus. »Meine beste Tugend? Ha, da muss ich passen. Ich habe keine einzige. Die beste Eigenschaft, mit der ein Mann glänzen kann? Dass er seiner Frau gehorcht.«

Florences Kichern ermutigte Camille, weitere Frechheiten zu äußern. »Meine liebste Beschäftigung? Nichtstun, was sonst? Das habe ich hier gelernt. Was käme für mich dem größten Elend gleich?« Sie legte den Stift an ihre Lippen und dachte mit gerunzelter Stirn nach. »Ich hab's. Die Mutter von vielen Kindern zu sein. Diesen Lärm würde ich nicht aushalten.«

»Camille!« Florence schüttelte nachsichtig den Kopf.

»Du Schaf«, sagte Camille freundlich. Florence würde sich sicher in jede Verlobung fügen, die ihre Eltern für sie organisierten. »Du kriegst sicher mal zehn Kinder.«

Florence errötete. »Lass uns weitermachen.«

Camille wandte sich wieder dem Fragebogen zu. »Mein liebster Dichter? Einer, der keine Verse schreibt. Also nicht mein Bruder. Mein liebster Komponist? Pah! Da gibt es keinen. Die können mir alle gestohlen bleiben.« Stimmte das? Dieser freche Debussy war auch Komponist. Wenn sie ehrlich war, konnte sie ihn bei ihrem letzten Aufeinandertreffen ganz gut leiden. »Die beste Künstlerin bin ich natürlich selbst. Wer sonst? Aber hier, das ist doch was. Meine liebste Heldin in der Literatur ist Lady Macbeth.«

»Aber Camille!«, stöhnte Florence. »Eine Mörderin und Verrückte. Du willst mich verulken.«

»Du hast es erfasst. Aber ich kann auch ernst sein. Meine liebste Heldin im echten Leben ist Louise Michel, die während der Kommune in Männerkleidern herumlief und Reden über die Gleichberechtigung der Geschlechter schwang. Das meine ich vollkommen ernst.«

Über der schwarzen Fläche des Meeres schwamm ein bleicher Vollmond. Camille griff nach Florences Hand und verschränkte ihre Finger miteinander. »Diese Tage werde ich nie vergessen. Sie waren die schönsten meines Lebens. Und Florence, ich häng an dir. Vergiss nicht, dass wir ausgemacht haben, an jedem ersten Tag eines Monats abends um acht aneinander zu denken. Dann spüren wir die Entfernung nicht so.«

Bevor Camilles Ferien zu Ende gingen, kamen Amy und Emily und vervollständigten ihr Quartett. Gemeinsam schmiedeten sie Pläne für die Ausstellung in Nottingham und berieten über ihr weiteres Vorgehen.

Anfang September fegte der erste Herbststurm über das aufgewühlte Meer. Nacheinander wehten die Regenböen Camille, Emily und Jessie in Amys komfortables Cottage, in dem das Kaminfeuer gegen Kälte und Dunkelheit anleuchtete. Es roch nach Punsch und brennenden Holzscheiten. »Legt eure Jacken auf das Gitter am Kamin«, befahl Amy. »Wir wärmen uns mit einem heißen Punsch auf. Das macht lustig.«

Das Gebräu roch überwältigend gut. Dazu aßen sie Scones mit Creme und Marmelade. Danach war es Zeit für das längst überfällige Gespräch.

»So!« Amy faltete erwartungsvoll die Hände. »Was plant ihr, girls? Bringt uns auf den neuesten Stand.«

»Wir sind uns noch nicht ganz schlüssig«, sagte Camille.

»Ich schon«, widersprach ihr Jessie. »Dieses Spiel mit Rodin muss ein Ende haben.« Sie funkelte Camille herausfordernd an.

»Da siehst du es, Amy.« Camille hatte schon geahnt, dass Jessie nicht mehr mitmachen wollte.

»Weshalb?« Amy beugte sich gespannt vor.

Jessie trank sich mit einem Schluck Punsch Mut an. »Ich habe lange darüber nachgedacht, aber jetzt muss es raus. Ich will diese Rolle des ›Amors ohne Flügel‹ nicht mehr spielen.«

»Really?«, fragte Emily. »But why?«

Jessie fluchte leise. »Ich meine es ernst. Ich bin es leid, deine Botin zu sein, Camille. Wir können Rodin nicht länger hinhalten. Es ist nicht fair ihm gegenüber. Außerdem dürfen wir nicht vergessen, dass er auch unser Lehrer ist.«

»Vor allem deiner«, entgegnete Camille bitter. »Du vereinbarst seit Jahren heimlich Privatstunden bei ihm.« Wie konnte Jessie sie so enttäuschen? Dass ihre Freundin in den letzten Wochen auf Distanz zu ihr gegangen war, hatte sie auf die Gegenwart von William Elborne geschoben. Nun kannte sie den wahren Grund.

»Streitet euch nicht.« Amy rollte genervt mit den Augen. »Was willst du, Camille? Hast du Rodin so weit, dass er deine Forderungen erfüllt?«

»Vielleicht. Ich hab ihn weiter auf Abstand gehalten.« Sie hatte ihn sogar abgewimmelt, als er ihr auf die Isle of Wight folgen wollte. Seinem Wunsch, sie am 25. August in Calais zu treffen, hatte sie ebenfalls nicht erfüllt, weil sie noch in Nottingham ausstellen wollte.

Camille legte Rodins letzten Brief auf den Tisch. Drei Köpfe beugten sich über den abgegriffenen Zettel. Seine Worte waren voller Leidenschaft. »Wenn mir nur einmal jemand einen solchen Brief schreiben würde …«, seufzte Emily. »Only one time.«

Camille nickte. »Ich habe drei Monate lang ein falsches Spiel mit ihm gespielt. Ich liebe ihn und will ihn nicht länger verletzen.«

Nicht nur in Fragen der Kunst verstand sie sich ohne Worte mit Rodin. Sie hatte ihm so viel zu verdanken, ihre Sicht auf sich selbst als Frau und als Künstlerin.

»Camille knickt also ein«, sagte Amy. »Aber so billig kommst du uns nicht davon, darling. Wir schreiben deine Forderungen auf und schicken ihm die Liste als Bedingung, dass du zu ihm zurückkehrst. Nein, halt! Wir setzen einen Vertrag auf.« Sie griff nach Stift und Papier. »Ich rate dir, Camille, denk dir zahlreiche und hochfahrende Wünsche aus. Er kriegt dich nicht umsonst.«

Am 22. September legte die Fähre frühmorgens in Le Havre an. Jessie war noch in England geblieben. Camille, Amy und Emily hatten den hohen Wellengang auf dem Ärmelkanal verschlafen, der so manche Passagiere mit grünem Gesicht über die Reling hängen ließ. Erleichtert verließen die drei über die Gangway die Fähre.

»Endlich wieder festen Boden unter den Füßen und kein Gestank nach Erbrochenem.« Amy drängte sich durch das Gewimmel der Reisenden, Gepäckträger und Kutschen an der Kaimauer. »Zeit haben wir ja noch genug.« Die Überfahrt hatte zwei Stunden länger gedauert als geplant, so dass ihr Zug ohne sie nach Paris gefahren war.

»We wait«, sagte Amy zu Emily. »Camille kümmert sich um das Gepäck.«

Leider waren ihnen ihre Koffer abhandengekommen, und kein Steward konnte ihnen sagen, wo sie steckten. Camille kaperte sich einen missgelaunten Gepäckträger und ließ sich den Schalter der Fährlinie zeigen, an dem sie eine Weile anstehen musste. »Was soll das heißen, nicht mitgekommen?«, fragte sie, als der Angestellte sie über die bittere Wahrheit aufklärte. »Sie wollen doch wohl nicht sagen, dass unser Gepäck in Portsmouth geblieben ist, oder ohne uns nach Amerika schippert?«

»Haben Sie es denn ordentlich gekennzeichnet?«, fragte der Mann zurück. Camille errötete. »Ich weiß nicht recht.«

»Ihre Koffer werden schon nicht ohne Sie auswandern. Oder vielleicht wollen sie die Freiheitsstatue sehen? Das neue Monument von Bartholdi wird in New York Ende Oktober eingeweiht.« Sein Schnauzbart zuckte amüsiert. »Beschreiben Sie mir das Gepäck schriftlich, Mademoiselle. Dann werde ich das Notwendige veranlassen.«

Zornbebend tat sie, was er verlangte, zahlte dem Träger ein Trinkgeld und kehrte mit leeren Händen zum Anleger zurück, wo sich die Menge inzwischen gelichtet hatte. Emily und Amy standen neben einem kräftigen Mann, der seine Hände in den Taschen seines dunklen Mantels vergrub. Rodin. Camille rannte das letzte Stück, fiel ihm in die Arme und atmete seinen Geruch ein. Er war ein Fels in der Brandung, der Sicherheit versprach, wenn die Erde ins Wanken geriet. Amy und Emily wandten sich diskret ab.

»Ich habe zwei Tage auf dich gewartet. Immer wieder bin ich zum Anleger gekommen.« Rodin schob sie von sich, legte seine Hände um ihr Gesicht und betrachtete sie. »Wie schön du bist. Ich hoffe, es gelingt mir, die Traurigkeit in deinen Augen zu vertreiben.«

Amy räusperte sich, so dass Camille die Unschicklichkeit der Situation zu Bewusstsein kam. Widerwillig löste sie sich von Rodin. »Unser Gepäck ist verschwunden. Ich meine, bis auf die hier.« Sie hob ihre Handtasche und lachte, weil sie sich gleichzeitig so jämmerlich und so glücklich fühlte.

»Ich kümmere mich darum.« Zielbewusst steuerte Rodin den Schalter der Fährgesellschaft an, wo sich herausstellte, dass auch seine Autorität das Gepäck nicht herbeizaubern konnte. Immerhin hatte er es versucht.

Gemeinsam nahmen sie die Eisenbahn zurück nach Paris.

»Du hast während deiner Abwesenheit Erfolge gefeiert«, klärte Rodin Camille auf, während der Zug durch das herbstliche Nordfrankreich ratterte. »Léon Gauchez hat in seiner Zeitschrift *L'Art* deine *Alte Hélène* und Pauls Bildnis mit 16 Jahren hoch gelobt. Hast du mitbekommen, dass Madame Nathaniel de Rothschild und Madame Alphonse de Rothschild je eine Version der beiden Büsten gekauft haben?«

Camille lehnte sich in die Samtkissen. »Jessie hat mich davon unterrichtet. Es stand in einem Ihrer Briefe.«

Rodin nickte. »Du weißt, dass ich dich unterstütze. Solche prominenten Käufer sind wichtige Stufen auf deiner Karriereleiter.«

»Dann werden wir ja wohl bald wieder Kaviar essen müssen«, grinste Camille. »Aber Sie halten bitte Maß. Es tut Ihrem Magen nicht gut, wenn Sie sich wie ein Salonlöwe vollstopfen.«

Amy prustete in ihr spitzengesäumtes Taschentuch, weil Camille sich schon wie Rodins Ehefrau aufführte. Rodin, der nicht verstand, um was es ging, stimmte zögernd in ihr Lachen ein, während der Zug in den Bahnhof einlief.

Ohne lästiges Gepäck nahm Camille eine Droschke bis zur neuen Wohnung ihrer Familie am Boulevard de Port-Royal 31.

»Ich bin wieder da!« Sie schloss die Tür hinter sich, legte Mantel und Hut ab und trat ins Wohnzimmer, wo die Schneiderin gerade dabei war, ein Kleid für Louise abzustecken, die auf einem Podest vor der Anrichte stand. Louise zwinkerte Camille zu und schenkte ihr ein schiefes Lächeln.

»Ach, Camille«, sagte ihre Mutter. »Du bist's.«

»Stell dir vor, Maman, mein Gepäck ist ...«

»Jetzt ist der Saum zu kurz«, unterbrach Madame Claudel sie. »Ich zweifle an Ihrer Fachkenntnis, Madame. Und du Louise, steh gefälligst still! Du benötigst eine neue Garderobe, wenn du als Madame de Massary in der besten Gesellschaft verkehrst.«

Ihre Augen hoben sich. »Camille, ich brauche dringend deine Hilfe. In der Küche steht der Abwasch. Marie hat ihren freien Tag. Was willst du anziehen, wenn uns Louises Verlobter am Wochenende besucht? Ich hoffe, nicht dein gestreiftes Kostüm, das dir seit Jahren zu eng ist.«

Schweigend zog sich Camille zurück und schlug die Tür hinter sich zu.

Am nächsten Morgen schrieb sie an Florence. *Da bin ich wieder! Zurück in Paris, Boulevard de Port-Royal 31. Kaum vorzustellen, dass ich das Meer und die wundervollen Landschaften rund um Shanklin ein Jahr lang vermissen werde. Dieser Sommer auf der Isle of Wight war sicher der beste meines Lebens. Alles Glück ist für ein Jahr passé.* Danach tunkte sie ihren Federhalter ins Tintenfass und begann einen höflichen Brief an Jessie, der sie für ihre Gastfreundschaft im Wootton House dankte. Sie vertraute ihr nicht mehr so rückhaltlos wie vor ihrer Abreise. Wenn, dann will ich ihre Loyalität ganz oder gar nicht, dachte sie.

Auch ihre Beziehung mit Rodin hing in der Schwebe. Sie wusste nicht, was aus dem Vertrag geworden war, den sie in Shanklin aufgesetzt hatten. Wenn sie ehrlich war, wünschte sie sich, dass Amy das peinliche Ding vergessen hatte.

KAPITEL 27

Île-de-France, 12. Oktober 1886

Ein dunkelblauer Himmel spannte sich über die Landschaft der Île-de-France mit ihren herbstlich gefärbten Wäldern und klaren Bächen und Flüssen. Camille stand am Fenster ihres Zimmers im Landgasthof und sah auf den Vorplatz hinaus, auf dem sich eine Herde lautstark schnatternder Gänse drängte wie ein Meer aus weißen Federn.

»Das sind ihre letzten Wochen. Bald geht es ihnen an den Kragen.« Sie dachte an den Herbst in Villeneuve, an goldbraunen Gänsebraten mit Preiselbeeren und die ersten Maronen, die im Ofen vor sich hin garten und unglaublich gut dufteten. Rodin trat hinter sie und legte ihr seine Hände auf die Schultern. »Wir könnten auf dem Land leben, du und ich«, flüsterte sie. Hier wäre Platz genug für viele Kinder.

»Wie schön du bist, kleine Zauberin, Königin meines Herzens.« Er küsste ihren Nacken. »Aber das mit dem Landleben vergiss bitte. Ich bin ein waschechter Pariser, der die pulsierende Stadt um sich braucht. Das ganze Durcheinander.«

»Ich nicht«, versicherte Camille. »Ich sehne mich so oft nach Villeneuve.«

Rodin hatte ihr diese Zeit auf dem Land geschenkt, damit sie einander wieder näherkamen. Tagsüber unternahmen sie lange Spaziergänge in den herbstlichen Wäldern. Abends aßen sie gut und reichlich, und die Nächte widmeten sie der Liebe. Rodin überließ nichts dem Zufall. Gegen den Hunger, der sie regelmäßig mitten in der Nacht überfiel, stand ein Tablett mit einer Flasche

Wein, Baguette, frischer Butter und Gänseleberpastete auf dem Tisch. Später, dachte sie und wandte sich ihm zu. Sie suchte seinen Blick, während sie ihr Kleid abstreifte und schließlich in Hemd und Korsett vor ihm stand. Sehr langsam führte sie ihre Hände an ihrer Taille hinauf zu ihren Brüsten.

»Weißt du eigentlich, welche Macht du über mich besitzt?« Er schob ihr die Träger des Hemds von den Schultern. »Meine jugendliche Geliebte. Mein Ein und Alles.«

»Doch«, sagte Camille leise.

»Ich würde am liebsten darstellen, wie du die Lust an deinem eigenen Körper entdeckst. Frauen inspirieren mich mit allem, was sie tun.«

Hitze überflutete Camille. »Du kennst keine Tabus, weder in der Kunst noch in deinen Worten.«

»Warum sollte ich mich zurückhalten?« Rodin lachte schallend. »Ich kann kaum begreifen, dass du kein Traum bist. Da kommen meine Worte nur langsam hinterher.«

Wie immer verhedderte er sich im Gewirr der Schnüre und Haken ihres Korsetts. Camille half ihm und streifte es ab. Im Hemd bettete er sie auf das Kissen und begann, ihren Körper zu erkunden. Sie keuchte auf, als seine geübten Hände zwischen ihre Schenkel glitten. Seinen Fingern folgte sein Mund, der sie an Stellen liebkoste, die sie nicht einmal mit Namen kannte. Sie vergrub ihre Hände in seinem Haar. »Wie habe ich jemals denken können, dass ich ohne dich auskomme?«

»Das frage ich mich auch«, brummte Rodin. »Du scheinst zu den Frauen zu gehören, die diese Dinge zu schätzen wissen.«

»Du hast den Vergleich?«

»Und ob.« Er knabberte an ihrem Ohrläppchen und arbeitete sich von ihrem Kinn bis zu ihrer Halsgrube vor. Camille stöhnte.

»Ich warne dich. Ich lasse dich nicht wieder gehen. Du brauchst es gar nicht erst zu versuchen. Im Notfall sperre ich dich im Marmordepot ein.« Er legte sich auf sie, so dass Camille in die Matratze einsank, während sie mit ihren Beinen seine Hüften umschlang.

»Du bist unersättlich. Aber denk nicht, dass ich mich dir unterwerfe!«

Er drang mit einem triumphierenden Lächeln in sie ein. »Das sieht für mich aber anders aus, so bereit, wie du für mich bist.«

Camille genoss diesen Moment zwischen Schmerz und Verlangen, in dem sie eins waren.

»Täusch dich nicht. Ich setze mich durch.«

»Aber ich bin stärker. Gib dich geschlagen!« Er küsste ihr Schlüsselbein und nahm ihre rechte Brustwarze in den Mund. Sie fanden ihren Rhythmus und verloren sich in ihrer Lust.

Später saßen sie halb aufgerichtet am Kopfende des breiten Holzbetts. Rodin hatte die Weinflasche und das Tablett zwischen sie gestellt und bestrich sein Brot mit Pastete. »Ich habe deine gepfefferten Kommentare zu meinen Werken vermisst. Und außerdem brenne ich darauf, dir zu erzählen, was ich plane.« Er zog sie an sich.

»Was denn?«

Krümel rieselten auf Camilles Kopf, als er vom Baguette abbiss. »Die Zeit der Finsternis ist unwiederbringlich vorbei. Ich werde mich noch stärker als zuvor auf die Spur der Liebe begeben«, sagte er mit vollem Mund.

»Ich will auch wieder Kunst machen. Sie fehlt mir so.«

»Das hoffe ich. Du weißt, dass ich das Wort ›Inspiration‹ für ein Hirngespinst zwanzigjähriger Bildhauer halte. Aus einem glühenden Impuls entstandene Werke sollte man sofort zerstören. Aber mit dir und mir ist es etwas anderes.«

»Ein Wettstreit?«, fragte sie.

»Oh ja! Du bist mein leuchtendes Vorbild. Übertriff mich, widerlege mich, wenn du willst, aber arbeite um Himmels willen wieder mit mir zusammen. Verflixt noch mal, ich brauche dich.«

Seine Hand verfing sich in ihren Locken, als er ihren Kopf hob und sie küsste. Diese Süße, dieses Gefühl hinweggetragen zu werden, übertönte selbst den faden Geschmack der Gänseleberpastete. Bedauernd löste sie sich, denn was sie ihm zu sagen hatte, ließ sich nicht aufschieben.

»Du musst Rose aufgeben! Und lass deine Finger von den Modellen. Ich akzeptiere nicht mehr, dass du fremdgehst.«

»Herrgott noch mal, du gibst wirklich keine Ruhe, eigensinniges Frauenzimmer.« Rodin schwang seine Beine über den Bettrand und tapste nackt und barfuß zu seiner Tasche. »Lass Rose aus dem Spiel. Und was die anderen Frauen angeht …« Er ließ ein Blatt Papier auf das Bett fallen.

Camille griff danach. »Was ist das?«

»Der Vertrag. Ich fand ihn vorletzten Freitag nach der Korrektur in eurem Atelier in der Tasche meines Bildhauerkittels. Unglaublich …« Er schüttelte mit widerwilligem Respekt den Kopf. »Eine solche Frechheit. Du wagst es, mir Forderungen zu stellen.«

»Ich habe nicht …« Camille biss sich auf die Lippen. »Meine … Forderungen?« Jemand musste ihm den auf der Isle of Wight formulierten Kontrakt heimlich in die Tasche geschmuggelt haben. Amy?

»Ja«, sagte er gallig. »Und ich gehe auf diese Unverschämtheiten nur ein, weil ich dich über alles liebe.«

Camille ging zum Fenster und begann im fahlen Licht des Morgens vorzulesen. »In Zukunft, beginnend von heute, dem 12. Oktober 1886, werde ich nur noch Mademoiselle Camille Claudel als Studentin akzeptieren, und ich werde meinen ganzen Einfluss und meine Beziehungen zu einflussreichen Freunden nutzen, um sie zu protegieren. Wenn sie ausstellt, werde ich mich dafür einsetzen, dass ihre Werke gut platziert sind und gut beschrieben werden. Auf keinen Fall werde ich andere Schülerinnen akzeptieren, vor allem nicht Madame …« Sie hielt inne. »Wer soll das denn sein?«, fragte sie entgeistert. Den Satz hatte sie Amy nicht diktiert.

Selbst sein dichter Bart konnte nicht kaschieren, wie Rodin errötete. »Niemand«, brummte er.

Camille entschied sich, das bedenkliche Detail zu übergehen, und las weiter. »Nach der Ausstellung im nächsten Frühjahr werden wir nach Italien fahren und dort für mindestens sechs Monate verweilen. Danach wird Mademoiselle Camille meine Frau. In vier bis fünf Monaten werde ich ihr außerdem eine Marmorfigurine schenken, wenn sie so gnädig sein will, sie zu akzeptieren. Von jetzt an bis zum Monat Mai werde ich keine andere Frau auch nur ansehen. Wenn doch, gilt der Vertrag als gebrochen. Wenn meine Chile-Kommission Erfolg hat, gehen wir nach Chile statt nach Italien. Außerdem werden wir im Atelier Carjat Fotografien aufnehmen, die Camille in Tages-, Akademie- und eventuell in Abendkleidung zeigen. Im Gegenzug dafür verspricht Mademoiselle Camille, bis Mai in Paris zu bleiben und meinen Besuch viermal monatlich im Atelier zu dulden.«

Camille ließ den Brief auf die Fensterbank sinken.

Rodin trat näher und legte seinen Arm um ihre Schultern. »Ich habe meine Forderungen hinzugefügt, falls du auf die Idee kommen solltest, wieder zu verschwinden. Zum Beispiel das mit Chile.«

»Ich soll dich im Atelier empfangen? Wie eine Kurtisane?«

»Ich hoffe in Gnaden, meine schöne Salonlöwin.« Er vergrub seine Nase in ihren Haaren.

»Ja«, sagte sie. Sie hätte bis in alle Ewigkeit Gips angerührt, nur wegen des einen Satzes: *Danach wird Mademoiselle Camille meine Frau.*

Sie brannte darauf, wieder zu arbeiten. Am ersten Werktag nach ihrer Rückkehr schob sie sich durch das angelehnte Tor des Marmordepots, stand mitten im Gewimmel und sog genießerisch den Geruch des Gipsstaubs ein. Das Klingen der Hämmer auf dem Marmor, die Bildhauer, die sie mit widerwilligem Respekt begrüßten, die halb fertigen Skulpturen und das bunte Treiben waren für sie mehr Heimat als die Wohnung ihrer Familie in der Rue de Port-Royal.

Der Werkstattleiter François Pompon kam auf sie zu. »Wie gut, dass Sie wieder da sind. Rodin war ungenießbar ohne Sie. Er wartet auf Sie.«

Zaghaft öffnete sie die Tür zu seinem Atelier und trat ein. Auf dem Tisch stand eine Figurengruppe, die aus zwei Akten bestand, einem Mann und einer Frau, die sich innig küssten. Camille kannte die beiden. »Das sind ja Paolo und Francesca«, wunderte sie sich. Vor einiger Zeit hatte Rodin sie aus dem *Höllentor* entfernt.

»Sie sollen ein unabhängiges Kunstwerk werden.« Rodin stand am Schrank und polierte seine Werkzeuge. Er nahm Camille in den Arm und küsste sie. »Am *Höllentor* akzeptieren die Leute Aktdarstellungen. Aber autonom? Manche nennen das Pornographie.« Rodin lachte, als sei ihm ein besonders guter Scherz gelungen. »Ich werde die Skulptur vervielfältigen lassen und irgendwann eine große Version in Marmor in Auftrag geben.«

»Eine Provokation?«, vermutete Camille. »Natürlich wird die Darstellung unter den Sittenwächtern Protest hervorrufen. Aber die Leute werden sie dir trotzdem aus den Händen reißen. Und wenn es nur um des Skandals willen ist. Wie willst du sie nennen?«

»*Der Kuss.* Ganz einfach und klar.«

Camille umrundete die beiden Akte. »Sie sind von allen Seiten eindrucksvoll, ein Inbegriff der Sinnlichkeit.«

»Danke«, sagte Rodin, als hätte er nichts anderes erwartet.

Camille nickte. »Sie sind auf das Kunstvollste miteinander verbunden. Die Frau legt ihren Arm um den Hals des Mannes und ihr Bein über seinen Schenkel, während er ihre Hüfte berührt. Aber sie wahren dennoch Distanz. Nein, Rodin …« Sie schüttelte den Kopf. »Das reicht nicht. Die Liebe muss man vielschichtiger darstellen, komplexer und nicht nur auf der körperlichen Ebene.«

»Meinst du, du könntest mich übertreffen?« Rodin schüttelte zweifelnd den Kopf. »Zeig mir deine Version der Liebe!«

»Das werde ich«, versprach sie.

In der nächsten Zeit dachte sie fieberhaft über eine angemessene Antwort auf Rodins *Kuss* nach. Eine, in der die Begegnung der Geschlechter nicht nur um den Eros kreiste und die sich nicht so abgegriffener Vorbilder bediente, wie sie Paolo und Francesca darstellten. Aber es war wie verhext, ihr wollte einfach nichts einfallen.

Ein paar Tage nach diesem Gespräch lud Rodin sie ins Fotoatelier Carjat ein, wo er ein Portrait von sich und eine Aufnahme von Camille in Tageskleidung anfertigen ließ. Camille betrachtete die Fotografie lange. Sie zeigte sie mit Hut und siegessicher erhobenem Kopf in ihrem gestreiften Kostüm, dem, das ihrer Mutter ein Dorn im Auge war. Sie sah aus, als gehöre ihr die Welt. Nein, dachte sie. Als gehöre ihr Rodin. Kurz darauf stieß sie auf die Geschichte, die sie in ihrer Skulptur über die Liebe verewigen wollte.

KAPITEL 28

»Vergebung, Hingabe, Zärtlichkeit«, zählte Camille auf. »Die Liebe ist vielschichtiger als der Eros. Sie ist imstande, alle Gräben zu überwinden.«

Léon Gauchez beugte sich interessiert über Camilles Tonentwürfe. Sie waren zu viert im Atelier in der Rue Notre-Dame-des-Champs. Amy und Emily, die an ihren Werkstücken arbeiteten, lauschten, während Camille versuchte, Gauchez ihre Idee zu erklären. »Meine Skulptur ist noch ganz am Anfang, aber irgendwann wird sie ein Paar zeigen, das sich einander in Liebe zuwendet. Und sich gegenseitig hält.«

Camille sah das fertige Kunstwerk vor ihrem inneren Auge. Die Figur der Frau, die halb auf einem Baumstumpf saß, berührte beiläufig ihre Brust, während der Mann vor ihr kniete und sie umfing. Sie befanden sich in einem fragilen Gleichgewicht ihrer Körper, das verschiedene Emotionen ausdrückte: Vergebung, unendliche Liebe, Mitgefühl. Beide waren nicht in der Lage, ohne den anderen aufrecht zu stehen.

Gauchez betrachtete das Modell, das Camille am besten gefiel, von allen Seiten.

»Ich lege großen Wert auf Ihr Urteil«, fügte sie als Letztes hinzu. Er hatte ihre Werke schon oft positiv besprochen und war ihr bester Kunde.

»Sehr schön«, sagte er schließlich. »Und welche Geschichte wird hier erzählt? Die von Paolo und Francesca?«

»Oh nein! Ich stelle die Sage von Sakuntala dar.«

»Von wem bitte?«, fragte Gauchez.

»Die kennen Sie nicht?«, mischte sich Amy ein. »Unglaublich. Sie wurde letztens in einem Ballett umgesetzt. Davon sprach ganz Paris.«

»Das muss mir leider entgangen sein.« Gauchez zuckte mit den Schultern.

»Es geht um den König Duchmanta aus einer indischen Sage«, erklärte Camille. »Er verliebte sich in eine edle Brahmanentochter namens Sakuntala und bekräftigte ihre Verbindung mit einem Ring.«

»Wie man das so macht, wenn man heiraten will«, sagte Amy spitz.

Camille warf ihr einen bösen Blick zu. Amy spielte auf Rodin an, der ihre Verlobung noch immer nicht öffentlich gemacht hatte. »Er gab ihr also einen Ring. Dann aber verlor er sein Gedächtnis und vergaß sie.«

»Really?«, kommentierte Amy spöttisch. Camille musste zähneknirschend zugeben, dass es Parallelen gab.

»Sakuntala floh in die Wälder, wo sie einem Kind das Leben schenkte«, fuhr sie fort. »Jahre später fand ein Fischer den Ring und übergab ihn dem König, dessen Gedächtnis dadurch zurückkehrte. Er suchte Sakuntala und nahm sie in Gnaden wieder auf. Und sie verzieh ihm ganz.«

Gauchez nickte. »Ich verstehe. Sie stellen also die Vereinigung der Liebenden nach einer Trennung und die Vergebung dar, die die Frau dem Mann entgegenbringt. Anspruchsvoll, das in Ganzfiguren zu tun.«

»Die Akte sollen etwas mehr als lebensgroß werden«, bestätigte sie.

»Aber woher nehmen Sie die Zeit, wo Rodin Sie doch im Marmordepot mit allen möglichen Aufgaben betraut?«

»Ich arbeite zwölf Stunden täglich, von sieben bis sieben. Manchmal gehe ich dann noch in mein eigenes Atelier. Danach falle ich todmüde ins Bett.« Camilles Alltag nahm sie vollständig in Anspruch. Sie war so ausgelastet, dass sie nicht einmal dazu kam, Rodin zur Heirat zu drängen.

Gauchez setzte sich auf das Sofa und ließ sich von Emily eine Tasse Tee einschenken. »Mit Kandis bitte. Und wer soll für Sie Modell stehen? Adela oder Anna Abruzzesi?«

»Auf keinen Fall«, entgegnete Camille. »Ich werde Jasmina fragen. Für den männlichen Akt habe ich auch schon jemanden ins Auge gefasst.«

Sie hoffte sehr, dass Umberto zusagen würde, obwohl er sie in letzter Zeit wie Luft behandelte.

Nachdem Gauchez seinen Tee ausgetrunken hatte, brachte sie ihn noch zur Tür. »Mademoiselle Camille?«, fragte er, während er seinen Mantel schloss.

»Ja?« Sie wandte ihm den Blick zu. Gauchez war ein schlanker Mann mit lockigem grauem Haar und einem Kinnbart.

»Sind Sie bereit, einen Rat anzunehmen, von einem Freund, dem Ihre Karriere ebenso am Herzen liegt wie Ihre Person und der außerdem schon erheblich mehr Jahre gesehen hat als Sie?«

»Kommt darauf an«, entgegnete sie vorsichtig. »Ich kann nicht noch mehr Sorgen gebrauchen.« Der Satz war ihr rausgerutscht, bevor sie ihn zurücknehmen konnte.

Nachdenklich sah er sie an. »Ich verstehe, dass man Dinge nicht hören will, die unter Umständen das eigene Leben infrage stellen.« Er trat nahe an sie heran. Camille roch den Zigarrenrauch, der in seinem Sakko hing. »Aber ich kann mir nicht verkneifen, diese Warnung auszusprechen. Sie sind hoch begabt. Lösen Sie sich rechtzeitig von Rodin, sonst werden Sie von seinem Genie erdrückt.«

»Das lassen Sie mal meine Sorge sein.« Sie dirigierte ihn durch die Tür und hätte sie ihm am liebsten vor der Nase zugeschlagen, doch er stellte seinen Fuß in den Spalt.

»Ich meine künstlerisch. Mit wem Sie Tisch und Bett teilen, geht mich nichts an.«

Camille stockte der Atem. Es gab also Gerüchte außerhalb des Marmordepots. Womöglich sprachen die Intellektuellen und die Schickeria über nichts anderes als das junge Mädchen, das sich an den erfolgreichen Bildhauer wegwarf. Ihr Leben wäre ein Scherbenhaufen, wenn ihre Familie davon erführe.

»*Sakuntala* ist meine Befreiung«, sagte sie. »Die Skulptur wird mehr öffentliches Interesse erregen als alle meine vorherigen Werke zusammen.«

»Sind Sie ebenfalls ein vergessene und verlassene Frau?«, fragte Gauchez hellsichtig.

Camille errötete bis über beide Ohren. »Auf keinen Fall«, erwiderte sie aufgebracht. »Was denken Sie von mir?«

Als er gegangen war, schlug sie erleichtert die Tür hinter ihm ins Schloss.

KAPITEL 29

Den Winter über arbeitete Camille intensiv an den Aktfiguren der *Sakuntala*. Die Frage der Modelle klärte sich, als sie akzeptierte, dass Umberto nur nachmittags posierte. Er wechselte sich mit Jasmina ab, die morgens kam. Camille beugte sich ihren Wünschen, weil sie unbedingt Umberto als Vorbild für den männlichen Akt wollte.

Weihnachten kam und ging mit fettem Essen, schalem Familienfrieden und der gewohnten Pause im Arbeitsrhythmus. Alles schien wie immer, nur Paul war wie ausgewechselt. Er lief mit leuchtenden Augen durch die Wohnung und schloss sich in seine Kammer ein, ohne Camille zu erzählen, was ihn beschäftigte. Vielleicht hatte er sich ja verliebt. Der Januar verging, ohne dass er sich mit ihr aussprach.

Anfang Februar bat Rodin sie überraschend, erneut nackt für ihn Modell zu stehen. Draußen herrschte abscheuliches Wetter. Die Seine strömte dahin wie ein Fluss aus Blei. An ihrem Ufer drängten sich die Enten zwischen schmutzigen Schneehaufen zusammen und versteckten ihre Köpfe unter den Flügeln.

Camille kam frühmorgens ins Marmordepot und trat sich ihre Schuhe im Eingangsbereich ab. Im Atelier bollerte der Ofen gegen die feuchte Kälte an.

»Da bist du ja.« Rodin zog Camille kurz an sich. »Ich habe extra angeheizt, damit euch nicht kalt wird.«

»Wir posieren zu zweit?«, fragte sie. »Wer …?«

Mehr als ein kurzes »Lass dich überraschen« ließ sich Rodin nicht entlocken.

Camille ging sich ausziehen. Als sie hinter dem Wandschirm hervortrat, öffnete sich die Tür für Umberto, der einen pummeligen Säugling auf dem Arm trug. Annas Kind.

»Nein!« Camille wäre am liebsten wieder hinter dem Wandschirm verschwunden. »Ohne mich, Rodin!«

»Habt euch nicht so.« Er trat auf das Kind zu und kitzelte es am Bauch. »Der Kleine hat heute seine erste Modellsitzung. Die wollen wir ihm doch nicht vermiesen.«

Der Junge griff nach Rodins Bart, gluckste und strampelte so, dass Umberto ihn festhalten musste.

»Wie heißt er?«, fragte Rodin.

»Adriano.«

»Wie alt ist er denn?«

»Fünf Monate.«

»Adriano«, wandte Rodin sich an das Kind. »Hoffentlich nörgelst du nicht die ganze Zeit herum. Geht es Anna gut?«

Umbertos Gesicht verschloss sich. »Den Umständen entsprechend.«

Camille beobachtete, wie er mit dem Kind umging. Er sah aus, als hätte er Übung darin. »Was soll das hier werden?«

»Ich möchte eine Tonplastik von einer jungen Mutter mit Kind machen«, kündigte Rodin an. »Vielleicht auch eine Venus mit einem vorwitzigen Amor.«

»Mit mir?« Camille spürte Entsetzen gepaart mit Zorn in sich aufsteigen. Rodin wusste doch, wie sehr sie kleine Kinder verabscheute. »Auf keinen Fall. Ich weigere mich.«

»Camille …«, fuhr Rodin auf. »Ich sollte mehr Professionalität von dir erwarten können. Du musst das Kind ja nicht adoptieren.«

»Er ist ja auch schon meiner.« Umberto legte den Kleinen auf den Tisch, streifte ihm geschickt die Windel ab und entblößte seinen winzigen Penis und die rundlichen Schenkel. Adriano grabschte nach seinen Füßen, streckte sie in die Luft und grinste über sein pausbäckiges Gesicht.

Camille knickte ein. »Also gib schon her.« Todesmutig streckte sie die Arme aus. »Aber wehe, er pinkelt oder kackt.«

»Keine Angst. Er hat keinen Durchfall, wenn du das meinst.«

Camille verdrehte die Augen zur Decke. »Und wenn ich zu ungeschickt bin?«

»Nimm ihn vor dich auf deine Knie«, schlug Rodin vor.

»Also gut.« Sie nahm auf einem Hocker Platz und ließ sich das Kind von Umberto auf ihre Oberschenkel setzen. Adriano musterte sie überrascht.

»Halt ihn gut fest.« Umberto trat zurück, während Camille den Kleinen im Rücken stützte. »Adriano ist ein kräftiger Junge. Er hält seinen Kopf schon selbst. Aber er zappelt.«

»Ihr macht das wunderbar.« Rodin griff zufrieden nach Block und Stift. Während er zeichnete, betrachtete der kleine Junge Camille aus dunklen Kulleraugen. Seine Hinterbäckchen fühlten sich auf ihren nackten Knien weich und warm an. Auf seinem Kopf wuchs ein Flaum brauner Haare. Unwillkürlich fragte sie sich, ob er vielleicht doch Umbertos leiblicher Sohn war. Sein plötzliches Lachen brachte ihr Herz zum Singen.

»Du kleines Monster«, sagte Camille.

»Er heißt Adriano, nicht Monster«, korrigierte sie Umberto.

»Nein.« Camille grinste. »Du heißt Monster, Kleiner.«

Adriano erwiderte ihr Lächeln entzückt und zeigte zwei winzige Zähnchen im Unterkiefer. Camille spürte, wie sich etwas in ihr löste. Fast hätte sie geweint.

»Lass ihn auf und ab hopsen«, meinte Umberto. »Das mag er. Anna und ich machen das auch immer.«

Anna und ich. Camille schluckte ihre Eifersucht hinunter und schaukelte Adriano wie den kleinen Paul. Diese Aufgabe war damals an ihr hängengeblieben, weil ihre Mutter ihn nur zu den Mahlzeiten aus seiner Wiege gehoben hatte. Camille musste fünf oder sechs gewesen sein, als sie die Verantwortung für Pauls Wohlergehen übernommen hatte.

»Schön«, sagte Rodin. »Könntest du etwas spitzere Knie machen, als würdet ihr auf einem Felsblock sitzen?« Camille nahm eine andere Position ein, was Adriano für einen Riesenspaß hielt. Er richtete sich auf, griff ihr in die Haare und zog kräftig daran.

»Autsch. Nein.« Während Camille die Strähnen lachend aus seinen Fäusten befreite, zeichnete Rodin wie besessen.

»Wundervoll. Lass seinen Rücken für einen Moment los, ich bitte dich, Camille.«

»Wirklich?«

»Ja, mach schon! Ich möchte den Moment der Bewegung einfangen.«

Zögernd löste Camille ihre Hände von Adrianos Rücken. Dem Kleinen gefiel die plötzliche Freiheit so gut, dass er sich aufbäumte und ins Rutschen geriet.

»Rodin!« Alarmiert breitete sie ihre Hände über Adriano aus. »Einen Augenblick noch«, bat der Bildhauer. »Ich habe es gleich.«

Für ein paar Sekunden hing der Kleine zwischen Himmel und Erde, dann stürzte Umberto auf Camille zu und riss ihn an sich. »Porca Miseria!«, rief er. »Er hätte fallen können.« Adriano, dem die Aktion sichtlich Spaß gemacht hatte, nörgelte vor sich hin, bevor er sich in Umbertos Armbeuge kuschelte.

»Das hätte ich nicht zugelassen«, versicherte Camille. »Es tut mir leid.«

»Dir mache ich auch keinen Vorwurf.« Umberto deutete auf Rodin, dessen Kohlestift noch immer über das Papier glitt. Camille stand auf und sah ihm über die Schulter. Er hatte die Volumina ihrer Körper angedeutet und den schwebenden Moment eingefangen, als Camille Adriano losließ. »Rodin?«

Der Bildhauer reagierte nicht, sondern zeichnete wie besessen weiter.

»Er kriegt nicht mit, was wirklich wichtig ist«, sagte Umberto. »Für ihn zählt nur seine Kunst.«

Während Camille aufgebracht hinter dem Wandschirm verschwand, zog Umberto das Kind an und verließ das Atelier. Als Camille hervortrat, war Rodin noch immer mit seinem Entwurf beschäftigt. »Hallo? Rodin, nimmst du noch irgendetwas aus deiner Umgebung wahr?«

Irritiert blinzelte er sie hinter seinem Lorgnon an. »*Venus und Amor.* Wie findest du den Titel?«

»Du hast nicht bemerkt, dass der Kleine mir beinahe runtergefallen wäre«, sagte sie kalt.

Er runzelte die Stirn. »Wirklich? Aber es ist doch nichts passiert, oder?«

»Es hätte dir aber auffallen müssen.« Camille stellte fest, dass sie sich wie die vorwurfsvolle Ehefrau anhörte, die sie auf keinen Fall werden wollte. »Und wann …« Sie schluckte, so schwer fiel es ihr, ihn zu drängen. »Wann soll unsere Hochzeit sein? Im Herbst wäre gut. Meine Mutter wird außer sich vor Freude sein, wenn sie erfährt, dass ich dich heirate. Sie bewundert dich doch so.«

Rodin legte seinen Block beiseite. »Stör mich nicht, wenn ich arbeite, Camille. Das können wir alles später besprechen.«

»Wann arbeitest du denn nicht?«, fragte sie bitter. »Morgens, abends, nachts, sogar bei der Liebe überlegst du dir, wie deine nächsten Werke aussehen können. Wahrscheinlich lässt du dich von meinem Körper inspirieren.«

»Wir waren uns doch einig. Auch du bist in erster Linie Künstlerin, Camille.« Er wollte sie an sich ziehen, doch sie trat einen Schritt zurück.

»Wann planst du, dir eine eigene Wohnung zu nehmen? Wann verlässt du Rose?« Flammende Röte stieg in sein Gesicht. Ertappt, dachte sie. Rose, dieser Name, der sie bis in ihre Träume verfolgte. Diese finstere Krähe, die ihr Leben mit Unheil überzog. Rodin spielte sie gegeneinander aus. »Wann hast du vor, das alles zu tun? Man muss eine Hochzeit auf lange Sicht vorbereiten, das Fest, die Einladungen, das Aufgebot. Du hast es mir versprochen, verflixt noch mal.«

»Camille.« Er faltete Abbitte leistend die Hände.

Also war alles noch viel schlimmer als gedacht.

»Du hast dir noch nicht einmal Gedanken darüber gemacht«, stellte sie bestürzt fest. »Nichts, nothing, niente. Mit unserem Vertrag kannst du dir den Hintern abputzen. Und dabei hattest du es mir versprochen.«

Rodin saß am Tisch, den Kopf gesenkt wie ein geprügelter Schuljunge. »Aber wir haben es doch schön, du und ich, so wie es ist. Wir arbeiten zusammen, wir ergänzen uns wie zwei Magier und im Bett …«

Für heute hatte sie genug. »Du vielleicht. Ich gehe jetzt.«

Sie öffnete die Tür zum Hauptatelier, in dem reges Treiben herrschte. Ausgerechnet dieser Mistkerl Jean-Baptiste, der Handlanger mit dem Gipssack auf den Schultern, warf ihr einen neugierigen Blick zu.

»Bleib da, Camille«, bat Rodin inständig. »Mein Feuerkopf, ich brauche dich.«

»Nein.« Sie drehte sich auf dem Absatz um, drängte sich durch das Gewühl im Marmoratelier, trat auf die Straße hinaus und sog gierig die Schneeluft ein. Obwohl sie ihr Umschlagtuch tief in die Stirn zog und ihren Mantel bis unters Kinn zuknöpfte, fror sie in der feuchten Kälte. Sie wünschte sich so sehr, dass Rodin endlich sein Versprechen einlösen würde. Denn eines wollte sie auf keinen Fall sein: die Geliebte eines Mannes, der sich nicht entscheiden konnte. Die nächsten Monate werden nicht einfach, dachte sie und nahm sich vor, um ihn zu kämpfen, gegen Rose und gegen seinen wankelmütigen Charakter.

KAPITEL 30

Paris, Mai 1887

»Im Marmordepot hören sie dich und Rodin durch die geschlossene Tür streiten.« Umberto posierte für Camilles Tonmodell des Königs Duchmanta. »Man redet über euch.«

»Sei leise«, beschwor ihn Camille. Sie sah ihn nur in Rückenansicht. Umberto kniete auf einem Podest, seinen Kopf in den auf eine Kommode gestützten Armen vergraben. Die unbequeme Haltung hielt ihn nicht davon ab, ihr die Leviten zu lesen.

»Du brauchst gar nicht versuchen, mir den Mund zu verbieten.«

Er hatte recht. Sie schrie im Marmordepot nicht nur herum. In ihrem Zorn warf sie Rodin unverzeihliche Dinge an den Kopf, verdächtigte ihn, ihre Ideen zu rauben und ihr Leben zu zerstören. Wenn Camille im Feuer versank, kannte sie sich nicht mehr. Dann war sie nicht mehr sie selbst, sondern eine Furie, die alles zerstören wollte. Rodin aber blieb stur und schwieg. Bisher verziehen sie sich nach jedem Streit. Was aber, wenn sie das nicht mehr schafften?

Camille seufzte und wandte sich ihrer Arbeit zu. Während Umberto Modell stand, kümmerten sich Amy und Emily um Adriano. Beide waren ganz verliebt in den Kleinen, zerzausten seine Locken, kitzelten ihn am Bauch und bespaßten ihn mit Glöckchen. Gerade war Amy an der Reihe. Als sie ihn auf den Boden setzte, krabbelte er so flink unter den Tisch wie eine Krabbe.

»He's so cute, so amazing.« Amy stürzte hinterher und verhinderte, dass er in den Kohlenkasten purzelte.

Umberto hob den Kopf. »Pass bloß auf ihn auf!«

Dass er nackt posierte, war zu einem Stück Normalität geworden, ebenso wie Adrianos Gegenwart, obwohl der Kleine sie allesamt ablenkte. Amy hob ihn auf und setzte ihn sich auf die Hüfte. Camille musste zugeben, dass er mit seinem hinreißenden Lächeln und den dunklen Locken goldig aussah. »Du kleiner Charmeur«, sagte Emily entzückt.

»Kannst du ihn nicht bei Anna lassen?«, fragte Camille entnervt.

»Auf keinen Fall!«, fuhr Amy dazwischen.

»Nein, kann ich nicht«, brummte Umberto gallig.

Camille wusste nicht, was es war, aber mit Anna stimmte etwas nicht. Im Marmordepot munkelte man, sie leide unter Schwermut und verbringe ihre Tage im Bett.

»Und lenk nicht ab.« Umbertos Stimme klang kalt. »Hier geht es um deinen Streit mit Rodin. Die Mitarbeiter haben einen Chef verdient, der sich um sie kümmert. Und außerdem. Bevor du mit ihm in Streit geraten bist, hast du viele Abläufe organisiert. Sie waren zufrieden damit, wie es lief, er der geniale Chef, du die praktische Helferin, die seine Ideen perfekt umsetzen konnte.«

Camille grub ihre Daumen in das Tonmodell des Königs Duchmanta. Sie rief sich zur Ordnung. Wenn sie es zu weit trieb, würde sie ihr Werk ebenso verderben wie ihre Beziehung zu Umberto. »Habe ich nicht einen Mann verdient, der zu seinem Wort steht?«

»Tut Rodin das nicht?« Umberto hob den Kopf. Amy und Emily lauschten gespannt, aber Camille war inzwischen alles egal. »Nein, verdammt. Ich kämpfe um jede einzelne Klausel unseres Vertrags. Aber Rodin sitzt einfach da und tut nichts.« Camille schluckte heftig an ihren Tränen.

»Also sind unsere Ideen für die Katz. Der ganze schön aufgesetzte Vertrag.« Emily legte Camille mitfühlend ihren Arm um die Schultern.

»Aber du musst ja nicht unbedingt das gesamte Geschirr gegen die Wand werfen«, sagte Umberto.

»Gib's ihm!«, rief Amy. »Natürlich muss sie das.«

Camille errötete ertappt. »Ich werfe mit Tassen. Ich bin ungerecht und mache ihm Vorwürfe. Ich schreie sogar. Aber es nützt alles nichts. Ich verzweifle noch.« Frustriert ließ sie sich aufs Sofa fallen und zapfte eine Tasse Tee aus dem Samowar. »Unsere Hochzeit ist in weite Ferne gerückt. Der Mann schiebt jede Entscheidung, die nicht seine Kunst betrifft, vor sich her.«

»Und was machst du?« Emily ließ sich mit Adriano neben ihr nieder. Der Kleine kletterte Camille auf den Schoß, als wüsste er, dass sie Trost brauchte.

»Ich versuche, unsere Italienreise durchzusetzen.« Camille hätte zu gern Michelangelos Werke im Original gesehen. »Florenz und Rom mit Rodin, das stelle ich mir herrlich vor.«

»Und, geht er darauf ein?«, fragte Amy.

»Ich sage nur Chile«, erwiderte Camille düster. »Ich wäre auch nach Südamerika gefahren. Er hat mir den Mund wässrig gemacht.«

»Wie kommt er denn an ein Angebot ausgerechnet aus Chile?«, fragte Umberto.

Camille holte tief Luft. »Ein gewisser Benjamin Vicuña Mackenna hat ihm den Auftrag für das Reiterstandbild eines General Lynch vermittelt, der in Chile wohl einen Krieg gewonnen hat. Aber daraus wurde nichts. Dann sollte er das Standbild von Herrn Vicuña Mackenna selbst gestalten, der als Journalist und Zeitungsherausgeber mehrfach im Exil war. Aber das scheiterte ebenfalls. Wahrscheinlich ist die politische Lage dort einfach zu unsicher.«

Vor einer Woche war dieser Auftrag geplatzt, woraufhin Rodin sowohl die Italien- als auch die Chilereise abgesagt hatte. Seitdem saß er frustriert in seinem Atelier und haderte mit dem Schicksal. Camille musste sich eingestehen, dass sich ihr Titan, der Bildhauer mit den Zauberhänden, in privaten Belangen als Zauderer entpuppte. »Ich bin diejenige von uns beiden, die immer entschlossen und stark sein muss.«

»Und Rose?«, hakte Umberto nach.

»Ich traue mich schon nicht mehr zu fragen«, gab sie kleinlaut zu. »Also erwähnst du den Namen besser nicht. Er nimmt mich mit zu Empfängen, wo ich seine gebildete, begabte …«

»… und hübsche«, ergänzte Amy.

»… Gefährtin sein darf«, vollendete Camille. »Rose bleibt zu Hause und trägt ihm die Pantoffeln nach. Aber anscheinend schätzt er das.«

Die einzige eingelöste Klausel aus ihrem Vertrag war die Portraitaufnahme im Studio von Étienne Carjat gewesen. Camille hatte den Kopf selbstbewusst erhoben und ausgesehen wie die Frau, die sie sein konnte, aber nicht war.

»Du könntest dich von ihm trennen«, sagte Umberto leise.

»Nein«, erwiderte Camille schnell. Rodin war ihr Freund, der sie wahrnahm, sie unterstützte und ihr half, sich auf dem umkämpften Kunstmarkt zu behaupten. Ihr war klar, dass sie auch berufliche Gründe an ihn banden. Sie wollte unbedingt weiterkommen und war auf seine Hilfe angewiesen.

In diesem Moment klopfte es an der Tür.

»Wer kann das sein?« Amy öffnete und lachte vor Freude, als sie Jessie und ihren Verlobten William Elborne erkannte. Ihre hellen Reisemäntel deuteten darauf hin, dass sie frisch vom Bahnhof kamen. »Hello friends!« William hievte einen Schrankkoffer über die Schwelle. Zwei Sekunden später lagen sich alle in den Armen, bis auf Umberto, der sich um Adriano kümmerte.

Als sich die größte Aufregung gelegt hatte, fiel Jessies Blick auf den Kleinen. »How cute! Wer ist das?«

»Annas Kind«, sagte Camille schlecht gelaunt. Anders als sie würde Jessie eine gute Mutter abgeben. Zumindest durfte sie eine werden. Rodin und Camille schliefen nicht mehr so oft miteinander wie zu Beginn ihrer Beziehung. Einerseits, weil sie eine Schwangerschaft verhindern wollte, andererseits, weil ihre Streitereien Nähe unmöglich machten.

»Meine Camille«, begrüßte Jessie sie.

Camille nickte. »Willkommen, ihr seid ein Lichtblick.«

»Oh, und ihr werdet ein Lichtbild.« William grinste sie über seinem Schnauzbart an. »My fiancé is a chemist and a photographer«, sagte Jessie stolz.

In den nächsten Monaten kehrte Routine ins Atelier ein. William fotografierte sie bei der Arbeit, aber auch in ihrer Freizeit, diskutierend am Tisch mit Tee und Zigaretten. Ein Bild zeigte Camille auf der Leiter beim Formen des Gipsmodells für *Sakuntala* neben Jessie, die an einem weiblichen Akt arbeitete.

»Dir ist klar, dass diese Aufnahmen kostbar sind«, kommentierte Jessie. »Die berühmten Bildhauerinnen Camille Claudel und Jessie Lipscomb in ihrer Jugend. Die Leute werden sich darum reißen.«

William machte auch Aufnahmen von Rodin im Marmordepot, die diesem so gut gefielen, dass er Abzüge davon bestellte.

Kurze Zeit später begann Jessie jedoch in ihrem gemeinsamen Atelier Bildhauerkurse für junge Engländerinnen anzubieten und beanspruchte damit den gesamten Platz für sich. Camille fühlte sich ausgebootet. Jessie begründete ihr Verhalten mit den finanziellen Problemen ihrer Familie, die ihr den Studienaufenthalt in Frankreich nicht mehr finanzieren konnte. Wootton House, das Cottage in Peterborough, in dem Jessies Eltern Camille im letzten Jahr so freundlich empfangen hatten, würden sie verkaufen müssen. Es wurde laut zwischen Jessie und Camille, die sich wie immer nicht beherrschen konnte. Als Jessie kurz darauf nach England zurückreiste, um ihre Hochzeit vorzubereiten, gingen die beiden einst so engen Freundinnen im Streit auseinander. Amy und Emily, die es sich mit beiden nicht verderben wollten, blieben zwischen den Fronten zurück.

KAPITEL 31

Es war einer dieser regnerischen Frühsommertage, an denen sich der aufklarende Himmel im Fluss spiegelte. Dunst lag in der Luft, als Camille nach einem langen Arbeitstag aus dem Marmordepot trat. Mit Rodin war schon wochenlang nicht viel anzufangen, so dass neben der Bildhauerei eine Menge Organisationsarbeit an ihr hängenblieb. Sie war müde und wollte so schnell wie möglich in ihr Atelier, um an *Sakuntala* weiterzuarbeiten.

Sie hatte gerade die Straßenkreuzung in Richtung Montparnasse erreicht, als ein Mann auf sie zutrat, die Hände tief in den Taschen seines Sakkos vergraben. »Mademoiselle Claudel! Ich habe auf Sie gewartet.«

Als er seinen Strohhut lüftete, sprühte Camille eine Tropfenfontäne entgegen.

Sie schüttelte sich wie eine Katze. »Ach, Sie sind das, Monsieur Debussy. Ist ihr Romaufenthalt beendet?«

»Nicht ganz.« Er verbeugte sich lässig. »Aber ich brauche das Lied der Straßen von Paris für meine Kreativität. Darum nehme ich mir eine Auszeit, die sich mit einer hübschen Begleitung weitaus angenehmer gestalten lässt.«

»Aber … Es regnet sicher gleich wieder. Außerdem muss ich in mein Atelier, um zu arbeiten.«

Debussy hob die Hände. »Oh bitte, meine Liebe. Verschwenden Sie Ihr Leben nicht mit überbordendem Fleiß. Außerdem ist der Regen abgezogen. Sehen Sie!«

Camille blinzelte. Tatsächlich. Die Sonne glitzerte in den Pfützen und brachte die Blumen der Händlerinnen, roten Mohn, gelbe Rosen und weiße Margeriten, zum Leuchten.

»Wie schön«, sagte sie bedauernd. Der Sommer verging, ohne dass sie ihn genießen konnte.

»Ist das ein Ja? Sie werden mich begleiten?« Debussy nahm ihren Arm und zog sie zurück zum Ufer der Seine und über den Pont Neuf ins Stadtzentrum. Zuerst folgte sie ihm eher widerwillig, aber dann packte sie die Abenteuerlust.

»Finden Sie nicht auch, dass es nach dem Regen besonders gut duftet?«, fragte er.

»Nach dem Pferdemist, der unter den Rädern der Droschken klebt?«

Er schüttelte den Kopf. »Ich meinte eher die tropfenden Blätter und die berauschenden Lindenblüten.«

Camille, die etwas Spaß gut gebrauchen konnte, war bereit, sein Spiel mitzuspielen. In der ersten Gasse, die sie betraten, hatte eine Bäckerei ihre Türen geöffnet. »Es riecht nach warmem, frischem Brot«, verkündete sie. »Nach den Regentropfen auf dem Pflaster und den Rosen der Markthändlerinnen.«

»Nach dem Leben, das man genießen sollte, weil es viel zu schnell vorübergeht«, fügte Debussy nachdenklich hinzu. »Ich glaube, Sie haben verstanden, was ich meine.«

Sie warteten vor einem Bistro, bis der Kellner kam, um das Regenwasser von der Markise zu schütten. Lachend wichen sie aus, als es literweise zu Boden platschte. Bevor sie sich setzten, wischte Debussy die Sitze der Stühle mit seinem Taschentuch trocken. Er bestellte Kaffee und eine Auswahl süße Macarons.

»Was gibt es zu feiern?«

»Dass Sie sich entschieden haben, mich zu begleiten.« Er grinste siegessicher, legte den Hut ab und fuhr sich durch seine dunklen

Haare. Ganz Dandy hatte er sich einen Schnurrbart und einen schmalen Kinnbart stehenlassen. Wider Willen war Camille fasziniert von seiner unbekümmerten Art. Er wirkte, als könne ihn nichts aufhalten.

Der Kellner erschien und deckte den Tisch. Kaffeeduft stieg Camille in die Nase. Sie ließ sich einschenken und griff nach einem Macaron, bunt wie der Regenbogen, der über den Dächern stand.

Debussy räusperte sich. »Obwohl Sie, wie ich hörte, noch immer mit Rodin liiert sind.«

Camille sah sich alarmiert um. Noch waren sie allein. »Nicht so laut.«

»Das ist ein offenes Geheimnis, Camille. Die Pariser Spatzen pfeifen es von den Dächern.«

»Meine Familie weiß nichts davon, und das soll auch so bleiben.«

»Von mir erfährt niemand etwas.« Er trank einen Schluck Kaffee. »Aber Sie spielen mit dem Feuer, Mademoiselle Chuzpe. Sie sollten sich mit einem Rundumschlag aus dieser Situation befreien. Machen Sie Ihr Verhältnis öffentlich!«

»Rodin wird mich heiraten.« Das blaue Macaron war süß und klebte an den Zähnen. Camille konnte partout nicht sagen, wonach es schmeckte. »Dann dürfen es alle wissen, und meine Mutter kann sich nicht mehr beschweren. Sind Sie ungebunden, Monsieur Debussy?«

Er zerkrümelte ein Stück Keks zwischen den Fingern. »Nein. Ebenso wenig wie Sie. Vorsicht, an Ihren Vorderzähnen klebt etwas von dem blauen Macaron.«

»Touché.« Camille entfernte den blauen Krümel. »Wie heißt sie?«

»Gabrielle«, sagte er. »Und sie hat unvergleichlich grüne Augen.«

»Gabrielle mit den grünen Augen wartet auf Sie, kocht für Sie und bügelt Ihre Taschentücher.« Camille fragte sich, warum jeder

Mann, den sie auch nur ansah, schon vergeben war. Nie hatte sie jemanden für sich allein, nicht einmal Debussy, den sie kaum kannte. Mein Schicksal, dachte sie.

»Aber mit Ihnen, Mademoiselle, gehe ich ins Café und koste die geheimnisvollen Zauberspeisen am Nachmittag des Fauns.« Debussy biss in einen Macaron. »Ich weiß, worauf ich mich einlasse. Es macht mir nichts aus, das dritte Rad am Wagen zu spielen, wenn Sie es genauso tun. Sie sind zu reizvoll, als dass ich Sie aufgeben könnte, und außerdem will ich Sie endlich dazu bringen, die Musik zu lieben. Unterschätzen Sie nicht mein Sendungsbewusstsein.«

»Vergebliche Liebesmüh.« Camille machte sich über einen rosafarbenen Macaron her. »Das Geklimper meiner jüngeren Schwester hat mich auf Dauer abgeschreckt.« Debussys langgliedrige Pianistenhand legte sich auf ihre. »Ich bin kein Stümper. Lassen Sie es mich wenigstens versuchen. Meine Musik wird sie verzaubern.«

»Wenn Sie nichts anderes anstreben als Freundschaft?«

»Eine Bedingung? Dann schlagen Sie ein wie ein ganzer Kerl, Mademoiselle.« Sein Händedruck war fester, als sie erwartet hatte.

Von da an holte er sie oft zu Spaziergängen ab. Camille wusste zu schätzen, dass sie in seiner Begleitung unbesorgt über die großen Boulevards bummeln konnte. Allein zu flanieren, schickte sich für eine Dame nicht. Dabei verhehlte Debussy nicht, dass er auf eine Chance pochte, sie zu erobern. Während sie die Stände der Bouquinisten am Seineufer nach neuer Lektüre durchstöberten, machte er ihr unaufdringlich den Hof. Camille konterte seine Anspielungen und beiläufigen Berührungen so elegant wie möglich. Beide ließen sich auf ein gefährliches Spiel von Nähe und Distanz ein. Camille wusste, was sie tat, und konnte es doch nicht lassen, mit ihm zu flirten.

Einen unvergesslichen Nachmittag verbrachten sie auf dem Friedhof Père Lachaise, wo Debussy ihr die Gräber prominenter

Verstorbener zeigte. Auch hier umgarnte er sie charmant und überschritt nie die Grenzen der Höflichkeit. Von Tag zu Tag genoss sie seine Gesellschaft mehr. Er war erfrischend anders als der Titan Rodin, der sich mehr denn je in seiner Arbeit vergrub und sich im Marmordepot einschloss wie in einem finsteren Kerker.

Eines Tages lud Debussy sie in den Salon des Malers Henry Lerolle ein, wo er Piano spielen würde. »Erwarten Sie nicht zu viel von mir«, bat Camille. »Ich habe keinerlei Verständnis von Musik.«

»Aber nicht doch. Ich komme selbst gern hierher«, beteuerte er. »Ich bin mit Lerolle und seiner ganzen Familie befreundet. Sein Schwager Ernest Chausson ist Komponist wie ich.«

Die elegante Villa der Lerolles lag in der Avenue de Ségur. Es herrschte weitaus weniger Andrang als bei Mallarmé, was zur entspannten Atmosphäre beitrug.

Camille nahm im Salon in der ersten Reihe Platz. Im Publikum befanden sich einige Maler, die sie vom Sehen kannte, darunter Edgar Degas, der die Oper auf der Suche nach Ballettmotiven belagerte.

Eine Frau mittleren Alters setzte sich neben Camille und hob ein rothaariges kleines Mädchen auf ihren Schoß, das sich schläfrig den Daumen in den Mund steckte. Von irgendwoher kannte Camille ihr Gesicht mit den dunklen Augen und den dichten Augenbrauen.

»Excusez-moi, Madame. Ich will nicht unhöflich sein, aber kann es sein, dass Sie für Manets Bild *Der Balkon* Modell gesessen haben?«

»Vor vielen Jahren«, erwiderte die Frau. »In einem anderen Leben. Nimm den Daumen aus dem Mund, Julie! Ich bin selbst Malerin. Manet war mein Lehrer. Und heute bin ich mit seinem Bruder Eugène verheiratet.« Das kleine Mädchen nörgelte, gehorchte seiner Mutter aber schließlich doch. »Mein Name ist Berthe Morisot.«

»Ach, wirklich? Ich glaube, ich kenne sogar einige ihrer Bilder.« Neugierig betrachtete Camille ihre Sitznachbarin, deren schwarzer Schopf von Grau durchzogen war. Sie war eine der wenigen Frauen, die sich im Kreis der Impressionisten behauptet hatten. Das kleine Mädchen hatte sich beruhigt und war eingeschlafen. Berthe lehnte seinen Kopf an ihre Schulter.

»Ich hoffe, meine Tochter stört Sie nicht«, sagte sie. »Sie ist ein wenig müde. Ich bin immer misstrauisch, wenn man mir persönliche Fragen stellt. Als Künstlerin wird man selten so gewürdigt, wie es einem zustünde.«

»Wem sagen Sie das?« Camille richtete sich auf. »Ich bin selbst Bildhauerin. Camille Claudel.«

»Tatsächlich?« Berthe Morisot betrachtete sie forschend. »Sie sind in dieser Männerdomäne tätig?«

»Ich behaupte mich ganz gut in der Werkstatt Rodins.« Camille fragte sich, ob die Gerüchte über sie und Rodin auch bei Berthe Morisot und ihren Künstlerfreunden angekommen waren. Ich habe nichts zu verstecken, dachte sie. Aber Berthe reagierte nicht auf den Hinweis.

»Mesdames.« Debussy verneigte sich vor ihnen und beäugte die Reihen, die sich nach und nach füllten. »Bevor ich mir einen Platz suche, muss ich etwas spielen.«

Camille bot an, für ihn freizuhalten und legte ihren Hut auf den Sitz nebenan, bevor ein kleiner Mann mit krummen Beinen ihn belegen konnte.

»Jetzt haben Sie Monsieur Toulouse-Lautrec den Platz streitig gemacht.« Debussy schnalzte ironisch mit der Zunge. Camille entschuldigte sich.

»Lassen Sie nur!« Henri de Toulouse-Lautrec schwenkte seine Melone. »Eine so reizende junge Dame darf mir gern zuvorkommen.« Er ging davon.

»Ich spiele nur für Sie, Camille. Passen Sie auf, es wird ganz leicht, Sie mit meiner Kunst zu überzeugen.« Debussy lachte siegesgewiss, setzte sich an das schwarz glänzende Piano und hob den Deckel.

»Er ist ganz schön selbstbewusst«, kommentierte Camille.

»Mit Recht. Er ist wirklich gut«, erwiderte Berthe Morisot.

Bevor er seine Hände auf die Tastatur senkte, nickte er Camille zu. »Da haben Sie einen Fang gemacht«, bemerkte Berthe. »Lassen Sie ihn sich nicht entgehen!«

»Oh nein, das sehen Sie falsch.« Camille rang die Hände.

In diesem Augenblick begann er zu spielen, und es klang vollkommen anders als bei Louise. Verzaubert lauschte Camille den Tonkaskaden, die seine Hände mühelos der Tastatur entlockten. Sie flossen dahin wie ein rauschender Wasserfall, schwerelos und glanzvoll zugleich. In seinem Stück lagen Sehnsucht, Liebe, Zorn und Traurigkeit, die auch Camilles Träume bestimmten. Tränen traten in ihre Augen. Sie hätte nicht gedacht, dass sie sich in der Musik verlieren und finden konnte, ganz, als würde ihr wahres Ich ihr in den Klängen begegnen. Nachdem der letzte Ton des Klavierstückes verhallt war, blieb es einige Sekunden lang still. Dann brandete Applaus auf.

Debussy erhob sich und verbeugte sich lachend in alle Richtungen. Camille trat auf ihn zu und nahm seine Hände in ihre. »Erwartungen übertroffen, Monsieur Debussy.«

»Ich freue mich, dass ich Sie mit meiner Musik umgarnen konnte.« Seine Augen leuchteten. »Ein Lob aus Ihrem Mund zählt doppelt, denn ich weiß, wie rar es ist.«

»Mal sehen.« Camille lächelte. »Und das Stück?«

»Ist von mir, was sonst?«

Der nächste Sonntag war sonnig und heiß. Camille war spät dran. Unter ihrem Sonnenschirm wehte kein Lüftchen. Das Pflaster schien unter ihren Schuhsohlen zu brennen, als sie zu dem Treffpunkt eilte, den sie mit Debussy vereinbart hatte. Paris war nahezu menschenleer. Wer Zeit und Geld hatte, plante in den Sommermonaten einen Aufenthalt in den Bergen oder am Meer ein. Camille wollte im Spätsommer einige Wochen auf der Isle of Wight verbringen, aus Trotz, weil Rodin sie um Italien betrogen hatte und weil sie gern Florence wiedersehen wollte. Aber noch harrte sie in der Hitze aus.

Debussy wartete an der Haltestelle des Pferdebusses am Montparnasse. Der Bus setzte sich gerade schwankend in Bewegung, als sie heranlief. »Ich bin zu spät!«

Debussy griff nach ihrer Hand. »Schnell, Camille, sonst fährt er uns weg.«

Während sie Hand in Hand der mehrstöckigen Kutsche hinterherrannten, fuchtelte er wie wild mit seinem Spazierstock in der Luft herum. »He, halt an, du ausgefuchstes Fuhrwerk!« Camille musste so lachen, dass sie beinahe über ihren Rocksaum stolperte.

Der Kutscher zügelte die Pferde extra für sie. Debussy half Camille beim Einsteigen, kaufte Tickets und bedankte sich überschwänglich. »Heute ist unser Glückstag.«

»Nicht übertreiben«, warnte ihn der Kutscher. »Sonst verfliegt ihr Glück im Nu.«

Camille klappte ihren Schirm zusammen und fächelte sich Luft zu, weil es im Innenraum erstickend heiß war. Auf den Längsbänken drängten sich die Leute. Es roch nach Schnaps und ungelüfteten Kleidern. »Eng hier«, sagte sie.

Debussy sah das auch so. »Ab aufs Oberdeck! Da hat man die bessere Aussicht.«

Sie folgte ihm die Wendeltreppe hinauf aufs Dach, wo sie einen Platz am Rand ergatterten.

»Hier geht sogar ein bisschen Wind.« Camille legte ihre Arme aufs Geländer und spannte ihren Sonnenschirm auf. »Wohin fahren wir?« Sie nahm den Pferdebus nur selten, weil ihr Geld dafür nicht reichte. »Es fühlt sich an, als wenn wir Touristen wären. Wie bei Amy und Emily auf *sightseeing tour*.«

»Lass dich überraschen.« Vor einigen Tagen war Debussy auf die vertrauliche Anrede umgestiegen. Camille ließ ihn gewähren und fühlte sich an seiner Seite so jung und frei wie schon lange nicht mehr. Die Richtung, in die sie fuhren, kam ihr bekannt vor. »Aber der Bus fährt ja zum Stadtzentrum. Das Marmoratelier ist nicht weit von hier.«

»Nicht ganz«, antwortete Claude.

Der Pferdebus hielt in der Nähe des Champ de Mars, eines Parks, der in der Vergangenheit als Exerzierplatz gedient hatte. Camille sprang an Claudes Hand aufs Pflaster.

Sie standen zwischen Blumenrabatten und kurz geschorenen Rasenflächen. Spaziergänger flanierten vorbei. Auf einer Bank spielte ein Musiker seelenruhig Musettewalzer auf seinem Akkordeon. Camille warf ihm eine Münze in den Hut, für die sein Hund zum Dank Männchen machte. »Sitz, Filou!«, befahl sein Herrchen.

»Ein schöner Park, oder?« Claude zwinkerte ihr zu.

»Wenn man Barockgärten mag. Mir sind englische Gärten voller Schatten spendender Bäume lieber.« Camille sah sich um. »Was wollen wir hier eigentlich?«

»Nicht so ungeduldig, Mademoiselle! Obwohl ich hoffe, dass meine Gegenwart dir den englischen Garten ersetzt.« Claude führte sie ein gutes Stück über das Marsfeld, bis sie eine Großbaustelle erreichten. Vor ihnen öffnete sich eine Baugrube, über der vier gewaltige Stahlträger eine Art aufgerichtetes Trapez bildeten. Durch den Freiraum in der Mitte sah man den Himmel.

Camille drehte sich einmal im Kreis. »Was ist das hier? Ein gigantischer Pavillon ohne Dach? Ein Tanzplatz für keltische Druiden? Eine Landestelle für Luftschiffe?«

Claude erbarmte sich ihrer Neugier. »Was du hier siehst, ist der Anfang eines riesigen Turms. Wie du weißt, findet in zwei Jahren die Weltausstellung in Paris statt. Also hat man einen Wettbewerb für ein besonderes Bauwerk ausgeschrieben, das den ausländischen Gästen so richtig imponieren soll. Ein gewisser Gustave Eiffel hat mit einem Eisenfachwerkturm von 300 Meter Höhe das Rennen gemacht und über 1,5 Millionen Goldgulden eingesackt.«

»Wirklich?« Camille stellte sich einen solchen Stahlkoloss auf dem Marsfeld vor. »Der Turm wird die Silhouette der Stadt grundlegend verändern. Er wird im wahrsten Sinne des Wortes herausragend sein.«

»Oh ja«, sagte Claude begeistert. »Alle Stahlteile stammen aus der Fabrik von Monsieur Eiffel, die nur sechs Kilometer entfernt ist. Eine reife Leistung, oder?«

»Und das wolltest du mir zeigen?« Camille starrte auf das Gebilde aus Stahl. »Zweifellos imponierend.«

»Wie lange bist du schon in Paris?«, fragte Claude. »Hand aufs Herz.«

»Seit dem Frühjahr 1881.«

»Dafür kennst du die Stadt erstaunlich schlecht.«

»Ich hatte nie die Zeit, sie mir richtig anzusehen«, rechtfertigte sie sich. »Meine Arbeit stand immer im Vordergrund.«

»Erwischt«, lachte Claude. »Aber jetzt wirst du mitreden können, wenn die Pariser über das Bauwerk schimpfen. So mancher Ästhet protestiert nämlich gegen das Monstrum und nennt es einen tragischen Laternenpfahl oder schlimmer noch einen überdimensionierten Fernmeldemast.«

»Und du?«, fragte Camille.

»Was ich davon halte?« Claude schwenkte begeistert seinen Hut. »Mit dem riesigen Stahlturm beginnt hier und heute die neue Zeit, ebenso wie mit Fahrrädern, Glühlampen und motorbetriebenen Fahrzeugen. Das sollten wir feiern.«

»Es ist hauptsächlich heiß«, grummelte sie. Die Sonne brannte vom Himmel und brachte Camille selbst unter dem Sonnenschirm zum Schwitzen. »Gibt es hier irgendwo eisgekühlte Limonade?« Sie sah sich suchend um.

»Dir wird gleich noch heißer. Pass auf!«

Claude lief in den Barockgarten zurück. Sie sah ihn gestikulierend auf den Straßenmusiker mit dem Akkordeon einreden, der sich erhob und ihm folgte, bis er vor Camille stand. Sein Hund trottete hinterher, nachdem er sein Bein an einer Beetumrandung gehoben hatte.

»Bonjour, Mademoiselle.« Der Alte roch auf die Nähe überwältigend nach Absinth.

Camille grüßte ihn reserviert zurück. »Was planst du?«, fragte sie Claude.

»Gegen ein Honorar spielt Bertrand nur für uns«, verkündete Claude und flüsterte ihr ins Ohr, wie günstig er davonkäme.

Der Alte setzte sich mit seinem Akkordeon auf die nächste Bank, Filou legte sich daneben. Kurz darauf erfüllten die Klänge eines weiteren Musettewalzers die sonntägliche Stille.

»Darf ich bitten, Mademoiselle?« Claude verbeugte sich vor Camille.

»Aber ich kann gar nicht tanzen.« Camille errötete. »Auf jeden Fall nicht gut.«

»Tzz, tzz …« Claude schüttelte den Kopf. »Ich dachte, das gehört zur Erziehung von jungen Mädchen dazu wie Kochen oder Sticken.«

»Nicht unbedingt.« Camilles Kenntnisse beschränkten sich auf Louises Lektionen in der Küche von Villeneuve, denn anders als sie hatte ihre Schwester Tanzstunden genommen. »Die Bildhauerkunst war mir immer wichtiger.«

»Wichtiger als das Leben? Pass auf. So geht der Grundschritt.« Sie beäugte ihn misstrauisch, als er ihr ein paar Schritte vortanzte. »Und meine Hüfte?«

»Welche Hüfte? Probier's einfach aus.«

Ihre Füße übten den Schritt ein, der nicht allzu schwierig war. »Das ist alles?«

»Nicht ganz. Wir drehen uns, aber ich werde dich führen.« Er legte den einen Arm auf ihre Schulter und den anderen in ihren Rücken und begann, sich mit ihr im Takt zu bewegen. Camille versuchte, sich auf die Schritte zu konzentrieren und trat ihm prompt auf den Fuß. »Entschuldigung!«

»Mit mir kann jede Frau tanzen.« Claude lachte siegesgewiss. »Hör auf die Musik. Es ist ein Dreiertakt. Nicht einmal schnell. Dann geht es besser.«

Als Camille seinen Rat beherzigte, fiel es ihr leichter, und so tanzten sie ihre Runden vor der Baugrube des höchsten Turms von Paris. Sie musste zugeben, dass ihr schon lange nichts mehr so viel Spaß gemacht hatte. Dass ihr ein bisschen schummrig wurde, lag nicht nur an der Hitze, sondern an Claude, der sie routiniert herumwirbelte. Seine Hand in ihrem Rücken war warm, und seine Nähe ließ ihr das Blut ins Gesicht schießen. Vielleicht lag das aber auch nur an der Hitze.

»So langsam entwickeln wir uns zur Attraktion des Nachmittags«, murmelte er ihr ins Haar. Die Spaziergänger, Paare und Familien mit Kleinkindern in hochrädrigen Kinderwagen, blieben stehen und warfen dem Musiker Münzen in den Hut. Ein kleiner

Junge im Matrosenanzug klatschte im Takt, und Bertrand und Filou machten das Geschäft ihres Lebens.

»Rodin«, sagte sie nachdenklich, während Claude sie drehte. »Ich kann ihn mir nicht beim Tanzen vorstellen.«

»Rodin ist ein großer Bär.« Claude legte sein Kinn auf ihren Kopf. »Oder ein Satyr, der sich von seinen schönen Nymphen holt, was er braucht. Wenn, dann hopst er auf seinen dicken Beinen herum.«

Viel später machten sie sich auf den Heimweg. Als sie aufbrachen, hatte Camille noch mehr Durst, und ihre Füße taten ihr weh. Außerdem war sie viel zu lange in der Sonne gewesen.

»Habe ich Sonnenbrand? Meine Nase fühlt sich geschwollen an. Und schummrig ist mir auch.«

Claude lachte. »Nur ein paar niedliche Sommersprossen mehr.«

»Ich glaube, du irrst dich.« Camilles Gesicht brannte. Ihre vornehme Blässe war dahin. Zur Erinnerung an diesen Tag würde sie zuerst krebsrot und dann braun wie ein Bauernweib werden. Aber das war es ihr wert.

Diesmal erreichten sie pünktlich den Pferdebus, der sie zum Montparnasse zurückbrachte. Debussy wohnte nur ein paar Schritte entfernt von Stéphane Mallarmés Wohnung in der Rue de Londres.

»Das war wunderschön«, sagte Camille, als er sie am Haus am Boulevard du Port-Royal verabschiedete. »Danke für den schönen Nachmittag!«

»Aber gerne, Mademoiselle. Auf ein Neues. Und vergiss nicht, dass Paris unter Eingeweihten die Stadt der Liebe genannt wird.« Zum Abschied tippte er sich lässig an die Krempe seines Strohhuts und ging davon.

Camille sah, wie er ein paar Tanzschritte einlegte und im Takt mit seinem Spazierstock auf den Boden klopfte. Es war schön, mit ihm zusammen zu sein. Sie genoss Debussys Gegenwart auch, weil sie Rodin damit in die Schranken weisen konnte. Wenn der sie endlich heiratete, würde sie sich nicht mehr mit fremden Männern treffen. Aber so lange war sie frei. Außerdem schmeckte Rache fast so süß wie Macarons.

KAPITEL 32

Eine Woche später eröffnete die Galerie Durand-Ruel eine Schau impressionistischer Bilder zusammen mit einem Kabinett japanischer Druckgraphik. Debussy und Camille ließen sich das Ereignis nicht entgehen. Als sie sich durch die Tür drängten, war die Galerie voller Besucher.

»Ich wusste gar nicht, dass du dich für japanische Kunst interessierst«, sagte er.

Camille nickte. »Seit der Japanausstellung der Galerie Georges Petit im Winter 1883 habe ich eine Schwäche dafür. Es ist die einzige Stilrichtung, mit der ich etwas anfangen kann. Außer meiner eigenen.«

»Also, auf geht's.« Er nahm ihre Hand.

Sie drängten sich durch die Menschenmenge zum Japankabinett, in dem Holzschnitte voller kühn angelegter Landschaften und Figuren in farbenprächtigen Kostümen zu sehen waren. »Fast wie Fotografien.« Camille vermisste Rodin, mit dem sich über Kunst am besten diskutieren ließ.

»Die Farbholzschnitte sind etwas Besonderes«, sagte Claude. »Schließlich hat sich Japan erst 1863 wieder nach Westen geöffnet. Nach 300 Jahren.«

Sie konnte sich eine Spitze nicht verkneifen. »Das haben die Missionare verschuldet, die den Japanern das Christentum aufzwingen wollten. Die ersten Farbholzschnitte sind als Porzellanverpackung nach Frankreich gekommen. Stell dir vor, du wickelst eine Schale aus einem Holzschnitt.«

»Oder ein Stück Räucherfisch.« Claude lachte. »Degas, Monet und die anderen Impressionisten haben die japanische Kunst aufgesaugt. Wie ein Schwamm.«

»Du weißt, dass ich diese Künstler nicht schätze. Ihre Kunst gibt nur den Augenblick wieder«, gab Camille zurück.

»Du kannst schon manchmal hochnäsig sein.«

»Ja, vielleicht. Aber Hokusais *Große Welle* finde ich bemerkenswert. Wo haben sie sie denn nur hingesteckt?«

Sie ließ ihre Augen über die Wände schweifen, vor denen sich die Betrachter drängten. »Das da könnte sie sein!«

Zielbewusst schob sich Camille durch die Menge. Und tatsächlich, da war sie, die *Große Welle vor Kanagawa* von Katsushika Hokusai.

»Du kennst das Bild bereits?«, fragte sie Claude, der ihr gefolgt war.

»Aber sicher. Es gehört zur neuen Zeit wie der Turm auf dem Marsfeld.«

Camille nickte. »Die Gischt ähnelt Tropfen aus Eis. Im Hintergrund ist der Fujiyama zu sehen. Auch ich werde eines Tages fließendes Wasser in Stein hauen.«

Claude kreuzte seine Hände auf dem Rücken. »Eine Impression darstellen? Das sieht dir gar nicht ähnlich.«

»In Stein wird dieser Moment Ewigkeit gewinnen.«

»Ein bisschen pathetisch, findest du nicht?«

»Absolut nicht.« Sie sah ihn flammend an, bereit, um ihre Idee zu kämpfen.

»Da habe ich die Löwin in dir geweckt.« Debussy ging weiter, nicht willens, das Thema weiter zu vertiefen, und Camille folgte ihm langsam.

In den Räumen der Galerie drängten sich Damen in knisterndem Seidentaft und Herren in Frack und Zylinder, aber auch eine ganze Reihe Leute, die durch ihre abgetragenen Kleider auffielen. Künstler, dachte sie. Es roch nasebetäubend nach Parfüm, Schweiß und Zigarrenrauch.

Camille und Claude hatten genug gesehen. Sie verließen das Museum und gingen die Straße hinab, entlang der Hausfassaden, die unbarmherzig Hitze abstrahlten. Sie schwitzte in ihrer Kluft aus weißer Bluse und dunklem Rock.

Claude nahm ihren Arm und passte seine Schritte ihren an. »Lass uns etwas trinken gehen.«

Sie genoss seine Gegenwart. Was wäre, wenn sie sich mit der gleichen Macht in ihn verlieben würde wie in Rodin? Nein, dachte sie. Es war zu spät. Sie gehörte Rodin, der alles zerstörte, was sie verband.

Am folgenden Sonntag lud Debussy sie in die Kathedrale Notre-Dame ein, die sie noch nie betreten hatte. Vor dem Seitenportal packte sie nackte Angst. Am liebsten wäre sie umgekehrt und davongelaufen.

»Ich bin nicht religiös«, protestierte sie. »Was soll ich hier?«

»Die Kathedrale ist ein Kulturdenkmal.« Debussy zog die schwere Tür auf. »Du warst empört, als Rodin nicht mit dir nach Florenz gefahren ist. Also sieh dir an, was Paris zu bieten hat.«

Sie folgte ihm in die dämmrige Stille des Langhauses. Camille hatte das Gefühl zu ersticken, was nicht nur an dem leichten Geruch nach Weihrauch lag, der sie umfing. Sie war fremd hier.

»Ich sage nur Amy und Emily.« Claude warf ihr einen herausfordernden Blick zu. »Vielleicht solltest du Paris mal mit den Augen einer Touristin betrachten. Immerhin ist die Kathedrale eine der bedeutendsten Kirchen der Gotik, Mademoiselle Banausin.«

»Ich hatte zu tun. Schließlich lebe ich von der Arbeit meiner Hände.« Sie folgte ihm mit dem festen Vorsatz, sich nicht beeindrucken zu lassen.

»Hier ist es wenigstens kühl«, sagte Claude.

Camille verschränkte ihre Arme vor der Brust. »Ich friere.«

Der Weihrauchduft bereitete ihr Unbehagen, aber das Licht der Rosette, das den Raum durchflutete, riss sie in ihren Bann. So rot und blau und voller Muster. Camille ließ ihren Blick über die klar gegliederten Wände schweifen.

»Und, wie gefällt dir die Kirche?«, fragte Claude.

»Eindrucksvoll. Sie konnten was, die Baumeister der Gotik. Aber es wäre angenehmer, wenn es weniger muffig riechen würde. Lass uns nach vorne gehen.«

Sie ging ihm voran in den Chor, wo alte Frauen mit dunklen Kopftüchern in ihre Gebete vertieft auf Stühlen saßen. Rosenkränze glitten über gichtige Finger. Ihr Gemurmel wirkte einschläfernd auf Camille.

»Die Baukunst interessiert dich doch, wenn ich mich nicht recht täusche?«, flüsterte Claude.

»Wenn es sein muss, sehe ich mir sogar gleich noch die Figurenportale an«, gab sie spitz zurück. »Michelangelo wäre mir aber trotzdem lieber gewesen.« Sie hatte das Bedürfnis, Claude in seine Schranken zu weisen. In letzter Zeit nahm er sich immer mehr Rechte heraus und schien über sie zu verfügen, wie es ihm passte. Das konnte und wollte sie nicht dulden.

»Reib es mir nur rein.« Sie erhoben ihre Augen zum Gewölbe, das über ihnen in anmutigen Kreuzrippen auslief. Ästhetisch, dachte Camille.

»Es ist ja gar nicht so …« Ihre eigenen Worte blieben ihr im Hals stecken, denn in diesem Moment sah sie ihn.

Paul. Er kniete vor einer Madonnenstatue im blauen Mantel, die erhöht auf einem Sockel stand, ihre Füße auf eine Mondsichel gestützt. Seine Augen waren geschlossen, der Kopf gesenkt, die Hände gefaltet. Er war so tief ins Gebet versunken, dass er sie nicht bemerkte. Wie lange ging das schon so?

Hitze überflutete sie, als ihr Herz laut zu klopfen begann. Paul hatte sich verliebt, oh ja. Er hatte seine reine Jungfrau gefunden, die sich nicht mit weltlichen Belangen abgab und ihn niemals enttäuschen würde. Wann war es geschehen? Zu Weihnachten, wusste sie mit plötzlicher Gewissheit. Von diesem Zeitpunkt an hatte er sich von ihr entfernt.

»Zumindest fast so gut wie Florenz, oder?« Claude, der nicht gemerkt hatte, wie Camille neben ihm erstarrt war, schwelgte noch immer in seiner Entdeckerfreude. »Und sieh mal, diese Glasfenster.«

Camille schluckte schwer. »Lass uns rausgehen. Mir wird schlecht von dem Weihrauch.«

Er nahm ihren Arm und führte sie auf den sonnendurchglühten Vorplatz hinaus, über dem die Türme ohne Spitze aufragten. Camille atmete erleichtert auf.

Sie fühlte sich verraten. Wie konnte das sein? Ihr Vater hatte alles dafür getan, seine Kinder zu Atheisten zu erziehen. Camille war Louis-Prospers Wunsch bereitwillig gefolgt. Pauls Protest aber konnte nicht heftiger ausfallen, als dass er sich zum Katholizismus bekehrte. Angst stach in Camilles Magen. Wenn er von ihrer Beziehung zu Rodin wüsste … Die Katholiken verdammten Beziehungen ohne Trauschein gnadenlos. Und was sie von unehelichen Kindern hielten, wollte sie sich lieber gar nicht erst ausmalen.

»Du bist ganz blass«, bemerkte Claude besorgt. Camille hatte weiche Knie, als sie sich auf den Heimweg machten.

»Alles in Ordnung?«

»Aber ja. Könntest du mich bitte nach Hause bringen?«

Während er sie zum Montparnasse begleitete, schwieg sie beharrlich. Mehrmals streifte sie sein nachdenklicher Blick. »Was ist los?«

»Es hat nichts mit dir zu tun. Ich habe nur etwas gesehen, das mich beschäftigt.« Es sprach für ihn, dass er sie in Ruhe ließ.

Sollte sie Paul auf seine Bekehrung ansprechen? Ja. Andererseits ging sein Glaube sie nichts an. Sie wusste nur, dass sie ihren Bruder nicht verlieren wollte, nein, nicht durfte. In ihrer Familie war er der Einzige, der sie verstand.

Als sie das Mietshaus am Boulevard du Port-Royal erreicht hatten, küsste Claude sie zum Abschied leicht auf die Wange. Es war ein keuscher Kuss, der Distanz zwischen ihnen wahrte, weit entfernt von Rodins leidenschaftlicher Inbesitznahme ihres Körpers und ihrer Seele.

Ein Räuspern ließ sie herumfahren. Aus dem Schatten des Gebäudes löste sich ein Mann, der mit Mantel und Hut viel zu warm gekleidet war.

»Camille!« Rodin musterte sie finster.

»Nichts für ungut.« Debussy hob beschwichtigend die Hände. »Ich geh dann wohl. Camille … Man sieht sich.« Er tippte sich an die Krempe seines Huts und ging davon. Camille blieb mit Rodin zurück.

»Was willst du?«, fragte sie.

»Dieser Debussy«, sagte Rodin düster. »Er macht dir den Hof. Ein unsäglicher Leichtfuß und Charmeur.«

»Du hast keinerlei Rechte an mir«, erwiderte sie kalt.

»Ich glaube doch!« Rodin griff nach ihrem Arm. »Denn ich liebe dich mehr als mein Leben. Und er …« Verachtung schwang in seiner Stimme mit. »Er will dich nur als Trophäe. Du wärst eine Kerbe in seinem Spazierstock.«

»Du tust ihm unrecht.« Camille ballte die Fäuste. Claudes Gefühle für sie waren echt. »Hier geht es doch gar nicht um Debussy, sondern um uns. Du hast deine Versprechen gebrochen. Wir wollten nach Italien. Wir wollten heiraten. Nichts davon hast du wahr gemacht.«

Er zog den Kopf zwischen die Schultern, stand da wie ein geprügelter Hund. »Du hast recht, mir Vorwürfe zu machen. Ich hatte viel zu tun.«

»Du hast immer viel zu tun.« Sie hatte seine Ausflüchte satt. Und doch. Am liebsten hätte sie sich in seine Arme geflüchtet und seinem Herzschlag gelauscht, dessen regelmäßiges Pochen jeden Sturm beruhigte.

Rodin musterte sie durch sein Lorgnon. Seine blauen Augen waren rot gerändert. »Ich habe dir einen Vorschlag zu machen. Du kannst ihn als Wiedergutmachung für die ausgefallene Italienreise ansehen.«

Er trat nahe an sie heran. »Fahr mit mir weg, Camille, in die Sommerfrische, ich bitte dich. Ich habe uns im Château de l'Islette an der Loire ein Appartement gemietet.«

KAPITEL 33

Wie konnte es sein, dass Fortunas mächtiges Rad sie in diesem Jahr in die Tiefe riss und gleich darauf in schwindelnde Höhen erhob? Im Renaissanceschloss l'Islette in Azay-le-Rideau begruben Rodin und Camille ihren Zwist. Sie residierten in dem Gemäuer wie Schlossherren, schwelgten in dem guten Essen, das ihnen die Verwalterin Madame Boyer vorsetzte, badeten tagsüber im Fluss und liebten sich nächtelang wie zu Beginn ihrer Beziehung. Solange Camille sich an die unausgesprochene Regel hielt, den Namen ›Rose‹ auf keinen Fall zu erwähnen, war alles gut. Sie legte ihre Besorgnis ab, vergaß sogar Pauls Bekehrung und genoss die Zeit, die viel zu schnell verging.

Mitte September kehrten sie nach Paris zurück und nahmen ihre Arbeit im Marmordepot wieder auf. Auch ihre Skulptur *Sakuntala* nahm mehr und mehr Gestalt an. Nach wie vor standen ihr Umberto und Jasmina abwechselnd dafür Modell. Debussy hatte sich nicht wieder bei ihr gemeldet.

Einige Wochen später bestellte Rodin Camille an einem Sonntagmorgen ins Atelier, um für ihn zu posieren. Nackt, das wusste sie, weil er sich für den einzigen Tag entschieden hatte, an dem sie allein waren.

Beschwingt öffnete sie die Tür. Es ging ihr gut, bis auf dieses leichte Unwohlsein, das sie kurz nach ihrer Rückkehr von der Loire erfasst hatte. Nahezu jeden Morgen musste sie sich in ihren Nachttopf übergeben. An Frühstück war nicht zu denken. Sicher lag das an Madame Boyers schwerem Essen. Schaudernd erinnerte sie sich an die geräucherte Gänsebrust und den fetttriefenden Aal aus den Reusen der Loire. Abgenommen hatte sie auch. Ihr Rock rutschte ihr fast von den Hüften.

Camille durchquerte den Hauptraum und betrat Rodins Atelier. Er stand am Tisch über einige Zeichnungen gebeugt. Als sie ihn von hinten umarmte, lehnte er sich für einen Moment an ihre Brust.

»Meine Schöne ist gekommen«, sagte er leise.

»Was machen wir heute?« Sie hörte es hinter dem Wandschirm rumoren. »Ist noch jemand da?«

Umberto trat hervor, nackt bis auf eine Art Lendenschurz, mit dem er seine Blöße bedeckte.

»Ich wusste gar nicht, dass wir heute zusammen posieren.«

»Ich auch nicht.« Umberto fuhr sich nervös durch seinen lockigen Haarschopf.

Vorsichtshalber goss Camille sich eine Tasse Tee ein, den Rodin immer zu lange ziehen ließ. Sonst übergebe ich mich noch auf ihre Füße, dachte sie. Das bittere Gebräu besänftigte ihren Magen.

Rodin stellte sich zwischen sie. »Ich möchte einige Studien von euch als Paolo und Francesca anfertigen. Wenn sie gut werden, dienen sie mir als Vorbild für ihre Darstellung am Seitenteil des *Höllentors*.«

Umberto und Camille sahen sich schweigend an. Sie würden das Paar verkörpern, das für seine verbotene Liebe grausam bestraft wurde. Camille hatte schon unbekleidet mit Umberto posiert, aber jetzt war sie fest mit Rodin liiert und er mit Anna. Das war nicht in Ordnung. Sie biss sich auf die Lippe.

»Ich weiß, dass es euch nicht leichtfällt«, sagte Rodin begütigend. »Aber ich hoffe, ihr seid professionell genug, um das hier mit Bravour durchzustehen.«

»Daran habe ich meine Zweifel.« Hastig trank Camille einen weiteren Schluck Tee gegen die aufkommende Übelkeit.

Umberto warf den Kopf in den Nacken. »Wenn Sie mich anständig bezahlen? Welche Haltung soll ich einnehmen?«

Rodin nickte kurz. »Das wollte ich hören. Tritt von rechts an Camille heran und lege deinen Arm um sie. Camille, stell dich seitlich an seine Schulter und schließe deine Augen.«

Sie näherte sich Umberto, bis sie seinen Körper spürte. Er war einen Kopf größer als sie, muskulös, ein Athlet, der nach frischem Schweiß roch.

»Umberto, leg deine rechte Hand an ihren Hals und ihr Kinn«, befahl Rodin.

Camille spürte seine glatte Haut an ihrem Rücken und seine Hand in ihrem Gesicht. Eine Weile hörte sie nur Rodins Kohlestift über das Papier kratzen.

»Du hast abgenommen, Camille.«

»Ich muss mir im Schloss l'Islette den Magen verdorben haben.«

Das Stillstehen wurde nach einer Weile anstrengend. Ab jetzt hieß es nur noch durchhalten, auch wenn die Arme schwer wurden und die Füße einzuschlafen drohten. Camille hoffte, dass es nicht mehr lange dauern würde.

Doch statt die Pose aufzulösen, pfefferte Rodin den Block in die Ecke. »So geht das nicht.«

Umberto und Camille fuhren auseinander. »Was stimmt nicht?« Sie hüpfte von einem Bein aufs andere, um den Blutfluss anzuregen.

»Da liegt nicht genug Gefühl drin.« Rodin klang ungehalten. »Vor allem bei dir, Umberto. Schließlich seid ihr Paolo und Francesca vor ihrem verhängnisvollen Kuss.«

»... der sie direkt in die Hölle führt«, vollendete Camille.

»Sie ist seine Versuchung«, erklärte Rodin.

»Ich kann das nicht.« Umberto schüttelte den Kopf.

Rodin musterte ihn. »Doch, du kannst. Zeig mir, was in dir steckt. Los! Wir bauen neu auf. Tritt näher an sie heran. Und du Camille, schließ deine Augen und denk an den Kuss, den du dir mehr als alles wünschst, obwohl du mit Paolos Bruder verheiratet bist.«

Umberto fluchte auf Italienisch und nahm die Pose ein, die Rodin ihm aufgetragen hatte. Camille spürte seine Finger, die ehrfürchtig ihr Gesicht berührten, seinen Körper, der sich von hinten an sie drängte. Der Lendenschurz verbarg seine Gefühle nicht. Und sie? Sie liebte ihn auch, aber anders als Rodin. Er war ihr bester Freund.

Rodin zeichnete wie besessen. »Schon besser. Und jetzt, Umberto, lass raus, was du für sie fühlst. Zeig deinen Schmerz. Da ist eine Grenze zwischen dir und der Frau, die du nicht begehren darfst. Du willst sie nicht überschreiten, aber du kannst es nicht verhindern.«

»Rodin!«, unterbrach ihn Camille.

»Sei still«, bat er sanft.

Umberto stöhnte. »Ich kann das nicht.« Er löste die Pose auf und sprang zur Seite.

»Das reicht mir schon«, gab sich Rodin zufrieden. »Eine Sekunde lang habe ich den Ausdruck gesehen, den ich sehen wollte.«

Umberto verzog sich hinter den Wandschirm. Er kam bekleidet zurück und warf Camille ein Handtuch zu, in das sie sich hüllte. »Ich gehe dann.«

Rodin zeichnete unbeirrt weiter.

Camille begleitete ihn zur Tür und drückte ihm seinen Lohn in die Hand.

»Wie hältst du das nur aus?«, fragte er. Camille schwieg. Sanft schob sie ihn auf den Vorplatz hinaus und kehrte zu Rodin zurück.

»Du hast es wieder getan.«

»Was?« Rodin hob die Augen.

Sie holte tief Luft. »Du hast einen Menschen an einen Ort getrieben, den er nicht betreten wollte.«

»Umberto liebt dich schon immer.«

»Ich weiß.«

»Diese verborgene Leidenschaft wollte ich sehen. Für die Kunst …«

»… ist dir kein Preis zu hoch«, vollendete sie, bevor sie die Tür des Marmordepots hinter sich schloss und nach Hause ging.

Camille war nicht überrascht, als Umberto am folgenden Montag nicht zum Modellstehen im Atelier in der Rue Notre-Dame-des-Champs erschien. Am Dienstag ging sie ihn suchen.

KAPITEL 34

Rodin war ein Menschenfresser, der seine Modelle im Namen der Kunst abnagte und ihre Knochen nach getaner Arbeit ausspuckte und hinter sich warf. Ihre, Umbertos und die zahlloser anderer. Camille konnte sich zu keinem freundlichen Gedanken über ihn durchringen, während sie in dem Pferdebus saß, der aus dem Zentrum in die Randbezirke von Paris rumpelte. Sie nutzte ihn, weil sie den weiten Weg zu Fuß in schlechter Erinnerung hatte. Als die Großkutsche hielt, noch immer weitab des Stadtviertels, in das sie eigentlich wollte, sprang sie aufs Pflaster. Sie ging den Rest zu Fuß, wagte sich hinein in das Gewirr schmaler Gassen voller windschiefer Häuser. In den engen Straßenschluchten legte sich ein grauer Schleier über den sonnigen Morgen. Camille machte sich auf die Suche. Hier irgendwo musste sich Umbertos Wohnung befinden.

Wenn ihr nur nicht so schlecht wäre. Das Frühstück rumorte in ihrem Magen. Jeder Geruch ließ sie aufstoßen, und davon gab es reichlich. Es roch nach den ungewaschenen Kleidern alter Weiber, verschimmelten Dachbalken, dem Kot der Hühner, die ihr in Scharen entgegentrippelten, verfaultem Gemüse und dem Qualm vor sich hin schwelender Müllhaufen. In der Gosse verweste ein toter Hund. Camille hielt sich den Magen, während sie in dem düsteren Stadtquartier umherirrte.

Auch der Montparnasse war ländlich geprägt, hier aber stank es nach Elend. Die Kinder trugen zerlumpte Kleider und streckten ihr um Mitleid heischend ihre dünnen Arme entgegen. Camille gab jedem einen Sou, auch wenn ihr Geld nun nicht mehr für die Rückfahrt im Pferdebus reichen würde.

Sie fand die Schreinerei erst auf Nachfrage. Entschlossen durchquerte sie den Hof, der von den Geräuschen der Säge widerklang, stieß die Tür des Hinterhauses auf und stieg die Treppe in den ersten Stock hinauf. Mehr Etagen gab es nicht.

»Hallo, ist hier jemand?« Camille hämmerte gegen die verschlossene Holztür und wartete. Umberto konnte etwas erleben. Er hatte sie gestern einfach so versetzt.

Eine halbe Minute später wurde die Tür aufgerissen. »Übermorgen hab ich die Miete beisammen, Madame Duchamps. Ich muss nur noch …« Adela riss überrascht ihre Augen auf, als sie Camille erkannte. »Du?«

»Auf jeden Fall nicht deine Vermieterin. Ich muss mit Umberto sprechen.«

»Der ist nicht da.« Adela wollte ihr die Tür vor der Nase zuknallen, aber Camille stellte ihren Fuß dazwischen. »Autsch, verflixt. Wo steckt er?«

»Sei still!« Adela zog sie am Arm in das einzige Zimmer, in dem es durchdringend nach Bohnensuppe roch. Camille wurde sofort wieder schlecht.

»Sie sind fort, alle drei«, sagte Adela.

»Was? Wohin?« Camille sah sich um. In dem düsteren Raum gab es nur einen Tisch, drei Stühle, eine Truhe und zwei Bettstellen. In einer Ecke lag ein Ball aus Lumpen. Hier also hauste Umberto mit seiner kleinen Familie. Oder vielmehr, hatte gehaust. Wie trostlos. Auch die Wiege war weg, wenn es je eine gegeben hatte.

Adela ließ sich auf einen Stuhl fallen. Sie trug eine Bluse, die mehr zeigte als verbarg, und einen gestopften Rock. »Sie sind nach Italien zurück. Neapel.«

Diesen Schock musste Camille erst verdauen. Ihr bester Freund hatte sie im Stich gelassen.

»Und du?«, fragte sie.

»Ich bleibe hier. Was soll ich auch sonst tun? Anna ist Umbertos Mädchen.«

Camille setzte sich erschöpft. Sie war zu spät gekommen. »Ist er wegen mir gegangen?«

»Halt dich nur nicht für wichtiger, als du bist«, entgegnete Adela spitz. »Aber ich gebe zu, er hat dich ein bisschen lieber, als er sollte.«

Camille sortierte ihre Gedanken. Wenn Umberto fort war ... Ja, dann hatte sie nicht nur ihren besten Freund verloren, sondern auch ihr bestes Modell. Wer würde in Zukunft für *Sakuntala* posieren? Hätte Rodin ihn bloß nicht so provoziert ...

»Schon gut, ich hätte mich nur gern von ihm verabschiedet. Was war eigentlich mit Anna? Es gibt Gerüchte über sie.«

Adela seufzte leise. »Anders als ich ist Anna ein liebes, sanftes Mädchen. Aber meine Schwester ist nach Adrianos Geburt nie wieder sie selbst geworden. Sie hat tagelang im Bett gelegen und an die Decke gestarrt. Wenn Umberto oder ich ihr Adriano zum Stillen gegeben haben, hat sie das teilnahmslos erledigt. Sie konnte ihn nicht lieben. Gestern sagte Umberto, es sei Zeit für einen Neuanfang. Er hat beide genommen und ist gegangen. Und seither ... ist es so still.«

Auf dem Tisch stand ein Glas mit einem Rest Absinth, der durchdringend nach Wermut roch. Adela griff danach und trank es leer. »Es ist gruselig.«

»Das tut mir leid«, murmelte Camille. »Aber ich will dich nicht länger aufhalten. Deshalb gehe ich am besten.«

Als sie aufstand, drehte sich das Zimmer um sie. Erneut musste sie aufstoßen, sicher lag das an dem Geruch nach Bohnensuppe, dem etwas Vergorenes anhaftete.

»Mir ist schlecht.« Camille drückte sich die Hand vor den Mund.

Geistesgegenwärtig hielt ihr Adela ihren Nachttopf unter die Nase, in den Camille ihr Frühstück spuckte, den Kaffee und das Stück Baguette. Wieder und wieder würgte sie, bis nur noch gelbe Galle kam. Danach blieb sie schwer atmend stehen. »Ich glaube, du musst die Bohnensuppe wegschütten.«

»Hier.« Adela reichte ihr ein Tuch, mit dem sie sich den Mund abwischte. »Passiert dir das öfter?«

Camille nickte und ließ sich wieder auf den Stuhl fallen. Ihr war noch immer schwindlig.

»Seit wann?«

»Seit September.«

»Seit du mit Rodin in der Sommerfrische warst?« Adela griff sich mit beiden Händen an den Kopf. »Madre mia, wie dumm kann man sein?«

»Ich muss dort zu viel gegessen haben«, wehrte Camille ab. »Die Schlossverwalterin ist eine gute Köchin.«

»Es ist November, Camille. So lange hält sich kein Unwohlsein.«

»Nein?« Camille hoffte, dass Adela nicht das Wort aussprechen würde, das ihr seit Wochen im Kopf herumgeisterte.

Doch Adela kannte keine Gnade. »Wann hattest du deine letzte Blutung?«

Camille errötete flammend. Im Hause Claudel schwieg man schamhaft über alles, was mit dem weiblichen Körper zu tun hatte. »Keine Ahnung. Die kommt nicht so regelmäßig.«

»Das war bisher dein Glück. Aber du weißt schon, dass du schwanger sein kannst, wenn sie ausbleibt?«

Camille zuckte zusammen. So war es also, wenn Gewissheit auf einen niederfuhr wie das Schwert des Damokles. Sie hatte es sich nicht eingestehen wollen, aber es gab keinen Zweifel. Alles an ihr war anders. Ihre Brüste, die wuchsen und empfindlich wurden, obwohl sie abnahm. Die Lust, immerfort zu weinen oder zu lachen.

»Wann sprichst du mit Rodin?«

Entsetzen erwachte in Camille. »Niemals. Auf keinen Fall!«

»Willst du das Kind nicht?«

»Nein! Nein, nie im Leben!« Camille stand auf. »Alles würde zerbrechen. Meine Beziehung zu Rodin, meine Familie. Ich wäre ein gefallenes Mädchen.«

»In Ordnung. Das ist eine klare Ansage«, sagte Adela kühl.

Camille wandte sich zur Tür. Sie musste wie eine Furie aussehen mit ihrem zerzausten Haar und den geröteten Wangen.

»Warte!«

»Ja?« Seltsam, dass ausgerechnet Adela in diesem Moment ihr einziger Hoffnungsschimmer war.

Die Italienerin sah sie prüfend an. »In der Nachbarschaft gibt es eine alte Hebamme, die sich um Frauen wie dich … kümmert. Es kostet halt.«

Eine Engelmacherin, dachte Camille wie betäubt. »Kommst du mit?«

»Wenn's sein muss.« Adela sah sie an. »Wann?«

»Morgen früh.«

Adela nickte. »Ich erkundige mich, ob es ihr zeitlich passt, und erwarte dich. Wenn du es dir anders überlegst, bleib einfach weg.«

»Ich werde da sein.« Sie hatte keine andere Wahl. Kinder kamen in Rodins Plänen nicht vor und in ihren auch nicht.

Später wusste sie nicht mehr, wie sie nach Hause gekommen war. Zu Fuß wahrscheinlich, weil die Sonne schon über dem Häusermeer versank, als sie die Tür zur Wohnung ihrer Familie aufschloss. Außerdem hatte sie ihr ganzes Geld den Bettelkindern gegeben. Ihre Mutter meldete sich aus dem Wohnzimmer.

»Camille, bist du das? Könntest du die Suppe abschmecken und den Tisch decken? Marie hat sich krankgemeldet. Mein Rücken schmerzt wieder, und Louise kümmert sich um die Wäsche. Paul macht Hausaufgaben.«

Camille antwortete nicht.

»Camille!« Die Stimme gellte in ihren Ohren. »Die Hausarbeit macht sich auch dann nicht von allein, wenn man den ganzen Tag mit Kunst vergeudet hat.«

Ohne einen Laut ging Camille an der Wohnzimmertür vorbei. Wem konnte sie sich anvertrauen? Ihrer Mutter sicher nicht. Unter Pauls Zimmertür schimmerte Licht hervor. Aber mit ihm konnte sie noch weniger reden.

Louise streckte ihren gelockten Kopf aus der Küchentür. »Du siehst aus wie der lebendige Tod. Ist deine Übelkeit immer noch nicht besser?«

»Nein«, sagte Camille.

Louise trat auf sie zu und legte ihr ihren kühlen Handrücken an die Stirn. »Du musst dir etwas eingefangen haben. Fieber hast du keins.«

»Es ist nichts Ernstes.«

Doch, das war es. Außerdem spürte sie schon seit Stunden ein schmerzhaftes Ziehen im Unterleib, ähnlich den Krämpfen bei ihrer Blutung, die nur alle paar Monate kam.

»Ich gehe ins Bett.«

Louise nickte zustimmend. »Mach das. Ich übernehme die Suppe für dich.«

Camille zog sich bis aufs Hemd aus und legte sich auf ihre schmale Pritsche. Stundenlang starrte sie auf das Fenster, das ein Stück des Himmels über Paris zeigte, hellgrau zuerst, dann dunkelgrau, dann schwarz. Schließlich floss der Regen in langen Schlieren darüber. Wie Tränen. Während sie wach lag, drehten sich ihre Gedanken im Kreis.

Sie war sich nicht sicher, ob sie dieses winzige Etwas, das in ihr wuchs, abtreiben wollte. Ein Kind von Rodin und ihr könnte doch auch eine Bestätigung ihrer Liebe sein. Oder würde es alles zerstören? Rodin würde sie verstoßen, und ihre Familie würde das Gleiche tun. Was hätte das Kind dann für eine Zukunft? Sie dachte an Auguste Beuret, der verzweifelt versuchte, die Liebe seines Vaters zu erringen, und damit immer wieder scheiterte. Nein, und nochmals nein. Das Kind durfte nicht zur Welt kommen, auch um seiner selbst willen nicht.

KAPITEL 35

Nach einer durchwachten Nacht stand sie früh am nächsten Morgen vor Adelas Tür.

»Alle Achtung«, sagte diese. »So viel Mumm hätte ich dir gar nicht zugetraut.«

Camille nickte und weigerte sich, darüber nachzudenken, was ihr bevorstand.

»Die Hebamme …« Adela wickelte sich ihr Umschlagtuch um den Kopf. »Sie nennt sich Madame Girasole. Frau Sonnenblume. Sie ist Italienerin wie ich.«

Wie die Engelmacherin hieß, war Camille herzlich egal. Sie wollte es nur endlich hinter sich bringen.

»Danke, dass du mich begleitest.«

»Schon gut.«

Sie traten auf die Gasse hinaus, in der der Tag langsam erwachte. Die Schreinerei öffnete ihre Tore. Fensterläden wurden aufgeklappt, Betten ausgeklopft. Zwei Nachbarinnen stritten sich lauthals.

»Hast du nicht gewusst, dass du schwanger werden kannst, wenn du mit Rodin zusammen bist?«, fragte Adela.

»Doch. Oder zumindest hätte ich es wissen sollen.«

»Aber du hast nicht darüber nachgedacht. Glaub mir, das geht vielen Frauen so. Eine Liaison ist ja so schön.« Bitterkeit klang in Adelas Stimme durch. »Damit bist du nicht allein. Was, meinst du, geschieht mit den vielen Mädchen vom Land, die in Paris in Stellung gehen oder Näherin werden? Sie lassen sich von einem Handwerksburschen oder brotlosen Künstler schwängern. Normalerweise übernehmen sie keine Verantwortung. Umberto ist die große Ausnahme.«

Camille dachte an Rose. »Und du?«

»Was, ich?« Adela sah sie von der Seite an. »Ob ich mit Rodin geschlafen habe? Oder ob ich jemals schwanger war?«

»Ich weiß das mit Rodin.« Ganz zu Anfang hatte Camille Adela und ihn belauscht.

Die Italienerin machte eine wegwerfende Handbewegung. »Natürlich hab ich mit Rodin geschlafen. Wenn eine Frau die Beine breit macht, sagt er nicht Nein. Sex gehört bei ihm zur Schaffenskraft. Glaub mir, Rodin mit seinen Weibergeschichten überlasse ich dir gerne.«

Camille schwieg peinlich berührt, während Adela lauthals lachte und eine Gruppe kleiner Bälger umrundete, die im Straßendreck Murmeln spielten. »Schwanger war ich auch schon, aber nicht von ihm. Die Frau, die es mir weggemacht hat, war ein bisschen unvorsichtig. Seither habe ich Ruhe.«

Camille hielt inne, weil der schneidende Schmerz in ihrem Unterleib wieder einsetzte. Das also war die Strafe für unachtsame Mädchen wie sie.

»Was ist?«, fragte Adela.

»Nichts.«

»Wir sind angekommen.«

Sie bogen in eine düstere Gasse ein, betraten ein Haus und stiegen ein schmutziges Treppenhaus hinauf in den zweiten Stock. Camille pochte das Herz bis in die Kehle.

Eine dicke Frau mit grauen Locken umarmte Adela und zog sie beide verstohlen in ihre Wohnung. Sie roch erstickend nach Schweiß. Mit Adela sprach Madame Girasole Italienisch, wortreich und mit zahlreichen Gesten unterlegt, und wandte sich dann auf Französisch an Camille. »Hast du das Geld?«

Camille zog einen beträchtlichen Teil ihrer Ersparnisse aus ihrem Beutel. Eine Abtreibung war teuer. Wahrscheinlich, weil die Engelmacherin mit einem Bein im Gefängnis stand. Madame Girasole zählte sorgfältig nach und wies Camille an, sich auf den Küchentisch zu legen. »Und deine Beine, die spreizt du und packst sie auf die Holzgestelle an den Seiten.«

Die Leisten mussten extra für diesen Zweck gebaut worden sein. Camille biss die Zähne zusammen, kletterte auf den Tisch und tat, was die Frau verlangte. Schließlich lag sie mit gespreizten Beinen wie ein Käfer auf dem Rücken. Nie zuvor hatte sie sich so gedemütigt gefühlt.

»Bist du dir sicher, Kleine?«, fragte die Hebamme. »Es kostet manche den Verstand.«

Ich bin stark, dachte Camille. Ich werde das überleben. Doch dann tauchte das Bild Adrianos vor ihrem inneren Auge auf, seine dunklen Locken, seine vier Zähnchen, sein hinreißendes Lächeln, und ihr Herz brach.

»Ja«, sagte sie unter Tränen. »Ich weiß nicht, was ich sonst tun soll.«

Madame Girasole lachte dunkel. »Dein Schatzkästlein fest zusammenpressen, Kindchen, bevor dir der nächste Kerl sein Ding reinschiebt.«

Entsetzt bemerkte Camille, dass die Frau einen merkwürdig geschlungenen Draht in der Hand hielt. Sie wollte doch nicht etwa mit einem verbogenen Kleiderbügel in ihr herumstochern? Auf einer Schale lag weiteres Zubehör, darunter mehrere Stricknadeln und ein Löffel mit langem Stiel. Camilles Inneres krampfte sich zusammen. Und dann war da wieder dieses Ziehen in ihrem Unterleib, länger und stärker als zuvor, das sich mit dem Schmerz in ihrem Herzen vereinte.

Madame Girasole warf einen Blick zwischen Camilles Beine und legte den Draht zur Seite.

»Qualcosa non è posto?«, fragte Adela.

»Si, certo«, antwortete die Engelmacherin nach kurzem Zögern. »Entspann dich, Kleine.« Es tat weh, als sie einen ihrer Wurstfinger in Camille hineinschob und sie von innen abtastete. Camille biss die Zähne zusammen und hielt still.

»Wie weit bist du, Kindchen?«

»So ungefähr in der achten Woche«, antwortete Adela.

»Noch früh also«, sagte Madame Girasole. »Dann können wir darauf verzichten, die Fruchtblase anzustechen und werden eine kleine Ausschabung vornehmen.«

»Und wozu brauchen Sie dann dieses spitze Ding da?« Misstrauisch starrte Camille auf den verbogenen Kleiderbügel.

Madame lachte leise. »Damit öffne ich deinen Muttermund.«

»Nie gehört«, murmelte Camille. Sie kannte den Begriff nicht und wollte sich auch nicht mit seiner Bedeutung auseinandersetzen. Eins jedoch wurde ihr mit schmerzhafter Klarheit bewusst. Sie, Camille Claudel, lag in einer unwürdigen Position auf dem Küchentisch einer fremden Frau, um ihr Kind abzutreiben. Wieder sah sie Adrianos Gesicht vor sich, sein Lächeln, seine kleinen Hände. Nein, das hier, dazu war sie einfach nicht imstande. Das wäre ja, als würde sie das Kleine aus sich herauskratzen lassen wie den Dreck von ihren Schuhen.

»Halt!« Sie hob ihre Beine von dem Holzgestell, presste sie fest zusammen und setzte sich auf.

»Was soll das?«, fragte Madame Girasole ungehalten. »Hast du es dir anders überlegt?« An ihren Fingern klebte ein wenig Blut, das sie sich verstohlen an ihrer Schürze abwischte.

»Das habe ich. Ich will es doch behalten.« Irgendwie würde sie es schaffen, und wenn sie dafür über sich hinauswachsen musste. Vorsichtig stellte Camille ihre Füße auf den Boden. Adela stützte sie, als sie aufstand. Wieder war da dieser flammende Schmerz, der ihr wie ein Messer durch den Rücken fuhr. Camille stöhnte auf.

»Bist du dir sicher?«, fragte Madame Girasole.

»Ja.«

»Buona fortuna. Aber denk nicht, dass ich dir dein Geld zurückgebe. Bezahlt ist bezahlt. Und wenn es nur Lehrgeld ist.«

Eilig entließ die alte Frau Camille und Adela ins Treppenhaus.

»Und du willst es wirklich behalten?« Adela sah besorgt aus.

Camille hob den Kopf. »Ich weiß zwar nicht, wie es gehen soll, aber ich werde uns durchbringen. Ich habe Freunde. Ich bin nicht allein.«

Als sie nebeneinander die Treppe hinabstiegen, hielt Adela ihren Arm. »Rodin liegt doch was an dir. Vielleicht heiratet er dich.«

An der Hausecke kam der nächste Krampf. Camille hielt sich an Adela fest und atmete erleichtert auf, als der schneidende Schmerz nachließ.

»Was ist los mit dir?«, fragte Adela.

»Ich weiß nicht. Ich habe solche Krämpfe.«

»Schaffst du es noch bis zum Pferdebus?«

»Ich muss.«

»Ich begleite dich nach Hause.«

»Nicht nach Hause, nein, in mein Atelier in der Rue Notre-Dame-des-Champs. Und danke, Adela.«

»Schon gut.«

Zusammen stiegen sie in die Großkutsche und setzten sich auf die Bank. Während der Fahrt schwiegen sie. Camille, weil sie sich den Schmerzen entgegenstemmte, die sie in immer kürzeren Abständen übermannten, Adela, weil sie ratlos war.

Am Montparnasse stiegen sie aus und erreichten mit knapper Not Camilles Atelier. Adela, die Camille stützte, stieß die Tür auf. Amy und Emily standen in ihren Bildhauerkitteln neben ihren angefangenen Skulpturen. Nie zuvor war Camille so froh über ihre Gegenwart gewesen. Amy stürzte auf sie zu, während Emily zur Salzsäule erstarrte. »Oh my God! What happened? Camille? Adela?«

»Sie hat eine Fehlgeburt«, sagte Adela.

In diesem Augenblick erfasste der Schmerz Camille wie eine Welle. Sie keuchte, als warme Flüssigkeit ihr die Beine hinablief und rot und schwer auf den Holzboden tropfte. Amy und Adela griffen nach ihren Armen und verhinderten, dass sie zu Boden sank.

»Emily! Steh nicht rum. Hol Madame Bonneau!«, befahl Amy. Emily verließ den Raum und polterte die Treppe hinauf. Camille öffnete ihre Augen. Da stand *Sakuntala*, halb fertig. Sie sah sie inmitten farbiger Schlieren. Ich ruiniere den Fußboden, dachte Camille, bevor sie das Bewusstsein verlor.

KAPITEL 36

»Ich sterbe«, schrie Camille. Der Schmerz schien sie von innen zu zerreißen.

»Oh nein. Das geht vorüber.« Madame Bonneau kühlte Camilles Stirn mit einem feuchten Lappen. »Solche Dinge passieren. Vor allem zu Beginn der Schwangerschaft. Bei mir war es letztes Jahr zum zweiten Mal so.«

Die Concierge kannte sich mit Frauendingen aus, schließlich hatte sie fünf Bälger zur Welt gebracht. Camille stöhnte, als die Krämpfe aufflammten und sie einen blutigen Klumpen aus sich herauspresste, den Madame Bonneau in einem Tuch verschwinden ließ.

Sie harrte an Camilles Seite aus, bis es vorüber war, obwohl ihr betrunkener Schornsteinfeger oben herumzeterte, das Essen sei angebrannt und sie würde ihn mit den Kindern alleinlassen. Als die Krämpfe und die Blutungen nachließen, half sie Camille, sich zu waschen, und kleidete sie in eines ihrer leinenen Nachtgewänder.

»Möchtest du nach Hause?«, fragte sie. »Soll ich jemandem Bescheid sagen?«

»Noch nicht.« Camille wollte allein bleiben. Sie sehnte sich nach der Stille der Nacht, in der sie sich verlieren konnte.

Niemand außer Madame Bonneau betrat das Atelier, die von Zeit zu Zeit nach ihr sah. Amy und Emily mieden den Raum, was Camille ihnen nicht verübeln konnte. Sie wusste nicht, wie lange das Sofa schon ihr Lager war. Waren es Stunden, Tage? Sie lag mit dem Gesicht zur muffigen Lehne gewandt und blendete die bittere

Wirklichkeit aus. Nichts spielte mehr eine Rolle. Das winzige Wesen, das in ihr wachsen sollte, hatte sich gegen sie entschieden. Sicher hatte es gespürt, dass sie eine schlechte Mutter geworden wäre.

»Wach auf, Camille.« Madame Bonneau rüttelte sie leicht an der Schulter. »Ich bringe dir ein wenig Brühe.«

Licht drang wie Speerspitzen durch Camilles Augenlider. Ein neuer Tag war angebrochen. Sie stöhnte leise.

»Ich will nichts.« Die Brühe roch gut, ihr Magen knurrte. Doch weshalb sollte sie essen? Sie schloss ihre Augen und versank erneut im Dämmerschlaf. Irgendwann, das Licht im Atelier wurde schon trübe, stand sie auf und erleichterte sich in den Nachttopf, den Madame bereitgestellt hatte. Danach trank sie etwas kalten Tee und legte sich wieder hin.

Mitten in der Nacht erwachte sie vom Klang zweier Stimmen. Im Atelier war es finster, bis auf den Schein einer Kerze, der über die Wände geisterte. Camille lauschte. Die eine Stimme gehörte Madame Bonneau, die andere … Oh mein Gott, Louise! Camille griff sich an die Brust. Ihr Herz raste. Ihre Schwester durfte auf keinen Fall erfahren, was geschehen war. Aber sie fühlte sich zu schwach, um Madame Bonneau am Reden zu hindern. Es war ohnehin egal. Alles war egal.

»Wie lange liegt sie schon so da?«, hörte sie Louises Stimme fragen.

»Drei Tage und Nächte. Sie isst nichts und trinkt nur einige Schlucke Tee. Ich fürchte, die Schwermut hat sie ergriffen.«

»Zu Hause ging es ihr auch schon schlecht«, sagte Louise nachdenklich. »Ihr war immer übel.«

Madame Bonneau stieß ein Schnauben aus. »Kein Wunder. Sie hatte eine Fehlgeburt.« Für einen Moment wurde es sehr still.

»Sie hatte was?«

»Sie haben ganz richtig gehört.«

»Oh Gott. Das hätte nicht passieren dürfen.«

Die Tür fiel ins Schloss. Camille war sicher, dass Louise ihrer Mutter brühwarm von ihrem Fehltritt berichten würde. Aber selbst das war egal. Ich bin ein liederliches Frauenzimmer, dachte sie. Jetzt würde es die ganze Welt erfahren.

Am nächsten Morgen kamen unerwartet Amy und Emily zurück.

»Aufstehen, *lazybones*!«, sang Amy gut gelaunt.

Camille stöhnte und wickelte sich fester in das dicke Federbett.

»Du setzt dich zumindest auf und siehst uns an«, sagte Emily gnadenlos. »Alles andere ist nämlich *not very polite*. Madame hat einen Topf mit frischer Rinderbrühe vorbeigebracht. You have to eat.«

Gnadenlos zogen die beiden ihr die Decke weg. Camille fühlte sich in ihrem verschwitzten Nachthemd nackt. »Nicht!«

»Sag ja nicht, dass du frierst. Madame hat angeheizt.«

Der Ofen bollerte. Es war zu warm, aber Camille wünschte sich trotzdem das Federbett zurück, das ihr Schutz bot. Nur mit Mühe gelang es ihr, die Augen offen zu halten.

»Sieh dich um.« Amy fing das Atelier mit einer großen Geste ein. Es war voller Gipssäcke, Tonklumpen und Marmorbrocken. In den Regalen standen Camilles Portraitbüsten, auf dem Podest ihre Skulptur *Sakuntala*. »Du bist Bildhauerin.«

Camille nickte, damit Amy sie endlich in Ruhe ließ, während Emily Suppe in einen Teller schöpfte.

»Mein Werk«, sagte Camille heiser. Auch das war ihr egal.

»… das niemandem auf der ganzen Welt besser gelingen würde als dir«, vollendete Emily. »Nicht einmal Rodin. Du weißt, dass du eine sehr gute Bildhauerin bist?«

Tränen traten in Camilles Augen. Ihre Kunst reichte ihr nicht mehr. Sie wollte Rodin heiraten und ein Kind von ihm. Dieses Kind, dem sie nicht gut genug gewesen war.

»Die Suppe ist salzig genug«, kommentierte Emily. »Die musst du nicht nachwürzen mit deinen Tränen.«

Amy und Emily lachten, während Camille Löcher in die Tischplatte starrte. Noch immer schwebte ihr Löffel über der Suppe, auf der sich langsam Fettaugen bildeten.

»Madame Bonneau hat mir das Leben gerettet«, wisperte Camille. »Ich weiß nur nicht, ob ich es noch will.«

»Natürlich willst du das. Was denn sonst?«, entgegnete Emily. Amy und sie setzten sich auf die freien Stühle und warteten.

»Iss endlich! Sonst muss ich dir meinen schottischen Whisky einflößen«, drohte Amy. »Du musst zu Kräften kommen. Schlappmachen gilt nicht.«

Camilles Magen knurrte ein weiteres Mal. Sie tunkte den Löffel in die Suppe, aß den Teller leer und schaffte noch einen zweiten, in den sie ein Stück frisches Baguette brockte. Danach fühlte sie sich etwas besser.

»Gut gemacht«, lobte Emily.

»Ich muss aufstehen.« Camille setzte ihre Füße auf den Boden und schaffte einen Gang zum Nachttopf und zur Waschschüssel.

Danach saß sie aufrecht auf dem Sofa und sah Amy und Emily bei der Arbeit zu. Es ging, solange sie nicht zu viel nachdachte.

Während der nächsten drei Tage residierte sie wie eine Königin auf dem Sofa, kam mit Madame Bonneaus Essen langsam zu Kräften und feuerte hin und wieder eine kleine sarkastische Spitze auf Amy und Emily ab, die glaubten, sie hätten ihre alte Camille zurück. Die Tränen hob sie sich für die Nächte auf. Es war ihr Stolz, der sich weigerte, aufzugeben. Niemals würde sie sich dem Schicksal beugen, egal, wie grausam es sie geschlagen hatte.

Am dritten Tag stand überraschend Adela vor der Tür, der ein zerknirschter Umberto folgte.

»Du? Ich dachte, ihr seid weg.« Camille fiel aus allen Wolken. »Das sagtest du doch, Adela?«

Diese zuckte mit den Schultern. »Er hat mir nicht die Wahrheit gesagt. Ich hab unter den italienischen Modellen nachgeforscht, und sieh an, sie waren noch da.«

»Setzt euch.« Camille bot ihnen die Stühle am Tisch an, wo Adela die Engländerinnen sofort in ein Gespräch verwickelte.

Umberto rückte zu Camille heran. Sie begriff, wie kostbar diese Begegnung war. Ein unverhofftes Geschenk.

»Es tut mir leid, was geschehen ist«, sagte er. »Auch das mit der Schwangerschaft. Du kannst es wieder probieren, am besten, wenn Rodin und du verheiratet seid.«

Camille nickte, glaubte aber nicht daran. »Warum wollt ihr fort? Liegt es an mir?«

Umberto lachte traurig. »Du denkst an unsere letzte Modellsitzung. Nein. So viel Macht hat Rodin nicht über mich, selbst wenn er mich zwingt, mehr zu entblößen, als ich will. Und du auch nicht. Das ist mein Beruf. Ich weiß nicht, wie viele Künstler seit Jahren ihre Augen auf mich richten.«

»Aber sie fressen nicht deine Seele«, sagte sie beschämt.

»Nein.« Er machte eine kurze Pause. »Rodin ist radikal in allem. Aber das war nicht der Grund für unseren Aufbruch. Es ging nicht mehr zu viert in der kleinen Wohnung. Adela kann unausstehlich sein, und Anna braucht eine Luftveränderung. Vielleicht erholt sie sich unter der Sonne Neapels.«

Camille schwieg. Anders als Anna würde sie wieder aufstehen. Umbertos Augen blieben an *Sakuntala* hängen.

»Dein letztes Kunstwerk in Paris ist von mir.«

Unwillkürlich musste sie lächeln.

Umberto legte seine Hand auf ihre. »Ja, und vielleicht das beste.

Der König ist voller Liebe für die Frau, die er vergessen hat. Sie vergibt ihm vollkommen und nimmt ihn in Gnaden wieder auf. Dafür stützt er sie, als sie zu fallen droht. Das ist so gut, Camille. So habe ich es auch gehalten, dir gegenüber. Und Anna gegenüber ebenfalls.«

»Ich weiß«, antwortete sie. »Wie geht es Adriano?«

Seine Augen leuchteten auf. »Er hat seine ersten Schritte gemacht und hält mich den ganzen Tag in Atem.«

Sie plauderten noch eine Weile und verabschiedeten sich schließlich, nachdem Camille Adela für ihre Hilfe gedankt und den Rest ihrer Ersparnisse übergeben hatte. Auch Madame Bonneau verdiente eine finanzielle Wiedergutmachung für ihre Auslagen. Camille wusste nur noch nicht, wie sie dafür aufkommen sollte.

Am Nachmittag desselben Tages stand unerwartet Paul in der Tür und drehte seine Mütze in den Händen.

Camille bat ihn einzutreten, während Amy und Emily vorgaben, nicht zu lauschen. Paul setzte sich auf die äußerste Kante eines Stuhls. In seinen Augen standen stumme Vorwürfe.

»Woher weißt du, dass ich hier bin?«, fragte Camille.

»Von Louise. Wie geht es dir?«

»Schon besser«, antwortete sie vorsichtig. Sie wusste nicht, was er sich zusammengereimt hatte.

»Daheim ist dicke Luft«, berichtete Paul. »Maman schreit nur noch rum. Louise kann sie fast nicht mehr bändigen.«

»Ich komme bald.«

»Sei vorsichtig. Maman zerstört rücksichtslos jeden, der sich ihr in den Weg stellt.«

»Das tat sie schon immer«, flüsterte Camille. Sie und Paul waren geübt darin, Widerstand zu leisten und zu überleben. Gemeinsam. »Aber bei uns beiden hat sie es nicht geschafft.«

»Nein.« Er beugte sich vor. »Hast du wirklich abgetrieben?«

Hitze überschwemmte Camille. Pauls katholischer Glaube verbot die Tötung ungeborener Kinder, egal unter welchen Umständen sie empfangen wurden. Angesichts seiner Selbstgerechtigkeit hätte Camille Zorn empfinden können, aber sie spürte nur brennende Scham. Tränen traten in ihre Augen, sie schüttelte den Kopf, konnte nicht antworten. Sie hatte den kleinen Paul ebenso verloren wie ihr ungeborenes Kind.

»Hast du, oder hast du nicht?«

»Mir blieb keine andere Wahl«, sagte sie mit erstickender Stimme. »Gibt es in deinem Kosmos nicht die Kraft der Gnade?«

Paul setzte sich aufrecht und rückte von ihr ab. »Ich stelle es mir bildhaft vor, Tag und Nacht. Ich kann nicht mehr schlafen, und wenn, dann träume ich davon. Dieses winzige, unschuldige Wesen, das du wie einen Wurm auf den Misthaufen wirfst. Hatte es schon einen Kopf und Arme und Beine? Hat es geatmet?«

»Nein«, sagte Camille.

»Stopp!« Amy und Emily näherten sich von zwei Seiten. Zorn blitzte in ihren Augen.

Paul hielt inne und stand auf. »Ich muss jetzt gehen.«

»Das wird auch Zeit«, grummelte Emily.

»Raus hier, du kleiner Mistkerl!« Amy packte Paul am Kragen, zerrte ihn zur Tür und stieß ihn ins Treppenhaus. Camille hörte ihn leise fluchen.

»Aber Camille … warum erzählst du solchen Unsinn?«, fragte Emily. »Du hast nicht abgetrieben. Und wenn, hätte er kein Recht, es dir vorzuwerfen.«

Camille wollte weinen, konnte es aber nicht. »Das ist kein Unsinn. Ich stand kurz davor, hab mich erst im letzten Moment umentschieden.«

»Aber du hast es nicht getan«, sagte Emily. »Stattdessen hattest du eine Fehlgeburt und warst furchtbar traurig, weil das Kind abging. Warum hast du das dem selbstgefälligen kleinen Arschloch nicht erzählt?«

»Ich weiß es nicht. Vielleicht will ich, dass er mich verdammt, zur Strafe oder so.« Camille stand auf. »Es wird Zeit, dass ich heimgehe.«

Sie musste retten, was von ihrem brüchigen Familienfrieden noch zu retten war. Entschlossen streifte sie sich das Nachthemd über den Kopf, wusch sich und schlüpfte in ihre Kleider, die Madame Bonneau hatte waschen lassen. Einige Teile, die endgültig verdorben waren, hatten Amy und Emily aus ihrem Fundus ersetzt, so dass Camille an ein paar seidene Strümpfe gekommen war.

»Bist du dünn geworden«, bemerkte Emily betroffen.

»Ich werde schon wieder zunehmen«, entgegnete Camille trotzig.

KAPITEL 37

Es war bitterkalt. Sie stand auf der Straße und zog sich ihren Mantel fester um die Schultern. Novembernebel legte sich feucht auf ihr Gesicht. Der Weg bis zum Boulevard du Port-Royal 31 war nicht weit. Ihr Vater hatte darauf geachtet, dass sie von ihrem Atelier bis zu ihrer Wohnung nicht lange zu laufen hatte.

Camille öffnete die Haustür und stieg mit schweren Schritten die Treppe hinauf. Vor der Wohnungstür pochte ihr Herz unverhältnismäßig laut. Mein Schlüssel, dachte sie, begann panisch zu suchen und stellte fest, dass er fehlte. Sie musste ihn verloren haben.

Egal, dachte sie und klopfte. Es dauerte lange, bis sie schlurfende Schritte hörte. Dann öffnete sich die Tür einen Spaltbreit, und das hasserfüllte Gesicht ihrer Mutter erschien. Ihren großen Mund hatte sie zu einer harten Linie zusammengepresst, und der Haarknoten war so fest gezurrt, dass sich die Haut an ihren Schläfen spannte. Camille wich einen Schritt zurück.

»Du wagst es, hier aufzutauchen«, zischte ihre Mutter. Hinter ihr hörte Camille die flehende Stimme von Louise. »Maman? Ist das Camille? Lass sie rein. Dann können wir reden.«

»Nein!«, sagte Madame Claudel fest.

Das Schuldgefühl, ja die Pein, die in Louises Stimme durchklang, halfen Camille nicht weiter. Sie musste die Konfrontation mit ihrer Mutter alleine durchstehen.

Madame Claudel holte tief Luft. »Wie konntest du uns das antun? Wo wir doch in allem ein Bild der Ehrbarkeit abgeben. Wie konntest du unseren guten Ruf so besudeln?«

»Was antun?«

Speicheltropfen trafen ihr Gesicht, als ihre Mutter zu keifen begann. »Wie konntest du ein Verhältnis mit deinem Lehrer beginnen? Noch vor zwei Wochen habe ich ihn per Brief zu uns zum Essen eingeladen, zusammen mit dieser Frau, dieser Metze, die mit ihm in Villeneuve zu Gast war. Aber er führt ja ein noch weit liederlicheres Leben.«

»Schrei doch nicht so«, rief Louise von innen. »Was sollen die Nachbarn denken?«

Aber Madame Claudel ließ sich nicht beirren. »Und ich behandle diese Rose noch mit Ehrerbietung als Gattin eines großen Künstlers. Was für eine Peinlichkeit.« Ihre schrille Stimme hallte im Treppenhaus wider. »Was für ein Schmierentheater, während sich meine älteste Tochter unter den Augen der Familie mit ihrem Lehrer vergnügt. Habt ihr es im Garten getrieben oder bei den Felsgestalten des Geyn?«

Camille hörte, wie sich eine Etage tiefer eine Tür öffnete. Für die Nachbarin, eine Advokatengattin, waren sie die Sensation des Nachmittags. Sie würde den anderen Hausbewohnerin brühwarm erzählen, dass sich die Claudels offen anschrien und worüber. Adieu, guter Ruf!

»Aber ich war da noch nicht …«

»Sei still!«, heulte Madame Claudel. »Ich will kein Wort mehr von dir hören.«

In Camille erwachte ein glühender Zorn. »Ich werde nicht still sein. Jetzt rede ich, und du hörst mir zu, auch wenn alle Nachbarn lauschen.« Sie holte tief Luft.

»Camille, nein!«, rief Louise alarmiert von innen, aber Camille spürte, wie ihr inneres Feuer sie davontrug.

»Hast du uns je geliebt, Maman? Paul oder mich? Ich weiß, dass du mich nach meiner Geburt abgelehnt hast, weil ich kein Junge war. Papa hat hin und wieder nach mir gesehen. Für den kleinen Paul habe ich das dann gemacht. Was haben wir von dir je anderes erfahren als Abneigung und Gleichgültigkeit? Die Einzige, der du je Zärtlichkeit entgegengebracht hast, war Louise. Aber auch nur, wenn sie gespurt hat.«

Madame Claudel blieb der Mund offen stehen. »So darfst du nicht mit mir reden, Hure.«

»Ich darf so mit dir reden, wie ich will«, sagte Camille bestimmt. »Du kannst nicht lieben.«

Für ein paar Sekunden blieb alles still. Camilles Mutter war sprachlos.

»Verschwinde!« Sie schob Camilles prall gefüllte karierte Reisetasche durch den Türspalt. Sie musste sie vorher gepackt haben, fest entschlossen, ihr keinen Einlass in die Wohnung zu gewähren. »Bildhauerin. Dass ich nicht lache. Ich wusste doch, dass ich eine Schlange an meinem Busen nähre. Hier sind deine Habseligkeiten, Kleider, Bücher, Waschsachen. Ich will dich nicht mehr sehen.«

»Maman, nein!« Während Louise hinter der Tür aufheulte, starrte Camille fassungslos auf die Tasche, die sie in sorglosen Zeiten nach England, auf die Isle of Wight und an die Loire begleitet hatte.

Sie griff danach und verließ das Haus. Dunkelheit hatte sich über die Stadt gesenkt. Regen rann ihr in den Kragen. Wohin sollte sie gehen? Zurück ins Atelier wollte sie nicht. Amy und Emily würden schon weg sein. Aus Gewohnheit schlug sie den Weg zum Marmordepot ein. Wenn die Tasche nur nicht so schwer wäre! Ihr rechter Arm schmerzte ebenso wie ihr Bauch und ihre Hüfte, als sie das Seineufer erreichte. Ihr Körper verlangte nach der langen Krankheit sein Recht auf Ruhe.

Sie blickte auf den dunklen Fluss hinaus, in dem sich nur wenige Lichter spiegelten. Kaum zu glauben, dass auf den großen Boulevards noch Betrieb war, Leute sich auf den Weg in die Oper oder zu Empfängen machten. Debussy war sicherlich endgültig aus Rom zurückgekehrt und ließ sich von Gabrielle mit den grünen Augen das Abendessen servieren.

Camille sah sich um. Im Marmordepot war alles dunkel. Wohin sollte sie sich wenden, wer würde sie aufnehmen?

Gedankenversunken trat sie näher ans Ufer, stellte ihre Tasche ab, und dann geschah es. Sie rutschte an der Böschung aus und schlitterte ein paar Schritte hinab, so dass ihre Füße ins seichte Wasser glitten, das ihr bis über die Knöchel reichte. Eine Schar Enten flog in Panik zum Himmel auf. Ihre Stiefeletten, die Strümpfe und ihr Rock durchnässten schnell, während sie ans Ufer zu kommen versuchte. Aber das war gar nicht so einfach. Ihre Füße steckten im Schlamm fest, und ihre Gliedmaßen waren vor Kälte erstarrt, so dass sie sich kaum bewegen konnte. In diesem Moment begriff sie, dass der Fluss ihr die Wahl ließ.

Sie hatte versagt. Nicht als Bildhauerin, sondern als Frau. Sie war aus dem Elfenbeinturm der Kunst in dieses erbärmliche Leben hinabgestiegen und hatte alles verloren. Camille dachte an die fallenden Mädchen am *Höllentor*. Der Preis des Lebens bestand aus Schmerz und Schuld. Man machte sich die Hände schmutzig, wenn man teilnahm.

Sie konnte nicht schwimmen. Sie musste nur ein paar Schritte weiter ins eisige Wasser waten, um diesem unwürdigen Dasein ein Ende zu setzen. Der Fluss würde sie von den Füßen reißen, über ihrem Kopf zusammenschlagen und ihre quälenden Gedanken zum Schweigen bringen. Sie tat einen Schritt ins Wasser hinein, das sie bis zu den Schenkeln durchnässte. Und dann war da diese Strömung, die ihr die Entscheidung spätestens auf den nächsten Metern abnehmen würde.

»Camille! Was machst du da?«

Camille fuhr herum und hätte beinahe die Balance verloren. Ein Mann rutschte die Böschung hinab und watete entschlossen ins Wasser. Rodin. War es wirklich seine dunkle Gestalt, die da auf sie zukam? Camilles Herz raste, ihr Atem stockte. Erst als sie sein Gesicht im matten Mondschein, der sich im Wasser spiegelte, erkannte, glaubte sie es tatsächlich. Sie stolperte auf ihn zu und wäre lang hingeschlagen, wenn er sie nicht fest gehalten hätte. Einen Moment später lag sie in seinen Armen.

»Mir ist so kalt«, bibberte sie.

»Herrgott noch mal, Camille. Was tust du im Wasser?«

»Nichts. Ich bin nur ausgeglitten.« Sie schniefte, schluchzte und lachte, alles auf einmal. Als die Kälte sie mit voller Wucht erfasste, begannen ihre Zähne zu klappern. »Komm, du musst raus hier.« Rodin zog sie behutsam zum Ufer.

An der Straße stand eine schmale Gestalt mit hochgeschlagenem Kragen, kaum mehr als ein Schatten in der Dunkelheit.

»Wer ist das?«

»Dein Bruder.«

Camille sah, wie sich Paul entfernte, die Hände in den Taschen seiner Jacke vergraben.

»Paul!«, rief sie, doch er drehte sich nicht um.

Rodin zog seinen pelzgefütterten Mantel aus und legte ihn um ihre Schultern. »Du weißt ja, dass er mich nicht leiden kann. Trotzdem kam er zu mir und sagte, dass du Hilfe brauchst. Er war in Sorge, weil deine Mutter einen Wutanfall hatte und du fort warst. Wir haben dich überall gesucht, zuerst in deinem Atelier. Aber die Ladys waren schon weg.«

»Wirklich?« Camille war so verblüfft, dass sie für einen Moment die Kälte vergaß. Paul hatte ihr das Leben gerettet. Er hatte seine

Abneigung gegen Monsieur Wildschweinrüssel beiseitegeschoben, um ihr zu helfen.

»Und dann stand ich vor eurer Tür.« Rodin schüttelte den Kopf. »Deine Mutter hat mir einen gehörigen Schrecken eingejagt. Ich habe nicht gewusst, dass sie so wütend werden kann. Louise war ganz aufgelöst.«

»Maman hat mich rausgeschmissen.« Fröstelnd schlang sie Rodins Mantel noch enger um sich. »Und sie weiß von uns.«

Rodin nickte. »Was sie von mir hält, schrie sie mir ins Gesicht. Machen wir, dass wir wegkommen.«

An der Rue de l'Université stand eine Mietdroschke. Das Pferd trug schwarze Scheuklappen. Der Kutscher wandte ihnen sein Gesicht zu, ein heller Fleck in der Dunkelheit. »Na macht schon! Es ist kalt.«

Rodin hob Camille hoch und schwankte unter ihrem Gewicht. »Bist du schwer mit den durchnässten Röcken.«

Er trug sie zur Straße und wuchtete sie in die Droschke. Wenn sich der schnauzbärtige Kutscher über die Algen wunderte, die an Rodins Mantel klebten, zeigte er es nicht. Nachdem Rodin ihre Reisetasche geholt hatte, setzte sich die Kutsche in Bewegung. Camille war zu schwach, um nachzufragen, wo es hinging. Sie schlotterte in ihren durchnässten Kleidern.

Rodin ließ sich neben sie auf die Bank fallen. »Ich habe dich vermisst. Wo hast du letzte Woche gesteckt?«

»Ich …« Camille nieste. »Eine Frauensache. Du hast nicht zufällig ein Taschentuch? Hier drin ist es eiskalt.«

»Lenk nicht ab!« Er reichte ihr sein Schnupftuch und begann, sie mit seinem pelzgefütterten Mantel abzurubbeln. Rücken, Bauch, Beine. Dabei fiel sein Blick auf den Boden. Camille schnäuzte sich gründlich.

»Ist das Blut?«

Camille senkte ihre Augen. Tatsächlich. Ein paar Tropfen auf dem Boden schimmerten verräterisch dunkel. Rodin bückte sich, zog seinen Zeigefinger durch eine der Pfützen und roch daran. »Mein Gott, Camille.«

Die Kutsche hielt am Hôtel Le Meurice nahe den Tuilerien, dem gleichen, in dem sie nach dem Bankett bei den Rothschilds ihre erste gemeinsame Nacht verbracht hatten. Zwischen diesem und jenem Abend lagen Welten.

Camille schloss die Augen, als Rodin sie durch das Foyer hinauf in ihr Zimmer trug und auf das Bett setzte. Sie wollte nur eins: die Decke über den Kopf ziehen und für immer so liegen bleiben. Das Feuer im Kamin verwandelte die Feuchtigkeit in ihren Kleidern in Dampf, während zwei Zimmermädchen im Badezimmer rumorten und heißes Wasser in die Badewanne einließen. Sie hatte Löwenfüße, erinnerte sich Camille.

Rodin scheuchte die Zimmermädchen vor die Tür und zog ihr die Schuhe von den Füßen. »Ins Bad mit dir, aber schnell! Ich hoffe, es ist heiß genug, damit du auftaust.«

»Meine b-besten Lederschuhe«, bibberte sie. »Und Emilys Seidenstrümpfe.«

»Du bekommst ein paar neue von mir«, versprach er.

Camille legte Rodins Mantel, ihre Jacke, Rock, Bluse, Hemd und Korsett ab und breitete sie auf dem Kamingitter aus. Splitternackt stand sie auf dem Teppich. Rote Tropfen rannen ihre Beine hinab. Mit letzter Kraft ging sie ins Badezimmer und stieg ins heiße Wasser, wo das Zittern langsam nachließ.

Nach einigen Minuten entspannte sie sich. Auf dem Fenstersims brannten Kerzen, vor dem Spiegel standen Flacons mit den feinsten Parfümen, das Badewasser duftete nach Rosenöl. Die Handtücher waren weich und weiß. Der Luxus stand in einem solchen Kontrast zu den Geschehnissen der letzten Woche, dass es ihr die Sprache verschlug.

Rodin trat ein und zog sich den Badeschemel heran. »Was hast du im Fluss gemacht?«

Camille zuckte zusammen. Es war so schön gewesen, alles zu vergessen. »Ich bin am Hang ausgerutscht und stand plötzlich im seichten Wasser.«

Er beugte sich vor und sah sie an. »Das sah für mich aber anders aus. So flach war das nicht. Ein Schritt weiter, und die Strömung hätte dich erfasst.«

Camille plätscherte mit ihrer Hand. »Ich war ungeschickt. Es war dunkel. Ich hing im Schlamm fest und strauchelte.«

»Lenk nicht ab!«, sagte Rodin streng. »Das sah aus, als wolltest du dein Leben selbst beenden.«

Camille schüttelte den Kopf, froh darüber, dass der heiße Dampf ihr Erröten verbarg. »Ich? Niemals! Vergiss nicht, ich bin Bildhauerin.«

»Du gibst nicht auf.« Rodin sah sie nachdenklich an. »Wie sehr wir uns gleichen. Auch du lebst für die Kunst. Aber woher kommt das Blut? Und wag ja nicht zu lügen!«

Camille wappnete sich. »Die letzte Woche hat mich aus der Bahn geworfen wie nichts zuvor. Dem Rauswurf durch meine Familie ist etwas vorangegangen.«

Rodin blickte auf. »Was ist passiert?«

»Ich war schwanger.«

Die Zeit der Heimlichkeiten war vorbei. Camille weinte. Ihre Tränen tropften ins Badewasser. Rodin wartete, bis sie versiegt waren und hielt dabei ihre Hand. »Erzähl mir, was geschehen ist.«

Auch wenn sie es gewollt hätte, konnte Camille sich nicht mehr bremsen. Die Geschehnisse der letzten Tage sprudelten aus ihr heraus. Umbertos Verschwinden, ihr Besuch bei Adela, die Engelmacherin, die Fehlgeburt und die langen Tage im Atelier in der Rue Notre-Dame-des-Champs.

»Mein Gott!«, sagte er schließlich. »Mein armes Lämmchen. Was hast du gelitten, und ich habe nichts davon mitbekommen.«

Dann tigerte er auf und ab wie in seinem Atelier, wenn die Dinge ihm nicht passten. Das Badezimmer war zu klein für seine langen Schritte. »Du warst also schwanger. Trag Sorge dafür, dass das nicht wieder passiert.«

Ungläubig ließ Camille seine Worte auf sich wirken. Rodin konnte keine Kinder um sich ertragen. Rose hatte angedeutet, dass sie nach der Geburt von Auguste jede weitere Schwangerschaft verhindert hatte. Mit welchen Mitteln? Plötzlich erfasste sie gleißender Zorn. Sie war nicht Rose, oh nein. Sie war Camille, die aus ihrem Herzen keine Mördergrube machte.

»Verflucht, Rodin!« Sie erschrak vor ihrer schrillen Stimme.

»Leise!«, ermahnte er sie. »Oder sollen die Nachbarn uns hören?«

»Ich werde nicht leise sein. Nie wieder werde ich leise sein.«

Rodin blieb stehen. »Du warst schwanger. Um diese Dinge kümmern sich die Frauen selbst. Das haben sie schon immer getan und werden es auch weiterhin tun. Schließlich ist es ihr Körper.«

Die Worte waren Zunder für Camilles Empörung. Alles hatte sie Rodin gegeben, ihre Jugend, ihr Talent, ihren Körper, ihre Seele, ihr Selbst hatte sie rückhaltlos verschenkt und zuletzt das Band zu ihrer Familie zerschnitten. Wütend stemmte sie sich auf die Füße, taumelte und glitt beinahe aus, wobei eine Menge Wasser über den Rand der Wanne schwappte. Rodin hielt sie, während sie über die Umrandung stieg.

»Was machst du denn? Sei vorsichtig.«

»Was ich tue!« Ihre Stimme kippte vor unbändigem Zorn. »Was ich tue? Ich bin nicht ohne dein Zutun schwanger geworden. Das funktioniert nämlich nicht ohne die Beteiligung eines Mannes, wie du in deinem langen Leben sicher schon mitgekriegt hast.« Wieder wollte sich die gewalttätige Furie in ihr Platz verschaffen. Camille kämpfte gegen den Drang an, die Flacons vom Fensterbrett zu wischen. Sie brauchte Scherben um sich, an denen sie sich ihre Füße zerschneiden konnte. Sie schluchzte auf.

»Aber Camille.« Er nahm eines der weichen Handtücher, legte es ihr um die Schultern und begann, ihr den Rücken abzurubbeln. »Willst du dich nicht beruhigen? Ich habe uns eine Mahlzeit und heißen Punsch bringen lassen. Dabei können wir reden.«

Camille trat zur Seite. »Auf keinen Fall! Keine Beschwichtigungen mehr! Mein Leben stand auf der Kippe. Das hast du richtig gesehen.«

Betroffen betrachtete Rodin sie durch sein Lorgnon. »Was willst du dann? Ich habe mich noch nie von einer Frau ins Bockshorn jagen lassen.«

»Es gibt für alles ein erstes Mal.« Camille war erstaunt über die Kälte in ihrer Stimme.

»Nun sag schon!«, grollte er.

Sie holte tief Luft. »Rodin!«

»Ja?«

»Stiehl dich nie wieder aus der Verantwortung!«

Bevor sie splitternackt in den Hauptraum ging, warf sie einen Blick auf das Badewasser, das sich mit ihrem Blut vermischt hatte. Die Farbe glich den rosa Heckenrosen, die in Villeneuve im Sommer an jeder Ecke blühten.

KAPITEL 38

Es war Januar. Camille stieß die Fensterläden auf und ließ kalte Luft in den Raum im Erdgeschoss, der ihr gleichzeitig als Wohnzimmer und Atelier diente. Draußen wehte ein frostiger Ostwind. Wenn sie den Kopf aus dem Fenster streckte, öffnete sich weit über den Dächern und Kaminen ein Rechteck kobaltblauen Himmels.

In den Wochen nach dem Zerwürfnis mit ihrer Familie hatte sich vieles verändert. Rodin hatte in der Rue d'Italie 113 im ländlich geprägten Viertel der Gobelins eine Wohnung für sie gefunden und gestern die jährliche Miete bezahlt. Nun war sie nicht nur ein liederliches, sondern auch ein ausgehaltenes Frauenzimmer. Nein, dachte sie. Meine Arbeit ist mehr wert, als er mir bezahlt. Sie war wieder im Marmordepot tätig, unterstützte François Pompon bei den Abläufen und beriet Rodin in allen künstlerischen Fragen. Mehr denn je verließ er sich auf sie. Für den Moment hatten sie ihre Streitigkeiten beigelegt. Alles war gut, solange Camille Rose vergaß und nicht erneut schwanger wurde. Sie hob den Kopf und stellte sich aufrecht. Aufgeben kam nicht infrage. Irgendwann würde sie ihn zu einer Entscheidung zwingen. Aber heute reichte ihre Kraft nicht dafür. Stattdessen betrachtete sie voller Stolz ihr erstes eigenes Atelier.

Der Raum überzog sich bereits mit einer dünnen Schicht Gipsstaub, wie es sich für eine Bildhauerwerkstatt gehörte. Tisch, Regale, Fensterbretter, Fußboden und sogar ihre Suppe waren weiß besprenkelt. Amy und Emily amüsierten sich köstlich darüber. Camille vermisste die beiden, wusste aber, dass es Zeit gewesen war, ihren eigenen Weg zu gehen. Ihre Skulptur *Sakuntala* war mit ihr umgezogen, ebenso die Büsten ihrer Familienmitglieder und *Giganti*.

Vom Regal aus sah sie Pauls Büste unversöhnlich an. Paul. Noch hatte sie sich nicht mit ihm ausgesprochen. Camille atmete tief durch. Besser, sie konzentrierte sich auf das Positive in ihrem Leben. Rodin würde sie dabei unterstützen, *Sakuntala* im Salon auszustellen.

Jetzt aber galt es, diesen Tag zu überstehen, möglichst ohne zu viel Rotwein. Sie hatte sich vorgenommen, erst abends zu trinken, schaffte es aber nicht immer. Die getigerte Katze strich ihr um die Beine, eine magere Streunerin, die sie im Hof gefunden hatte. »Warte, Mieze.« Camille stellte ihr eine Schale mit verdünnter Milch hin, die die Katze gierig aufleckte. Camille fühlte sich auf rätselhafte Weise mit ihr verbunden.

Sie ging an die Arbeit. Ihr neuester Auftrag war eine Büste des kleinen Charles Lhermitte. Er war der Sohn von Léon Lhermitte, einem Maler, der mit Rodin befreundet war. Mehrere Tonentwürfe standen auf dem Tisch. Zunächst hatte sie sich nicht für fähig gehalten, ein Kinderbildnis zu schaffen. Nun aber erfüllte sie ihre Arbeit gleichermaßen mit Schmerz und Freude, so viel Verheißung lag in dem kleinen Gesicht mit dem offenen Blick. Meine Kinder bestehen aus Bronze, Ton und Marmor, dachte sie traurig.

In diesem Augenblick klopfte es an der Tür. Camille stand auf, öffnete und blickte in das müde Gesicht ihres Vaters. Sie hatte ihn seit Weihnachten nicht gesehen. »Mit dir habe ich überhaupt nicht gerechnet.«

»Es ist Zeit für ein Gespräch. Darf ich hereinkommen?«

»Aber sicher.«

Er trat ein und sah sich um. »Ein Wohnatelier? Rodin macht Nägel mit Köpfen, wenn er sein Liebchen zu sich holt.« Louis-Prosper sah deutlich älter aus als im letzten Jahr. Sein weißes Haar sträubte sich, und seine scharfe Nase ragte raubvogelartig aus seinem Gesicht.

»Setz dich doch.« Sie bot ihm einen Stuhl an. »Was kann ich dir anbieten? Wein?«

Sie deutete auf ihre halb volle Flasche Rotwein.

»Es ist Mittag«, rügte er sie halbherzig und nahm Platz. »Aber ja. Gerne einen Schluck.«

Sie holte zwei Gläser und schenkte ihnen beiden ein.

»Ich hoffe, du trinkst sonst nicht tagsüber«, sagte er streng.

Camille spürte, wie sie errötete. »Nein«, schwindelte sie. Mit einem Schluck Rotwein ließ sich das Leben deutlich besser ertragen. Als sie sich setzte, sprang ihr die gestreifte Streunerin auf den Schoß. Geistesabwesend begann Camille sie zu kraulen.

Ihr Vater runzelte die Stirn. »Wie du weißt, dulden wir Katzen in Villeneuve allenfalls als Mäusefänger, aber nicht als Haustier.«

»Sie ist meine einzige Gesellschaft.« Die Katze begann unter Camilles Händen behaglich zu schnurren.

»Mach, was du willst.« Louis-Prosper hob sein Glas. »Louise und Paul lassen dich grüßen. Louises Hochzeit ist für August diesen Jahres angesetzt. Sie lädt dich herzlich ein.«

»Danke. Ich komme gern. Maman lässt mir nichts ausrichten?«

Beschämt schüttelte er den Kopf. »Gib ihr Zeit. Sie grollt dir noch immer. Zu Hause herrscht schlechte Stimmung.«

»Wegen mir?«, fragte sie bitter. »Aber wann war es bei uns je nett und harmonisch?«

Ihr Vater nahm die Kritik mit einem Nicken zur Kenntnis. »Wir streiten viel. Vor allem Paul ergreift für dich Partei. Mutter nimmt dir übel, dass du im Treppenhaus herumgeschrien hast.«

Camille schnaubte entrüstet. »Sie wollte mich nicht reinlassen. Stattdessen stellte sie sich an die Tür und brüllte durch den Türspalt.«

»Sie kann keine Fehler einsehen«, gab Louis-Prosper zu. »Das konnte sie noch nie.«

»Aber du auch nicht, Papa.«

Nachdenklich trank er einen Schluck Wein. »Vielleicht hast du recht. Aber dennoch. Mutter ist dünkelhaft und nicht imstande, über ihre Grenzen hinauszublicken. Wir sind sehr verschieden, sie und ich.«

Camille setzte sich aufrecht. »So war es schon immer, sagst du. Aber ihr hättet eure Streitereien nicht auf unseren Schultern austragen dürfen.«

In den letzten Wochen hatte sie viel über ihre Kindheit nachgedacht. Sie waren Waffen in den Händen ihrer Eltern gewesen, Paul und Camille aufseiten ihres Vaters, Louise auf der ihrer Mutter. »Sogar meine Modellierversuche habt ihr benutzt, um euch zu bekriegen. Denk an meine Katzenfamilie und meine schlafende Taube, die Maman zerstört hat, auf den Boden geworfen, zertreten. Vielleicht galt ihr Hass ja dir. Vielleicht hast du sie zu schnell als Dummchen vom Lande abgetan, und sie hat darunter gelitten, wie sehr du sie verachtest.«

»In der Tat.« Louis-Prosper stellte sein Glas mit einem Klirren auf den Tisch. »Vielleicht habe ich zu wenig um sie gekämpft. Aber sie ist mindestens ebenso eigensinnig wie ich.« Er beugte sich vor. »Du darfst sie nicht mit uns vergleichen. Wir sind klug, Camille. Du, Paul und ich, euer betagter Vater. Die Louisen haben nicht unser intellektuelles Niveau. Für sie sind Landbesitz in Villeneuve und Ansehen in der Gesellschaft der alleinige Lebensinhalt. Aber du bist anders. Du bist eine sehr gute Bildhauerin geworden. Du gestaltest dein Leben aus eigener Kraft. Ich glaube, Mutter ist sich nicht bewusst, wie neidisch sie auf dich ist, auf deine Freiheit, auf dein Durchsetzungsvermögen.«

Camille zog verwundert die Augenbrauen zusammen. »Auf mich? Das kann nicht sein. Sie sagt doch, ich zerstöre ihren guten Ruf.«

»Sieh dir an, was du alles geschaffen hast.« Ihr Vater deutete auf ihre Arbeiten, die den Raum füllten. »Du hast ein großartiges Werk kreiert, und sie traut sich nicht einmal ohne Begleitung aus dem Haus. Deine Mutter ist ein zutiefst unglücklicher Mensch.«

»Mag sein.« Weshalb nahm er Maman in Schutz? Camille war nicht bereit, auch nur einen Schritt zurückzuweichen. »Aber ihre Unzufriedenheit hat sie an uns Kindern ausgelassen. Und du hast uns nicht beschützt, im Gegenteil, du hast Öl ins Feuer gegossen, wo immer es ging, indem du uns gefördert hast.«

Ihr Vater nickte bedächtig. »Ich war sehr oft nicht da, Camille. Ich wollte so gerne besondere Kinder. Aber in letzter Zeit frage ich mich oft, was geschehen wäre, wenn ich deine Begabung ignoriert und deine weiblichen Tugenden mehr beachtet hätte. Es würde dein Werk nicht geben, aber vielleicht wärst du glücklicher geworden.«

»Maman wollte mich auf die Haushaltsschule schicken.« Camille lachte ungläubig. »Das meinst du nicht ernst.«

»Doch, das tue ich.« Er nickte grimmig. »Wenn du keine Bildhauerin geworden wärst, hättest du sicher geheiratet und wärst heute eine zufriedene Ehefrau mit ein paar Kindern. Die Laufbahn, die du gewählt hast, ist mit Risiken verbunden und kostspielig, wenn man keinen Förderer hat. Im Ernstfall stehst du allein da.«

»Jeder Weg, den man einschlägt, hat Konsequenzen.« Camille runzelte die Stirn. Es sah ihrem Vater nicht ähnlich, seine Entscheidungen infrage zu stellen. »Außerdem hätte ich mit meiner Streitlust jeden Heiratskandidaten in die Flucht getrieben.«

»Wie Ferdinand de Massary?«

»Mit Ferdinand macht Louise einen guten Fang.«

»Den Coup hast du eingefädelt. Gib es zu.« Louis-Prosper trank sein Glas leer. »Ich hätte es kommen sehen müssen.«

»Was? Ferdinand und Louise oder meine Bildhauerkarriere?«, fragte Camille unschuldig.

»Rodin«, entgegnete er düster. »Dass du dich in seinen sorgsam ausgespannten Netzen verfängst.«

Rodin ist mein Schicksal, dachte Camille, doch heute war nicht der Tag der großen Worte. »Du hättest es nicht verhindern können. Rodin ist ein Rhino wie ich. Dickhäuter wie wir ziehen sich magisch an.«

»Ein was?«, fragte er überrascht.

»Ein Nashorn. Der Vergleich stammt von Jessie. Sie meinte, wir haben beide den gleichen Dickschädel. Sie ist manchmal überraschend klarsichtig.«

Louis-Prosper lachte schon etwas gelöster. »Eigentlich schade, dass ihr euch zerstritten habt.«

»Es sind Dinge vorgefallen, auch von Jessies Seite.« Camille konnte nicht sagen, wie oft sie ihre Freundin in den letzten Wochen vermisst hatte. Aber sie war stur und sah keinen Grund, als Erste auf sie zuzugehen.

Sie wechselte das Thema. »Wie geht es Paul?« Er war ihr wichtig.

Ihr Vater ging dankbar auf den Themenwechsel ein. »Paul ist wohlauf. Er studiert eifrig Politikwissenschaften und hat vor, sich beim Auswärtigen Amt für den diplomatischen Dienst zu bewerben. Aber, stell dir vor …« Louis-Prosper stand auf und wandte sich zur Tür. »Als ob ich nicht genug gestraft wäre, ist er Katholik geworden. Und das, obwohl ich mir solche Mühe gegeben habe, euch zu kritischen Denkern zu erziehen.«

»Ich weiß.« Camille schubste die Katze von ihrem Schoß, folgte ihm in den Hof und zog ihr Umschlagtuch fester. Die Kälte hatte sich unter dem blauen Himmel schwer und starr auf Paris gelegt.

»Paul hat immer alles infrage gestellt«, fuhr Louis-Prosper fort. »Meine Rationalität. Meinen Agnostizismus. Mein Freimaurertum. Meine ganze Haltung.«

»Er sucht nach etwas Eigenem«, erwiderte Camille leise. »Einem Weltbild, Idealen, denen er nachfolgen kann. Hat er es dir selbst gesagt?«

Louis-Prosper nickte. »Zwangsweise. Ich erwischte ihn beim Beten und stellte ihn zur Rede. Stell dir vor. Vor einem Jahr hat er an Weihnachten die Christmette in Notre-Dame besucht. Aus Neugier, oder weil es ihn magisch dorthin zog, ich weiß es nicht. Dort hörte er, versteckt hinter einem Pfeiler, die kleinen Chorknaben das Magnifikat und später das Adeste Fideles singen. Für ihn klang der Chor wie Engelsstimmen. Er erzählte mir, ihm sei gewesen, als habe Gott ihn gerufen. Das können wir nicht nachvollziehen, Camille, oder?«

»Oh nein. Wir geben unseren Kopf nicht an der Kirchentür ab.« Camilles leises Lachen war voller Wehmut. »Er hört den Ruf und verliebt sich unsterblich in die Jungfrau Maria.«

»Mach dich nicht über ihn lustig«, sagte Louis-Prosper streng. »Seine Bekehrung hat Konsequenzen für sein Leben und seine Dichtkunst. Wenn ihn sein geistlicher Berater nicht davon abgebracht hätte, wäre er Mönch geworden.«

Camille nickte. Paul machte keine halben Sachen. »Ich spotte nicht über ihn. Vielleicht hat er uns mit seinem Glauben ja etwas voraus. Auf jeden Fall Trost.«

Kurz darauf verabschiedete sie ihren Vater und ging in ihr Atelier zurück. Im Ofen war kaum noch Glut. Funken stoben auf, als sie nachlegte und mit dem Schürhaken in den Kohlen stocherte. Sie hätte Rodin verlassen sollen, als es noch möglich gewesen war. Zu spät, dachte sie, klappte die Ofentür zu und richtete sich auf. Ich habe mich entschieden, mit allen Konsequenzen, auch wenn es mich eines Tages zerreißen wird.

Sie trat zwischen ihre Kunstwerke, die im Zwielicht zu flüstern schienen. Sakuntala und König Duchmanta hatten nur Augen füreinander, aber der kleine Charles Lhermitte schenkte ihr sein hinreißendes Lächeln.

Camille zündete die Gaslaterne an und ging an die Arbeit. Sie hatte eine Portraitbüste Rodins begonnen. Der Ton, in den sie ihre formenden Finger grub, besaß genau die richtige Konsistenz und beugte sich ihrem Willen, so dass unter ihren Händen langsam eine erste Maquette von Rodins Löwenhaupt entstand. Sie würde sein Gesicht zerfurcht darstellen, voller Erhebungen, die ihn aussehen ließen, als sei er aus Stein. Wie ein Riese, ein überirdisches Wesen, das dem Fels entwuchs. Wie der Geyn, dachte sie. Immerwährend, aber das stimmte nicht. Erst ihre Hände und ihre Liebe verliehen seinem Antlitz Ewigkeit.

In diesem Moment klopfte es an der Tür. Camille öffnete, verwundert über den späten Besuch bei dieser Kälte. Es war Paul.

»Darf ich reinkommen?«, fragte er.

KAPITEL 39

An einem schönen Tag im Sommer standen Camille und Rodin in der Rue d'Italie vor einem schweren, schmiedeeisernen Tor, hinter dem üppiges Grün wucherte. Camille hätte lieber in ihrem Atelier gearbeitet, aber Rodin hatte darauf bestanden, ihr den verwilderten Park zu zeigen.

»Und, versteckt sich ein Palast aus *Tausendundeiner Nacht* darin?«, fragte sie spöttisch.

»So etwas Ähnliches.« Er steckte den Schlüssel ins Schloss und versuchte vergeblich, ihn zu drehen. »Warum will das Mistding nicht?«

»Er ist verrostet«, erkannte Camille. »Und das Schloss auch.«

»Das muss doch irgendwie gehen.« Rodin zog mit Gewalt daran, bis das Tor quietschend aufsprang, als wolle es sein Geheimnis nur widerwillig preisgeben. »Na bitte.« Er machte eine einladende Geste. »Nach Ihnen, Mademoiselle.«

Sie traten ein.

»Was wollen wir hier?«, fragte Camille. Die Wildnis erhob sich vor ihr wie eine Mauer.

Rodin griff nach ihrer Hand. Er wirkte aufgeregt. »Hast du dich nie gefragt, was sich in dem verwunschenen Garten befindet?«

»Doch.« Sie war oft an dem Grundstück vorbeigekommen, das ihrem Atelier fast gegenüberlag. Es war so grün wie kaum ein anderer Ort in der Stadt.

Rodin zog sie auf einen Weg, der unter wuchernden Büschen und Bäumen kaum mehr zu erkennen war. »Vorsicht!«, sagte sie.

»Wer weiß, ob es hier nicht Lianen, Affen und giftige Spinnen gibt. Oder Schlangen?«

»Das wäre mir gerade recht.« Er lachte, zog sein Taschenmesser hervor und schnitt den Durchgang von Brombeerranken frei. »Wir sind Entdecker auf dem Weg zu einem neuen Kontinent. Findest du das nicht faszinierend?«

»Es hält sich in Grenzen.« Camille dachte an die Arbeit, die in ihrem Atelier liegenblieb. »Also gut. Ich gebe zu, dass es romantisch ist.«

Sie schlängelten sich zwischen verwilderten Rosensträuchern, wuchernden Lavendelbüschen und ausgedehnten Brennnesselfeldern hindurch, bis sich der Blick auf eine verfallene Villa öffnete. Über dem Garten lag der warme Duft nach blühendem Geißblatt.

Das Gebäude war im Stil der Renaissance errichtet. Es hatte drei Flügel, die mit ihren Dreiecksgiebeln griechischen Tempeln ähnelten. Der Mittelteil war durch ein von Säulen getragenes Vordach begrenzt.

»Ein Schloss für meine Prinzessin«, verkündete Rodin stolz. »Hier, meine Hoheit, sehen Sie das Palais Folie-Neufbourg, auch Clos Payen genannt.«

»Das ist ja eine Ruine.« Camille rümpfte die Nase. Die Pracht vergangener Zeiten war zerronnen. Steine waren aus der Wand gebrochen. Die Fenster wirkten wie ausgefallene Zähne in einem löchrigen Gebiss. Putz blätterte ab. Ein Haufen Ziegel türmte sich auf dem Boden. Als Camille ihre Augen nach oben richtete, sah sie den Grund. Im Dach klaffte ein Loch, aus dem die Sparren herausstanden.

»Aber das ist doch toll, oder?« Rodin konnte sich über jedes Abenteuer wie ein Schuljunge freuen.

»Es regnet rein«, stellte Camille nüchtern fest. »Da ist sicher mal der Blitz eingeschlagen.«

»Sei nicht so skeptisch. Es wird sich wunderbar als Atelier für uns beide eignen.«

»Es ist deins?«, fragte sie überrascht.

»Ich habe es gemietet«, sagte er würdevoll. »Es hat eine Geschichte. Schließlich diente das Haus schon George Sand und Alfred de Musset als Liebesnest.«

»Da war es sicher noch nicht so heruntergekommen.« Camille hob abwehrend die Hände. »Ein Windstoß, und es bricht über uns zusammen.«

»Warte, bis du es von innen gesehen hast.« Rodin zog sie unter das Säulenvordach und schloss die Tür auf. Kurzerhand hob er sie hoch und trug sie über die Schwelle.

»Lass mich runter!«

Lachend gehorchte er und setzte sie im Foyer ab. Camille richtete sich auf. »Du weißt schon, dass du verrückt bist?« Draußen war Sommer, aber drinnen war es so kalt, dass sie sich in die Hände blies. Misstrauisch sog sie den modrigen Geruch ein. »Hier gibt es sicher Mäuse und Schlimmeres.«

»Das kriegen wir schon in den Griff.« Rodin legte ihr seinen Arm um die Schultern. »Komm, sei nicht so ein Trauerkloß!«

»Wenn ihr nicht werdet wie die Kinder«, sagte sie bitter. »Das wäre Pauls Kommentar.«

Rodin lachte. »Lass deinen sauertöpfischen Bruder aus dem Spiel.«

Er zog sie weiter. Der Salon war ein großer Raum voller abblätternder Wandmalereien und einem Erker mit einer Fensterfront, die sich zum Garten öffnete. Bauschutt sammelte sich in einer Ecke. Auf den Bodendielen lag fingerdick der Staub. Camille zog ihren Zeigefinger hindurch. »Die Putzkolonne war auch noch nicht da.«

»Zusammen schaffen wir das«, behauptete Rodin. »Außerdem staubt durch den Gips ohnehin alles wieder zu.«

Camille folgte ihm zu den Fenstern, über denen ein Schmutzschleier lag, der den Park vor ihren Augen verbarg.

»Ist das nicht ein außergewöhnlicher Platz?«, fragte er stolz.

»Und so lichtdurchflutet«, kommentierte sie. »Man hat den Durchblick.«

Rodin, dem jeder Sinn für Ironie abging, zog sie an sich. »Man muss etwas Arbeit hineinstecken, aber im Grunde ist es ideal als Atelier. Gib es zu!«

Wieder hatte er die Entscheidung über ihren Kopf hinweg getroffen. Camille sah sich um. An den Wänden stapelte sich Material, Säcke mit Gips und Ton, Werkzeug, Eimer und Leitern. »Das Haus brauchbar zu machen wird ein Kraftakt.«

Rodin lebte für die Kunst und gab sich nicht mit irdischen Problemen ab. Das galt auch für die Frage der Verhütung, die er beiseitegeschoben hatte. Camille hatte Mühe, ihren Ärger und ihre Enttäuschung im Zaum zu halten.

Alles hängt von mir ab, dachte sie bitter. Sie hatte die Modelle nach Methoden gefragt, um eine Schwangerschaft zu verhindern. Die Ergebnisse waren mager. Es gab nichts Zuverlässiges, außer man lebte abstinent oder beschränkte sich auf die Tage vor und nach der Periode. Camille hielt sich daran, wartete aber monatlich voller Panik auf das Einsetzen ihrer Blutung, die sich oft um Wochen verzögerte.

Rodin würde sich niemals ändern. Camille kämpfte gegen das Gefühl der Hilflosigkeit an, das sie immer häufiger erfasste. Manchmal wusste sie tagelang weder ein noch aus.

»Wir schaffen das mit vereinten Kräften«, gab er sich überzeugt.

Sie nickte zerstreut. Abgesehen davon hatte sie keinen Grund, sich zu beklagen, wenn man davon absah, dass Rose noch immer wie eine Spinne im Netz in Rodins Wohnung saß. Sie legte seine Wäsche zusammen, befeuchtete die verbliebenen Tonskulpturen und wartete auf ihn. Camille versuchte, ihre Gegenwart zu vergessen.

Mit Paul hatte sie sich versöhnt. Sie brauchten einander zu sehr, um auf Dauer zerstritten zu sein. Außerdem hatte sich Rodin als Zeichen seines guten Willens bereiterklärt, für ihn ein Empfehlungsschreiben zum Auswahlwettbewerb des Auswärtigen Amtes zu verfassen. Auch zu ihrer Mutter hatte Camille wieder Kontakt, doch sie wusste nicht, ob sie dem Frieden trauen konnte. Hinter jedem ihrer Worte spürte sie Vorbehalte gegenüber ihrem Lebenswandel.

»Mon amour.« Rodin legte die Arme um sie. Camille sog seinen Duft nach Tabak, Schweiß und Leder ein. »Meine Sonne, um die ich kreise wie ein blasser Trabant. Was bin ich für dich?«

»Das Zentrum meiner Gedanken«, sagte sie. »Sogar, wenn ich dir böse bin.«

»Gerade dann, wenn du mir die Pest an den Hals wünschst.« Er lachte und strich ihr eine Haarsträhne aus dem Gesicht. Manchmal war er überraschend klarsichtig. »Im Moment bist du mir zugetan?«

»Ja«, sagte sie. »Aber in Zukunft werde ich dir noch oft die Hölle heiß machen. Mach dich auf was gefasst.«

»Ich freue mich darauf.« Rodin ließ sie los. »Meine Teufelin, meine Löwin, mein Engel. Wenn du willst, zerreiß mich in der Luft. Dieses Schloss gehört nur dir und mir. Hier dürfen wir einander genügen.«

In diesem Moment flatterte eine Taube durch ein zerbrochenes Oberlicht und kreiste an der Decke.

»Oh nein!«, rief Camille entsetzt. »Das darf nicht wahr sein. Denk an unsere Arbeiten!«

Rodin betrachtete die Taube nachdenklich. »Aber sie ist allein. Ein unwillkommenes Haustier, aber keine Katastrophe. Sie wird schon wieder verschwinden.«

Sie schüttelte den Kopf. »Keine Beschwichtigungen! Was, wenn sie ihre Verwandtschaft mitbringt? Bei einem Schwarm nutzen auch keine Tücher zum Abdecken mehr.« Seelenruhig setzte sich die Taube aufs Fensterbrett und betrachtete sie aus ihren dunklen Knopfaugen.

»Na los, scheuch sie weg!«, rief Camille.

»Ksch! Ksch. Hau schon ab.« Als Rodin zögernd mit den Armen ruderte, flog die Taube widerwillig auf und entkam durch das Oberlicht. »Mach mir nur die Hölle heiß, Camille! Gleich morgen lasse ich den Glaser kommen.«

Camille schüttelte den Kopf. »Nicht morgen, heute wird das kaputte Fenster repariert, zumindest provisorisch.«

Sie ließ ihm keine Ruhe, bis er auf die Leiter stieg und das Fenster mit einer Holzplatte vernagelte. Sie taten das Richtige, denn die Tauben boten Verstärkung auf. Während Rodin hämmerte, begehrten sie Einlass, wetzten ihre Schnäbel an der Holzplatte und gurrten irritiert. Als Rodin wieder auf dem Boden stand, zog er Camille in seine Arme.

»Bist du nun zufrieden, meine heimliche Herrscherin?«

»Ja«, gab sie zurück. »Nur dass ich nicht heimlich Macht ausüben will.« Ein Trauschein wäre mir lieber, dachte sie bitter.

»Du kriegst alles von mir, mein Herz.«

Was würde er sagen, wenn sie ihn um einen Hochzeitstermin bitten würde? Nein, die Blöße würde sie sich nicht geben. Nicht mehr.

»Ich will gleichberechtigt mit dir zusammenarbeiten«, sagte sie. »Das ist alles. Für den Moment.«

In den nächsten Wochen ließ Rodin die Villa so weit herrichten, dass sie sie nutzen konnten. Er bestellte außer dem Glaser auch den Dachdecker, der das Loch im Dach reparierte. Nachdem eine Kolonne aus dem Marmordepot Bauschutt und Abfall weggeräumt und die schlimmsten Schäden beseitigt hatte, verwandelte sich das Folie-Neufbourg zwar in keine Luxusherberge, aber in ein brauchbares Atelier.

In diesem Sommer stellte Camille ihre Skulptur *Sakuntala* im Salon aus und errang mit einer lobenden Erwähnung die höchste Anerkennung, die einer Frau zuteilwerden konnte.

An einem schönen Tag im September betrat sie die Villa und fand Rodin in Hemdsärmeln im Salon. Er zog sie an seine Brust.

»Du wirkst ja so zufrieden«, murmelte sie. Sein Bart kitzelte sie an der Wange.

Rodin lachte. »Ich habe auch einen großartigen Coup gelandet. Hast du unsere Kinder schon gesehen?«

Camille überlief es bei seinen Worten eiskalt. »Was meinst du damit?«

»Sieh selbst.«

Sie trat in die Mitte des Raums und blickte sich um. In der Nische rechts des Erkers stand *Sakuntala* neben Rodins Entwurf des *Ewigen Idols*, dem er gerade den letzten Schliff verlieh. Die beiden Paare waren von Grund auf verschieden. Beim *Ewigen Idol* kniete der männliche Akt vor der Frau, die sich leicht nach hinten beugte, und huldigte ihren Brüsten.

»Einträchtig vereint«, sagte sie.

»Du bist so viel besser als ich«, erwiderte er versonnen. »Frisch, authentisch, gefühlvoll. Was würde ich ohne dich tun? Du bist meine Inspiration und mein Ansporn.«

»Das denkst du wirklich? Ist dir nicht bewusst, dass du die Bildhauerkunst erneuert hast? Aber mein Werk kann sich auch sehen lassen.« Camille legte *Sakuntala* ihre Hand auf die Hüfte. »Ich werde sie selbst in Marmor ausführen und in Bronze gießen lassen.«

»Wobei du dir meiner Unterstützung sicher sein kannst.« Rodin verbeugte sich vor ihr. »Wie findest du unsere Werke? So nah beieinander siehst du sie selten.«

Camille betrachtete Rodins Skulptur lange. »Sie sagen Unterschiedliches aus. Mein König und seine Sakuntala sind vergeistigter. Bei dir zollt der Mann der Frau Bewunderung für ihren Körper. Die Skulptur ist reiner Eros.«

Rodin lachte schallend. »Und die Frau duldet, dass er sich an ihr erfreut. Wie er sie annagt, hat dein Bruder abfällig gesagt. Aber ich kenne keine Frau, die davonlaufen würde, wenn ein Mann ihre Schönheit preist. Also, sag schon! Was bedeutet *Sakuntala* deiner Meinung nach?«

»Die Frau verzeiht dem Mann, was er ihr angetan hat.« So wie ich. Camille fragte sich, wie lange sie bereit sein würde, Rodin alles nachzusehen.

»Ich weiß, dass du mir tausendfach vergeben hast.« Rodin küsste sie.

Sie war nicht die duldsame Sakuntala. Sie war Camille, die explodierte, wenn die Dinge nicht so liefen, wie sie wollte.

KAPITEL 40

In den nächsten Wochen dachte Camille über eine Marmorfassung von *Sakuntala* nach, die sie umbenennen wollte. Ihr schwebte *L'Abandon oder die Hingabe* oder aber *Vertumnus und Pomona* vor.

An einem windigen Tag im Oktober polterte jemand mit Wucht gegen das Portal des Folie-Neufbourg. Camille, die gerade im Salon an einer Frauenbüste arbeitete, legte ihr Werkzeug beiseite. Sie bekamen selten Besuch in ihrem neuen Atelier. Rodin hielt im ersten Stock Siesta, wo sie sich ein Zimmer mit einem Tisch, Stühlen und einem Bett eingerichtet hatten.

Camille öffnete die Tür und erkannte Debussy, der sich schwankend an einer Säule festhielt. »Der Herr Komponist beehrt mich in meinem Atelier?« Sie verbarg ihre Freude hinter einem sarkastischen Tonfall. Sie hatten sich seit über einem Jahr nicht gesehen.

Debussy zog galant seine Mütze und taumelte ein wenig. Er hat getrunken, dachte sie.

»Prinzessin, laden Sie mich in Ihr Reich ein? Auf ein Glas Wein oder ein paar Peitschenhiebe?«

»Du darfst gern meine Werke bewundern. Über die Peitschenhiebe reden wir später.« Sie trat beiseite und ließ ihn ein. Was, wenn Rodin mitbekam, dass Debussy sie besuchte? Unsinn. Sie durfte reden, mit wem sie wollte, wenn sie sich schon ihre Eifersucht angesichts seiner Eskapaden verkniff. Außerdem schlief er oben den Schlaf des Gerechten.

Debussy pfiff durch die Zähne, als er ins Foyer trat. »Nicht schlecht. Das hat Stil. Etwas heruntergekommen, aber immerhin ein Schloss.

War die Villa nicht schon George Sands Domizil auf Zeit? Wie hieß noch mal ihr Liebhaber?«

»Alfred de Musset.« Camille lachte. »Komm lieber mit in den Salon. Da stehen unsere Werke.«

Er folgte ihr.

»Bist du endgültig aus Rom zurück?«, fragte sie.

»Ja, schon eine Weile. Die Freiheit wartete auf mich und das unbegrenzte Lebensglück in der Stadt, die summt und brummt und aus dem letzten Loch pfeift.« Er sah sich ausgiebig um und wischte mit dem Zeigefinger über den staubigen Fenstersims.

»Und Gaby? Freut sie sich ebenfalls?«

»Immer eine kleine Spitze parat«, tadelte er. »Du änderst dich nicht, Camille.«

»Warum sollte ich?« Sie lehnte sich an das Fensterbrett im Erker. »Viel zu verlieren habe ich ja nicht mehr.«

Debussy durchwanderte das Atelier, sah sich ihre Tonmodelle an und blieb schließlich vor *Sakuntala* stehen. Der Prinz und seine wiedergefundene Geliebte standen noch immer neben Rodins *Ewigem Idol.*

»Das also ist *Sakuntala.*«

»Zum Glück ist sie noch fertig geworden«, sagte Camille leise. »Umberto ist nämlich weg.«

»Dein Modell?«

Sie nickte. »Frag nicht, wie schwierig es war, ihn zu ersetzen. Es entspricht mir überhaupt nicht, zwei Modelle für die gleiche Figur zu nehmen.« Noch immer vermisste sie ihn schmerzlich.

»Du willst also wissen, was ich dazu sage?« Langsam umrundete Debussy die Figuren. »Ich bin kein Kunstkritiker. Aber ich sehe, dass sie sich gegenseitig Kraft geben. Rodins Akte sind vollkommen anders. Für dich ist die Liebe nicht mit den Dingen beendet, die Mann und Frau im Bett tun. Sie ist komplexer. Also glaube ich, dass deine *Sakuntala* ziemlich gut ist.«

Camille verbeugte sich. »Danke für Ihre Expertise, mein Herr Komponist. Aber ich weiß, dass ich begabt bin.«

»Bei Rodin ist die Liebe eindeutig erotisch. Der Mann. Knabbert er den Busen der Frau an?«, fragte Debussy scherzhaft. »Nascht er Schokolade?«

Camille lachte. »Mein Bruder meint, ja.«

»Also wirklich.« Debussy setzte sich neben sie auf das Fensterbrett im Erker. Draußen brach sich das satte Herbstlicht in den glühenden Farben des fallenden Laubes. »Du und Rodin? Geht es euch gut?« Sein Atem traf sie. Rotwein, nicht zu knapp, dachte sie. Wahrscheinlich hatte er sich für diese Frage Mut angetrunken. Ihre eigene Flasche stand in der Küche. Sie versuchte, ihren Konsum zu begrenzen, auch wenn es ihr schwerfiel.

Debussys Bemerkung zog Konsequenzen nach sich, denen sich Camille ungern stellte. Was, wenn er noch immer auf sie wartete?

»Es ist so problematisch wie eh und je«, gab sie zu. »Rodin unterstützt mich, wo er kann, und er zahlt für meine Wohnung.«

»Wirklich?«, fragte Debussy. »Aber er ist nicht bereit, sich von seiner Lebensgefährtin zu trennen? Wie heißt sie gleich?«

Den Namen ›Rose‹ würde Camille nicht in den Mund nehmen. »Nein, aber er tut alles für mich.«

»Das kann ich mir vorstellen.« Debussy senkte seine Stimme. »Was ich dir jetzt sage, Camille, werde ich sicher nur ein einziges Mal aussprechen.« Er wartete, bis sie die Augen hob und ihn ansah. Ihre Schultern berührten sich, und seine Weinfahne hüllte sie ein. »Ich hoffe, du kennst deine Bedeutung für ihn?«

»Natürlich.«

»Dann ist es ja gut. Aber vielleicht solltest du dich öfter daran erinnern. Du bist seine Muse, seine jugendliche Geliebte, seine Ratgeberin, ihm intellektuell ebenbürtig.«

»Ich bin auch sein Modell«, ergänzte sie. »Und ich bin diejenige, die ihn beschwichtigt, wenn er vor Wut schäumt. Der Stadtrat von Calais will seine *Bürger* noch immer auf einen Sockel und in ein Gärtchen stellen.«

Debussy nickte. »Deine Arbeit ist mit Gold nicht aufzuwiegen. Aber dennoch will er seine Lebensgefährtin nicht verlassen. Er ist ein Feigling und ein Zauderer, der nicht zu seinem Wort steht.«

Camille errötete flammend. »So hart würde ich nicht sein. Rodin will nur niemanden im Stich lassen, weil er sich für den Tod seiner Schwester verantwortlich fühlt.«

»Bequem für ihn. Wenn eine von euch frech wird, wechselt er zur anderen.«

Camille biss sich auf die Lippe. Debussy hatte recht.

»Aber was ist mit eurer Kunst?«, fragte er.

Camille dachte an Léon Gauchez' Warnung vor Rodins Einfluss. »Meine Arbeiten stehen seinem Stil nahe. Er ist mein Lehrer.«

»Das mag ja sein«, sagte Debussy. »Aber andersherum ist es ebenfalls richtig. Seine neuesten Werke sind von deinen ausdrucksstarken Arbeiten inspiriert.« Debussy legte den Arm um sie. »*Das Ewige Idol* ist nicht denkbar ohne *Sakuntala*. Du bist für ihn ein Ansporn, hältst seine Kunst lebendig. Was wäre er ohne dich? Ein alter Mann, der sich an seinem *Höllentor* wie in einem Ersatzteillager bedient.«

Camille hatte das Bedürfnis, Rodin zu schützen. Sie schüttelte heftig den Kopf. »Ohne ihn wäre ich nichts. Er ist der beste Bildhauer unserer Zeit.«

Debussy drückte ihre Schulter. »Ist er, das geb' ich ja zu. Er macht tolle Denkmale und wirklich schöne Akte. Aber da er so überragend erfolgreich ist, werden alle immer seinen Einfluss bei dir suchen, aber nie deinen bei ihm. Außerdem gehörst du dem falschen Geschlecht an, was es dir nicht leichter macht.«

Camille schluckte. Was maßte er sich an? »Ich weiß mich schon zu behaupten. Rodin und ich stehen in perfektem Dialog miteinander.«

»Tatsächlich?«, fragte Debussy zweifelnd. »Rodin manipuliert dich nach Gutdünken. Außerdem wird seine Kunst immer Vorrang vor eurer Liebe haben. Wer weiß, was noch? Seine Affären? Seine Lebensgefährtin? Die Leute, die ihn auf ihren Festen feiern wie einen Gott? Hast du nicht manchmal das Gefühl, dass dich dieser Titan mit Haut und Haaren verschlingt?«

Das hatte sie. Camille hasste den Moment der Wahrheit, war aber keinesfalls bereit, es zuzugeben. »Nein«, sagte sie trotzig. »Ich kriege das schon hin.«

»Glaubst du wirklich, dass du keine Alternative hast?« Debussy stand auf, griff nach ihren Händen und zog sie rau an sich. Sein Hemd roch verschwitzt. »Ich liebe dich schon so lange. Lass alles stehen und liegen, und komm mit mir!«

Für einen Moment hing alles in der Schwebe. Sie hatte die Wahl.

Was wäre, wenn sie sich für ihn entschied? Er war Musiker, sie Bildhauerin. Sie würde niemals mit ihm in Wettstreit treten müssen. Im Gegenteil. Er würde ihr Raum lassen, um sich zu entwickeln. Außerdem konnte man mit ihm durch die Stadt flanieren und Spaß haben. Sie waren beide jung und hungerten nach dem Leben.

»Ich liebe dich nicht.«

»Ich weiß«, sagte er und gab sie frei. »Das habe ich auch nicht erwartet. Dazu bist du viel zu sehr an seine Welt gebunden. Ich gehe dann.«

Er wandte sich zur Tür, trat auf den Vorplatz hinaus, lief leichtfüßig die Treppe hinab und taumelte leicht, als er von der untersten

Stufe auf den Erdboden sprang. Camille folgte ihm in den herbstlichen Park. Claude küsste sie leicht auf die Wange, unter einem Regen von gezackten, goldenen Ahornblättern, die sich ausgerechnet jetzt vom Stamm lösten. Es roch süßlich nach Moder. Wenn sie ihm das Herz gebrochen hatte, zeigte er es nicht. »Aber vergiss nicht, dass du es könntest.«

»Was?«, fragte sie.

»Ihn verlassen.« Claude schwankte und hielt sich an einem Baumstamm fest. »Irgendwann, Camille, wirst du um deine Freiheit kämpfen. Sie wird dir wichtiger sein als deine Nähe zu Rodin.«

»Niemals.«

»Lass dir meine Worte durch den Kopf gehen.« Er ließ den Baumstamm los. »Schaffen wir es, Freunde zu bleiben, für alle Zeit und Ewigkeit?«

»Was heißt schon für immer?«, fragte sie zweifelnd. »Wir bleiben Freunde, solange es uns gelingt, uns nicht bis aufs Blut zu streiten.«

»So siehst du das also.« Er drehte sich um, winkte ihr noch einmal zu und verschwand in der Wildnis des Parks.

Camille ging zurück in die Villa. Claudes gespielte Lässigkeit schnitt ihr ins Herz, weil sie seine wahren Gefühle verbarg. Sie war sich nicht sicher, ob es Freundschaft zwischen Männern und Frauen überhaupt gab. Mit Umberto war es doch ganz ähnlich gewesen. Über kurz oder lang würden sie sich verlieren. Sie hielt inne und ließ ihre Tränen gewähren. In meinen Träumen werde ich weiter mit dir Walzer tanzen, Claude, an einem sorglosen Nachmittag im Sommer an der Baustelle der neuen Zeit auf dem Champ de Mars. Vielleicht für immer. Leise ließ sie die Tür hinter sich ins Schloss gleiten.

»Wer war das?« Rodin stand in Hemdsärmeln an der Galerie im ersten Stock. Sein Haar und sein Bart waren vom Schlaf zerzaust. Er blinzelte, weil seine Kurzsichtigkeit den Blick auf die Welt verschleierte. »Wer besucht uns so unverhofft?«

»Niemand.« Sie stieg leichtfüßig die Treppe hinauf und zog ihn in ihre Arme.

»Lass mich nicht allein«, bat er heiser. Er löste ihre Haarklammern, ließ ihr die kastanienbraunen Wellen über die Schultern fallen und vergrub seine Hände darin. »Ich dachte, du seist fortgegangen, mein Herz, meine Sonne.«

»Einfach weg? Das würde ich nicht tun.« Sie sah ihn an und verstand ihn zum ersten Mal ganz. Er würde sich niemals ändern. Sie trat einen Schritt zurück, bis sie das schmiedeeiserne Geländer im Rücken spürte, von dem aus es weit in die Tiefe ging. »Ich bin noch da, wie du siehst.«